JN013629

イアン・アービナ
黒木章人＝訳

# アウトロー・オーシャン
## 海の「無法地帯」をゆく

上

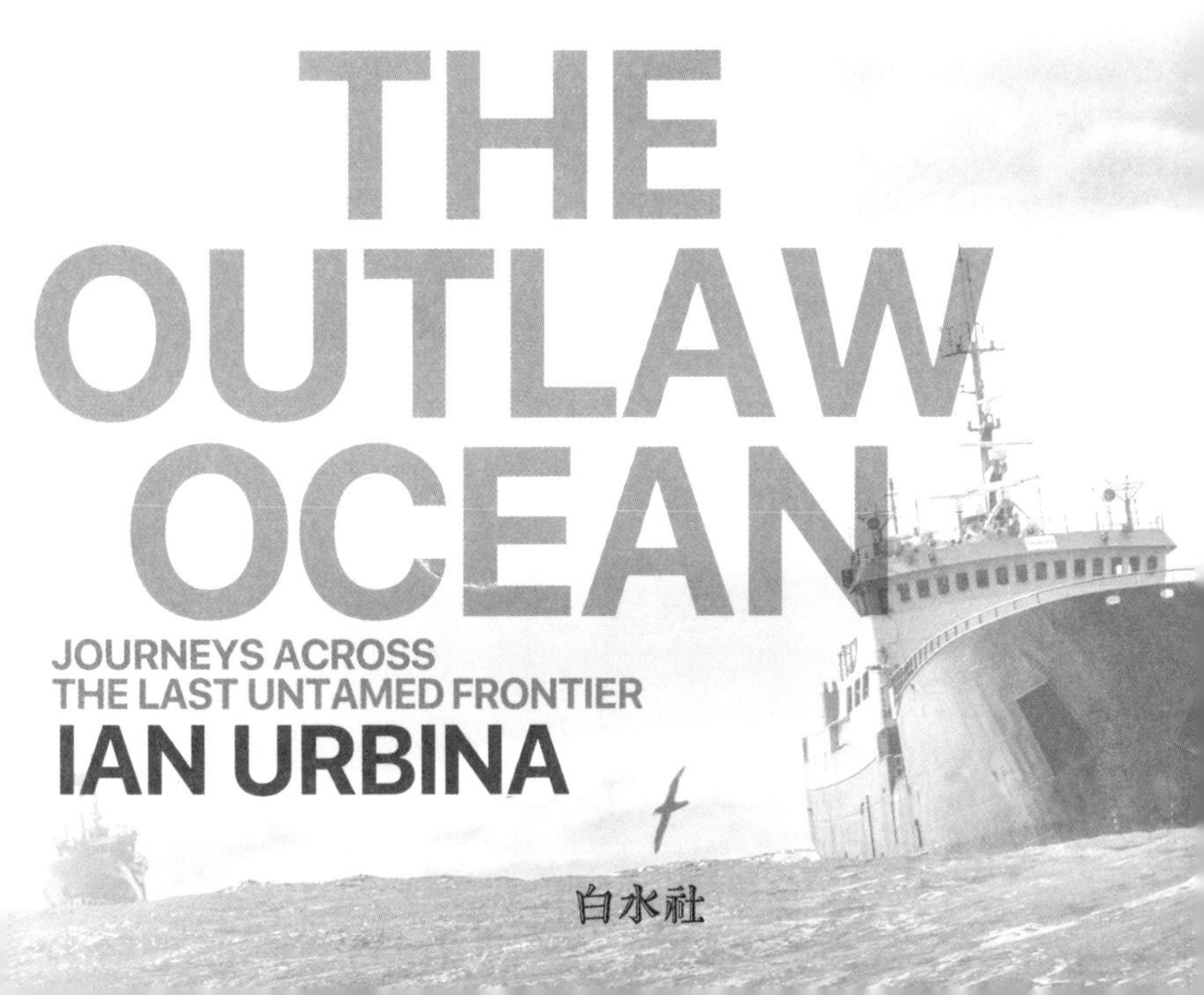

THE OUTLAW OCEAN
JOURNEYS ACROSS THE LAST UNTAMED FRONTIER
IAN URBINA

白水社

# アウトロー・オーシャン——海の「無法地帯」をゆく（上）

THE OUTLAW OCEAN by Ian Urbina
Copyright © 2019 by Ian Urbina

Japanese translation rights arranged with Ian Urbina
c/o Fletcher & Company, New York, through Tuttle-Mori Agency, Inc., Tokyo

エイダンへ

きみとの日々は大騒ぎだらけでへとへとになるけど、
それでもきみと同じチームにいることほど心躍る経験も誇らしいプロジェクトもない。

# アウトロー・オーシャン 上

目次

# アウトロー・オーシャン
## 下
目次



THE OUTLAW OCEAN

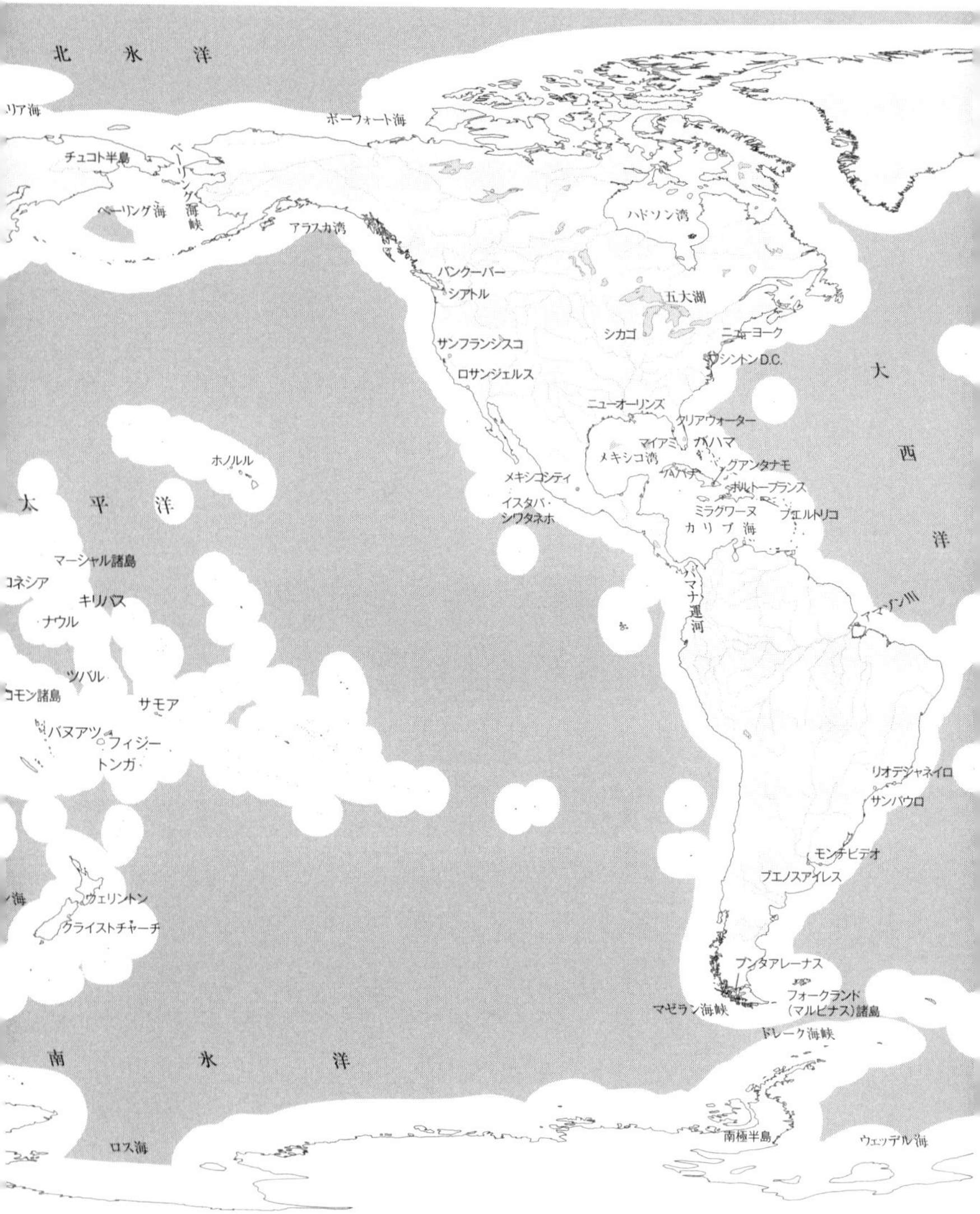

北　氷　洋
リア海
ボーフォート海
チュコト半島
ベーリング海峡
ベーリング海
アラスカ湾
ハドソン湾
バンクーバー
シアトル
五大湖
シカゴ
ニューヨーク
サンフランシスコ
ワシントンD.C.
ロサンジェルス
大
ニューオーリンズ
クリアウォーター
マイアミ
バハマ
メキシコ湾
西
ホノルル
ハバナ
グアンタナモ
メキシコシティ
ポルトープランス
太　平　洋
イスタパ・シワタネホ
ミラグワーヌ
プエルトリコ
カリブ海
洋
マーシャル諸島
ミクロネシア
キリバス
パナマ運河
アマゾン川
ナウル
ツバル
ソロモン諸島
サモア
バヌアツ
フィジー
トンガ
リオデジャネイロ
サンパウロ
モンテビデオ
ブエノスアイレス
海
ウェリントン
クライストチャーチ
プンタアレーナス
フォークランド（マルビナス）諸島
マゼラン海峡
ドレーク海峡
南　氷　洋
ロス海
南極半島
ウェッデル海


※　は公海。

バレンツ海
カラ海
アイスランド
ノルウェー海
北海
モスクワ
アムステルダム
ハンブルク
ロンドン
パリ
マドリッド
バルセロナ
ローマ
リスボン
アテネ
黒海
カスピ海
ジブラルタル海峡
地中海
マルタ
キプロス
トリポリ
ベンガジ
カイロ
スエズ運河
紅海
デリー
ドバイ
オマーン湾
アラビア海
ムンバイ
ジブチ
アデン湾
ボサソ
ハルゲイサ
大西洋
ラゴス
モンロビア
アクラ
サントメ・プリンシペ
ギニア湾
モガディシュ
ナイロビ
ダルエスサラーム
セーシェル
コモロ
インド洋
マダガスカル
モーリシャス
ヨハネスブルグ
ケープタウン
モルディブ
チェンナイ
ベンガル湾
ヤンゴン
バンコク
プノンペン
ソンクラー
カンタン
マラッカ海峡
クアラルンプール
シンガポール
ジャカルタ
ジャワ島
ボルネオ（カリマンタン）島
ポンティアナック
セレベス海
ニューギニア島
アラフラ海
南シナ海
マニラ
パラオ
香港
台北
上海
東シナ海
北京
ソウル
日本海
東京
ウラジオストク
オホー
ブリス
メルボル

# 凡例

・原著者による注は、章ごとに（1）（2）と番号を振り、「原注」として各巻末にまとめた。
・訳者による注は、本文中の〔　〕内に割注で記した。
・「参考文献」は白水社のホームページ（www.hakusuisha.co.jp）に掲載した。

# プロローグ

タイ本土から一六〇キロほど沖合の洋上。巻き網漁船の甲板で、三〇人を超えるカンボジア人の少年たちと男たちが昼も夜もなく、素足のまま働いている。五メートル近い高さのうねりが側舷にぶつかるとそのまま這い上がり、乗組員たちの膝から下を洗う。海水と魚の内臓のせいで、足元はスケートリンクのようにつるつると滑る。荒れる海と強風で、漁船は壊れたシーソーのように不規則に揺れる。その甲板は、鋸歯《のこぎりば》のような漁具と回転するウインチと高く積まれた重量二〇〇キロ超の漁網でできた障害物競走のコースと化している。

雨が降ろうが矢が降ろうが、乗組員たちは一八時間から二〇時間ぶっ通しで働き続ける。漁の獲物はおおむねアジやニシンといった小型魚で、その銀色の魚体が暗い海に映えて見つけやすい夜中に網を入れる。陽が昇り、気温が摂氏三八度に達する日中でも働きづめだ。飲料水は必要最低限しか与えられない。魚をさばく作業台にはだいたいゴキブリが這い回っている。用を足したいときは船べりから木の板をせり出させて、そこに乗ってする。食器は洗わなくても、夜中にネズミやゴキブリがきれいにしてくれる。船にはみすぼらしい犬が一匹いるが、街中を駆け回るリスのように甲板をわが物顔でうろつくネズミに自分の餌を食べられても頭を上げようとはしない。

漁をしていないときでも、獲れた魚の選別や、しょっちゅう裂ける網の修繕といった仕事がある。魚の腸《はらわた》にまみれたTシャツを着た少年が、指が二本失われた手を自慢げに見せつける。聞けば、回転するクランクに巻きついた網にもっていかれてしまったのだそうだ。乗組員たちの手は、うろこで切れたり網でこすれて擦りむけたりしているが、四六時中濡れっぱなしだ。深く切ってしまった場合は自分で縫う。感染症は日常茶飯事だ。それでも、船長は乗組員に発破をかけて長時間労働させるための覚醒剤《アンフェタミン》はたんまりと確保しているくせに、細菌感染した傷口に塗る抗生剤はほとんど持ち合わせていない。

こうした漁船の乗組員たちは頻繁に暴行を受ける。網を補修する手が遅かったりであるとか、魚の仕分けを間違ったりであるとかという、些細なミスに対する罰として。船長の言うことを聞かなかったり、歯向かったりすることは極刑に値する。二〇〇九年、国連はタイ漁船に売られたカンボジア人に聞き取り調査をしたが、五〇人中二九人が船長もしくは幹部船員が乗組員を殺害するところを目撃したことがあると証言した。

こうした漁船で働かされている男たち（少年もいる）は、必要な証明書類を持たない不法移民と相場が決まっていて、取り締まり当局の眼から隠されている。漁船そのものにしても、たいていの場合はタイ政府には追跡不可能な、俗に「幽霊船《ゴーストシップ》」と呼ばれる未登録船舶なので、乗組員たちには社会の救いの手が届かない。彼らの大半はタイ語を話せず泳ぎ方も知らない。内陸部から連れてこられているので、そもそも海を見たことすらなかった。

乗組員たちはまさしく奴隷だ。たいていの場合、タイに不法入国するためには多額の手数料が必要となる。彼らは借金してそれを先に支払い、出国後に漁船での労働で返済していく。この借金がくせもので、陸《おか》を離れて海に出た途端におかしくなってしまうのだ。この借金システムのとらえどころのなさを、わたしに話しかけてきたカンボジア人の少年の一人が、たどたどしい英語で一所懸命説明してくれる。話がだんだんと熱を帯びていくと、彼は自分の影を指さし、その影をつかもうとするかのように動き回り、こう言う。「捕まえられない」

二〇一四年の冬に五週間かけて取材を試みた場所は、こんなに過酷だった。南シナ海で操業する漁船、とくにタイの船団については、いわゆる「海の奴隷」を使っているという悪評がもう何年も付きまとっていた。そうした海の奴隷の大半は借金の支払いのために漁撈《ぎょろう》を余儀なくされたか、もしくは無理やり海に連れ出された、国外からの出稼ぎ労働者だ。なかでも最悪なのが、陸《おか》から何百キロも離れた海域で操業する遠洋漁船だ。タイの遠洋漁船は一年以上も洋上にとどまり続けることもあり、その場合は必要物資の供給と水揚げの搬送は補給船がやってくれる。わたしはカメラマンを一人連れて取材したかったのだが、何百キロも沖合にいる遠洋漁船への輸送を引き受けてくれる船は一隻もなかった。なので、一〇〇キロまではこの船、次の一〇〇キロは別の船で、という感じに次々と乗り継ぎ、水平線のはるかかなたへと向かった。

カンボジア人乗組員たちが、かけ声で調子を揃えながら漁網を引き揚げている。その姿は、さながら海という鎖につながれた囚人といったところだ。彼らを見ているうちに、数年にわたる洋上での取材のうちに何度も覚えてきた違和感がまたよみがえってきた――息をのむほど美しい海は、その一方で陰鬱で無慈悲な場所でもあるのだ。法というものは、緻密に作り上げられた専門用語と苛烈な制度、そして屈強な執行機関によって何世紀にもわたって支えられ、強化されてきた。しかし、その法による支配が確実に及ぶのは陸《おか》の上だけであって、洋上はその限りではない。そもそも法による支配が海にあればの話だが。

陸《おか》と海の違いはほかにもある。情報技術が飛躍的に進歩し、液晶画面を指先でタップしスワイプすれば、何でもすぐに調べて知ることができる時代になった。ところが海のこととなると、わたしたちが知っていることは愕然とするほど少ない。世界人口の優に半分が海から遠く離れた内陸部に暮らしていながらも、世界中で流通する物資の約九〇パーセントは商船によって運ばれていることであるとか、全世界で五六〇〇万人が漁船などに乗って漁業に従事し、貨物船やタンカーといった商用船舶の乗組員は一六〇万人いることなどほとんど知られていない。海に関する報道にしてもめったになく、あってもせいぜいソマリアの海賊や重大な原油流出事故ぐらいのものだ。大多数の人びとにとって海は船でなく旅客機で渡るもので、青の濃淡で描かれた広大なキャンヴァスにしかすぎない。何者の支配も受け入れない、茫漠たる広がりのようにも見える海だが、実際は脆弱で無防備な場所だ。海図製作者たちは何世紀もかけて海の上に勝手に境界線を引いてきたが、環境破壊の脅威はそんなものを越えて広まっていることがその一因だ。

海は無敵だが繊細——このパラドックスは不協和音を奏でるコーラスとなり、本書の取材の旅のBGMとなって絶えず響き続けていた。わたしは、その不穏な調べに心を奪われていた。期間にして四〇カ月、総移動距離は四〇万キロ以上、飛行機には八五回搭乗して全大陸の四〇の都市を訪れ、五つの大洋と二〇の海を一万二〇〇〇海里（約二万二〇〇〇キロメートル）航行するという長い長い旅は、海という法の支配の及ばないフロンティアについての物語を、いくつももたらしてくれた。この旅の目的は海の奴隷たちの現状を世界に伝えることだけではない。外洋を跋扈《ばっこ》する、さまざまな存在に命を吹き込むことにもあった。そのさまざまな存在とは、自警団気取りの自然保護活動家たちや海の解体屋、海の傭兵たち、傲慢な捕鯨船団、海の債権回収人《レポマン》、海上でしか処置しない堕胎医、廃油の不法投棄業者、なかなか捕まえることができない密漁者たち、置き去りにされた船乗りたち、そして成り行き任せの密航者たちだ。

わたしは幼い頃から海に魅せられてきた。ある年の厳寒のシカゴで、その魅力にとうとう屈してしまった。シカゴ大学の歴史学と人類学の博士課程に進んで五年目のその冬、博士論文の完成を先延ばしにする決断を下してシンガポールに逃避し、〈ヘラクレイトス〉という海洋調査船の甲板員兼専属人類学者という臨時職を得たのだ。しかしそのアルバイトをしていた三カ月間、〈ヘラクレイトス〉は書類の不備で一度たりとも出航することはなかった。わたしはと言えば、港に停泊していたさまざまな船の乗組員たちとの交友の輪を広げることで無聊《ぶりょう》を慰めていた。

シンガポールの港でくすぶっていた三カ月のうちに、わたしは商船と遠洋漁船の乗組員たちとのファーストコンタクトを果たした。そして流浪の民とも言える彼らに、心をわしづかみにされてしまった。陸《おか》の上だけで暮らす人びとの眼に、彼ら海で働く人びとはほとんど映ることはない。彼らは陸《おか》のそれとは異なる独自の言葉と作法、そして迷信と序列と規律を共有している。そして彼らから聞いた話からすると、陸《おか》では犯罪とされるいくつかの行為は、海ではとがめられないことがあるらしい。彼らの世界では、そうした伝統は法律と同じ効力を保っているのだ。

海に生きる人びとと話をしているうちに、明快にわかってきたことがある。それは、海上輸送は空輸に比べて格段に安くつくということだ。そこまで安価な理由の一つとして、海上輸送のルートである公海を管理統括する公的機関も、さまざまな規則による拘束も存在しないことが挙げられる。この現実は何でもありの無秩序をもたらし、結果として海を脱税の道具にしたり武器庫にしたりする人間が出てきている。そうした輩《やから》の一例がアメリカ政府だ。彼らは、シリアの化学兵器の分解作業やテロリスト容疑者の拘束・尋問、そしてオサマ・ビン・ラディンの亡骸《なきがら》の投棄の場所として、法にも規制にも縛られない公海を選んだ。公海上で無法者たちの標的となるのはもっぱら漁業と海運業に携わる人びとだが、同時に彼らにしても無法の海の恩恵を受けたり、さらには自らが不法行為をはたらいたりしている。

結局、博士論文を書き上げることはできなかった。学位を取り損ねたわたしは、二〇〇三年に『ニューヨーク・タイムズ』に職を得た。それから一〇年間の記者修行のうちに、海の世界についての特集記事を書かせてほしいと何度か提案したが、そのたびに却下された。わたしはありとあらゆる比喩を駆使して訴えた——海とは何でも食べ放題のビュッフェのようなもので、チャンスがいたるところに浮かんでいるんです。地球の表面の三分の二を占めているのに、海のことはほとんど世間に知られていません。海のことを徹底的に調べて報道した記者なんかいないからですよ。いたとしてもほんのわずかでしょうし。こんな感じに頑張って説得した。

すると二〇一四年、当時の調査報道部の編集者だったレベッカ・コーベットがわたしの提案に納得し、受け入れてくれた。そして魚ではなく人間に焦点を当てて、海上での人権と労働問題を徹底的に掘り下げて調査するよう如才なくアドバイスしてくれた。この二つのレンズを通して見れば、おのずと環境問題も浮かび上がってくるのだからと彼女は言った。「無法の大洋《アウトロー・オーシャン》」シリーズの第一弾は二〇一五年七月に紙面を飾った。それから翌年にかけて一〇を超える記事が掲載された。二〇一七年一月、わたしは本書執筆の調査を続行すべく社を一五カ月間休職し、旅に出た。

＊

その一五カ月間、ずっと海に出ていたわけではない。何度も旅を中断して、そのあいだに海に関する書籍文献を貪るように読んだ。古来より海は、実際的にも抽象的にも人それぞれに異なる意味を持っている。海とは無限と究極の自由の象徴であり、公権力から完全に切り離された場所だ。ある人びとにとっては避難所であり、別の人びとにとっては監獄でもある。すべてを呑み込む獰猛な嵐、全滅した探検隊、遭難した船乗り、そして強欲なハンターたち……海洋文学の古典は、大海原とそこに生きる奔放な荒くれ者たちを鮮やかに描き出している。彼ら荒くれ者たちは何世紀ものあいだ、もっぱらやりたい放題にやってきて、ガラパゴス諸島の小鳥たちよろしく、外敵に脅かされることもなく独自の進化を遂げてきた。そして驚くことに、その状況は今でも変わりはないのだ。本書にかけるわたしの望みとは、現代の海の荒くれ者たちとその縄張りを克明に描き、彼らの存在を広く知らしめることにある。

記事を書くな、物語を語れ――『ニューヨーク・タイムズ』で耳にタコができるぐらい聞かされてきた言葉だ。本書を一人称視点の海洋紀行に仕上げるべく、わたしは陸《おか》での取材や過去の文献への参照になるべく頼らず、実際に船に乗り、その乗組員たちからじかに話を聞くように心がけた。乗り込んだ船の多くは漁船だが、貨物船やクルーズ客船、医療船、武器保管船、調査船や環境保護団体の船、さらには軍艦や警察船舶、沿岸警備隊の巡視船にも乗ってみた。

こうした野心的なテーマに取り組む執筆プロジェクトには大きなリスクがある。言ってみれば、海を沸騰させて《ボイル・ジ・オーシャン》しまうのだ〔boil the ocean には「過剰に無意味なことをする」という意味がある〕。取材をしている最中でも、あっちにふらふらこっちにふらふらと興味が移ってしまい、ジャーナリストというよりも落ち着きのない子どものようになってしまうこともままあった。しかし旅を続けていくうちに、一つの話がさらに別の話へとわたしを導いていくのだから、それも仕方のないことだった。しかもその無数の話をどれ一つ取ってみても、理路整然とまとまったものもなければ正邪の区別がはっきりとつけられるものでもなく、誰が善で誰が悪なのか、もしくは誰が略奪者で誰がその犠牲者なのかの見分けもつかないものばかりだった。海で拾ってきたそれぞれの話には、海そのものと同様に無秩序な広がりがあり、筋の通った一つの物語にまとめ上げることなど不可能だった。なので、本書の各章をエッセイ集としてまとめてみることにした。そうすれば読者のみなさんそれぞれが独自のやり方で点と点を結び、わたしのものとは異なる物語を紡ぎ出すことができると確信したからだ。

何だかんだ言ったところで、結局のところ本書の目的は、めったに眼に触れることのない世界を見せることにある。ギリシアの港からタンカーをこっそりと出港させて領海外に持ち出す債権回収人《レポマン》。メキシコの港から妊婦を内密にこの国の法律が適用されない海に連れ出し、陸《おか》では違法とされている人工妊娠中絶を行う女医。南大西洋では国際刑事警察機構（ＩＣＰＯ）に指名手配されている違法操業常習船を追跡し、南氷洋で日本の最後の商業捕鯨船を追い回して妨害活動を展開する、過激な自然保護活動家たち。本書にはそうした人びとを描いている。南シナ海では、二つの国が互いに人質を取るという、すわ武力衝突勃発かという膠着状態の只中に居合わせた話。海賊が跋扈するソマリア沖を、小さな木造漁船で漂流した話。そんなことも書いた。船が沈没する様子を目撃したことも、凶暴な嵐を切り抜けたことも、謀反寸前の状態を目の当たりにしたことも書いた。取材を続けているうちに、南氷洋と南大西洋では潜水艇に、オマーン湾では武器保管船に乗った。北氷洋とセレベス海の海上石油プラットフォームに上陸したこともある。それらも全部、本書に綴ってある。

この冒険とも言っていい取材旅行で、わたしは世界中の海でさまざまな船に乗り、さまざまな人びとに会い、さまざまなものを眼にしてきた。この両の眼《まなこ》を通して心に焼きつけてきたもののなかで、わたしが努めて本書の中にとらえようとしてきた、きわめて重要なものが二つある。それは、痛々しいほど無防備な海の実態と、そうした海での労働に従事する人びとが頻繁に味わわされる、暴力行為と惨状だ。

# 1 嵐を呼ぶ追撃

忍耐と時、この二人の戦士ほど強いものはないのだよ。[1]

**レフ・トルストイ『戦争と平和』**

二〇一四年十二月十七日、作戦開始から三日目。船長のペッター・ハマーシュテットは船橋《ブリッジ》に立ち、レーダースクリーンを凝視していた。[2][3] オーストラリアのタスマニア州の州都ホバートから出港した〈ボブ・バーカー〉は、荒涼とした南氷洋を航行していた。水平線上のそこかしこに浮いている氷山のあいだを、ハマーシュテットはレーダーを使って探索し続けていた。この日の夜のレーダースクリーンには、三つの赤い輝点《ブリップ》が動いていた。彼はそのブリップを注意深く監視していた。三つのうち二つは潮の流れに沿って動いているので、明らかに氷山だ。しかしもう一つは流れに逆らって一定速度で動いている。

そのブリップに向けて、ハマーシュテットは〈ボブ・バーカー〉をゆっくりと近づけていった。夏の南氷洋の夜は陽の沈まない白夜だ。ブリッジの上にある見張り台の監視員は、遠く離れたところを航行するトロール漁船と、その背後で旋回し、海に飛び込む水鳥の群れを発見した。ハマーシュテットは国際刑事警察機構（ＩＣＰＯ）の特殊手口手配書のバインダーを手に取った。通称「紫手配書」と呼ばれるその書類には、違法操業を繰り返す悪質な漁船と、その明確な船影がリストアップされている。ハマーシュテットはリストをめくり、世界で最も悪名高い違法操業船である全長六〇メートルのナイジェリア船籍の漁船〈サンダー〉を見つけた[4]。発見した漁船には、もう五キロもないところにまで接近していた。彼は漁船に眼を凝らし、手配書と照らし合わせ、〈サンダー〉と同定した。そしてほくそ笑むと一瞬間《ま》を置き、船内警報のボタンを短く五回押した――総員配置につけ。ハマーシュテットは獲物を見つけたのだ。

　ストックホルム出身のハマーシュテットは、高校を卒業すると十八歳で海洋環境保護団体シーシェパードに加わった。痩軀で童顔の彼は、海賊というよりもむしろ腹話術の人形に見える。三十歳にしてすでに一〇年以上も海の上で暮らしているのだが、実際の彼は「海の男」のイメージに反して堅苦しくてかしこまった人間だ。なにしろ一段落のメールですらも文頭を一字下げ、句読点も正しく入れるほどだ。デスクワークに取りかかる前には鉛筆とペンを几帳面にきっちりと揃える癖のある彼は、不法行為を伴う仕事に就いていながらも規律を重んじる男だ。二〇〇三年以来、ハマーシュテットはシーシェパードの主要な作戦のほぼすべてに身を投じ、南氷洋での日本の捕鯨船の追跡には一〇回参加している。仕事に真摯に取り組み、非難の嵐の只中にあっても平静を失わない若者。真面目くさった表情を崩さないハマーシュテットのことを、〈ボブ・バーカー〉の乗組員たちはそう見ていた。

　シーシェパードにとって〈サンダー〉の追跡は、正義の鉄槌を下すことであるとか絶滅の危機にある魚類の保護であるとかよりも大きな意味を持っていた。その大きな意味とは、公海上での及び腰な法的取り締まりに実効力を与えることだ。そうした法律は実質的に何の効力もないことを世界に知らしめるだけであっても、十分称賛に値するだろう。〈サンダー〉のような常習的な違法操業船にとって、海は「何でもあり」のだだっ広い場所だ。監視の眼がほとんど届かない大海原では、密漁者には背後を気に

〈ボブ・バーカー〉のブリッジにいるペッター・ハマーシュテット船長

しなければならない理由はほとんどない。海に引かれた境界線ははっきりとしないものだが、同様に海上活動を規制する法律も曖昧模糊としている。各国政府にしても、密漁者たちを取り締まる人員も手段も、そして意欲もない。ICPOが「紫手配書」で国際指名手配している違法操業船は、この二〇一四年十二月の時点でたった六隻だ[5]。その六隻は、もう何十年にもわたってお縄にならずにのうのうと違法操業を続けていた。「六隻の盗賊団《バンディット・シックス》」――それがこの六隻に与えられた「称号」だった。

安全な陸《おか》から何百キロも離れた洋上で、ハマーシュテットと〈ボブ・バーカー〉の乗組員たちは、各国政府がやろうとしない危うい警察行動を展開していた。〈サンダー〉は世界最悪の違法操業船として国際指名手配されているにもかかわらず、どの国もこの船を追跡する意欲も能力も持ち合わせていない。それでもこの難業にあえて挑んでいるのが、ハマーシュテットらが所属する非営利の海洋環境保護団体であるシーシェパードだ。「無償《プロ・ボノ》の賞金稼ぎ」を自任する彼らシーシェパードは、世界の果てにある茫漠とした南水洋で無法者たちの船を探し回っていた。言うなれば、これは勇敢な自警団と名うての犯罪者集団の戦いなのだ。

ハマーシュテットは、シーシェパード所属の僚船〈サム・サイモン〉の船長シッダールト・チャクラヴァルティを無線で叩き起こした。〈サム・サイモン〉は機関の不調で遅れて出航していた。両船とも海洋迷彩を施され、船首には大きく開かれたサメの口が描かれ、その上の旗竿には髑髏《どくろ》と、海神の三つ又槍《トライデント》と羊飼い《シェパード》の杖が交差した図柄の、海賊旗を模したシーシェパードの旗がはためいている。「〈サンダー〉を見つけたみたいだ」ハマーシュテットは無線でそう伝えた。「浮きブイがいくつか浮かんでいるし、識別番号も見える」

三ノット（時速約三・五キロ）の微速でゆっくりと接近していくと、乗組員の一人が漁船の船尾に記された「Thunder Lagos《サンダー ラゴス》」という文字を確認した。ハマーシュテットは相手に無線で船名を告げた。[6]

**ボブ・バーカー**　サンダー、サンダー、サンダー、こちらはボブ・バーカー。貴船は違法操業している。

**サンダー**　ソーリー、ソーリー、英語だめ。スペイン語だけ。

**ボブ・バーカー**　それは大いに助かる。こっちもスペイン語を話すもので《アブロ・エスパニョール・タンビエン》ね。

ハマーシュテットはスペイン語を話せる女性カメラマンをブリッジに呼び出した。彼女の通訳による交信が始まった。

**ボブ・バーカー**　貴船は違法操業している。漁業免許を所持しているのか？

**サンダー**　免許なら持っている。繰り返す、免許なら持っている。本船は公海上を航行中のナイ

〈ボブ・バーカー〉

ジェリア船籍の船舶だ。オーバー。

**ボブ・バーカー**　貴船はCCAMLR（南極の海洋生物資源の保存に関する委員会）の定める操業規制海域58・4・2で操業している。そして本船は、ICPO発行の貴船に対する指名手配書を持っている。

**サンダー**　本船は航行中であって操業はしていない。それよりも貴船はどこの所属だ？　海賊旗が確認できるが。それは何のつもりだ？

本船は環境保護の国際警察組織であるシーシェパードの所属だと、ハマーシュテットは通訳を介して答えた。われわれは〈サンダー〉を拿捕《だほ》――陸《おか》の「逮捕」に相当する――するつもりだと彼は付け加えた。

**サンダー**　いやいやいや、それは違うぞ。貴船には本船を拿捕する権限はない。繰り返す、貴船には本船を拿捕する権限はない。本船はこのまま航行を続ける。繰り返す、本船はこのまま航行を続ける。貴船には本船を拿捕する権限はない。オーバー。

**ボブ・バーカー**　権限ならある。貴船の位置はICPOとオーストラリア当局に通報した。

**サンダー**　わかったわかった、本船の位置なら通報すればいい。でも本船への乗船は許可しない。本船の拿捕は不可能だ。本船は公海上を航行し続けているのだから。

**ボブ・バーカー**　ならば本船は貴船を追尾して拿捕するまでだ。針路をオーストラリアのフリーマントルに変更せよ。

あとになって知ったのだが、たしかに〈サンダー〉は違法操業をしていたが、向こうの言い分は正しかった――シーシェパードには拿捕権も逮捕権もなかったのだ。それでもこのはったりは、期待どおりの効果を発揮した。後部甲板で作業をしていた〈サンダー〉の乗組員たちは、網にかかっていた雑魚を側舷から海に捨て、船内に消えた。すると突然、総排水量一〇〇〇トン以上の強化鋼製の違法操業船は針路を変え、自分よりも小さくて足の速いシーシェパードの船を振り切るべく機関を全開にした。ハマーシュテットは二〇一四年十二月十七日付の航海日誌にこう記した。「午後九時一八分、〈ボブ・バーカー〉は違法操業船〈サンダー〉の追跡を続行する。位置はＩＣＰＯに通報済み」[7]

*

航海史上最長の違法操業船の追跡行はこうやって始まった。期間にして一一〇日、総航行距離一万一五五〇海里（約二万一〇〇〇キロ）、三つの大洋と二つの海を駆け巡る、猫とネズミの追いかけっこを開始したシーシェパードの追跡船の乗組員たちに、野球場ほども大きな氷床や獰猛な嵐、激しい接触、そして衝突寸前の事態が容赦なく襲いかかってきた。

のちに押収された書類によれば、〈サンダー〉の四〇人の乗組員の大半はインドネシア人で、幹部船

〈ボブ・バーカー〉と〈サム・サイモン〉に追尾される、ICPOによって国際指名手配された違法操業船〈サンダー〉。この三隻は航海史上最長の追跡劇を繰り広げた。

員はスペイン人が七人、チリ人が二人、ポルトガル人が一人だった。船の指揮を執る船長はチリ人のルイス・アルフォンソ・R・カタルド。七人のスペイン人船員のうち、五人は北西部ガリシア州のア・コルーニャ出身だった(8)。スペインの最貧困地域の一つであるガリシア州は、「スペインのシチリア」と呼ばれることがままある。麻薬取引とタバコの密売を生業《なりわい》とする、スペインで最も悪名高い犯罪組織のいくつかが根城としているからだが、多くの組織は魚の密漁にも手を染めている。

質《たち》の悪い船主が密漁に走る理由は簡単に説明がつく。水産物の違法取引は、推定の年間取引額が一六〇〇億ドルという活況を呈しており、今やビジネスとしてグローバル化しているからだ。違法操業がこの一〇年のうちに拡大した背景にはテクノロジーの向上がある。高性能のレーダーや漁網の大型化や漁船の高速化により、水産資源を驚くほど効率的に略奪できるようになったのだ。

そうした大繁盛の密漁業界にあって、〈サンダー〉は最高の漁獲量を誇り、自然保護活動家たちのあいだでは〈バンディット・シックス〉のなかでも最悪の違法操業船とされ[9]、とくに海水温がきわめて低い南氷洋の水深三〇〇〇メートル以上の深海にのみ生息するマゼランアイナメの密漁で悪名を馳せていた[10]。マゼランアイナメは南氷洋で最大級の肉食魚で、成長すると体長が二メートル近くにもなることもあり、サメのように鋭い歯が上顎に二列、下顎に一列生えている、不気味な見かけの大型魚だ。眼球はビリヤードの球ほども大きく、深海から引き揚げると水圧の変化で眼窩から飛び出してくる[11]。

マゼランアイナメは欧米の高級レストランで人気の食材になっていて、切り身一枚が三〇ドルで売られている。しかしメニューのどこを見てもマゼランアイナメの名前はない。「チリアンシーバス（チリスズキ）」という見栄えのいい名前で売られているからだ（日本では「メロ」もしくは「銀ムツ」、チリでは「バカラオ・デ・プロフンディダ（深海タラ）」の名前で流通している[12]）。明らかにチリ産でもなければスズキでもないこの魚は、ロサンジェルスのリー・ランツという水産物卸業者の抜け目のないマーケティング戦略により改名されたおかげで、一九八〇年代から九〇年代にかけて需要がうなぎ上りになった[13]。しかし、この〝商標変更〟は少々首尾がよすぎた。オメガ3脂肪酸に富むこの魚は、世界中の漁港で「黄金の白身」として知られるようになった[14]。そのせいでマゼランアイナメの生息数は回復不能なペースで激減していると、世界中の魚類学者たちは口を揃えて警告している。

通常、〈サンダー〉は六カ月にわたる南氷洋での遠洋操業に年に二回出る。一回の出漁で一〇〇トンの水揚げがあれば、収支はとんとんになる。違法操業で獲ったマゼランアイナメを陸揚げした港の記録によれば、一回で七〇〇トンの漁果を挙げたことが何回もあったという。一九九〇年代のほぼ全体を通して、さまざまな海洋環境保護団体と各国政府のブラックリストに載ってきた違法操業船〈サンダー〉は、二〇〇六年に南氷洋での操業を禁止された[15]。にもかかわらず、漁船や哨戒機、そして衛星監視会社が、南氷洋でマゼランアイナメ漁をしている〈サンダー〉を確認したとしばしば報告している。[16]〈サンダー〉の漁獲高は〈バンディット・シックス〉のなかでも群を抜いており、ICPOの推計では過去一〇年間で七六〇〇万ドルを違法操業で得ているという。

二〇一三年十二月、ICPOは〈サンダー〉の拿捕を要請する広域手配書を全世界の警察組織に向けて出した。が、この「紫手配書」が効力を発揮するためには〈サンダー〉の発見が必要不可欠だ。広大な大海原で一隻の船を見つけることなど至難の業だ。〈サンダー〉のように違法操業を常習的に繰り返す漁船は、複雑にからみ合いつつも互いに矛盾するさまざまな海事法や、順守させることが難しい条約、そして各国のザル同然の規制を狡猾に利用し、法の網をくぐり抜けて自分たちの正体を隠している。何カ所かに電話をかけて数千ドルだかを払い、ペンキを塗れば、別の国の国旗を掲げた別の船になって次の漁場に入ることができるのだ。彼らはこんな手口をずっと使い続けている。

出力二二〇〇馬力の漁船〈サンダー〉は、四五年の船齢のうちに船名を一〇回以上変えている。[17]船籍についても同様で、たとえばイギリスやモンゴルやセーシェル諸島やベリーズやトーゴと、掲げる旗をころころと取り替えている。[18]EU（欧州連合）の違法操業船ブラックリストに加えられると、トーゴは二〇一〇年に〈サンダー〉に与えた自国の船籍を取り消した。[19]するとこの漁船の船主は、同時に二カ国の船籍を取得するという技で対抗し、あるときはモンゴル船籍になり、またあるときにはナイジェリアの国旗を掲げた。世界を股にかける犯罪者が複数の国のパスポートを使い分けるようなものだ。〈サンダー〉程度の規模の船舶の場合、船籍登録料の相場は一万二〇〇〇ドルほどで、さらに二万ドル払えば登録検査に必要な安全性および装備の認証も得られるという。[20]〈サンダー〉の船名と船籍港は船体ではなく金属板に記されていて、必要とあらば素早く交換し、船尾に掲げる。この金属板は、海の世界では「ジェームズ・ボンドのライセンスプレート」と呼ばれている。

外洋を航行する船舶には、その船の識別符号と船名、位置、針路、速力、目的地などのデータを発信する自動船舶識別装置（ＡＩＳ）の搭載が義務づけられている。ところが〈サンダー〉はそのＡＩＳを切って追跡されないようにしている。こっそりと入港し、獲物を陸揚げして買い手に渡し――それが密漁されたものだと知っている買い手もいれば、知らない買い手もいる――補給を済ませ、誰かに気づかれる前に港から出る。そんな簡単な手順を何度も繰り返しているのだ。むろん、ハマーシュテットのような誰かが追尾して、すべての動向を監視し、寄港地の警察当局やＩＣＰＯにあらかじめ通報していなければの話だが。

大海原で暗躍する違法操業船を発見し拿捕することは可能だということを証明するべく、シーシェパードは二〇一四年に「オペレーション・アイスフィッシュ」を発動した。[21] 出撃準備には数カ月を要した。違法操業船の刺し網を引き揚げて押収できるだけの力のあるウインチを〈サム・サイモン〉に取り付けるべく、チャクラヴァルティ船長はムンバイに飛び、あちこちの廃船置き場《ジャンクヤード》や解体工場を巡って部品を探した。さらにシーシェパードは〈ボブ・バーカー〉と〈サム・サイモン〉に価格一万ドルの周波数スキャナーを装備させ、漁網に付けられた電波ブイの位置を特定できるようにした。

マゼランアイナメを密漁する漁船が操業する南氷洋は、面積二〇〇〇万平方キロメートルを超える大洋だ。しかし南氷洋には凍結して船舶の航行が不可能な、広大な海氷域がある。海氷域と、その海氷が融解して漁船が操業可能な海域との境界線は絶えず変化する。それを示す氷図と、沿岸各国の司法権が及ぶ境界線を示す海事図、そしてマゼランアイナメの好漁場となる、水深が浅くて広大な「海台」の位置を示す海図をチャクラヴァルティは重ね合わせ、捜索範囲を狭めた。

その狭めた捜索範囲であっても、全体をくまなく巡視するには最低でも二週間はかかるとハマーシュテットは見ていた。〈ボブ・バーカー〉と〈サム・サイモン〉のレーダーの探知可能範囲は半径一二海里（約二二キロ）なのだが、洋上を漂う氷山がくせもので、レーダースクリーン上に船影のように映ることがままある。なので、乗組員たちは上部甲板のさらに八メートル上にある見張り台に交代で上がり、双眼鏡で監視をする。これがまさしく胸が悪くなる仕事なのだ。高さが船の揺れを増幅させ、ひどい船酔いを引き起こすからだ。〈ボブ・バーカー〉に乗船したわたしは見張り台に上がって数時間過ごし、そこから見える景色と、そこにどれだけ長く居続けることができるかどうか確かめてみた——まさしく世界でいちばん恐いジェットコースターに乗っているか、メトロノームの揺れる針の先端にしがみついているような気分になった。

〈ボブ・バーカー〉に発見されたとき、〈サンダー〉は南極大陸東部の沖合のインド洋にあるバンゼア堆《バンク》で操業中だった[22]。バンゼア・バンクは南氷洋のなかでも船影がほとんど見られることのない、まさしく世界の果てにある荒涼とした海で、直近の港まではだいたい二週間かかる。風速六〇メートルになんなんとする獰猛な風が吹き荒れ、眼球内の水分が凍結すると言われるほどの極寒の海だ。

凍傷を防ぐために、シーシェパードの乗組員たちは甲板作業にあたるときは通常はサバイバルスーツを着用する。ゴムのような見た目のネオプレンでできたサバイバルスーツは完全防水で、きわめて低い温度にも耐えることができる。重量は四キログラムを超え、着るとぶかぶかで動きづらい。海に落ちた場合に近くの船から視認しやすくするために、普通は明るいオレンジ色をしている。その見た目から人形アニメのキャラクター「ガンビー」という愛称で呼ばれている。着用には問題もあって、擦れてひどい擦り傷ができるし、乾いた汗のにおいも鼻をつく。「出血するほうがいいか、それとも凍るほうがいいかだ」スーツの着用を手伝ってくれた乗組員が、あるときわたしにそう言った。「どっちがいいか選べばいい」

＊

〈サンダー〉が北に針路を変えて遁走すると、〈ボブ・バーカー〉も猟犬のようにその跡を追った。しかしチャクラヴァルティの〈サム・サイモン〉はその場に残った。それから数週間南氷洋にとどまり続け、訴追になくてはならない証拠になる、〈サンダー〉が置き去りにした、公海上での使用が禁止されている刺し網の回収にあたった。刺し網は二万五〇〇〇ドルはするであろう高価なものだが、その大切な商売道具を捨ててまで〈サンダー〉は逃走した。船長にとっては捕まることのほうが大事《おおごと》だったようだ。

公海上での刺し網漁が禁止されたのは、これが荒っぽいことこの上ない漁法だからだ。長方形をした刺し網の底辺には錘《おもり》が付けられ、網は海底に沈んでいく。一方の上辺には浮きブイが付けられているので、全長一一キロ、高さ六メートルのきめが細かい網の壁が海中にできる。この網の壁を、〈サンダー〉はマゼランアイナメがたむろする海台に何枚もジグザグ状に配置し、逃れる術《すべ》のない迷路を構築する。そして目印の浮きブイをあとで見つけて、たいていの場合は魚がぎっしりとかかった網を引き揚げるのだ。

凍える海からの漁網の引き揚げは危険で、恐ろしいほどの根気を要する作業だ。すべての漁網を合わせると、その長さはマンハッタン島の全長の三倍を超える七二キロにもなるうえに、南氷洋は地球上でいちばん寒くていちばん強い風の吹く海だからだ。〈サム・サイモン〉の甲板はところどころ氷結し、雑然としている。寒さは、吐いた唾が落ちる途中で凍ってしまうほどだ。手すりは、やすやすと足を引っかけて転んでしまいそうなほど低い。大理石模様の軟氷が広がる海の水温は、場所によっては氷点下になる。そんな海に落ちてしまうと、すぐに救助されなければ、ほぼ確実に心停止して数分以内に死に至る。[23]船の揺れが激しいときは、乗組員は安全帯を着装して船と自分をしっかりと結びつけ、風に吹き飛ばされたり波に押し流されないようにする。

　数人の〈サム・サイモン〉の乗組員が、クリップボードを手に〈サンダー〉の刺し網にかかっていた魚の種類と数を几帳面に記録していった。集計結果は最終的にＩＣＰＯに渡すことになっていた。かかっていた魚の四匹に一匹がマゼランアイナメで、残りはたとえ生きていても誰も見向きもしない、釣りで言うところの外道《げどう》にあたる混獲《こんかく》だった。シーシェパードのメンバーのほぼ全員は菜食主義者《ヴェジタリアン》か絶対菜食主義者《ヴィーガン》で、その多くが動物保護への関心がきっかけでこの組織に加わっていた。そんな彼らにとって、死んでいるか死にかかっている海洋生物を網から外す作業は、心にも体にもきついものだった。エイや巨大なタコやカニ、深海魚のドラゴンフィッシュなどを外すあいだに泣き出したり嘔吐したりする者もいた。それでも全員、普段どおりに一日一二時間働き続けた。網の引き揚げが二週目に入る頃には、乗組員の三分の一近くがぎっくり腰になって鎮痛剤を服用する羽目になっていた。

　この重労働は、ぞっとするような状況に陥ることがしばしばあった。体重が一〇〇キロを優に超えることもあるマゼランアイナメは、〈サム・サイモン〉に引き揚げた時点で腐り始めていた。[24]腐敗によって生じたガスが死骸の腹腔内にたまってぱんぱんに膨らみ、それが網に圧《お》され、さらに甲板に叩き落とされた衝撃で破裂することもあった。

　二四時間作業が始まって一週間近くが経った二〇一五年十二月二十五日のことだ。チャクラヴァルティ船長は錨《いかり》を下ろして〈サム・サイモン〉を停船させると、午前六時少し前にベッドに入った。二〇分後、彼は電話で叩き起こされた。「ブリッジに来て。緊急事態よ」ブリッジに駆けつけると、一等航海士のヴィヤンダ・ルブリンクが舵を取っていた。この実直なオランダ海軍の元大尉は、窓越しに氷山を指さした。七階建てのビルほども高く、幅は優に一キロ半はありそうな巨大な氷山が、〈サム・サイ

〈サム・サイモン〉のブリッジにいるシッダールト・チャクラヴァルティ船長

モン〉の船尾に急速に接近してきていた。

「何をぐずぐずしている？」チャクラヴァルティは難詰した。

「まだ余裕がある」航海士の一人が言った。

「余裕なんかないぞ」チャクラヴァルティは言い返した。機関は完全に停止しており、最短でも一五分は暖機しなければ船を動かすことはできない。その前にあの氷山に追いつかれてしまうかもしれない。

「後甲板にいる連中を船内に戻せ、今すぐにだ！」作業にあたっている乗組員たちの身を案じ、チャクラヴァルティはそう命じた。「直ちに機関始動！」一五分後、わずか一五メートルまで迫ってきた氷山をあわやというところで回避し、〈サム・サイモン〉は衝突の危機から脱した。

〈サンダー〉が捨てた刺し網の回収は一月下旬に完了した。「本船の現時点での第一の目的は、回収した刺し網を違法操業船〈サンダー〉のものだと関係者全員が判断し、同船を訴追し得る証拠となる材料とすることにあります」

ICPOに宛てたメールに、チャクラヴァルティはそう書いた。〈サム・サイモン〉はマダガスカルの東方にある島国のモーリシャスに刺し網を運んだ[25]。港では、同国の漁業当局の七人の役人とICPOの捜査官たちが待ち構えていた。捜査官たちは、〈サンダー〉をはじめとした「紫手配書」に載っている違法操業船に関する情報収集にあたっていた。

制服姿の役人たちはチャクラヴァルティのもとに寄ってきて、写真を撮ったりメモを取ったりした。

彼は〈サンダー〉の刺し網に見られる独特な七二点の特徴を書き出したリストを使い、その一つひとつを丁寧に説明した。漁業とは芸術であると同時に科学でもあるという言葉で講釈は始まった――最高の船長たるもの、苛烈な嵐の中で船を操り、とてつもなく長い旅路に耐え得る力量を有していなければならない。彼ら最高の船長たちはそれぞれ独自の迷信を信じ、秘密の漁場を知っている。刺し網の配置にしても独自のスタイルがある。波止場で立ったままチャクラヴァルティは、まるで証拠審問のように細部に至るまで説明していった。マゼランアイナメ漁をする漁船の船長の特徴は、網の結び目と網の大きさや形状、引き綱とのつなぎ方に見られる。それはつまり、犯行現場に残された犯人の指紋のようなものだ。チャクラヴァルティは〈サンダー〉の刺し網の〝指紋〟を役人たちに説明した。

チャクラヴァルティの講釈は日中いっぱいかかった。それが終わると、彼は乗組員たちに指示し、非合法の刺し網の一部分だけをICPOに渡した。積み上げるとセミトレーラー・トラックよりも高くて長い、きらきらと輝くアクアグリーンの山になった残りの七二キロメートル分の網は、〈サム・サイモン〉に積んだままにしておいた。闇市場に出せば何万ドルもの値がつく違法な刺し網をモーリシャスの倉庫に置いておけば、消えてなくなる可能性が高いと、地元の警察関係者が警告してくれたからだ。違法操業の証拠の確保と提出を完了すると、チャクラヴァルティは〈サンダー〉を追跡中の〈ボブ・バーカー〉に合流するべく南氷洋に戻った。

＊

わたしが「オペレーション・アイスフィッシュ」のことを知ったのは、追跡開始から数週間後のことだ。ある日の午後、アメリカ海軍情報局（ONI）の元士官の情報提供者が携帯電話に電話をかけてきて、「南氷洋で起こっているとんでもないこと」をもう耳にしているかと尋ねてきた。「こいつは、航海史上最長の法執行機関による追跡作戦になりつつあるぞ。もっとも、法執行機関は一切関わっちゃいないがね」そう聞かされたときは要領を得ない話だと思ったが、それでも好奇心がたちまち頭をもたげてきた。事の次第を聞いているうちに、これはシーシェパードの自警活動の現場を自分の眼で確認できる格好のチャンスだと直感した。

すぐさまシーシェパードのアレックス・コーネリッツセン代表に直談判し、追跡船の同乗取材の許可を求めた。こうしたケースでよくあるように、最初の回答はノーだった。

**コーネリッツセン**　うちの船の足は速いんだ。

**わたし**　追いつける船なら手配できますから（そんな伝手《つて》はなかったし手配の仕方もわかっていなかったが）。

**コーネリッツセン**　陸《おか》から遠く離れた海のど真ん中にいるんだぞ。

**わたし**　航海なら何週間もしたことがありますし、またやっても全然問題ありません（これは本当だった）。

**コーネリッツセン**　危険極まりない航海なんだぞ。

**わたし**　中東の紛争地帯で取材したこともありますし、アフリカでは民兵組織に潜入取材した経験だってあるんですよ。それに前世は船乗りだったんです。こんなので屁もありませんよ。

**コーネリッツセン**　好きにしろ！

数回に及ぶ電話攻勢にとうとう屈し、コーネリッセンは同乗取材を渋々認めてくれた。同時に、船に乗りたいのなら今から七二時間以内にガーナの首都アクラに行かなければならないとも言った。

その時点でわたしは、水産業界の危険極まる惨状を一年以上にわたって取材していた。強制労働と暴力がまかり通り、人間をまるで水産物のように扱う違法操業の舞台裏を記録し続けてきた。そうした海の無法者たちに法の裁きを与える任務に同行できると思うと、わたしの心は躍った。相手がたった一隻の漁船であってもだ。それでも、シーシェパードと行動をともにすることについては二の足を踏んだ。

シーシェパードの設立者のポール・ワトソンとは顔見知りだった。一二年前に催された海洋プラスティックごみについての講演会で、ともに登壇したことがあるのだ。歯に衣着せぬ物言いの自信家のワトソンは伝説に包まれた人物だ。わたしはその鎧《よろい》を突き破り、生身の彼に触れてみたいと思っていた。そしてワトソンのことを知る人びとに会うと、必ず彼についての率直な意見を尋ねるようになった。彼らの評価は毀誉褒貶相半ばするものばかりだった。大仰な言葉ばかりを吐く誇大妄想狂で、ややこしい男だと言う者もいれば、私心がなく信頼できる、わかりやすい人間だと評する者もいた。それでも「筋金入り」だという点では全員の意見は一致していた。

一九七〇年代初頭、ワトソンら二十数名の環境保護活動家たちはグリーンピースを立ち上げた。そして時は流れて一九七七年、彼はグリーンピースの活動家チームを率いて、カナダのニューファンドランド州でアザラシ漁への抗議活動を展開した。漁師たちと対峙して激昂したワトソンは、彼らのアザラシの生皮と棍棒を奪って海に投げ捨てた。この行為は暴力的に過ぎると見なされ、グリーンピースの理事会で彼は理事から解任され、組織から追放された。ワトソンは直ちにシーシェパードを結成し、グリーンピース以上に過激で攻撃的な組織に育て上げた[26]。

意見の不一致はあるものの、グリーンピースもシーシェパードも法の支配が及ばない公海上で同じ一つの役割を担っている。この点にわたしは強い興味を覚える。公海を定期的に巡視して違法行為を取り締まる組織は、公権力であれそれ以外であれ、彼らよりほかに存在しない。程度の差こそあれ、グリーンピースもシーシェパードも「目的は手段を正当化する」と考えていて、法の範囲を超えて犯罪行為を阻止することを厭わない。唯一の違いは、法の範囲をどれだけ超えるか、というところだけだ。

自分たちの言動と成文法に対する向き合い方を正当化する独創的な言い訳を、シーシェパードは編み出している。悪戦苦闘の末にようやく〈ボブ・バーカー〉にたどり着いたとき、わたしは〈サンダー〉のような違法操業船を追いかけ回して操業を妨害する法的権利をシーシェパードは有しているのかどうか、ハマーシュテット船長に訊いてみた。すると船長は、国連世界自然憲章には各国の司法権の及ばない地域の自然環境保護についてはNGO（非政府組織）に支援を求めるという条項があり、それに基づいて活動していると答えた。

しかしこのシーシェパードの解釈については、海事法に詳しい法律家と国際政策の専門家たちからいくつか異議が上がっている。たとえそれが違法操業船であっても、漁船の操業を妨害したり漁具を押収したりすることは違法だと言うのだ。「でも、そうした行為を誰も訴追したりはしません。〈サンダー〉がやっていることに比べたら、大したことではないように思えるからです。シーシェパードはそれをわかっているんです」国際自然保護連合（IUCN）の公海政策顧問のクリスティーナ・ジャーディ氏はそう述べる。

「海神《ネプチューン》の海軍」の旗印を掲げるシーシェパードは、五隻の大型船と数艘の高速硬式ゴムボート《ゾディアック》、無人航空機《ドローン》が二機、二四の国から集まった、最大一二〇名の即時対応が可能な乗組員を抱えている。[27] 活動資金は主に著名人たちからの寄付に頼っていて、献金者リストにはミック・ジャガーやピアース・ブロスナン、ショーン・ペン、ユマ・サーマン、エドワード・ノートン、マーティン・シーンといったセレブが名を連ねている。〈ボブ・バーカー〉という船名も、購入資金の五〇〇万ドルを二〇一〇年に寄付した、長寿クイズ番組『ザ・プライス・イズ・ライト』の司会を務めていた俳優の名を冠している。〈サム・サイモン〉の場合は、購入資金として二〇〇万ドル以上を提供した、アニメ『ザ・シンプソンズ』の共同制作者だ。オーストラリアとアムステルダムを拠点にして年間予算四〇〇万ドルで活動するシーシェパードは、〈サンダー〉の追跡に一五〇万ドルを投入した。

アニマルプラネットの番組『クジラ戦争（Whale Wars）』で描かれた反捕鯨活動で広く知られるようになっていたシーシェパードは、「オペレーション・アイスフィッシュ」を発動した時期には転換期を迎えていた。二〇一二年、代表のポール・ワトソンがドイツで逮捕された。逮捕理由は、一〇年も前に起こしたコスタリカでのフカヒレ漁漁船との小競り合いにあった。彼はドイツの重警備刑務所に八日間留置されたのちに保釈された。その後はフランクフルトで自宅軟禁になったが、すぐに海に逃れた。しかし日本政府は何年も前から彼を国際指名手配しており、各国の指導者たちに水面下でかなりの政治的圧力をかけていた。したがって、捕まれば日本に引き渡される可能性は高かった。

公式にはワトソンは、シーシェパードのアメリカ支部代表と組織の旗艦〈スティーヴ・アーウィン〉の船長の座から降りている。[28]しかしいまだに逃亡中の身であることが問題をややこしくしている。かねてより彼が逮捕された場合は身柄の引き渡しを求めると公言している日本は、シーシェパードに法廷闘争を仕掛けてもいた。その戦費は高くつき、シーシェパードの資金はどんどん失われていった。二〇一七年十月の時点で、ワトソンには船舶に対して体当たりと攻撃を仕掛けた廉《かど》で、日本とコスタリカの警察当局から国際逮捕状がそれぞれ出されている。[29]そんなワトソンによる〈サンダー〉追跡作戦は皮肉に満ちたものだった——特異な事件や手口について通報し、各国警察の注意を促すＩＣＰＯの「紫手配書」が出された漁船を、即時の身柄拘束を求める「赤手配書」を出された男の組織が追跡しているのだから。

シーシェパードは、世界中の海洋生物を守るためなら法律のあやなど気にもかけずに「直接行動」なる手段を取る。日本の捕鯨船やその他の違法操業をしているとされている漁船への体当たり攻撃は、設立から数十年のうちに数十回も繰り返している。自分たちの本気のほどを万人に見せつけるべく、所有する船舶に海賊旗をもじった旗を掲げ、船体には海洋迷彩を施し、船首には第二次世界大戦の爆撃機よろしくサメの口を描いている。「海賊を捕らえる海賊たれ」というスローガンにしても、彼らの自警団的精神を如実に示している。

ハマーシュテットとチャクラヴァルティの両船長は、「オペレーション・アイスフィッシュ」を新たな標的と戦術を用いてシーシェパードそのものを改革する好機だととらえている。すでにシーシェパードは法の範囲内にとどまって活動する決断を下し、たとえば〈バンディット・シックス〉のような違法操業船に対しては体当たり攻撃を仕掛けるのではなく、操業をやめるまで影のように付きまとい、妨害する戦術をとることにしていた。[30] その役割は「拡声器」のようなものだとハマーシュテットは表現する。それまでの作戦とは違い、ＩＣＰＯに歯向かうのではなく歩調を合わせてもいる。

モーリシャスでチャクラヴァルティがＩＣＰＯの捜査官たちとともに活動していたことも、シーシェパードの環境保護団体としてのブランド再生努力の一環だった。わたしはＩＣＰＯの海事部門の数人の情報提供者に電話をかけ、彼らの意見を聞いてみた。すると全員がシーシェパードを裏から支援していると、オフレコが条件で明言した。「彼らは結果を出しつつある」一人がそう言った。

わたしが二〇一五年の四月上旬に〈サム・サイモン〉に乗船するまでのあいだに、「オペレーション・アイスフィッシュ」は過去の同規模の違法操業船追跡の記録をはるかに超えるものになっていた。二〇〇三年、オーストラリア当局は〈ビアルサ1〉を二一日間にわたって四〇〇〇海里（約七万四〇〇〇キロ）近くも追跡した。〈ビアルサ1〉も〈サンダー〉と同様にマゼランアイナメ漁船だった。[31] 最終的に〈ビアルサ1〉は南アフリカ近海で拿捕され、乗組員たちは訴追され裁判にかけられたが、二〇〇五年に証拠不十分で無罪となった。それ以来、状況はほとんど変わっていない。同じような違法操業船が、同じ海域で同じ魚の密漁を続けているのだ。しかし今回の追跡は違った。距離も期間もはるかに長く、危険度もさらに増したものになっていた。おまけに追跡しているのは法執行機関ではなく環境保護団体だ。シーシェパードに合流したとき、〈サンダー〉の追跡行は過去によくあった追跡劇がまたぞろ繰り返されたという感じから、これまでとは違う、さらに危なっかしいものに変わっていっているように思えた。

*

二〇一五年四月の時点で、『ニューヨーク・タイムズ』の海外取材は開始から半年が経過していた。その間にわたしはタイやアラブ首長国連邦（UAE）やフィリピンといった国々の海を巡っていた。そうした取材旅行の多くは、本当にいきなり始まる。取材のチャンスは予告もなく訪れ、しかも対象は絶えず移動し続けているからだ。〈ボブ・バーカー〉への同乗取材も例外ではなかったが、そのときはもう急な出立には馴れっこになっていた。ワシントンDCで暮らしているわたしは、近くに住んでいる母と義弟に電話をかけ、不在のわたしに代わってティーンエイジャーの息子を毎日学校に送り迎えしてくれるよう頼んだ。

バックパックはいつでも旅立てる状態にして家に置いてある。五〇〇〇ドル分の現金は、ジョギングシューズの中敷きの下とバックパックの内側に縫いつけた秘密のポケットと、二重底にしたピルボックスに分けて隠してある。GoPro《ゴープロ》カメラ、ヘッドフォン、衛星携帯電話、ノートパソコン、国際SIMカード入りのバックアップ用の携帯電話、そしてそれらの予備バッテリーは全部フル充電してある。抗生剤と抗真菌軟膏は買い足して補充しておいた――この二つを絶対に欠かしてはならないことは、南シナ海の汚らしい漁船に乗ったときに身をもって学んでいた。けがをしてそのままだった乗組員に薬を渡してしまい、わたし自身が腕に切り傷をこしらえたときにはもう薬は切れていた。一週間後、切り傷は化膿して危険な状態になってしまった。

　取材旅行に出る直前の妻とのやり取りは、毎回決まってかなりとげとげしいものになるのだが、今回の彼女はいつになく辛辣だった。帰りがいつになるのかわからなかったからだ。追跡期間は〈サンダー〉がどれだけ長く逃げるのか、もしくは陸《おか》に近づくかどうかで変わってくるので、「三週間かもしれないし、三カ月かかるかもしれない」とチャクラヴァルティに言われていた。「行けば。わたしたちなら大丈夫」妻のシェリーはいつものようにそう言った。「ちゃんと戻ってきてくれれば、それでいいから」

　アクラに向かう準備をしながら、わたしは二人の人物に助けを求めた。一人目はガーナの元駐米大使のコピー・クームソン氏だ。スペイン語教師の妻が教えているハイスクールにクームソン氏の子息が通っていたので、その伝手で知り合っていた。クームソン氏はすぐさまガーナ政府の要人との渡りをつけてくれて、ビザの発給を早めるために骨を折ってくれた。

　もう一人はガーナ人ジャーナリストのアナス・アレメヤウ・アナスだ。アナスのことは数年前から知っていた。アナスはアフリカで最も有名な調査ジャーナリストだとされているが、その仕事の大半は潜入調査なので、その顔を知っている者はほぼいない。インターネットに出ている写真にしても、顔を隠しているかデジタル加工したものだ。彼の調査取材は数カ国で世間の耳目を集める逮捕につながり、武器商人や武装勢力の指導者、麻薬密輸業者、汚職官僚といった人間たちがお縄になった。いきおいアナスは、アフリカの一部の国の役人たちから恐れられるようになった。アフリカのラッパーたちは彼のことを「子さらい鬼《ブギーマン》」のようなものとしてもてはやし、ツゥイ語で「アナスが来るぞ！」という意味のリリックを入れて、不埒な小悪党や悪徳警官たちに警告するラップを歌っている。

　アナスは、自分の助手のセラス・コヴェ・セイラムという青年を貸してくれた。コヴェ・セイラムのおかげで、アクラの街を安全に移動することもガーナのお役所仕事をうまく切り抜けることもできた。そして到着して数時間のうちに、現地の港湾警察の警備艇に乗ることもできた。警備艇はまだ新しく、警官たちは試運転と称していそいそと船を出してくれた。そのために一五〇〇ドルという保険ではカバーできない金額を支払わなければならなかったが、それだけ出せば〈サム・サイモン〉との洋上のランデブーポイントまでわたしたちを運んでくれると請け負ってくれた。

　アクラに到着した直後、取材に同行することになっていた『ニューヨーク・タイムズ』の専属カメラマンがこちらに来ることができないことを知らされた。ブラジルにいる彼は、ビザを取得できずに飛行機に乗ることができなかったのだ。困ったわたしは、腕の立つカメラマンでもあるコヴェ・セイラムに、いつまでかかるかわからない海の旅に一緒に行く気はないかと訊いてみた。すると、二つ返事で了承してくれた。わたしたちは店に駆け込んで必要な物資を調達し、港に向かった。

　わたしは可能であれば、取材旅行には毎回ほぼ同じ食料を持っていくことにしている――まずは栄養食としては軽いわりにハイカロリーのピーナッツバターとドライフルーツだ[32]。チューインガムとミックスナッツも大量に持っていく。そして乗組員たちに渡して仲良くなるためのタバコ。船の飲料水は錆くさいものと相場は決まっているので、それをごまかすための粉末レモネード。日持ちがして暑くてもあまり溶けないM&Mチョコレートは、毎日数粒ずつちびちびと食べる。

ガーナに到着して一二時間も経たないうちに、わたしは海を疾走する全長一二メートルの警備艇に乗っていた。すべてが順調に進んでいることに、われながら驚いていた。ランデブーポイントに指定された座標は、陸《おか》から一六〇キロ以上離れた洋上にあった。そこに指定された時間より早く到着し、投錨して〈サム・サイモン〉が到着するまで(おそらく二〇時間ほど)待つ。そんな算段でいた。

沖に出る準備を整えている最中に、チャクラヴァルティがわたしの衛星携帯電話に電話をかけてきた。いわく、〈サム・サイモン〉の自動船舶識別装置(AIS)は切ってあるとのことだった。二隻の追跡船の片割れが自分の尻から離れたことを〈サンダー〉に気づかれたくないからだと彼は説明した。そして、誰に送ってもらうのかは知らないが、〈サム・サイモン〉が見えなくても心配するなと伝えておけと忠告した。「おれたちはそこに行くから」チャクラヴァルティはそう言うと、あえて危険を冒して〈サンダー〉を見失うわけにはいかないから、そんなに長くは待つことはできないと釘を刺した。

「遅刻厳禁だからな」

ところが状況は悪い方向に流れていった。警備艇には港湾警察の乗組員が一〇人乗っていたのだが、そのうち沖合まで出たことのある者はたった一人しかおらず、その一人にしても陸《おか》からせいぜい二〇キロ程度しか行ったことがなかった。乗組員たちは、男らしいところをこれでもかと見せつけてくるマッチョな男ばかりだったが、船酔いする者が出てくると彼らのテンションは下がっていった。港から一〇〇キロを超えたあたりまで来ると、うねりの高さは五メートル近くにもなった。外洋に出たことがない乗組員たちは、当然ながらおびえた表情を浮かべるようになった。船内に張りつめた空気が漂ってきた。潮の流れに逆らって進んで燃料を浪費してしまったので、このままでは燃料切れになるか転覆するかしてしまうと悲観的なことを言い出す者も何人か出てきた。不安が平乗組員たちのあいだに広まり、ついには上官との激しい口論が勃発した。

「危険」の厄介なところは、危ない目に遭っても無事切り抜けることができたという成功経験を積めば積むほど、危険に対して鈍感になってしまう点にある。わたしは危険をドラッグのように感じているわけでも、スリルを味わうために危険を求めているわけでもない。それでも危険な経験を何度も繰り返してきたせいで、少しではあるが恐怖に馴れっこになってしまったのだ。一般人であれば危険メーターの針がイエローゾーンに入ってしまうような状況下でガーナ人の乗組員に囲まれていたわたしは、やばいことになりそうな予感はしたものの、しゃれにならないほどやばいことになりそうだとは思っていなかった。もっともっと貧相な船に乗って、今よりもはるかにやばい状態に陥ったことだってあったのだから、このぴかぴかの警備艇なら大丈夫だろう。上官たちが平静を保っていてさえくれれば問題ない。そう考えていた。

そんな楽観的な思い込みはすぐに裏切られてしまった。港湾警察の上官たちは、ランデブーポイントまでの往復に必要な燃料量だけでなく、その海域の水深も甘く見積もっていたのだ。警備艇の錨の鎖は三〇〇メートル以上の深度にある海底に届くだけの長さがなく、それはつまり〈サム・サイモン〉が到着するまでのあいだはエンジンを切ることはできないということだった。そんなに長いあいだ投錨しないでエンジンを切ってしまえば、かなり遠くまで流されてしまうし、船の揺れもひどくなる。このにっちもさっちもいかない状況を、わたしは衛星携帯電話のバッテリーの大半を費やしてチャクラヴァルティに伝えた。シーシェパードとしては、わたしたちを陸《おか》に戻したくはないはずだ。「オペレーション・アイスフィッシュ」が記事にならないと組織の宣伝はできないし、そうなれば寄付も見込めなくなるのだから。わたしはそう踏んでいた。案の定チャクラヴァルティは、到着したら予備の燃料をそちらに補給するから、陸《おか》にはちゃんと戻れるとガーナ人たちに伝えてくれと言ってきた。(33)

チャクラヴァルティの言葉はガーナ人たちには効かなかった。怒鳴り合いは小突き合いにエスカレートしつつあった。過去の経験から、奥の手を小出しにして場を和ませるしかないとわかっていた。ガムやナッツだけでは無理だ。ツナ缶やキャンディも必要だろう。しかし港を出てから四時間が経ったこの時点で、その奥の手もすでに尽きていた。最初のうち、この言い争いは疲れと空威張りによるもので、ぱっと燃え上がってぱっと消えるはずだとたかをくくっていた。が、二人の大柄な乗組員たちが立ち上がり、わたしを指さしつつ上官たちに向かってわめき始めると、これはマジでやばいと思うようになった。謀反でも起こりそうな雰囲気だった。そしてわたしは謀反を起こされる側にいた。

コヴェ・セイラムはわたしの説得をさまざまなガーナの言語に訳して伝えてくれていたのだが、その彼もひどい船酔いにかかってしまい、船べりから身を乗り出して嘔吐していた。飛び交う怒声の内容がわからなくなってしまったが、それでも言い合いは平行線をたどっていることはよくわかった。乗組員たちは今すぐ港に引き返そうと言い募り、上官たちはあくまで任務をやり遂げると言っていた。怒号が飛び交う言い争いは二〇分続いた末に、数にも体格にも勝る乗組員たちが勝ちを収めた。わたしたちは陸《おか》に戻ることになった。それからの二時間、気まずさと静かな怒気を帯びた空気が船内に充満していた。

いくらもしないうちに、わたしたちはさらにつきに見放されてしまった。陸《おか》に戻る途中で、警備艇の計器盤の電源がどういうわけだか全部落ちてしまい——おそらくどこかがショートしたのだろう——ナビゲーション装置が使えなくなってしまった。船影は一切見えず、無線が届く範囲内にも一隻もいなかった。向かうべき針路がわからなければ港に戻ることはできない。燃料も限られているので針路ミスは一切許されなかった。針路を誤ってしまえば、友好的ではない他国の領海に入ってしまうこともあり得る。バッテリー残量が目盛り一つ分しかない衛星携帯電話を使って、わたしは情報提供者になってくれた海洋学者を真夜中に叩き起こした。「すまないけど、今からＡＩＳのウェブサイトを開いて、ぼくが乗ってる船を探してもらえないかな？」わたしは遠慮がちにそう頼んだ。ＡＩＳはバッテリー駆動なので、船の電源が落ちてもわたしたちの位置情報を発信し続けていた。だからＡＩＳのウェブサイトを確認すれば、わたしたちがどこにいるのかわかるだろうと思いついたのだ。しかし答えが返ってくるより早く、電話のバッテリーが切れた。

電源が落ちてから四時間のあいだ、わたしたちは漆黒の闇に包まれた夜の海をひたすら漂っていた。全員が思案に暮れ、恐怖にとらわれていた。妻と息子とはもう二度と言葉を交わすことはできないかもしれないと考えると、わたしは怖気《おぞけ》をふるった。自分の調査報道プロジェクトがこんな感じに終わるかもしれないことが、にわかには信じられなかった。このプロジェクトに潜むさまざまなリスクをじっくりと検討していたときには、こんな異様なシナリオは予想だにしていなかった。衛星携帯電話用の予備のバッテリーを持ってこなかったことが、自分で自分を蹴っ飛ばしてやりほど腹立たしかった。

わたしたちは暗闇の中でゆらゆらと揺れていた。と、水平線上にちらつく灯りがわたしの不安を断ち切った。「あっ！」後甲板にいた乗組員がその灯りを指さし、叫んだ。ほかの乗組員たちはわき立ち、手を打ち鳴らした。灯りの主は、今にも沈みそうなトロール漁船だった。携帯無線機で連絡すると、その漁船は警備艇に横づけしてくれた。漁船の乗組員たちは計器盤のショートの修理を手伝い、現在位置の座標を教えてくれた。わたしたちが立ち往生していた海域ではトロール漁は禁止されていた。それはつまり、ほぼ間違いなく違法操業をしていた漁船に法執行機関の船舶が救助されているということだ。しかしそんなことを今は指摘するべきではないのだろう。ちょっとした皮肉だと、自分一人が面白がっていればいい。わたしは胸の内につぶやいた。

わたしたちは港に戻る航海を再開した。船内の空気はまだぴりついていたが、爆発しそうな気配はもう消えていた。アクラ港にたどり着いて下船すると、警備艇の艇長はランデブーポイントに送り届けることができなかったことを詫びた。そしてわたしたちを覆面車両に乗せると、護衛につけたアブという名の男にホテルまで送るよう命じた。

もう夜は明けていて、アクラの街は息を吹き返していた。わたしはくたくたに疲れ果てていた。無理もない話だ——海の上で一睡もできずに、しかも一時的であれ遭難してしまっていたのだから。それでも、今から急いで別の船を調達すれば、ランデブーにぎりぎり間に合うだけの時間は残っていた。そこでアブに、ちょっとしたアルバイトをする気はないかと訊いてみた。わたしたちをホテルではなく近くの漁港に連れていって、船を借りる段取りを手伝ってくれたら、礼ははずむと持ちかけた。「ノープロブレム」アブはそう答えた。〈サンダー〉追跡作戦を、どうしてもこの眼で確かめてみたい。わたしはそう心に決めていた。ここまでくればもう意地としか言いようがなかった。

身の丈一八三センチで体重一二〇キロという巨漢のアブは、制服を着ていることも相まって並々ならぬ威圧感を放つ男だった。何か言いたげな眼でじっと見つめる癖があり、そうやって言いたいことを言葉ではなく沈黙で伝えていた。そんなアブが覆面車両を運転すると、昨日は通行料の交渉に一五分もかかった検問所を、運転席側の窓を下げることもなくすんなりと通ることができた。アブは一時間もかからずに警備艇よりも大きな、より経験豊かな船長が操る貨物船を見つけ、八〇〇ドルでわたしたちを乗せる段取りをつけてくれた。アブも一緒に乗ることになった。どうやら彼は、わたしたちが約束の時間までにランデブーポイントにたどり着けるのかどうか本気で心配していた。同時に、誰と合流するのか興味津々みたいだった。六時間の航海ののちに、わたしたちは指定された座標位置に、約束のわずか二〇分前に到着した。船長は機関を回したまま待った。熱に浮かされたときに見る、シュールでストレスフルな夢のような二〇分間だった。

「まさか間に合うとはね」コヴェ・セイラムが小声でそう言った。その言葉に、わたしは控えめなロータッチで応えた。お祝い気分は長くは続かなかった。〈サム・サイモン〉からの迎えのボートの姿を水平線上に探しているうちに、貨物船の船長は無言のまま、徐々に苛立ちを見せるようになっていた。そしてとうとう沈黙を破ると、船長も乗組員もどこの誰だかわからない、しかもＡＩＳを切っている船と合流するだなんて気に入らないと言い出した。「あんた、もしかしておれを罠にかけて海賊に襲わせようとしてるんじゃないのか？」彼はそう訊いてきた。わたしは、これからやってくる船はある船を追跡していて、相手に気づかれないようにＡＩＳを切っているんだと説明した。そう包み隠さず伝えてみても、船長は不安をますます募らせているみたいだった。

しばらくすると〈サム・サイモン〉のボートが姿を見せた。軍用風のゾディアックを操って接近してくる、タトゥーだらけの屈強な体を黒装束で包んだシーシェパードの乗組員たちの姿を確認すると、船長は安心するどころかパニックに陥った。彼らを傭兵だと思い込んだ船長は、陸《おか》に向けて舵を急に切って機関全開で逃げ出した。止めてくれと頼んでも聞く耳を持たなかった。わたしは「どうにかしろ」という眼でアブを見た。アブは立ち上がると、鼻で大きく息を吸った。すると背が数センチ高くなったように見えた。そしてよく響く太い声で船を戻せと言った。船長はすぐに言われたとおりにした。

わたしたちは貨物船を下りてシーシェパードのボートに乗り移った。下り際に、貨物船の船長に約束の八〇〇ドルの残りの半分を渡した。金のために手伝ったんじゃないとアブはかたくなに拒んだが、それでもわたしは彼の手に二〇〇ドルを無理やり押し込んだ。船長とアブは、わたしとコヴェ・セイラムとおさらばできてほっとした様子を見せていたが、それでも幸運を祈ると言ってくれた。貨物船は陸《おか》に向かって一目散に帰っていった。シーシェパードの乗組員たちはゾディアックのエンジンをふかしてＵターンし、〈サム・サイモン〉が待つギニア湾のさらに沖合にわたしたちを運んでいった。

＊

「オペレーション・アイスフィッシュ」の開始からふた月後、そしてわたしがシーシェパードの船に乗るふた月前の二月、〈ボブ・バーカー〉のハマーシュテット船長と彼の標的である〈サンダー〉のカタルド船長は、絶対に諦めないという点で意見は一致していた。そのとき二人は、世界で最も危険な海域のいくつかを縦断していた。船乗りたちのあいだでは、昔から南緯四〇度より下の海には秩序はなく、五〇度より下には神はいないと言われてきた。アルゼンチンの最南端の真下にあるこの海域は、吹く風にしても天候にしてもきわめて獰猛で危険だ。そして何世紀分もの恐怖と無数の船を呑み込んできた海でもある。この追跡行の過程で、〈サンダー〉と〈ボブ・バーカー〉は何千キロにもわたって広がる、船乗りたちが言うところの「絶叫する六〇度」を全速力で駆け抜け、北の「狂う五〇度」と「吠える四〇度」をめざした(34)。

南氷洋のなかでもとくに過酷なことで悪名高いこの海域で発生した嵐は、南米大陸の南端部分以外は何も遮るものはない開放水域を東に向かって何万キロも移動していくうちに（この距離を気象用語で「吹送距離《すいそう》」という）勢いを増していく。その最大風速は九〇メートル、波の高さは三〇メートル近くにまで達する(35)。寒冷前線と貿易風は獰猛な嵐を週に一つのペースで生み出す。この海域を通過する船舶は、たいていの場合は周辺海域で待機し、嵐と嵐の間隙を突いて航行する。〈サンダー〉は待たなかった。

〈サンダー〉を追って危険水域に突入した〈ボブ・バーカー〉では、ハマーシュテットがノートパソコンに覆いかぶさるようにして気象図を確認していた。気象図上の黄色い点は風速二〇メートル以上、赤い点は二五メートル以上を示していた。ハマーシュテットの肩越しに、カリフォルニア出身の元自動

危険に満ちた南氷洋の浮氷原を突っ切って追っ手をまこうとする〈サンダー〉

車修理工のでっぷりと太った一等航海士アダム・メイヤーソンがパソコンの画面をのぞき込み、声をかけた。「黄色いところなら大丈夫だ」メイヤーソンは言った。「とにかく赤いところだけは避けろ」それからの二日間、気象図はケチャップをぶちまけたみたいになった。

その二日間、〈サンダー〉は安定を保っていた。一方、船幅と総排水量に劣る〈ボブ・バーカー〉は前後に揺れ、左右に四〇度傾き、高さ一五メートルの波に叩きつけられた。甲板の下の燃料槽の中では燃料が跳ね回り、槽の天井のひび割れから漏れ出し、船内に軽油臭が漂った。調理室では、壁にくくり付けられていたプラスティック製のドラム缶が解き放たれ、中身の植物油が床一面にぶちまけられ、下の船室に流れ落ちていった。乗組員の半数が船酔いにかかった。「突然落下したかと思ったら逆に六階分上がる、それを一〇秒ごとに繰り返すエレベーターに乗って仕事をしているようなものだった」ハマーシュテット船長はそう述懐する。

この嵐の中を突っ切ったときのことを乗組員たちに訊くと、「洗濯機に放り込まれたコインみたいだった」とか「バスタブに入れたピンポン球みたいだった」とか「デモリション・ダービー〔互いに車をぶつけ合って相手を破壊し、最後の一台になるまで続けるレース〕のドライバーにでもなったような気分だった」といった答えが返ってきた。追跡行のこの区間はまだ〈ボブ・バーカー〉に乗っていなかったが、それでも彼らが言わんとすることはよくわかる。わたし自身、のちの取材航海でこの海域を横断したからだ。壁となって押し寄せる海が容赦なく繰り出す強力なパンチを受けてうめき、泣き叫び、もうやめてくれと絶叫する船の声を、わたしも聞く羽目になった。

航海中にそんな嵐に遭遇したら、普通なら船酔いを和らげようと船室に閉じこもって横になるものだ。船内の通路は、ちゃんと固定されていないさまざまなものが必ず飛んでくるので危険だ。外の様子はあまり見えないから、次の波がいつ、どんな勢いで襲ってきて、どれほど船を揺らすのかがわからない。だから想像頼りになってしまう。船室でごろごろしている時間がいつの間にか重なって数日になることもある。そうなると退屈自体が危険なものになってしまう。

船室でごろごろするという選択肢は、シーシェパードの乗組員たちにはなかった。入港して接岸するとき、船体が岸壁やもやい杭《ボラード》にこすれたり激突したりしないように、状況によってはゴム製の緩衝材を舷側に吊す。タイヤで覆われた小型潜水艇のような、ずんぐりとした形状の緩衝材は「ヨコハマフェンダー」と呼ばれている。嵐の南氷洋を突っ切っていたとき、〈ボブ・バーカー〉の操舵室の下にくくり付けてあったヨコハマフェンダーが外れてしまった。全長三メートル近くで重量は一トン以上もあるヨコハマフェンダーは激しく揺れ、一メートルも離れていないところにあるゾディアックを壊してしまいかねなかった。「こんなに大きな嵐のときは、とにかく外に出るな」ハマーシュテットはそう言う。「どうしても出なきゃならないときは別だけど」甲板長のアリステア・アランと機関士のパブロ・ワトソンが——二人ともオーストラリア人だ——暴れるヨコハマフェンダーをどうにかする仕事を買って出た。二人はサバイバルスーツを急いで着込むと、安全帯で自分たちと側舷の手すりをつなぎ、フェンダーを固定するべく猛烈な風雨の中をじりじりと進んでいった。

〈サンダー〉の追跡は意地と度胸の張り合いであると同時に、我慢比べでもあった。それまでの数週間、〈サンダー〉は全力を挙げて二隻の追跡船が補給を受けることができないようにしてきた。たいていの場合、〈サンダー〉〈ボブ・バーカー〉と〈サム・サイモン〉は八〇〇メートルほどの距離を開けて並走しながら航行していた。二隻がその距離を狭めるのは物資を交換したり燃料を補充し合ったりする兆候だと〈サンダー〉の船長は判断し、そのたびに船を一八〇度回頭させて二隻のあいだに割って入って妨害した。その行動を、シーシェパードの二隻の船長たちは笑って見ていた。二隻とも、物資にしても燃料にしても、少なくともさらに二カ月以上無補給で航行できるだけの量を積んでいたのだから。だったらどうして距離を狭めるようなまねをしたのか尋ねてみたが、二人とも答えを濁した。想像だが、単に〈サンダー〉に対して心理戦を仕掛けていただけではないだろうか。

嵐が荒れ狂う海を通過すると、乱暴なかたちで閉所恐怖症に追い込まれる。たとえるなら、段ボール箱の中に閉じ込められたままごろごろと転がされるようなものだ。であれば、その嵐が過ぎ去ったあとに訪れるのは、奇跡のように感動的な歓喜だと言える。甲板に出てみると、空一面に低く垂れ込めていた不気味な雲は高いところに戻っている。太陽すら姿を見せているかもしれない。すべての扉が開け放たれる。新鮮な空気が船内に入ってくる。シーシェパードにとっては、この歓喜はさらに甘美なものだった。彼らは、自分たちを振り切ろうとする〈サンダー〉の努力をくじくという武勲を重ねたのだ。

嵐を抜けると、それまでと比べたら穏やかな海が数日続いた。シーシェパードは〈サンダー〉にあとどれぐらい燃料が残っているのか見積もってみた。撮影した写真とビデオから、燃料の残量を知る手がかりとなる喫水の深さを測定した。

シーシェパードの船に乗るために、わたしはいくつかの取材条件に同意しなければならなかった。そのなかには船の燃料積載量に関する情報は一切明かしてはならないというものが含まれていた。「おれたちからどれぐらい逃げ回らなきゃならないのか、相手に知られるわけにはいかないからね」チャクラヴァルティはそう説明した。ブリッジの壁に掲げてある船の見取り図も掲載してはならないと言われた。〈サンダー〉と衝突するようなことがあると、放水銃が右舷側の通気孔をねらっていて、船の重要区域を水浸しにできるようにしてあった。

追跡開始から二カ月近くが経ち、シーシェパードと〈サンダー〉がインド洋に浮かぶマダガスカル島の南方数百キロにあるメルヴィル・バンクという海域にいたときのことだ。濃い雲が午後の陽射しを弱めていた。〈サンダー〉が突如として減速し、旋回行動を開始した。ハマーシュテットは無線で〈サンダー〉のカタルド船長に呼びかけ、何かあったのかと尋ねた。珍しく返事はなかった。二人の船長たちは、敵対関係にありながらも頻繁に会話を交わしていた。もっともたいていの場合、カタルドは声を荒らげて毒づき、「このくそ野郎」だとか「間抜け」だとか「おまえに船長の資格はない」などとわめいていた。それに対してハマーシュテットは冷静に、ときに皮肉を交えつつ、「嬉しいこと言ってくれるじゃないか」だとか「自分でもそう思うよ」だとかと応えていた。

しばらくすると〈サンダー〉の船尾のスポットライトが点灯し、開口板が開いた。そして乗組員たちが長さ八〇〇メートルほどの浮きブイ付きの漁網を海に投げ入れた。〈ボブ・バーカー〉のブリッジにいた航海士たちは唖然とし、無言のままその様子を見ていた。ハマーシュテットは、スクリューが網を巻き込まないように、すぐさま網が投げ込まれた方向から〈ボブ・バーカー〉の針路をそらすよう操舵手に命じた。水深が浅くて一二〇〇メートルに満たないこの海域にマゼランアイナメはいない。食料用の

危うく衝突しそうになる〈ボブ・バーカー〉と〈サンダー〉

魚を獲ろうっていうのか？ ハマーシュテットは訝《いぶか》しんだ。それとも、喧嘩を売りたくてうずうずしているのかもしれない。

三〇分後、〈サンダー〉は網の引き揚げを始めた。ハマーシュテットは〈サンダー〉と網のあいだに割り込み、引き揚げの妨害を図った。するとカタルドも応戦し、機関を全開にして〈ボブ・バーカー〉めがけて突進した。ハマーシュテットはすぐさま機関を反転させ、あと三メートルというところで衝突を回避した。わたしもパラオとタイとインドネシアで経験したことがあるが、船舶同士の衝突は、その音にしても感触にしても車同士の衝突以上に強烈で、よりひどいパニックをもたらす。そしてたいていの場合はどちらか、もしくは両方が沈没してしまうので危険度も高い。衝突の瞬間は何だかスローモーションのようになり、金属同士が擦れ合う音やグラスファイバーが砕ける音、そして木材が歪み、曲がった木がへし折れるときのような音が長く響く。幸いこの日、そんな事態にならなかったのは、どちらもかなりの大型船だったからだ。乗組員たちが獲物を引き揚げると、〈サンダー〉の灯りは消えた。

明くる日の夜も〈サンダー〉はまた開口板を開けて網を海に入れた。カタルドが無線を入れてくると、ハマーシュテットは普段とは違って挑戦的な対応を取った。

**サンダー**　ボブ・バーカーへ、こちらサンダー。(36)

**ボブ・バーカー**　何の用だ？

**サンダー**　ご機嫌いかがかな？　ナイジェリア政府と、こちらが契約している企業からの伝言を伝える。これからまた操業を開始するから、こっちの船尾をよく見て、網に引っかからないようにしろ。

**ボブ・バーカー**　漁を始めたら網を切るぞ。

**サンダー**　網を切ったら、ナイジェリア政府に通報するぞ。おまえたちがこっちの私有財産を奪おうとしてるってな。前にも言ったが、こっちにはナイジェリア政府の漁業免許があるんだ。一切合切の許可証は更新済みだ。おまえたちがやろうとしてることは違法行為だ。

**ボブ・バーカー**　おまえらに許可なんか出てないぞ。ここで網を入れても無駄だ。入れたら切るからな。ナイジェリア政府は、おまえらに漁業免許なんか出してないって言っている。もう一度言う、網を入れたら切ってやる。

どちらかの船長がはったりをかましているのか、それともナイジェリア政府が二枚舌を使っているのかはわからない。しかしこの交信の時点で網は入れられていた。網の引き揚げが始まると、ハマーシュテットは〈ボブ・バーカー〉を前進させて〈サンダー〉の背後につけたが、網に引っかからない程度の距離はあけておいた。それから網に横づけし、引き綱をつかんで浮きブイを切るよう乗組員たちに指示した。浮きブイを失った部分の網は海底に沈んでいき、〈ボブ・バーカー〉の乗組員たちは残りの網を引っ張り上げた。カタルドは〈サンダー〉を一八〇度急旋回させた。「こっちに来るぞ、急げ」ハマーシュテットはそう命じた。

〈ボブ・バーカー〉の乗組員たちに本物の危険が差し迫っていた。このとき、「無法の大洋《アウトロー・オーシャン》」の取材過程で何度もわいてきた根本的な疑問が頭をよぎった——この若者たちは、どうしてこんな命懸けの危険を冒そうとするのだろう？　それから数年にわたって、わたしは何人もの海洋保護活動家たちに同行し、そのたびに何カ月も海で過ごしたのだが、そのなかでこの疑問の答えと思えるもののリストを作成していった。そう、彼らは魚類、もっと広く言えば海洋生物のことが大好きなのだ。活動の目的を彼らに訊くということは、それはすなわち人間の強欲や気候変動、そして無用な殺生といった、自分たちより大きな力に抗《あらが》う物語を聞くことにほかならない。むろん現実的で理屈抜きの動機もある——冒険がしたいから。世界中を旅することができるから。正義の戦いに身を投じるスリルがあるから。ほとんど知られてない場所を見ることができるから。実践的な航海技術を身につけることができるから。志を同じくする仲間との友情を育《はぐく》むことができるから。そんなところだ。しかし一つだけはっきりわかっていることがある。わたしがやっている記者という仕事もそうなのだが、たいていの職業の場合、それを長く続けていると、自分たちの仕事の核には高貴な使命があり、だからこそどんな困難にも果敢に立ち向かっていけるのだという話を語りがちになっていくものなのだ。

カタルドが怒りの無線をよこしてきて、ハマーシュテットを盗人《ぬすっと》呼ばわりした。盗人はおまえのほうだとハマーシュテットはやり返した。「この喧嘩を吹っかけてきたのはそっちじゃないか」カタルドはそうわめき、網を返すまで追い回すと言った。〈ボブ・バーカー〉は機関を全開にした。〈サンダー〉も全開にし、四五〇メートル後方から追いかけてきた。

〈ボブ・バーカー〉のほうが確実に〈サンダー〉よりも足が速いことをわかっているハマーシュテットは、カタルドが貴重な燃料を無駄に使って追いかけてきて大喜びした。網なら喜んで返してやる。彼はわざとらしく重々しい口調でカタルドにそう言った。とにかくずっと追いかけてこい。こっちはいちばん近い港に逃げ込むから、おまえたちはそこで警察に自首しろ。カタルドは苛立ちもあらわにこう言い返した。「何があっても、どんなことをしてでも浮きブイを奪い返せっていう指示も来てる」

追跡する側が追跡される状況は数時間続いた。ハマーシュテットはラテン系の追手たちのことを「パンプローナの牛」と呼ぶようになった。カタルドはようやく追跡をやめた。彼は〈サンダー〉を方向転換させ、本来の針路に戻った。そして誰も知らないどこかへと向かっていった。

＊

「オペレーション・アイスフィッシュ」の戦場から一万キロ近く離れたスペインの北西端で、別のドラマが展開されていた[37]。ガリシアで、違法操業が疑われる複数の水産企業への警察による一斉手入れが敢行された。手入れの対象には、悪名高いビダル・アルマドレス社の元本社も含まれていた。警官たちが踏み込むと、社員たちは書類を必死になってシュレッダーにかけている最中だった。警官たちは作業を止めるよう命じた。三〇分も経たないうちに、処分を免れた何万枚もの書類が押収された。

一斉手入れは、カリブ海を舞台にした海賊映画でジョニー・デップが演じた役名をふざけて借用した「オペレーション・スパロウ」の一環だった。二〇一五年に施行された新しい漁業法で、スペイン当局は違法操業に関与した自国民を、世界のどこで密漁をしようが訴追できるようになった。この新法の初適用をもくろむ当局は、おとり捜査を展開していた。

警察をはじめとしたスペイン各当局は、ビダル・アルマドレス社は〈サンダー〉に関与しているとにらんでいた。(38)しかし〈サンダー〉の所有権については、セーシェル諸島とナイジェリアとパナマのペーパーカンパニーという闇に包まれていた。そして何よりも、はるかかなたの大海原で航行を続ける〈サンダー〉を捜査することなど到底無理な話だった。しかし密漁者たちにも弱点はあった。違法操業船の経営者たちは、海に逃れようにも陸《おか》からは絶対に離れることができないことをわかっていた。商売相手はどこも陸《おか》に拠点を置いているし、そことの取引にしても毎回陸《おか》で行われているからだ。彼らが抱える違法操業船の乗組員たちにしても陸《おか》に家族を置いてきているし、借金も払わなければならない。こうした避けられない人生の現実があると同時に、スペインの捜査官たちは彼らを締め上げて訴追に持ち込む術《すべ》を心得ていた。台所事情の厳しい国では、違法操業船が戻ってくるまでは何も手出しをしないというのがいちばん安上がりな捜査方法をとることは珍しい話ではない。

〈サンダー〉の背後にいると思しき企業に対するスペイン当局の捜査が加速していくと、複数の情報提供者たちを通じて、捜査関連の資料がどんどんわたしのもとに送られてくるようになった。一部の資料は、〈サンダー〉の船主はパナマのエステラレスという企業だと指摘していた。ICPOの担当捜査官によれば、エステラレス社の経営者はガリシア出身のフロリンド・ゴンザレス・コラルだということだった。別の海事記録では、〈サンダー〉はトランコエイロ水産という別のパナマ企業の名義で船主登録されていることになっていた。(39)トランコエイロ水産の重役の何人かはスペイン人で、しかもICPOによれば、彼らは密漁で有罪判決を受けた過去があるビダル・アルマドレス社の関係者だということだった。わたしはトランコエイロ水産に何度もコメントを求めたが、回答はなかった。もっとも、同社の弁護士で、過去にビダル・アルマドレス社の代理人も務めていたカルロス・ペレス・ブウサダ氏は、自分のクライアントは〈サンダー〉とは「一切関係ない」というメールをよこしてきたが(40)。

送られてきた捜査資料のほぼすべてが難解かつ不完全で、しかも紛らわしいものばかりだった。[41] それらを取捨選択して有益な情報を見つけることは、退屈だが有益な作業だった。たしかに、ドアを蹴破って押し入り証拠書類を押収するという捜査活動はアドレナリンが出まくるし、船長たちを逮捕すべく違法操業船を追いかけて七つの海を駆け巡る航海への同行取材は胸躍る。しかし法の正義を下すという仕事のなかで最も困難で、そして文句なしに最も重要なのは、訴追に向けた証拠収集という地道な作業だ。

結局のところ、洋上にいる〈サンダー〉を追跡することの本当の意味とは、陸《おか》にいる黒幕たちの訴追に必要な証拠を押さえることにほかならない。マネーロンダリングや詐欺や脱税といった、実刑と巨額の罰金が科せられる可能性のある犯罪の捜査には、骨身を惜しまない不断の努力と尽力と財力を要する。そうした重大犯罪とは違い、密漁はなかなか世間からの注目を集めることはなく、「フィッシュロンダリング」とも言える産地偽装ともなればなおさらだ。世界を股にかけた犯罪であっても、表向きは流血沙汰のない、新聞しか報道しなさそうな地味なケースは、捜査予算をなかなか得られないのだ。

こうした証拠集めの一部は、エスキル・エンダルとシアテル・サテルという根気強いノルウェー人ジャーナリストたちが担った。[42] 二人はスペインとその他数カ国を何度も訪れ、〈サンダー〉を取り巻くブラックビジネスの迷宮の見取り図を描くというすばらしい仕事を成し遂げた。そんな彼らでも、この船の所有者の特定には、わたしと同じように苦労した。

この難解なシステムの目的は、まさしく〈サンダー〉の船主を特定させないことにあった。景気がいいときには、船主も保険会社も銀行も、その船の運航会社も獲れた魚の買い手も、そして船籍を与えた国の政府ですらも、公海上での野放図な密漁で懐を潤す。しかし不景気になると、この陰謀劇の演者たちは責任を放棄して無関係を決め込み、ＩＣＰＯや労働組合や人権活動家やジャーナリストたちが向けてくる詮索の眼から逃れようとするのだ。

*

追跡開始から七週間が経過した二月中旬、〈サンダー〉は喜望峰の直下六五〇キロの荒れるインド洋で燃料不足に陥っていた。二月十六日、〈ボブ・バーカー〉のブリッジに集った面々は、〈サンダー〉の後部に火柱を確認した。濃い黒煙が立ち昇り、後方の海面には油膜が広がっていた。

何かあったのかとシーシェパード側が無線で尋ねると、〈サンダー〉側は空き箱などのごみを燃やしているだけだと、見えすいた嘘をついた。そうしたごみの焼却は、法的には何も問題はない。が、火は二日間燃え続けた。燃やしているのが本当にごみだとすれば、〈サンダー〉程度の規模の船舶としては不自然に多い。その二日のうちに、〈サンダー〉の後甲板に積まれていた漁網の山がどんどん小さくなっていった。チャクラヴァルティは、違法操業の証拠を処分しているのではないかと訝しんだ。そう疑うだけの理由はあった。二〇一二年、インドネシアとオーストラリアの漁業当局が〈サンダー〉を臨検したときのことだ。漁具がまったく見当たらず、彼らは当惑した。船長が網を細かく裁断して、後甲板にある錆びついた焼却炉で焼いてしまっていたことがのちに判明した。

〈サンダー〉の船上に火を確認してから六日後、チャクラヴァルティは〈サム・サイモン〉の乗組員数名に命じてゾディアックで届け物をさせた。届け物とは黒いごみ袋で、その中身は一〇本の四五〇ミリリットル入りペットボトルだった。ペットボトルには投げやすいようにひと握り分のコメが重しとして入れられ、黄色いテープで封がしてあった。ペットボトルにはインドネシア語と英語で書かれたビラも封入してあった。[43] ビラの内容は、シーシェパードはきみたちの味方だという旨の、〈サンダー〉のインドネシア人乗組員たちに向けたハマーシュテットのメッセージだった。いわく、きみたちは幹部船員たちに命令されているだけだから、どんな罪にも問われることはない。きみたちを厄介ごとに巻き込むつもりはない。四五〇文字のメッセージはそう語りかけていた。「わたしたちはともに手を取るべきだ」

　こちらの目的は〈サンダー〉の幹部船員たちを違法操業の罪で裁判にかけることだと、ハマーシュテットは書き添えた。インドネシアの家族に何か言づてがあったり頼みごとがあるなら、紙に書いてこのペットボトルに入れて、次にこっちのボートが近づいてきたときに投げ返してほしい。ハマーシュテットはビラにそう書いた。幹部船員について知っていることがあれば、それも教えてくれれば助かるとも書いた。「燃料も食料もこっちのほうがより多いし、われわれは〈サンダー〉がどこかに入港するまで追いかける」

　投げて届く範囲までゾディアックを近づけると、シーシェパードの乗組員たちはペットボトルを〈サンダー〉の船上に向かって投げた。少しすると、黒いスキーマスクをかぶった男が上甲板に現れ、ゾディアックめがけて短い鎖を投げつけた。鎖はボートのツイン船外機からほんの数センチ離れたところの海面に着水した。次に投げられたガムテープ大の金属管は宙を切り、シェパードの乗組員の一人の肩に命中した。痣《あざ》ができただけでけがはなかった。ボトルは〈サンダー〉に届けられた。ミッション・コンプリート。ハマーシュテットは乗組員たちに戻るよう指示した。

*

　何をしでかすかわからないし、したらしたで過激な活動に走りがちな連中――一九七七年の設立以来、シーシェパードは世界中の水産業界からそんなふうに見られてきた。[44] その指導部にしても、設立以来ほぼ一貫して自分たちの任務を「力による環境保護」と表現し、組織のメンバーたちを、海を救うべく戦う「環境保護の戦士たち《エコ・ウォリアーズ》」と呼んでいた。

近づいてきたシーシェパードのゾディアックに鎖を投げつける、スキーマスクで顔を隠した〈サンダー〉の幹部船員。

なので、そのシーシェパードによる〈サンダー〉追跡作戦の支援をすべく、全長七〇メートル弱の漁船〈アトラス・コーヴ〉が南大西洋に現れたとき、多くの人びとが驚いた。三月二十五日、〈アトラス・コーヴ〉はガボンの西方およそ一六〇〇キロの洋上に姿を見せた、そのニュージーランド人船長のスティーヴ・パクは、仲間である証しとして並走してもいいかと無線でシーシェパード側に問い合わせてきた。ハマーシュテットは大歓迎だと返信した。

が、この邂逅は前々から秘密裏に進められていたものだった。「オペレーション・アイスフィッシュ」を発動した際、シーシェパードは自分たちが反対しているのは漁業全体ではなく違法操業のみだとマスコミに力説した。それまで見境のない攻撃を繰り返してきた彼らがこんなコメントを出したのは、組織内に新たに生じた現実主義が影響しているのだとわたしは思った。ポール・ワトソンを訴追せんとする日本の法的努力が実を結んだこともあって、一部の理事たちは危機感を募らせていた。味方をつくらなければ真っ当な影響力を持つことはできない。彼らはそう考えるようになっていた。

数カ月にわたり、シーシェパードは〈アトラス・コーヴ〉とマゼランアイナメ漁の漁船団を所有するオーストラル・フィッシャリーズというオーストラリア企業と連絡をとり合っていた。南氷洋でマゼランアイナメの違法操業を繰り返す漁船を何年も追跡していたオーストラル・フィッシャリーズ社は、シーシェパードも密漁者たちを追うと知って大喜びした。違法操業船と漁場争いをしなければならないことが、さらに言うと相手は法などお構いなしなのにこっちは順守しなければならないという過大なハンデを課せられていることが我慢ならなかった同社は、南氷洋のどこでどの漁船が違法操業をしているのかという最重要情報をシーシェパードたちに提供するようになった。

〈サム・サイモン〉に並走する位置につくと、〈アトラス・コーヴ〉の通信士は無線越しに〈サンダー〉に向かってメッセージを読み始めた。

**アトラス・コーヴ**　貴船は違法操業を続けている漁船のなかの一隻だ。(45)

通信士は相手の船長のことを考慮してスペイン語で読んだ。彼はメッセージを読み続けた。「適法マゼランアイナメ操業者連合（ＣＯＬＴＯ）」の一員である本船は、〈ボブ・バーカー〉と〈サム・サイモン〉に合流し、違法操業に対する戦いを支援する。通信士はそう説明した。

**アトラス・コーヴ**　貴船を追尾している人びとをやすやすとまくことはできない……その評判どおりに。

**アトラス・コーヴ**　南氷洋で操業を続けたいのであれば、ほかの漁船同様に正規の手順を踏め。そして責任を果たせ……われわれは残り少なくなってしまった水産資源を保護しなければならない。何も手を打たなければ次の世代に何も残せなくなってしまうからだ。以上。

通信士がメッセージを読み終えると、〈サンダー〉は急に針路を変えて船首を〈アトラス・コーヴ〉の右舷に向けた。突っ込んでくるつもりだと、ハマーシュテットは無線でパク船長に注意を促した。しかしパクはすでに針路を変えて回避しつつあった。〈サム・サイモン〉と〈ボブ・バーカー〉を左右に従え、〈アトラス・コーヴ〉は〈サンダー〉と真っ向から対峙した。カタルドが無線で名乗り、こう言い放った。

**サンダー**　本船は公海上を航行するナイジェリア船籍の船舶だ。なのにまた一隻現れて、三隻がこっちを追いかけてる。いったい何が問題なんだ?

**サム・サイモン**　こちらの僚船が言ったように、おまえたちが違法操業をしていることが問題なんだ。われわれはそれを止めようとしているだけだ。

さらなる舌戦が交わされた。双方とも互いの威嚇行為と危険な行為をなじり合い、脅しには屈しないと威勢を張り合った。最終的に〈サンダー〉は針路を戻し、交信は途絶えた。それから二時間、〈アトラス・コーヴ〉はシーシェパードとともに〈サンダー〉に影のように付きまとったのちに二隻に別れを告げ、針路を変えて去っていった。シーシェパードはすぐさま〈アトラス・コーヴ〉が加勢したことをプレスリリースにしてインターネット上で発表し、〈サンダー〉に法の裁きを下すことができず、その責務を環境保護団体と水産企業に肩代わりさせている各国政府を貶《けな》した。

果たして、このプレスリリースを実際に読んだ各国政府の関係者はいるのだろうか。怪しいものだ。よしんば眼に留まったとしても、やれやれと肩をすくめるか、もしくは公海上で起こっていることなのだから自分たちがどうこうしなければならない問題ではないと片づけてしまうのが関の山だろう。

＊

追跡開始から一〇〇日以上が経過した四月初旬、つまりわたしがシーシェパードの船に乗り込んだタイミングとほぼ軌を同じくして、〈サンダー〉はナイジェリアをめざすかのような針路を取るようになった。ＩＣＰＯとシーシェパードの乗組員たちは、〈サンダー〉の船主は逃げ回るのをやめるように指示したのだと考えた。ナイジェリア当局は三月に〈サンダー〉の船籍を剝奪していた。それでも〈サンダー〉はこの国の海事局から寛大な措置を受けることをもくろんでラゴス港をめざしていると、シーシェパード側は見ていた。事実、〈サンダー〉は先月までナイジェリアの国旗を掲げていたのだから。

しかしながら、〈サンダー〉がナイジェリアをめざすのは別の理由も考えられなくもなかった。その一つに、ナイジェリアで大半の船舶が燃料とするバンカー重油のブラックマーケットが活況を呈していることがあった。別の理由としては、それなりの金を払えば喜んでシーシェパードの船舶の領海立ち入りを阻み、〈サンダー〉の逃亡を手助けする役人が、かの国には大勢いることも挙げられた。

違法操業船〈サンダー〉の自国船籍を剝奪しようとしないナイジェリア政府に対して、かねてからアメリカ国務省は制裁をちらつかせる書簡を送っていた。しかしその脅しはうわべだけのものだとしか思えなかった。昔からアメリカは、他国の労働違反に対しても環境規制違反に対しても及び腰な態度を見せている。追及すればその国との貿易関係に影響が出る恐れがあるし、さらに言えば、そうした違反行為にアメリカ自身も手を染めていることが注目を集めかねないからだ。

ＩＣＰＯも、〈サンダー〉の追跡を簡単に止める手立てならあるとナイジェリア政府に通告していた。それは、同船の拿捕の正式要請を出すことだった。南アフリカ海軍が手ぐすね引いて待機していて、ナイジェリアがゴーサインを出せばすぐに〈サンダー〉を拿捕する手はずを整えていた。しかしナイジェリアにとって拿捕要請はリスクを伴う行為だった。出してしまえば、事件の捜査と訴追の義務は自分たちが負うことになり、この国の政府はその意思も人材も欠いていた。

こういった事案でままあることなのだが、ナイジェリア政府は安易な手に出た[46]。つまり〈サンダー〉の船籍を剥奪したうえで無国籍船にして、厄介ごとをあっさりとほかの誰かになすりつけたのだ。無国籍船になってしまうと、どの国の海事当局も〈サンダー〉への臨検が可能になってしまう。が、それはあくまで建前上のことであって、実際にそんなことができる可能性はかなり低い。「誰も助けなんか求めていないのに、ナイジェリアが頭痛の種とその経費をあえて抱え込むわけがない」南アフリカ海軍の関係者はそう言った。

〈サンダー〉を強制的に入港させて臨検する権限を失い、オーストラリア軍からの協力要請も拒否してしまったナイジェリア政府は、違法操業を繰り返すこの漁船に付けていた緩い手綱を結局のところ放してしまった。これは、誰でも利用できる共用財《コモンズ》は保護されることはなく、むしろおざなりにされてしまうという「コモンズの悲劇」を、わたしの知り得る限り最もわかりやすく示している例だ[47]。ナイジェリアが船籍付与する旗国としての義務をあっさり放棄したことにしても、現行の船籍制度に欠陥があることをまざまざと見せつけている。

世界中の商船と漁船は、何世紀にもわたってその船の母港がある国の国旗を掲げてきた。そしてその国には、乗組員の適切な待遇を保証し、船の安全性を担保する義務があった。このルールに二十世紀初頭に変化が生じ、「自由置籍船」もしくは「便宜置籍船」と呼ばれる船が登場するようになった。第一次世界大戦で船舶を過剰に建造してしまったアメリカは、戦争が終わると余剰船舶の多くをパナマに売却した。しかし多くの場合、アメリカの実業家たちは船を売却してしまっても支配下に置こうとした。しかし彼らは、アメリカ以外の煩雑な規制が少ない国での運用をしたいとも考えた。

禁酒法がこの動きに拍車をかけた。米国船籍の船には公海上でもこの法律が適用され、アルコール類の提供を禁じられていた。この法律を回避するために便宜置籍船が使われたのだ。第二次世界大戦が勃発すると、戦争に巻き込まれることもなく中立法に違反することもないようにイギリスに軍事物資や各種資材を供給するために、アメリカ政府はさらに多くの商船をパナマ船籍にした。

現在では、モンゴルやボリビアといった内陸国を含めた多くの国が、船舶に自国の国旗を掲げる権利を売っている。そうした旗国ではなく国外の企業が大規模な船籍登録所を運営していることもある。たとえばリベリアの船籍はヴァージニア州にある企業が管理監督にあたっている。特定の国の旗を掲げる権利を与えて登録料を徴収する企業は、顧客の行動を監視し、安全・労働・環境についての規則を順守させ、問題が生じた場合には調査を実施する義務を負う。しかし実際には、便宜置籍船は不正行為の隠れみのにもなっている。[48]邪《よこしま》な動機に衝き動かされた運航企業は、最も規制の少ない国の船籍を最も安い価格で買ってしまう。便宜置籍制度の規制体制は、まともな監視ではなく見せかけの監視を提供するためにつくられているとしか思えない。つまるところこの制度は、どこに住んでいてどこで運転しようが、お好みの国のナンバープレートを自由に車に付けることができて、しかも運転手が警察に金を払って自分の車を検査してもらい、事故を起こしたらやはり金を払って捜査してもらうようなものだ。

〈サンダー〉の追跡開始から三カ月以上が経過していたシーシェパードの二隻の船内には、退屈と不安と期待がない交ぜになった空気が漂っていた。ナイジェリアが〈サンダー〉の船籍を剝奪したという事実は、この漁船が鼻つまみ者だと見なされていることをさらに証明していると同時に、便宜置籍制度が機能不全に陥っていること、そしてシーシェパードが孤独な戦いを続けていることを見せつけた。

　ギニア湾のナイジェリア沿岸部は、完全武装した海賊船が無数に跋扈する危険海域として知られている。〈ボブ・バーカー〉と〈サム・サイモン〉は、海賊の襲撃に備えて二四時間の監視体制を敷いていた。両船の乗組員たちは放水銃と酪酸入りの「悪臭爆弾」、そして「推進器破壊装置《プロップ・ファウラー》」という、海に投げ込んで船外機のスクリューにからませる太い綱の準備を整えていた。

　わたしとコヴェ・セイラムは、シーシェパードの乗組員が操縦するゾディアックに乗って二日おきに二隻のあいだを行き来し、両船での出来事を取材していた。たいていの場合は一五分かかるこの海上の往来には危険が伴い、それが〈ボブ・バーカー〉と〈サム・サイモン〉のような甲板が高い位置にある大型船に乗り込むためとなればなおさらだった。

　まずゾディアックに乗るためには、ビル数階分の高さを縄梯子《ばしご》を使って降りなければならない。しかし本当の危険は降り切ったところに待ち構えている。ゾディアックは二隻とは比べものにならないほど小さく、荒い波に激しく上下に揺れる。そんな小型ボートにタイミングを計って飛び降りることは、高速で上下するエレベーターに飛び込むようなものだ。それに加えて、〈ボブ・バーカー〉も〈サム・サイモン〉も絶えず動き続けている。五ノット（時速約一〇キロ）の足を止めて〈サンダー〉を見失うというリスクを冒してまで、わたしたちを行き来させる余裕はないからだ。わたしたちは二人とも命綱を着けていなかった。そんなことをすればもっと危険だからだ。行き来のあいだに海に落ちたときは、とにかく船とゾディアックのあいだに挟まれたり、その下に潜り込んだりするなと厳しく言われた。どうやったらそんなことにならずに済むのか、皆目見当がつかなかった。

この乗り換え作業の初回、コヴェ・セイラムは側舷の手すりのそばに立ち、ヘルメットをかぶった。そしてひと呼吸置くと、わたしの肩に手をかけてこう言った。「イアン、ぼくを連れてきてくれてありがとう。ものすごい経験だよ、これは」この時点で、わたしたちは三〇時間ものあいだ一睡もしていなかった。とにかくくたびれ果てていたので、彼の言葉はとりわけ心に沁みた。コヴェ・セイラムは手すりを乗り越えると、荒れる海の上でゆらゆらと揺れる、不安定な縄梯子の一段目に片手をかけた。「それからイアン」長く危険な降下を始める前に、彼はこう言い添えた。「ぼく、泳げないんだ」それから一〇日の洋上生活で、わたしたちはこの作業を数回こなした。それなりにコツをつかんだが、それでも毎回死の危機を感じながら降りていた。

シェパードの乗組員たちは、ほぼ全員がわたしより一〇歳から二〇歳は年下だった。そんな若者たちに、わたしは頑張っていいところを見せようとした。海のルールに精通していて、気力体力ともに十分で、過酷な一五時間労働にもおおむねついていけることを証明しようとした。縄梯子の昇り降りが怖かったのは、高価な装備を（ドローンとかＧｏＰｒｏカメラのセットとか、コヴェ・セイラムの最高級望遠レンズの一部とか）背負っていたからだとか、落ちたら死ぬからだとか、そんな理由だけではなかった。よそ者を見るような疑いのまなざしをいつも向けてくる乗組員たちの前で、絶対にぶざまな姿をさらしたくはなかったからでもあった。

シーシェパードの船上生活は厳格に管理されていた。午前七時にはミーティングがあり、それから各員に割り当てられた雑用をこなす（わたしとコヴェ・セイラムはトイレ掃除だった）。水の節約のため、シャワーは一日三分以内しか使えない。海賊の襲撃を招きかねない船の位置と針路の情報の漏洩を防ぐために、すべてのメールのやり取りは船のメインサーバーを介して行われ、当直の航海士にチェックさ

食堂でミーティング中の〈サム・サイモン〉の乗組員たち

れる（わたしのメールは自分の衛星携帯電話経由で送受信していたので、このセキュリティ措置から除外されていた）。

独自の儀式とルールが作り上げられているシー・シェパードの船に来たわたしたちは、絶海の孤島に閉じ込められた漂流者に似てなくもなかった。酒とタバコはご法度だ。中甲板にはエアロバイクとローイングマシンとトレッドミル、そして各種フリーウェイトと懸垂バーとディップバーを備えたトレーニングエリアがあり、そこで毎日午後四時に自由参加のグループエクササイズが行われる。日曜日の夜になると、自重系ウェイトトレーニングの週替わりのメニューが掲示板に貼り出される。乗船二日目にして早くも体幹の激しい筋肉痛に見舞われたわたしは、バーピー〔スクワット、足を延ばす、腕立て伏せ、スクワット、ジャンプして立ち上がるという動きを繰り返す全身運動〕でへとへとになる回数を、揺れる船内では多く見積もってはならないことを身をもって学んだ。

夜になると読書会が開かれ、若者たちはブルース・チャトウィンの『パタゴニア』やポール・セローの『オセアニアのすばらしき島々（*The Happy Isles of Oceania*）』を読んだ。ベン・スティーラー主演の『LIFE!』や『マッドマックス／サンダードーム』、そして『パーフェクトストーム』といった映画も上映された。それにしても『パーフェクトストーム』とは……休日でも仕事をしているような気分になるこんな映画、わたしなら気晴らしにはならない。ラウンジにはアコースティックギターやエレキギター、民族音楽の太鼓やクラリネットやキーボードといったさまざまな楽器が置かれていた。おまけに乗組員たちは才能あるミュージシャン揃いだった。彼らによるジャムセッションは耳の保養になった。〈ボブ・バーカー〉と〈サム・サイモン〉は九つの国籍と二〇以上の言語を話す人びとが乗り込む多様性に満ちた船で、そのほぼ全員が大卒以上の学歴を持つ二十歳から三十五歳の若者だ。ミーティングやその他の作業時間では英語が話される。乗組員の約半数は女性で、圧倒的に男性優位な海洋労働の世界ではあり得ない男女比だ。わたしの知り得る限り、船内ではきわめて平等主義的な倫理が保たれていて、仕事にしても階級にしても男女平等が貫かれていた。乗組員間の恋愛は禁じられていないが、控えめな関係が求められる。とくに階級を超えたカップルの場合はそうだ。

　わたしは船上生活の大半の時間を〈サム・サイモン〉のブリッジで、チャクラヴァルティとともに過ごした。船長の背後にはラミネート加工されたポスターが貼られていて、その上辺には赤い文字で「指名手配――マゼランアイナメ漁の違法操業船〈バンディット・シックス〉」と記されていた。文字の下には〈バンディット・シックス〉の六隻である〈サンダー〉と〈ヴァイキング〉と〈崑崙《クンルン》〉と〈永丁《ヨンティン》〉と〈松華《ソンホア》〉と〈ペルロン〉の写真が印刷されていた。[49] チャクラヴァルティは身の上話をしてくれた――彼はインドのボパールで少年時代を過ごしたのちにケミカルタンカーに一〇年近く乗り、船長にまで上り詰め、そして二〇一一年にシーシェパードに加わった。

　三十二歳のチャクラヴァルティは、小柄ながらも有無を言わせぬ存在感と、何事にも動じない穏やか

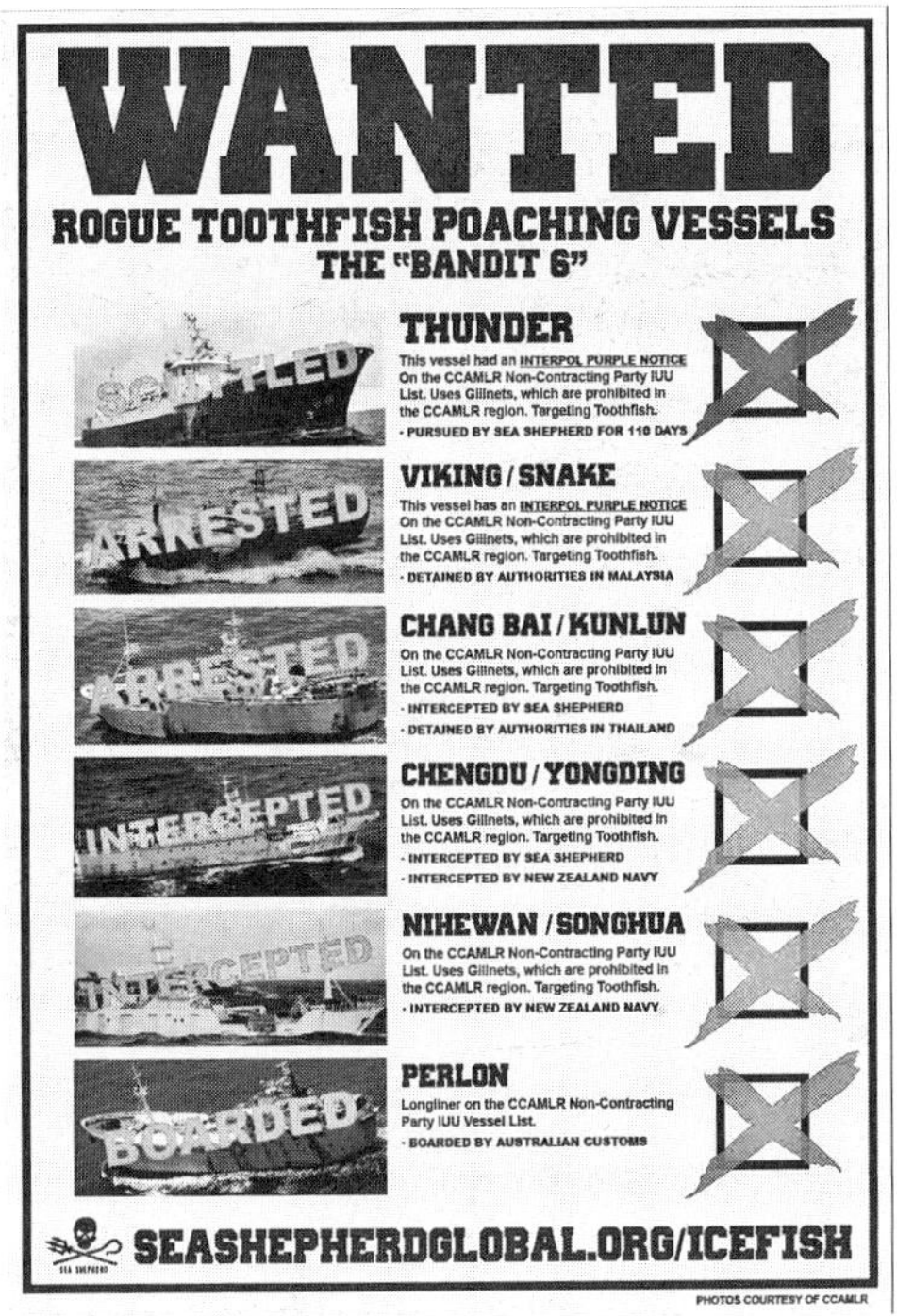
WANTED
ROGUE TOOTHFISH POACHING VESSELS
THE "BANDIT 6"
THUNDER
This vessel had an INTERPOL PURPLE NOTICE On the CCAMLR Non-Contracting Party IUU List. Uses Gillnets, which are prohibited in the CCAMLR region. Targeting Toothfish.
· PURSUED BY SEA SHEPHERD FOR 110 DAYS
ARRESTED
VIKING / SNAKE
This vessel has an INTERPOL PURPLE NOTICE On the CCAMLR Non-Contracting Party IUU List. Uses Gillnets, which are prohibited in the CCAMLR region. Targeting Toothfish.
· DETAINED BY AUTHORITIES IN MALAYSIA
CHANG BAI / KUNLUN
On the CCAMLR Non-Contracting Party IUU List. Uses Gillnets, which are prohibited in the CCAMLR region. Targeting Toothfish.
· INTERCEPTED BY SEA SHEPHERD
· DETAINED BY AUTHORITIES IN THAILAND
INTERCEPTED
CHENGDU / YONGDING
On the CCAMLR Non-Contracting Party IUU List. Uses Gillnets, which are prohibited in the CCAMLR region. Targeting Toothfish.
· INTERCEPTED BY SEA SHEPHERD
· INTERCEPTED BY NEW ZEALAND NAVY
NIHEWAN / SONGHUA
On the CCAMLR Non-Contracting Party IUU List. Uses Gillnets, which are prohibited in the CCAMLR region. Targeting Toothfish.
· INTERCEPTED BY NEW ZEALAND NAVY
PERLON
Longliner on the CCAMLR Non-Contracting Party IUU Vessel List.
· BOARDED BY AUSTRALIAN CUSTOMS
SEASHEPHERDGLOBAL.ORG/ICEFISH
PHOTOS COURTESY OF CCAMLR

〈サンダー〉は、シーシェパードが「オペレーション・アイスフィッシュ」で追跡している６隻の違法操業船のなかの１隻にしかすぎない。

な物腰を兼ね備えた男だ。あるとき、わたしはホットコーヒーがなみなみと注がれたマグカップを彼のノートパソコンの上に落としてしまい、マザーボードをコーヒー浸しにするというどじを踏んでしまった。そのパソコンには〈サンダー〉に関する記録のほぼすべてが保存されていた。チャクラヴァルティは何も言わずに椅子から腰を上げると、パソコンをひっくり返して内部に入ったコーヒーを抜こうとした。熱々のコーヒーが膝の上にこぼれた。「大丈夫だから」彼はそう言った。「記憶力には自信があるんだ」このチャクラヴァルティの冷静かつ鷹揚な対応は、彼の生来の性格から生じたものだと思える一方で、ひたむきな決意も垣間見え、彼自身の行動律の延長にあるようにも感じられた。多くの冒険家たちはそうだし、わたしが出会った直接行動をとる多くの環境活動家たちもそうなのだが、チャクラヴァルティには外の世界と自分の内なる世界の両方への探訪の旅に出ている節がある。

ドレッドヘアーでピアスとタトゥーだらけの何でもやりたい放題の若造で、大人としての責任と人並みの仕事と「世の中の現実」から逃避している甘えん坊——環境活動家たちに対しては、こんなありがちな誤解が付きまとっている。しかしそのほとんどは根も葉もない嘘っぱちで、とくに「人並みの仕事」という点については、洋上での彼らの労働時間は人並み以上だ。シーシェパードの乗組員たちにしても、のちにわたしが取材することになるグリーンピースの乗組員たちにしても、どちらも一本気でありながらもよく遊び、よく働き、競争的でエネルギッシュな人間ばかりで、履歴書の経歴欄に箔をつけるために活動しているわけではない。彼らの多くは洋上での作戦行動に加えて自己鍛錬にも励んでいる。「この仕事をできることに毎日毎日感謝しているよ」船内の雑用の割り振りで、毎回必ずトイレ掃除に手を挙げる甲板員にその理由を尋ねると、こんな答えが返ってきた。「わたしが政策を考える立場になったら、予期しない結果をとことん考える必要があるからよ」これは、世界の食糧政策についての本を読んでいた女性に、どうしてそんな退屈極まりないとしか思えないものを読んでいるのか訊いたときの答えだ。不平不満はあまり吐かず、実際に耳を傾け、より集中し、より深く関わる。それが彼らなのだ。

＊

四月五日の午後七時頃、〈ボブ・バーカー〉の幹部乗組員たちは〈サンダー〉の後甲板に奇妙な活動を認めた。男たちが暗闇の中を慌ただしく動き回っていて、なかにはオレンジ色のライフジャケットを身に着けている者もいた。「懐中電灯の灯りが動いていて、見慣れない照明もついている」そのときの様子を、〈ボブ・バーカー〉の航海日誌はそう語っている。翌日の早朝、〈サンダー〉の乗組員たちが縄梯子を側舷から降ろした。まるで船外退去の準備をしているみたいだった。実際にそのとおりだった。しばらくすると緊急連絡が入ってきたのだ。

「支援要請、支援要請」[50] カタルド船長が無線でそう叫んだ。「本船は沈みつつある」〈サンダー〉は何かと衝突した、おそらく貨物船だ。彼はそう言った。「救助を乞う」そして、おそらくあと一五分で沈没するだろうと言い添えた。

にわかには信じられない話だった。シーシェパードの二隻を別にすれば、〈サンダー〉の周辺にはもう何日もののあいだ船影は見られなかった。ハマーシュテットはチャクラヴァルティに注意を促した。〈サム・サイモン〉は乗組員を降ろすために港に向かっていて、〈ボブ・バーカー〉の三時間後ろにいた。チャクラヴァルティは船を反転させ、現場に急行した。〈サンダー〉の乗組員たちは救命ボートを海に降ろして乗り込んでいた。一人が足を滑らせて海に落ちたが、自力でボートに這い上がった。

わたしはそのわずか二日前に〈サム・サイモン〉を下りていて、帰国途上にあった。アクラのコトカ国際空港にようやくたどり着いたとき、シーシェパードの乗組員の一人が電話をかけてきた。「信じてもらえないだろうけど」彼はそう切り出した。「おれの眼の前で〈サンダー〉が沈みつつある」その知らせの衝撃に加えて、沈んでいく〈サンダー〉をこの眼で見ることができないことに激しい苛立ちを覚え、頭が真っ白になってしまった。完全に見境をなくしてしまったわたしは、しばらく空港の発着掲示板を見上げ、現場近くの空港に飛んでシーシェパードの船に戻る手立てはないものかと思案した。

大きさ的に余裕のある〈サム・サイモン〉が現場に急行し、到着次第〈サンダー〉の乗組員たちを収容することになった。チャクラヴァルティはブリッジでミーティングを開いた。「向こうの人数はこっちの倍はいる。これはおれたちにとってかなり危険な状態だ」彼はそう釘を刺したうえで、全員にTシャツと短パンという格好から黒いワークパンツとシーシェパードのロゴ入りの黒いTシャツという〝正装〟に着替えるよう指示した。ばか騒ぎも無駄話も禁止だとチャクラヴァルティは念を押した。〝客人たち〟のトイレには必ず付き添うこと。二人体制で上甲板から常時監視すること。暴力沙汰が発生した場合の安全を考慮して、〈サンダー〉の乗組員たちの警備には男性のみがあたることにすると、チャクラヴァルティは女性乗組員に弁明した。漁に関する質問は一切してはならない。「これからは救出活動のみに専念することとする」彼はそう言った。

　緊急連絡からほぼ七時間が経過した四月六日の午前《ひる》の時点で〈サンダー〉はまだ浮いていたが、危険な角度に傾き、右舷側がどんどん海に呑まれていった。[51] 救命ボートに乗る〈サンダー〉の乗組員たちは、灼熱の太陽に三時間以上もさらされていた。高さ三メートル近いうねりに揺れるなか、何人かが嘔吐していた。船長のカタルドは退船を拒んでいた。そんな彼にハマーシュテットは、〈サンダー〉から全員が退去しなければ乗組員たちを収容しないと告げた。カタルドは地元の小型で足の速い船を呼んでいて、〈ボブ・バーカー〉が救命ボートの乗組員たちを救助している隙に遁走しようとしているのではないかと、ハマーシュテットは疑っていた。

　傾き続ける〈サンダー〉の傍らに寄せたゾディアックでは、数人のシーシェパードの乗組員たちが立ったまま出番を待っていた。彼らは沈没する前に〈サンダー〉に乗り込み、証拠を収集しようとしていた。一二時四六分、カタルドはようやく縄梯子を降りて救命ボートに移った。シーシェパードの機関士とカメラマンが〈サンダー〉の端から大急ぎで乗船した。

「二〇分だけだぞ」半分沈んだ状態の〈サンダー〉によじ登る二人に、ハマーシュテットはそう声をかけた。結局二人は三七分間も船内にいた。右舷側に二〇度傾いた船内を、二人はまず最深部に向かって進み、船室から船室、機関室からブリッジまでチェックし、まだ誰か残っていないか確認した。調理室のカウンターには解凍中の丸鶏が一羽鎮座していた。ある通路には、脱出中に誰かが落としたシャツと靴下があった。ブリッジの床には書類が散らばっていた。

　数分後、カメラマンがごみ袋とカメラと携帯電話、そして操舵室で見つけた書類を手に甲板に出てきた。彼は持っていたものをボートで待っていた仲間たちに向かって落とした。ブリッジの引き出しで見つけた、シーシェパードのウェブサイトから下ろしてきた〈ボブ・バーカー〉の乗組員たちの写真もあった。数枚の地図と海図と一緒に、彼はボートに向かって投げた。一枚の海図が海に舞い落ちた。

〈サンダー〉の沈むペースが早まってきた。ハマーシュテットはブリッジで行きつ戻りつし、部下たちがぐずぐずしているあいだに、押し寄せてくる海水と下方吸引で船内に閉じ込められるのではないかとやきもきしていた。船内を駆け回っているカメラマンのヘルメットにはＧｏＰｒｏが取り付けてあった。その揺れる暗い映像から、機関室はほぼ完全に水没していたことがわかった。魚倉《ぎょそう》の三分の一はマゼランアイナメで占められていた。

〈サンダー〉が意図的に沈没させられたことを示唆する確かな証拠がいくつか見つかった。まず気密扉が半開きのまま固定されていた。海水弁が開かれ、機関室は浸水していた。倒れた棚や破裂したパイプといった、ほかの船と衝突したことを明確に示すものは見られなかった。燃料は一日分ぐらいしか残っていなかった。カタルドが逃げるのをやめた理由は十中八九そこにあるのだろう。

　沈んでいく船に乗り込むことはとんでもなく危険な行為だ。どうしてそんなことをしたのか、後日わたしはシーシェパードの甲板員の一人に尋ねてみた。そのときのわたしは、この判断を非難するような口調だったに違いない。彼は逆に訊き返してきた。「イアン、あのときもしこの船にまだ乗っていたとしても、あんたは〈サンダー〉に乗り込まなかったって言いたいのか？　あんなに長いあいだ追いかけ続けてきた船の様子を確認するチャンスを、みすみすふいにするって言うのか？」一本取られてしまった。

〈サム・サイモン〉に上がってきた〈サンダー〉の乗組員を、シーシェパードたちは武器を持っていないか身体検査をして、ライターを持っていたら取り上げ、水と果物を与え、後甲板にまとめて座らせた。幹部船員たちはむっつりと押し黙っていた。カタルドは乗組員たちのパスポートを渡すことを渋っていたが、すぐに幹部船員たちの持ち物の中に隠してあることがわかった。チャクラヴァルティはいちばん近いところにある、ガボンの西方二五〇キロに浮かぶ島国サントメ・プリンシペの港湾当局に通報した。同国の警察とＩＣＰＯの捜査官は、港で到着を待つと返事を返してきた。自分たちを撮影していたシーシェパードのカメラマンに幹部船員の一人が「馬鹿野郎《エストピド》！」と怒鳴り、飛びかかった。

色の濃いサングラスをかけ、ドラゴンの金糸の刺繍が施されたキャップをかぶり、緑色のハイネケンのＴシャツを着た小男のカタルドは、短く刈り込んだ顎ひげをたくわえた顔に困り切った表情を浮かべていた。そして写真は撮らないでくれとチャクラヴァルティに訴えた。すべてのやり取りを録音するマイクをシャツに付けているチャクラヴァルティは聞き流し、シーシェパードの船のルールの説明を続けた。(52)「どうしてそんな話し方をする？」カタルドは苛立ちもあらわにそう言った。「おれたちはどちらも船長だ。だから対等に口を利いてもいいはずだ」そして自分を部下たちと一緒に外甲板に留め置くべきではないとも言い添えた。自分に対する扱いについては国際海事機関（ＩＭＯ）に正式に訴えるとカタルドは言った。「好きにしろ」チャクラヴァルティはそう言い返した。

とうとう〈サンダー〉は沈没した。カタルドは歓声を上げた。船長にあるまじき反応に、彼が〈サンダー〉を意図的に沈没させた疑いがいよいよ強まった。〈サンダー〉の船主たちにしても、燃料はすっからかんで有罪の証拠となり得るものを積んだ状態でじきに押収されるはずだったこの船が海の藻屑と消えて、さぞご満悦だったことだろう。三〇分後、カタルドは〈サム・サイモン〉の後甲板に積み上げられていた〈サンダー〉から奪った漁網の山によじ登り、その上で大の字になって眠った。二時間後、カタルドと彼の部下たちは警官と戦闘服に身を包んだ海軍の士官たちに起こされ、陸《おか》から三キロほど離れたところで身柄を拘束された。

それから半年のあいだに、〈サンダー〉のインドネシア人乗組員たちは故郷《くに》に帰っていった。[53] 船長の

2015 年 4 月 6 日、〈サンダー〉はサントメ・プリンシペ近海で突如として沈没した。違法操業の証拠を闇に葬るために船長が故意に沈めたというのが大方の意見だ。

カタルドと機関長と副機関長は裁判にかけられ、文書偽造と環境汚染と破壊行為、そして危険行為で有罪になった[54]。三人合わせて一七〇〇万ドルの罰金が科せられたが、不可解なことに、控訴が棄却されたにもかかわらず収監されずに釈放された[55]。

一方スペインでは、〈サンダー〉との結びつきが広く疑われていたビダル・アルマドレス社に対する訴追は完全に失敗していた。最高裁判所が、違法操業は公海上で行われていたので、スペイン政府には訴追する権限はないとする裁定を下したのだ。しかし別個に行われた、〈サンダー〉とその違法操業への関与が疑われるパナマのエステラレス社の経営者フロリンド・ゴンザレス・コラルに対する民事訴訟では政府が勝ち、法廷は一〇〇〇万ドルの罰金を科した[56]。

議論の余地のないことが一つだけある――「オペレーション・アイスフィッシュ」はシーシェパードの勝利に終わった。「ぼくたちはそのために戦ってきたんだ」のちに一〇〇〇万ドルの罰金について尋ねると、ハマーシュテットはそう答えた。しかしシーシェパードのいちばんの目的は悪党どもを刑務所にぶち込むことだったはずだ。一〇〇〇万ドルという罰金の衝撃は、果たして長続きするだろうか？この判決はほかの密漁者たちへのメッセージになるだろうか？わたしにはそう思えない。この程度の警告が大海原に伝わることはめったにない。密漁者たちを惹きつけてやまない経済の理論は、法と規制を曖昧なものにしてしまうほど強力なのだ。それでも〈サンダー〉の一件は、広く見過ごされてきた問題にスポットライトを当て、世界の耳目を集めたことは否定できない。

その後しばらくしてチャクラヴァルティはシーシェパードを去り、自身の環境保護団体エンフォーサブル・オーシャンズ（法が支配する大洋）を立ち上げた[57]。ハマーシュテットは地元当局による違法操業の取り締まりに協力すべくガボンに向かった。〈サム・サイモン〉と〈ボブ・バーカー〉の幹部乗組員たちの多くは南氷洋に戻っていった。彼らの次の標的は、日本による世界最後の商業捕鯨だ。南氷洋での日本による捕鯨を禁じる判決を国際司法裁判所が出したばかりだったが、その判決を執行する者はいなかった。シーシェパードにとっては介入する絶好の機会だ。かくして燃料と物資を補充し休養もしっかりとり、「ネプチューンの海軍」は南氷洋をめざして出撃していった。

# 2 孤独な戦い

無限で不滅の宇宙の水は、一切のものごとの無垢の源泉であるとともに、恐ろしい墓場でもある。(1)

ハインリッヒ・ツィンマー『インド・アート――神話と象徴』

海を統《す》べる法律は、それこそ山ほどある。問題は、その法律の強制力が緩いところだ。その裏には冷たい計算式がある。つまるところ、海上の境界線をめぐる争いは、陸《おか》のそれとはまったく異なる様相を呈しているのだ。国境沿いのわずか数センチ分の領土をめぐって戦いが繰り広げられることがあるというのに、海の国境は陸《おか》ほどには明確に引かれていない。密漁者の追跡が徒労に終わっているように見える理由はそこにある。

食卓にのぼる魚の五匹に一匹は密漁で得られたもので、世界中の水産物ブラックマーケットの経済規模が二〇〇〇億ドル以上にもなっているのもそのためだ(2)。今や世界のほとんどの海の水産資源は乱獲により危機にさらされている。ある研究予測によれば、海に漂うプラスティックごみは、二〇五〇年までに総重量で水産物を上回るという(3)。海は略奪され、荒廃している。なぜなら、たいていの国の政府には、海を守るという意欲も、そこに割《さ》く国力もないからだ(4)。地球温暖化ですら、その影響は気温と海面水位の上昇や嵐の凶暴化といった現象で明らかになっているのに、一般大衆の関心をなかなか得られずにいる。では水産資源の減少はどうだろう。何それ？　といったところではないだろうか。

しかしパラオ共和国は違う。この南太平洋の小さな島国は、自国の海を荒らし回る中国やヴェトナムといった他国の違法操業船の摘発・拿捕を開始すると二〇〇六年に明言した。それは困難を約束された戦いだった。どちらかと言えば貧困国で自前の軍隊を持たないパラオは、一八人の警察官で自国海域の巡視にあたっている。彼らはたった一隻の巡視船〈レメリク〉で、フランスほどの面積があるパラオの排他的経済水域（EEZ）を守っている。

パラオに勝ち目はあるのだろうか？　その答えを、二〇一五年一月二十一日午前二時頃のウェストヴァージニア州の平屋建てのオフィスに垣間見ることができた。キーボードを叩いてメールを書きながら、環境保護団体スカイトゥルースの研究者ビヨルン・バーグマンはスークサーモンとクリームチーズのオニオンベーグルの残りを、その日六杯目のコーヒーで腹に流し込んだ。(5)

「その船が最後に確認された位置に向かうよりも、先回りして針路を塞ぐほうが手っ取り早いと思われる」バーグマンはメールにそう書いた。一万四〇〇〇キロほど離れた洋上では、〈レメリク〉が一〇人乗りの台湾船籍の違法操業船〈新吉群《シンチーチュン》33〉を追跡していた。(6)バーグマンの仕事は、最短で追いつけるコースを〈レメリク〉の船長に教えることだった。「針路は南東が望ましい」彼はそう助言した。

〈新吉群33〉は、パラオのいくつかの漁場を荒らし回った末に、同国の法の手が届かないインドネシア海域に逃げようとしていた。セレベス海かバンダ海に逃げ込んでしまえば、フィリピン諸島とインドネシア列島の何千もの島々が散らばる西太平洋のどこかの港で密漁した獲物を陸揚げし、姿を消すなど造作もないことだ。そうはさせじと、〈レメリク〉の船長は最大船速の二〇ノット（時速約三七キロ）に上げた。機関士を不安にさせる速度だった。パラオの海洋警察が過去半年のうちに発見し、取り逃がした違法操業船は一〇隻ほどにもなっていた。バーグマンがコンピューターの画面上で確認し続けてはい

2015年にパラオの海洋警察に拿捕されたベトナムの違法操業船

るものの、針路をほんの少しでも誤まれば標的を逃してしまい、さらには燃料切れになってしまいかねないことを、乗組員たちはわかっていた。

二日前、バーグマンは違法操業が疑われる漁船の情報をパラオの海洋警察に伝えていた。三十四歳のバーグマンは、ウェストヴァージニア州シェパーズタウンにあるスカイトゥルースのデータアナリストになる以前は、二〇一四年まで三年間、アラスカでタラやタラバガニを獲る小型漁船や延縄《はえなわ》漁船やトロール漁船を監視する仕事に就いていた。国立海洋漁業局とアラスカ州漁業狩猟局が水産企業に提出を義務づけている漁船の航海日誌と漁獲量と獲物のサイズ、さらには漁場の位置と漁具の情報をチェックすることが彼の仕事だった。スカイトゥルースでの取り締まり業務は、面積にしても高度にしてもかなりの広範囲になった——何しろ人工衛星で世界中の海を監視するのだから。デスクに座りっぱなしで刺激こそ少ないものの、自分の眼で確認した漁業問題に対して、アラスカにいたとき以上のインパクトを与えることができる仕事だ。バーグマンはそうわたしに言った。

パラオ上空から撮影した衛星画像を、バーグマンは何カ月にもわたって精査していた。彼はさまざまな船舶の航跡パターンを記憶していた――ピトケアン諸島から数週間おきにやってくる客船。近海で定期的に演習を行う、ディエゴガルシア島に駐留するアメリカ海軍の艦船。中国の海洋調査船は格子模様を描いて航行する。ずっと漁をしているように見える台湾の延縄漁船は、仲間の漁船とのあいだを頻繁に往復している。彼ほどの分析眼がないわたしにはわからないが、航跡パターンにおかしいところがあればバーグマンにはわかる。〈新吉群33〉のパターンはおかしかった。この漁船はパラオ海域での漁業免許を持っていないが、ジグザグ状の航跡はまさしく漁の最中だということを示していた。

バーグマンが〈レメリク〉に進むべき針路を連絡したのちに、パラオでいちばん人口の多いコロール島と橋で結ばれたマラカル島の港にある海洋警察の本部に、その場に似つかわしくない国際チームが集まった。チームのメンバーは地元警察の人間が三人とアメリカ帰りの政治顧問、〈レメリク〉の操船から最新の漁業および衛星ソフトウェアに至るまで、とにかくあらゆることを教えるべく派遣されたオーストラリア海軍の士官も二人いた（〈レメリク〉を寄贈したのもオーストラリアだ）。グアムのアメリカ沿岸警備隊からも、航空支援のための隊員が一人参加していた。ウェストヴァージニア州から送られてくる情報を、チームは夜通し〈レメリク〉のアリソン・バイエイ船長に無線で伝えていた。(7)〈レメリク〉という船名は、パラオの初代大統領だったハルオ・イグナシオ・レメリクから取られている。

その日のパラオ海洋警察の本部では、複数の国と企業、そしてＮＧＯが喧騒を繰り広げていた。こうした協力関係は、今後の海洋保護活動で必要になるはずのものだ。さらにパラオは、さまざまなテクノロジーを応用した海洋警備活動の実験場になっている。(8)例を挙げると、イラクやアフガニスタンで使用された軍用レベルの無人航空機《ドローン》と衛星監視、そしてレーダーとカメラなどだ。そうした技術を用いれば、海賊行為や密漁や海洋汚染や人身売買や密輸を発見・摘発し、海のルールを守らずにわが物顔でいる連中に法の裁きを下す力を、世界各国はようやく得ることができるのかもしれない。

スロットルを緩めることのない〈レメリク〉の追跡は、荒れるばかりの海を五一時間航行したのちに報われた——インドネシア海域まであと一〇キロほどというところで、標的の台湾漁船に追いついたのだ。密漁者たちは抵抗することもなく縛《ばく》についた。パラオ海洋警察は漁船を護送し、港に戻ると漁倉《ぎょそう》を開いてみた。バイエイは自分の眼が信じられなかった。漁倉には、大量のカツオとともに何百枚ものサメのヒレがあったのだ。魚倉から出していくうちに甲板が満杯になってしまったので、波止場に血まみれの山が築かれた。「最悪だ」法律で保護され、パラオでは崇拝の対象とされているサメの大量の成れの果てを目の当たりにし、バイエイは吐き捨てるようにそう言った。サメのヒレは、訴追の証拠とするために枚数を数えられ、サイズを測られ、写真を撮られたのちに海に葬られた。

バイエイらパラオ海洋警察の捜査官たちにとって、〈新吉群33〉の拿捕は洋上の「ダヴィデとゴリアテの戦い」において、自分たちに勝ち目があることを示す証左だった。海洋警察は残りの水揚げも押収したうえで、数カ月後に密漁船とその乗組員たちを台湾に送還した。船主たちにはパラオ海域への立ち入りの禁止と一〇万ドルの罰金が科せられた。一〇万ドルという金額はパラオの裁判所が下す一般的な罰金と比べると高額だが、大きな水産企業の年間収益からすれば微々たるものだ。それでも自分たちの海を命懸けで守っているパラオ海洋警察にとっては、罰金はやはり勝利の証《あか》しだった。「上々の首尾だった」バイエイはそう言った。「この調子が続くことを願うばかりだよ」

＊

このパラオの決意のほどに、わたしは勇気のようなものをもらった。そして現地の実際の状況をこの眼で確かめてみたいと思った。しかしその一方で、彼らの努力が無駄に終わるところを目撃したいとも、心の奥底では願っていた。それまでの取材で、正真正銘の「無敵艦隊」で自国の海をしっかりと守る海洋警察を有する強国インドネシアですらも、違法操業の取り締まりには手を焼いている現状を見てきた。パラオのような小国が、しかもたった一隻の巡視船で何ができる？　それが正直な感想だった。

ワシントンDCからの二二時間の空の旅を経て、ターコイズブルーの海を眼下に望んだのちに首都のマルキョクにたどり着いたとき、わたしはパラオという国が醸し出す孤立感に驚きを覚えた。大海原に四方を囲まれた小国は、地球上にはここを含めてもわずかしかない。この隔絶された環境は、この国の強みであると同時に弱みでもあるように思えた。

フィリピン諸島の東方一〇〇〇キロ弱、ニューギニアの北方八〇〇キロの西太平洋上に位置し、二五〇以上の島が連なる列島に一万八〇〇〇の人びとが暮らすパラオ共和国は、国土面積と人口の両面で世界最小の国の一つだ。[9] しかしパラオを構成する島々は広範囲に散らばっているので、国際法で海岸線から二〇〇海里（三七〇キロ）以内と定められているEEZは広大だ。[10] つまりニューヨーク市とほぼ同じ広さの約四六〇平方キロの国土しかないパラオは、テキサス州とほぼ同面積の六〇万平方キロ近くの大海原に、さまざまな主権を有しているのだ。[11] パラオの海は豊かな漁場で、密漁者を惹きつけてやまない。[12] ここでは一匹一〇〇万ドル以上の値がつくこともあるクロマグロを含めたさまざまな種類のマグロも、ひと皿一五〇ドルの料理になるナマコのような、中国で珍重される水産物も獲れる。[13]

地球の僻地中の僻地にあるパラオは、その位置にも祟《たた》られている。北西には日本と中国と台湾、南西にはインドネシアと、世界最大クラスの漁船団と世界で最も貪欲な水産物市場を抱える国々に取り囲まれているのだ。そして息をのむほど美しい西太平洋の自然の宝庫でありながらも、パラオの海には広大なディストピア的光景が展開している。超大型トロール漁船と国の支援を受けた違法操業船団が跋扈し、全長二キロになんなんとする流し網や、魚を集めて一網打尽にする浮魚礁に満ちている。それだけではない。次々と襲ってくるメガサイズのサイクロン、海水の酸性化、海面水位と海水温の上昇、そしてテキサス州の面積に匹敵するほど巨大な浮遊ごみの渦にも苦しめられているのだ。こうして見ると、パラオという国は誰も想像し得ないひどい目に遭わされている。

パラオ大統領のトミー・レメンゲサウ・ジュニア氏はがっしりとした体格の男性で、握手をするときは手をしっかりと握り、もう一方の手で相手の肩をつかみ、熱いまなざしを投げてくる。[14] そんな大統領と、わたしはパラオの首都にある羽目板張りの官邸の雑然とした執務室で面会した。大統領は、GDP（国内総生産）の半分以上を観光業に頼っているパラオ経済の命運は海洋保護にかかっていると語った。[15] 観光客のほとんどは、熱帯性海洋生物の生息密度が世界最高レベルに高いサンゴ礁でのダイビングが目的でこの国を訪れるからだ。

世界中のダイバーたちを惹きつけるパラオの海の最大の魅力の一つが、大量に生息しているサメだ。[16] 密漁船〈新吉群33〉で何百枚ものサメのヒレが見つかったことについてレメンゲサウ大統領にコメントを求めると、すぐさま面会はサメを獲ることでパラオが被る経済的損失についての講釈へと変わった。大統領いわく、パラオの海を回遊するサメは一匹当たり年間一七万ドル以上、その一生のうちに二〇〇万ドルの観光収入をもたらしている。ところが獲って殺してしまえば一〇〇ドルにしかならず、その一〇〇ドルにしても国外から来た密漁者たちの懐に入る。金額については少々水増しされているような気もしたが、それでもサメ漁がこの国の財政に影響を与えていることは疑いようがなかった。

ヒレを獲ることを目的としたサメ漁は、パラオと台湾を含めた一〇カ国以上で禁止されている。しかしサメのヒレの需要はとくにアジアで高止まりしている。中国で結婚式や公式な晩餐会で供される、一杯一〇〇ドル以上もする「フカヒレのスープ」は、数世紀にわたって富の象徴とされてきた。一九八〇年代後半になると、急速に台頭してきた中国の中間層および富裕層にステータスシンボルとしてとくに珍重されるようになった。スープを作る場合、軟骨でできているサメのヒレは乾燥されたうえで戻され、半透明のヌードル状にほぐされる。味と栄養分以上に食感が重視されるフカヒレには、催淫と若返りの効果があると信じられている。

サメは簡単に捕まるものでもなければ、たまたま獲れるものでもない。延縄漁では、太い延縄から等間隔にハリス（釣り糸）が伸び、その端の釣り針に餌を付ける。〈新吉群33〉のようなサメ漁に特化した延縄漁船は、マグロよりも大きくて力のあるサメに引きちぎられないように鋼鉄線でできた専用のハリスを使っている。

普通の漁船の船長たちは、サメが獲れた場合はヒレを切り取って港で売ることを乗組員たちに許している。[17] そうやって安い賃金を埋め合わせさせるのだ。小型の漁船の場合、サメの大きな胴体部分はそれでなくても狭い船内スペースを取ってしまう。おまけに死んだサメは時間が経過するとアンモニア臭を放ち、ほかの獲物を駄目にしてしまう。フィリピン漁船の魚倉でかいだ、大量のサメの死骸が放つ鼻をつく悪臭は、猫の尿のにおいに似ていた。

サメのヒレは高値で売れるが、胴体のほうはその一〇〇分の一ほどの価値しかない。貴重な船内スペースを無駄にせず、より高く売れる獲物に悪臭が染みつかないようにするために、ヒレを切り取られたサメは海に捨てられる。しかしサメはすぐには死なない。ヒレなしでは泳ぐこともできず、そのまま海底に沈んでいって、そこで飢え死にするかほかの魚にゆっくりと食べられてしまう。研究者の推算では、毎年九〇〇〇万匹のサメがヒレを切り取られた挙げ句に死んでいくという。[18] 二〇一七年の時点で、サメ類の三分の一近くが絶滅の危機に瀕している。[19]

個体数が比較的少ないながらも生態系に大きな影響を与える「キーストーン種」であるサメが減少してしまうと、サンゴ礁を棲《す》み処《か》とする全生物からなる食物連鎖が崩壊しかねない。頂点捕食者であるサメがいなくなると、サメが餌としている小型魚の個体数が増え、サンゴ礁の維持に不可欠なプランクトンなどの微生物が過大に食べられてしまう。さまざまな規制をかけてサメ漁を禁じているのは、サメの保護だけではなくサンゴ礁の危機を救うためでもあるのだ。

レメンゲサウ大統領は、自分を衝き動かしているのは海洋生物を守りたいという思いではなく、むしろ自国の経済的主権の保護に対する責任感だと言った。屈強な男は感傷に流されることもなく、自分の勝算を冷静に判断できる人間だった。大統領は地図を広げ、違法操業の最多発海域を指で示した。「見たまえ、まさしく大海原の中のちっぽけな国だろ[20]」細いネックレスのように連なる島々で構成されるパラオと、それを取り囲む広がりのことをそう表現した。

パラオほど海洋保護に積極的に取り組んでいる国はない。二〇〇六年には世界で初めて底引き網漁を禁止した[21]。底引き網漁は錘《おもり》を付けた漁網を海底に沈めて曳《ひ》き、その通り道にいる生物を一網打尽にしてしまう。二〇〇九年にはサメの商業漁を禁じる「サメの保護区」を世界で初めて設けた[22]。そして二〇一五年には漁業免許を与えたマグロ延縄漁船のすべてに監視員を同乗させると告知した。たいていの国では一〇パーセント未満の漁船にしか監視員を乗せない。しかし何と言ってもパラオの最も過激な取り組みは、二〇一五年に制定されて二〇二〇年に施行される、五〇万平方キロの海域での外国漁船の操業と、海底資源の掘削と採掘を禁止する「海の聖域法」だ[23]。

パラオは二〇一二年にグリーンピースと手を組み、大型船による近海での巡視活動への支援を仰いだ[24]。二〇一四年には国家として初めてクラウドファンディングで資金を募り、インディーゴーゴーを通じて〈レメリク〉の一年分の燃料費に相当する五万ドル以上を調達した[25]。小口の個人寄付が一国の海上警備活動に役立ったのだ。さらにパラオは、かつては「ブラックウォーター」の名で知られていた民間軍事企業と海上警備活動の委託交渉を開始したが、結局ご破算になった[26]。

　わたしとともに執務室に座りながら、レメンゲサウ大統領はパラオの海を管理下に置くために必要なことをつらつらと挙げていった。まずは入港検査のさらなる徹底だと大統領は言った。漁船には発信回数が多く機能を停止させることができない高性能な位置発信装置を自己負担で装備させ、リアルタイムで切れ目なく監視する。そしてしばらく間を置くと、取り締まりを強化させて摘発数を伸ばすことが最も重要だと言い加えた。これらがなければ、パラオの保護区はただ単に海に引かれた線になってしまうと大統領は言った。本当にそれだけで足りるのだろうか。わたしには疑問だった。

　巡視船〈レメリク〉への同乗取材には大統領の許可が必要だった。わたしは、パラオの海上警備活動を困難なものにしている原因は何なのか、そして海路はるばるパラオまでやってきて魚を密漁する外国人とはどのような人間なのかを知りたいのだと大統領に説明した。すると補佐官の一人が、海上警備はお遊びじゃないと厳しい口調で言った。「海にあるのは退屈と苦難だ」パラオ海洋警察の捜査官たちが洋上で普通に遭遇していることを補佐官はそう表現した。「そして往々にして暴力も伴う」退屈なら過去の洋上取材で経験済みだったが、苦難と暴力も経験してみたいとわたしは思った。

「もちろん乗船は許可する」大統領は二つ返事でわたしの願いを聞き入れてくれた。どうやら大統領は、広報活動は自分の努力に対する国外からの資金援助を得る手段の一つと見ているらしい。執務室からの去り際に、こんな〝ど田舎〟のことを気にかけてくれる人間がいることがとにかく嬉しいという意味の大統領のつぶやきが耳に入ってきた。

＊

パラオ海洋警察の巡視船〈レメリク〉の寝床

〈レメリク〉の同乗取材の調整にあたってくれたのがバイエイだった。小柄ながらがっしりとした胸板の持ち主の、男らしさを体現する実直な男だ。海洋警察の捜査官として一〇年近い経験があるだけあって、洋上犯罪については深い見識を持ち合わせていた。ホテルに戻る道すがら、わたしはカメラマンのベン・ローウィーの携帯電話に連絡し、もうすぐ出発すると告げた。わたしたちは翌朝の四時半に出航した。

よそ者をめったに招き入れることのない場所を初めて訪れるときは黙っているに限る。わたしはこの一般原則を心得ていた。なので〈レメリク〉に乗り込んでから数時間のあいだはあれこれと訊いて回らず、あちこち動き回らず、目立つようなことは一切しなかった。とにかくただ座ったまま、パラオ海洋警察の男たちに倣って無言のままでいた。

コロール島を発った〈レメリク〉は、高さ三メートルのうねりを切り裂きながら最初の巡視海域である、国の北端にある密漁者に人気のカヤンゲル環礁に向かった。九時間を超える航海のあいだ、船橋《ブリッジ》の捜査官たちはほぼずっと口をつぐんだまま、フロントガラスの先を見据えていた。多くのパラオ人が習慣にしているように、捜査官たちもビンロウの実をずっと噛み続けていた。実際にはビンロウジュの種を細かく刻んだものを、少量の石灰やタバコと一緒にキンマというコショウ科の植物の葉で包んだものだ。捜査官たちはそれぞれソーダの空き瓶を持っていて、その中に二分か三分おきに白みがかった赤い唾《つば》を吐き出す。ビンロウの実は体が火照るような感覚をもたらし、集中力をわずかばかり上げてくれる、言ってみれば軽めの興奮剤のようなものだ。(27)

あるタイミングで、わたしはビンロウの実を用意していた捜査官に興味津々のまなざしを向けた。すると彼は、試してみるかといった感じにビンロウの実を差し出してきた。ほかの捜査官たちがこちらに眼を向けた。わたしにビンロウの実を分け与えることは礼儀であると同時に度胸試し的なものだということを、全員がわかっていた。もちろんわたしは受け取った。見よう見まねで小さな塊を口の中に放り込み、噛んでみた。

男たちは驚きの表情を見せ、それからにんまりと笑った。コショウのようなぴりっとした辛味を感じたと思うと、たちまち頭がくらくらとしてきた。それから一〇分我慢したが、とうとう耐えきれなくなってブリッジを出て脱兎のごとくトイレに駆け込み、いきなり吐いた。それから結構長いあいだ戻し続けていたと思う。青白い顔に脂汗をかいてブリッジに戻ってきたわたしを、男たちは大爆笑で迎え入れ、何人かがわたしの背中をポンポンと叩いた。あとで考えてみると、どうやらわたしはかなり多めに口に含んだか、少し飲み込んでしまったみたいだ。どちらもやってはならないことだ。いずれにしろ、自らに課した通過儀礼をやり終えると、わたしは捜査官たちと打ち解けることができたような気がした。

カヤンゲル環礁には、その日の遅くに到着した。パラオ諸島の最外縁にあり、面積が一平方キロほどの洋上の染みのようなごつごつとしたカヤンゲル環礁は、まさしく別世界だった。滑走路もなければ、首都まで航行できるような船もなく、一日のほとんどの時間は電力は使えず、携帯電話も通じない。

わたしたちは、この島に駐在している魚類野生生物保護レンジャーのパラオ人、ボブ・ジョンソンに会った。がっしりとした体格のジョンソンは、どこからどう見てもよそ者と会うよりも独りでいたほうがいいと思っているらしく、ぶっきらぼうな態度を見せた。そんな彼は、このあたりでの取り締まりはどんどん難しくなってきていると語った。環礁の人口が減ってきているので、いきおい違法操業船を見つけて通報する人間も少なくなっているからだ。住民がここから出ていく理由を訊くと、「嵐だ」という答えが返ってきた。だいたい二〇人ぐらいが島を去ったという。姿を見せたときもそうだったが、ジョンソンは唐突に姿を消した。彼にはもっと訊きたいことがあったのだが、わたしたちが何も持ってこなかったと知るや、ぷいっとどこかに行ってしまった。

二〇一二年十二月、台風「ボーファ」がカヤンゲル環礁を襲った。[28] 数百人の住民が避難を余儀なくされ、近海のサンゴ礁がいくつも破壊された。一一カ月後、今度は台風「ハイエン」が襲来した。[29] 最大瞬間風速八〇メートルになんなんとする「ハイエン」は、観測史上最強のカテゴリー5の「スーパー台風」だった。[30]

嵐の威力が徐々に増している理由が気候変動にあることは、ほぼすべての科学者が認めている。二〇一四年に発表された、気候変動による経済的損失についての研究では、領海を有する六七カ国のなかで水産業が最大の打撃を受けるのはパラオだという予測がなされている。[31] 同じ年の別の研究の推算によれば、二〇五〇年の時点でパラオの漁獲量は気候変動だけで四分の一が失われるという。[32]

「気候変動は逮捕できないからな」〈レメリク〉で環礁を周航していると、バイエイがそう言った。

「逮捕できるのは、おれたちの海に来て魚を盗んでいく犯罪者だけだ」誰も何も言わなかった。しばらくすると、別の捜査官がパラオの言葉で何ごとかつぶやいた。あとで訳してもらうと「言うは易し、行うは難し」という意味だった。

そのつぶやきにバイエイはうなずくと、パラオの転機となった出来事について語ってくれた――二〇一二年の三月に、この国の海上警備活動は強化と改善が必要だと国民の大半が気づかされた事件が起こった。[33]その日付を聞いただけで、ブリッジの捜査官たちはすぐさまざわめいた。

バイエイは話を続ける――カヤンゲル環礁の近海で、中国の違法操業船が数日にわたって目撃された。[34]しかし違法操業船は六〇馬力の船外機を三基も備えていた。船外機が一つしかないゴムボートに乗るパラオの魚類野生生物保護レンジャーたちは、追跡しても徒労に終わることをわかっていた。

三月三十一日の午前七時頃、レンジャーたちは密漁船のなかの一隻をみたび発見した。今回は彼らは高速漁船の船外機を狙撃できるだけの距離まで接近することができた。ところがレンジャーが放った銃弾は盧永《ルーヨン》という名の中国人乗組員の右肩と腹部と右腿に当たった。[35]パラオ警察によれば、レンジャーたちは乗組員をねらったわけではなく、銃弾は船外機に当たって跳弾したとのことだった。駆けつけた〈レメリク〉の捜査官たちは盧永を小型の高速ボートに乗せ、二五分の距離にある看護師が住んでいる島に運んだ。[36]三十五歳の盧永は、妻と九歳の息子と三歳の娘を中国本土に残したまま失血死した。

〈レメリク〉の捜査官たちは違法操業船に乗り込み、乗組員たちを取り調べた。すると、はるかかなたの洋上に母船が停泊していて、違法操業を指揮していることがすぐに判明した。アメリカ人パイロットが操縦するレンタルの単発セスナ機にパラオの警察官が二人搭乗し、母船捜索の支援にあたった。[37]しかし夜の帳《とばり》が降りると、パイロットは方向を見失った。そしてセスナの機影はレーダーから消えた。[38]

船による母船捜索は続いた。陸《おか》から三五海里（六五キロ）あたりの沖合で、ようやく全長二五メート

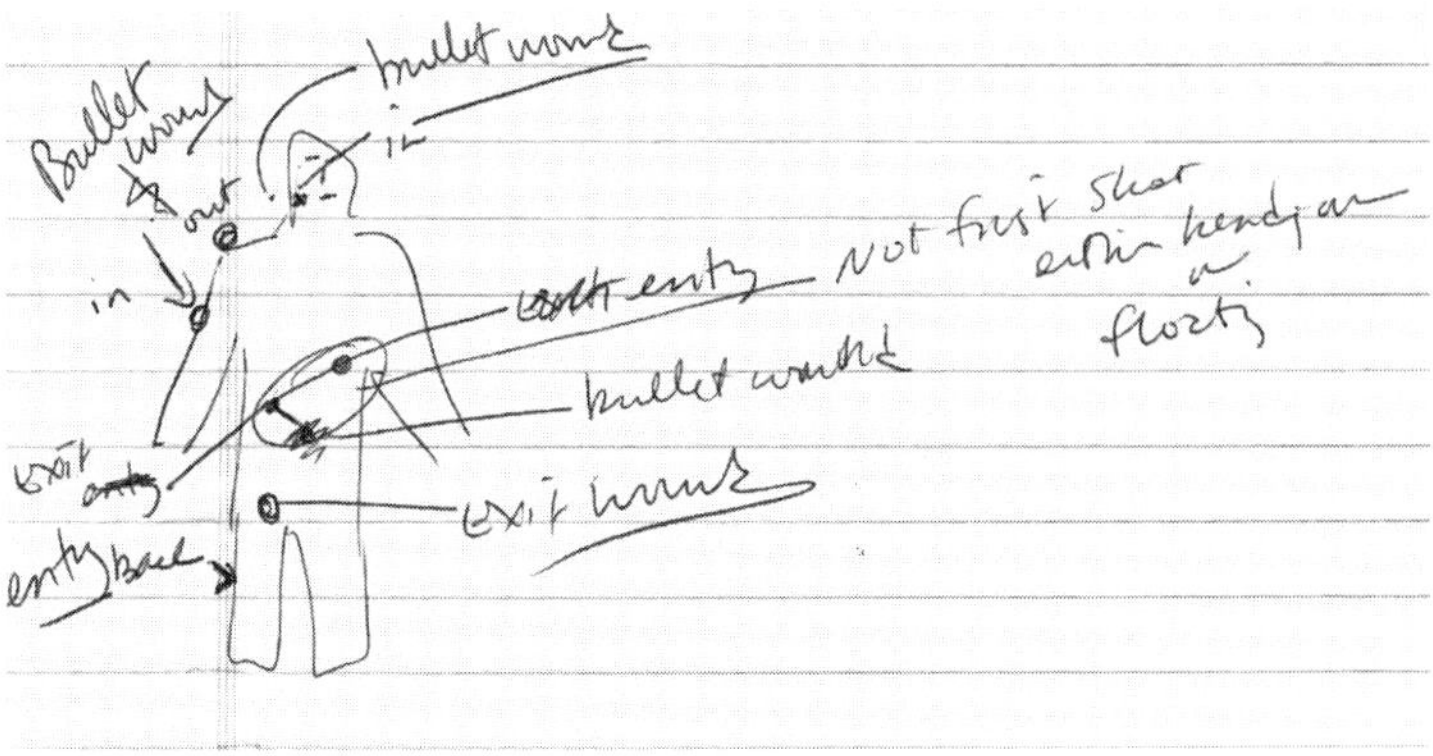


射入創と射出創の位置が記された、警察による盧永の遺体のスケッチ。中国密漁船の乗組員だった盧永は、逃走中にパラオ当局に射殺された。

ルの母船を発見した。母船は船首への威嚇射撃を無視してすぐさま遁走した。数時間にわたる逃走劇は唐突に終わった。母船はいきなり足を止めたかと思うと炎に包まれた。乗組員たちが慌てふためいて救命ボートに乗り移った直後、母船は違法操業の証拠もろともに沈んでいった。

いまだに行方不明のセスナは、パラオ近海上空のどこかをさまよっているものと思われた。神にもすがる思いのパラオ当局は、島々で照明を明々と灯せばセスナのパイロットの眼に留まり、帰路を見つけることができるのではないかと考えた。そこで人口が最も多いコロール島のすべての緊急車両を、島のいちばん標高の高い場所に集めて点滅灯をつけた。パラオ諸島の南端に位置するアンガウル島の役人たちは、外縁部に散らばる環礁の雑木林に火を放つという提案すらしたが、すぐに却下された。ヨットはスポットライトで空を照らすように指示された。コロール島のアサヒ野球場のナイター照明も灯された[39]。各家庭にも電灯をつけるよう要請がなされた。通りに出て懐中電灯を振る者もいた。全長一二〇メートル超の超大型ヨット〈オクトパス〉でたまたまパラオを訪れていた、マイクロソフト社の共同創業者のポール・アレン氏は、セスナの捜索と救助のために〈オクトパス〉に搭載する二機のヘリコプターの提供を申し出た。アレン氏に命じられて、乗組員の一人が照明弾を一分おきに空に向かって四九発撃ち上げた。[40]

　セスナの行方をつかめないパラオ当局の懊悩はいや増すばかりだった。パイロットのフランク・オーリンガーと、二人の警察官のアーリー・デチェロンとウィリー・メイズ・トワイの声は無線で聞こえていたからだ。一方のセスナのほうは地上からの声が聞こえていなかった。おそらくスピーカーの電線が切れたかショートしていたのだろう。午後三時三〇分の離陸から八時一六分までのあいだに、GPSとコンパスの故障という緊急事態《メーデー》発生を告げるオーリンガーの声は、焦りと苛立ちの色がどんどん濃くなっていった。そしてついには、自分たちが命の危機に陥っていることを身内の人間に知らせてほしいと頼むようにまでなった。「高度六〇〇〇フィート（約一八〇〇メートル）を六〇ノット（時速約一一〇キロ）で角度を保ち、北に向かって滑空中。燃料は切れた」最後の通信でオーリンガーはそう伝え、できる限り速度を落として着水すると言った。セスナの残骸は見つからなかった。「あいつが三人を呑み込んだんだ[41]」セスナが消えた海の深淵のことを、バイエイはそう表現した。

　世界中の新聞各紙がこの惨事を何週にもわたって報じた。中国政府はパラオに外交使節を送り、自国民の射殺事件について話し合った。パラオ大統領と司法長官は調査を開始した。そのとき、パラオ政府は自国の海域を守る戦いで劣勢を強いられていることが露呈した。「パラオ人はとても誇り高い」バイエイはそう言った。「この一件は悲劇であり、国としての面目を潰す出来事でもあった」

　パラオ海洋警察の捜査官たちは、それぞれさまざまな話を聞かせてくれた。ひとしきり話が終わると、話題の中心は中国の違法操業船よりも大きな脅威に移っていった。〈レメリク〉がパラオのEEZの南端のインドネシア海域との境界線に到達すると、一人がパラオ諸島の中央部から五八〇キロほど南西にあるヘレン環礁の方向を示した。低くて平坦で、面積五万五〇〇〇平方メートル（ワシントンDC

のリフレクションプールのほぼ二倍）の砂がちの島には、数人のレンジャーたち以外は誰も住んでいない。[42]

太平洋に点在する小さな島国は、今後数十年のうちに海に呑み込まれてしまうだろう。[43]すでにキリバスやモルディブ、フィジー、ナウル、ツバルといった国々は、満潮時に国土の一部が海に浸かってしまっている。ヘレン環礁が消滅してしまうことは、パラオにとっては一大事だ。なぜなら、この環礁はパラオのＥＥＺの南端に位置しているからだ。この国境の小島が水位線の下に消えてしまうと、インドネシアは約一四万平方キロのパラオのＥＥＺを自分たちのものだと主張してくるだろう。産業革命は、その勃発と同時に地球の気候に回復不能なダメージを与え続けてきた。同時に漁業の本質そのものを変え、海にのちのちまで残るような深い瑕《きず》を残した。

＊

苦境に立つ海の現状は、海の歴史を振り返らなければ理解できない。海の何が変わり、何が変わっていないのかを学ぶ必要がある。漁業現場の取材を何カ月も続けてきたわたしは、ここで働く人びとは昔からずっと同じ仕事をしてきているという印象を受けた。漁師の日々の仕事は重労働と究極の退屈の繰り返しで、これは聖書の時代からまったく変わっていない。網を入れ、釣り針を垂らし、待つ。とにかく待つ。待った末に、魚がかかっていることを願いつつ網や釣り針を引き揚げる。が、この一世紀のあいだに、テクノロジーが漁業を狩猟採集の一種から農業に近いものに変えてしまった。高度に機械化された漁船はもはや洋上に浮かぶ工場となり、漁業は海から搾れるだけ搾り取る、残忍なほど効率的な「工業」に変貌した。

二〇一五年までの全世界の年間平均総漁獲量は九四〇〇万トンにものぼる。[44]これは全世界の人間の体重を合わせた数字よりも多い。この驚くべき漁獲量には功と罪の両面があるが、どちらも一九三〇年代に始まった巻き網漁船の建造ブームが負っている。巻き網漁とはこのようなものだ――魚の群れを深い網で包み込む。網の長さは一キロを超えることもある。網の裾には金属製の環が付けられていて、その環には太いワイヤが通してある。[45] 設置し終えた網の裾のワイヤを引っ張ると、網は巾着のようにすぼまる。すぼまった網はクレーンで引き揚げられ、一網打尽にされた魚は開口部から吐き出され、選別され(たいていの場合はコンベアベルトに乗せられて)漁倉に送られる。[46]

そして第二次世界大戦が漁業技術の進歩に拍車をかけた。漁船の軽量化と高速化が進み、耐久性が向上し、より少ない燃料でより遠くまで漁に出ることができるようになった。潜水艦戦はソナーの技術革新を促進し、漆黒の深淵にいくらかの光を当てた。魚の探索手段は経験と勘からデータに基づく科学に取って代わられた。冷蔵庫や冷凍庫が漁船に搭載されるようになると、漁師たちは魚倉の解けていく氷との競争から解放された。合成樹脂と単繊維は改良され、釣り糸はメートル単位からキロメートル単位の長さになった。軽量の高分子化合物《ポリマー》で作られた漁網を曳く超大型トロール漁船は、まるで二両の戦車が鋼鉄製の網を差し渡してジャングルを容赦なく突き進むように海を根こそぎにしていく。

漁網のサイズが大きくなり強度も増すにつれて、漁の対象以外の魚(釣りで言うところの「外道」、商業漁業では「混獲」)の水揚げも多くなっていった。現在、世界中の海の漁獲量の半分以上が、網から外されたら何の気なしに海に投棄されるか、すり潰されてペレット状にされて家畜の餌にされている。混獲から作られる餌は養殖魚にも与えられ、たとえば「畜養」マグロを出荷可能なサイズまで育てるためには、その重量の三〇倍以上の魚が餌として必要だ。公海での漁獲量はこの半世紀のうちに七〇倍になったが、そのとんでもない急増の最大の理由は漁業の技術的進歩と工業化にある。[47] 世界中の多くの水産資源が枯渇の瀬戸際に追い込まれている現状にも、この二つはからんでいる。

水産資源の枯渇化には、魚類についての二つの根強い誤解も大きく関わっている。一つ目は、水生生物は下等な生き物だという誤解だ。「『水産物』という言葉一つとってみてもわかることだ(48)」漁業や海洋、環境問題についての記事を寄稿しているエッセイストのポール・グリーンバーグはそう述べる。グリーンバーグの言うとおり、ドイツ語の Meeresfrüchte《メーレスフリュヒテ》 にしてもフランス語の Fruit de mer《フリュイ・ドゥ・メール》 にしてもスペイン語の Mariscos《マリスコス》 にしてもそうだが、ほとんどの西ヨーロッパ言語で「海の果物」を意味する言葉が水産物に当てられている。地球の生態系を構成する何百万種類もの生物を、一般の人間は個々の種としてではなく「われわれが消費するもの」として認識している。家畜を殺して食べることには憤りを覚えても魚は頻繁に食べる、いわゆる「魚菜食主義者《ペスクタリアン》」という人びともいるとグリーンバーグは言う。ユダヤ教の食に関する戒律「コーシャー」では、哺乳類と鳥類に対しては慈悲深い処理法を義務づけているが、魚についてはそんな規定はない。先ほども述べたが、世界中で獲れる魚類のかなりの部分が人間の腹ではなく、魚類そのものを含めたさまざまな動物の胃に収まっている。かわいげのない変温動物である魚類のことを、ずっと人間はほかの動物とは別の生き物だと見なしてきた。

二つ目の「海には陸上とは異なる独自の豊かさがある」という誤解は、さらに大きな意味を持つ。この〝豊饒の海〟の概念を、十九世紀イギリスの政治評論家ヘンリー・シュルテスは一八一三年の自著でこう言い表している。「われわれを取り囲んでいる海は、きわめて地味豊かであることに加えて、無尽蔵の富の宝庫でもある。いわば海とは、耕すことも種を播くことも肥料を施すこともなく年がら年中作物が実り、収穫が可能で、さらには地代と租税の支払いも求められることのない畑なのだ(49)」

この考え方は二十世紀になっても受け継がれ、『無尽蔵なる海（*The Inexhaustible Sea*）』のような本を生んだ(50)。ニューヨーク市のアメリカ自然史博物館のホーソーン・ダニエルとマサチューセッツ州のウッズホール海洋生物学研究所のフランシス・マイノットは、一九五四年に出したこの共著でこんなことを言っている。「われわれは、いまだに海のことを十全に理解していない。それでも、海から得られるものはわれわれの想像の限界を超えているということはすでにわかりつつある。いつの日にか人類は、海の恵みは無尽蔵だということ知るだろう」

海洋資源は無尽蔵だという思い込みと、その海が育んでいる生物は食べるものであって保護するほどのものではないという考え方は、水産物の乱獲を間違いなく加速させてきた。その一方で、乱獲を加速させている要因の一つであるテクノロジーは、乱獲の抑制にも広大な大海原の監視にも応用できるのではないかと、多くの環境保護活動家たちは望みをかけている。一九九〇年代以降、船舶には衝突防止のために自動船舶識別装置(AIS)が搭載されるようになった。[51] AISはその船の身元や位置や針路や速度といった情報を他の船舶や人工衛星に超短波で発信する装置だ。二〇〇二年、国際海事機関(IMO)はすべての船舶へのAISの段階的導入を開始した。まずは総排水量が三〇〇トン以上の(この総トン数の場合、全長はだいたい四〇メートルになる)漁船を含めたすべての商用船舶に搭載を義務づけた。

しかし悲しいかな、この監視システムには泣きどころがいくつかある。海賊や商売敵に追跡される恐れがある場合、船長の権限でAISを切ることができるのだ。巧妙に改造して偽の情報を発信することも可能だ。そして〈新吉群33〉のような違法操業船は、その多くは総排水量が三〇〇トン未満なのだ。

自国の管理海域での漁業免許を発行する場合、多くの国はAISに加えて船舶監視システム(VMS)の搭載を発行の条件にしている。VMSも船の位置情報などをその海域を管轄する当局に発信する装置だが、改造することも切ることもかなり難しいところがAISよりも優れている。理屈としては、順法意識のある船舶を確認しやすくなればなるほど、AISやVMSのない違法操業船は陸揚げすることが難しくなるということだ。

操業規制水域に接近する船舶を探知するソナーや監視カメラ付きのブイ、そして安価な水中聴音器などを各国が配備するようになり、より多くの海上交通のデータが活用可能になった。たいていの場合は各国政府が運用する、合成開口レーダー《SAR》を搭載する人工衛星は、どんな天候下であっても船舶の位置を特定することができる。

こうしたさまざまなデータと、船舶がＡＩＳなどを切って発信電波を消したり違法操業船が禁漁区に侵入したりすれば警報を発する最新の監視ソフトウェアを組み合わせると、とりわけ強力な武器になる。二〇一五年の〈新吉群33〉の拿捕は、それを如実に示している。[52] 茫洋とした大海原を闇雲に巡視していたパラオ海洋警察は、実質的に「神の眼」を手に入れたのだ。

とはいえ、こうした最新テクノロジーですべての問題が解決するわけではない。人気テレビドラマの『HOMELAND／ホームランド』や『PERSON of INTERST／犯罪予知ユニット』に登場する航空偵察のデータはグーグルマップ並みの信頼度があるが、そうした高精度の航空画像はもっぱら軍用レベルの無人航空機《ドローン》でしか得られない。宇宙からの高解像度画像の撮影はかなり高額で、一画像三五〇〇ドルを超えることも珍しくない。しかも地球の表面をちょこまかと動き回る対象に衛星のレンズをどんぴしゃに向けて撮影したいのであれば、衛星を運用する政府もしくは企業に一週間前に依頼しなければならない。

さらに言えば、ウェストヴァージニア州にあるスカイトゥルース社のバーグマンが使っているような最新鋭の衛星監視システムをもってしても、広大な広がりである海が相手では苦戦を強いられている。その理由を、例を挙げて説明してみよう。オランダ船籍の世界最大のトロール漁船〈アンネリース・レーナ〉は、[53] 真上から見た場合の面積はプロ仕様のバスケットコートの八面分に相当する三五〇〇平方メートルもある。そんな巨大漁船でも、大西洋のわずか一パーセントの面積の、さらに三億分の一でしかない。結局のところ、ＡＩＳやＶＭＳを切ってしまえば、その船舶の居所は一瞬にしてつかめなくなってしまうのだ。

＊

海上を漂う物体があると、魚たちはその近くに寄り集まって身を守り、そこで番《つが》う。この魚の習性を利用して、世界各地の海に生きる漁師たちは何世紀ものあいだ漁をしてきた。漁師たちはプラスティック製品や竹などの漂流物を使い古した漁網を使ってつなぎ合わせてブイをこしらえ、魚を集める。そうやれば魚はより簡単に獲れ、漁に出る期間も大幅に短縮することができる。近年は「人工浮魚礁（ＦＡＤ）」と呼ばれる魚を集める仕掛けが、とくにパラオ近海で絶大な威力を発揮している。(54)

マグロやクロカジキといった大型の獲物をおびき寄せるために、水産企業はソナーやＧＰＳを装備した「スマート」ＦＡＤを徐々に使うようになっている。(55) この仕掛けを使えば、獲物が十分に集まってくれるまで陸《おか》でのんびり待機することができる。スマートＦＡＤの性能は絶大で、そのせいでＦＡＤ上やその近くに武装した見張りを配置する漁師も出てきた。商売敵にＦＡＤを破壊されたり、せっかくおびき寄せた獲物を横取りされないようにするためだ。

インドネシアの漁師たちから聞いた話では、陸《おか》から何十キロも沖合に設置したＦＡＤのそばにテント付きの筏《いかだ》を浮かべて、そこに金で雇った見張りを常駐させている漁村もあるという。見張りたちには十分な飲料水と塩干しの魚と銃が与えられ、一週間ぐらい経ったら物資を補充しに来るか、もしくは陸《おか》に連れ戻してくれるという約束になっている。しかしその約束は守られないことがままあり、しかも嵐に襲われて命を落とすこともある。見張りの亡骸《なきがら》が浜に打ち上げられることもあるという。ほかの漁師たちと銃撃戦になって見張りが殺されたという話は、フィリピンでも耳にしたことがある。

ＦＡＤは過去三〇年間にわたって商業漁業船団のあいだでとくにもてはやされてきたが、その大人気の理由の一つはイルカ保護活動の思わぬ余波にあった[56]。マグロ漁では、獲物の群れを探すときはまずイルカを探す[57]。イルカにはマグロの群れに並走したり、その直上の海面近くを泳ぐ習性があるからだ。しかしこのやり方で獲物を見つけて網を入れると、マグロと一緒に大量のイルカも獲れてしまい、混獲として処分せざるを得なくなる[58]。一九八〇年代から九〇年代にかけて「イルカにやさしい《ドルフィンフリー》」マグロ漁の需要が高まり、マグロ漁船団の多くはメキシコのバハ・カリフォルニア半島付近の東太平洋から中央および西太平洋に漁場を移した。パラオに近いこの海域のイルカは、一般的にマグロの群れにそんなに近づかずについて回らないからだ[59]。そして西太平洋の海水温の上昇によってマグロが回遊する深度はイルカのそれよりも深くなり、イルカを見つけてもマグロは見つからないことが多くなった。

その結果、マグロ漁船団の大半は、餌になる小魚を寄せ集めてマグロそのものをおびき寄せるＦＡＤを使うようになった。しかしこの新兵器にも問題がある。ＦＡＤに引き寄せられる小魚はサメやウミガメ、さらには繁殖魚齢に達していない若いマグロの餌にもなるので、いきおいそうした混獲がどんどんかかってしまうのだ。とくに若いマグロを大量に獲ってしまうことの悪影響はすぐに表面化した。二〇一四年の研究により、パラオなどの太平洋の島々の周辺海域に生息するキハダマグロは、同海域でＦＡＤが普及する以前と比較して重量ベースで三八パーセントも減少したことが明らかになったのだ[60]。

叩きつける波を切り裂きながら航行する巡視船〈レメリク〉から、魚を守る戦いでパラオが負けつつあることを示す不吉なしるしがかすかながらうかがえた。コロール島の東側から一五キロほどの沖合に浮かんでいたＦＡＤの近くで〈レメリク〉が停船したときのことだ。わたしはこれ幸いとばかりに温かで透き通った紺碧の海に潜り、ＦＡＤを間近で見ることにした。ダイビングの準備をするわたしを、海洋警察の男たちは頭のおかしい人間でも見るような眼で見た。このＦＡＤはもう何年間も大型魚を大量に引き寄せていて、それはつまりサメたちもその魚たちを目当てにしょっちゅう寄ってくるということだと彼らは言った。

カメラマンのローウィーはそんな警告の言葉に耳を貸さず、酸素ボンベを背負うと躊躇することもなくバックエントリーで海に落ちていった。過去に何度もサメを撮影したことのある彼は怖がっていないみたいだった。わたしも彼のあとについて海に潜ったが、内心ではひやひやしていた。わたしはサメが背後から来たら彼に知らせることになっていたが、そうすることにいったいどんな意味があるのかわかっていなかった。二人とも海に潜っているのに、できるだけ早く相手に何かを知らせる方法なんかあるのか？　そんなことを考えていた。

そのＦＡＤは「スマート」ではなかった。プラスティック製のブイと水深一五〇メートル以上の海底に沈めた重石のブロックを、軟体動物がへばりついた太いロープでつなぎ留めたローテクな代物だった。ロープの水深一五メートルのところまでは大きな竹の葉が付けられていて、鱗粉にまみれた蛾の翅《はね》のように揺れていた。その葉陰を体長数センチほどの小魚がちょこまかと泳いでいた。三〇センチを超える魚は一匹もいなかった。

わたしはＦＡＤをつなぎ留めているロープを伝って可能な限り深く――わずか六メートルばかりだったが――潜ってみた。が、さらに深く潜っていくローウィーの姿があっという間に見えなくなってしまった。海面に戻ると、わたしはラッコのように仰向けになって浮かんだ。ふと振り返ってみると、海洋警察の一人がショットガンの銃口をわたしに向けていることに気づいた。あまりのことにわたしは面喰らい、息もつけずに「ええっ？」と口にするのがやっとだった。するとその捜査官は、自分はサメが寄ってこないか見張っていて、一匹でも見つけたら撃つつもりだと言った。「見つけたら叫んでくれるだけでいいよ」わたしはそう言った。「撃つなよ」一〇〇海里（一八五キロ）以上に及ぶその日の巡視では、わたしたちは三基のＦＡＤに立ち寄った。引き寄せてもっともなはずの大型魚の姿は一匹もなかった。

直近の島の北側八キロあたりのところで日没を迎えた。すると捜査官の一人が、オラックという小島の近くにあるＦＡＤを調べたいと言い出した。しかしこの最後のチェックには、夕食用の魚を釣るといううごく私的な目的があった。彼らはＦＡＤの周りで釣り糸を垂らして一時間ほど粘ったが、坊主に終わった。近くの島の港に船を着けると、捜査官たちは市場でチキンシチューを買った。わたしは港の近くの掘っ立て小屋の食料品店を訪ね、この島でニワトリを飼っているのかと訊いた。カウンターの男は飼ってないと答え、こう言った。「中国から輸入してるんだ」パラオの魚を密漁している国から鶏肉を買っているとは、何とも皮肉なことだ。

ＦＡＤの近くに大型魚が集まっていなかったという事実は、広大な海は実際には一つの巨大な水の塊にすぎず、しかも決して無尽蔵ではないことを、あらためて教えてくれた。パラオの禁漁区政策の成否は、ほかの海洋国も禁漁区を設定できるかどうかにかかっている。「おれたちの海にたどり着く前に獲られてしまうんだよ」姿を消してしまった大型魚について、バイエイはそう言った。

多くの大型魚と同様に、マグロも回遊魚だ。[61] パラオ近海のキハダマグロとメバチマグロ、そしてカツオの生息数は急激に減少している。その理由の一つとして、こうした大型魚はパラオの海に回遊してくる前にさまざまな漁法で獲られてしまうことが挙げられる。[62] その漁法の一つが、ＦＡＤの近くで網で捕らえる方式で、しかも太平洋の西部と中央部に五万基以上も浮かぶＦＡＤの大半は合法的に設置されたものだ。

自国の海洋資源を守り保護するという崇高な戦いにおいて、パラオは真っ当な戦略をとっている。[63] 自国のＥＥＺの八〇パーセント近くを保護区にして商業漁業を禁止する「海の聖域法」の制定もその一つだ。しかしこの国の環境保護の取り組みを成功に導くためには、他国と水産業界がこれに倣うことが必要不可欠だ。パラオ一国では成し遂げることはできないのだ。

＊

〈レメリク〉のブリッジでともに過ごすうちに、バイエイはこの国の海のさらに複雑な状況を説明してくれた。彼が案じているのはマグロとサメだけではなかった。海岸沿いに生息する熱帯魚の生息数も減少しているのだ。それはパラオの野放図な観光事業政策に一因があるとわたしは指摘した。この国のGDPの半分以上が観光業に依存しているのは、この国の海が世界中の人びとを惹きつけてやまない、シュノーケリングとスキューバダイビングの聖地だということが最大の理由だ。二〇一五年の中国からの月平均来訪者数は、前年の二〇〇〇人から一万一〇〇〇人近くに急増した。(64)

ところがである。パラオを訪れる観光客の多くは、この国のサンゴ礁に棲む魚を見るばかりでなく食べることも望んでいるのだ。(65)パラオのレストランで供されるエキゾチックなシーフードメニューが増え、そのなかにはナポレオンフィッシュやタイマイといった地元漁師が獲ってきた禁漁種も含まれているのは決して偶然ではない。(66)パラオの人びとは、海の向こうからやってくる密漁者たちが自分たちの縄張りに入ってこないように努力する一方で、同時に同胞であるはずの漁師たちが禁漁種をこっそりと獲って、自分たちの国のレストランに売ることを必死になって止めようとしている。

〈レメリク〉への同乗取材に先立って、わたしはパラオの世界遺産ロックアイランドの無人島にある、面積およそ五万平方メートルほどの「ジェリーフィッシュ・レイク」に行ってみた。このパラオ随一の観光スポットを訪れた理由は、観光業がこの国の海洋環境に与えている明らかな負荷を自分の眼で確認するにはうってつけの場所に思えたからだ。蛍光グリーンの塩水を湛えた湖には、棘《とげ》のないタイプのクラゲが何百万匹も生息している。脈動しながら水中を漂うオレンジ色の電灯のようなクラゲは、ピンポン球からボーリング球までその大きさはさまざまだ。

過去五年のあいだに、波打ち際のサンゴ礁で魚を網で獲ったり、湖でクラゲを獲ったりした廉《かど》で数人の中国人観光客が逮捕された。ホテルの部屋で、持ってきたホットプレートで料理して食べるつもりだったという話だ。わたしが訪れたときも、クラゲには触れてはいけないというパラオ人ツアーガイドの英語の説明もむなしく、ウェットスーツを着た二〇人ほどの騒々しい中国人たちが湖に入ってクラゲを捕まえて、ためつすがめつしていた(67)。

＊

パラオの海洋資源保護の努力は、もしかしたら徒労に終わるのではないか——陸《おか》から七〇海里（一三〇キロ）ほどの沖合で、〈レメリク〉が〈勝吉輝《ショウンチーホイ》12〉という台湾船籍のマグロ延縄漁船に停船を命令したとき、わたしは何となくそんな気がしてきた。臨検のために乗船した捜査官たちは、六人のインドネシア人乗組員たちを上甲板に集めた。わたしが上甲板に上がろうとすると、乗組員の一人がいきなり飛び出してきて、わたしの手首をつかんだ。驚いたが、すぐに自分の手が「電気ショッカー」から数センチと離れていないところにあることに気づいた。電気ショッカーとは、甲板に引き揚げたときに暴れる大型魚を電気で麻痺させておとなしくさせる道具だ。その乗組員は別の乗組員の腕にある一五センチほどの長さの火傷《やけど》の痕を指で示し、電気ショッカーに触れたらこんな目に遭うとわたしに注意した。こうした遠洋漁船の危険についてはそれなりにわかっているつもりだったが、まだまだ学ぶことはあったということだ。

パラオ海洋警察にとって、密漁者の逮捕は最初の一手にしかすぎない。外国人の密漁者たちを陸《おか》に連

パラオ海域で操業する台湾船籍のマグロ延縄漁船〈勝吉輝12〉を臨検し、獲った魚を調べる海洋警察の捜査官たち。

行しても、彼らの国の言葉を話せる人間がいるとも、勾留所に空きがあるとも、さらに言えば彼らをしっかりと訴追できる法体制が整っているとも限らない。海洋警察が逮捕する密漁者たちは、家族経営の会社が所有する小型漁船に乗っている乗組員たちがほとんどだ。しかも普通に考えて、そうした小さな会社に五〇万ドルになることもある高額の罰金を支払う余裕などあるはずもなく、乗組員たちを国に連れ戻す費用についても言わずもがなだ。そんな貧乏密漁船を拿捕してしまったら、容疑者たちの勾留と送還にかかる費用は全部パラオが背負うことになる。

〈レメリク〉の海洋警察たちが〈勝吉輝12〉の臨検を進めているあいだに、わたしは船の後甲板の下にある乗組員の居住区を確かめてみた。梯子を降りるとハッチがあり、その先には天井高が一メートル少々しかないトンネルが続いていた。トンネルは側舷に沿って走っていて、板で仕切られた長さ二メートル弱の寝床が一〇個ほど並んでいた。どの寝床にも束ねた衣類が枕代わりに置かれていた。

漁船は衛生管理が行き届いている場所ではない。とくに開発途上国の船はそうだ。数十人の男たちがじめじめとした密閉空間で何カ月も過ごし、しかも来る日も来る日も死んだり腐りかけている生き物を扱っているのだ。これで感染症にならないはずがない。パラオを訪れた時点で、わたしはすでに一〇回以上は漁船に乗っていたので、この不潔な空間で身を守るためにはいくつかの癖を直さなければならないことを学んでいた。たとえば爪を噛む癖とかだ。口の近くに手を近づけるなんてとんでもないことだ。小さな切り傷でもすぐに化膿して悪化する。コンタクトレンズを着けるのをやめたのは、絶えず揺れ続けるうえにばい菌だらけの環境ではめたり外したりしていたせいで、何度ももののもらいをこしらえてしまったからだ。永遠に続く湿気との闘いで何度も中耳炎になった。酢と消毒用エタノールを半分ずつ混ぜたものを毎日耳の穴に垂らすことで中耳炎はなんとかなったが、これがまたとんでもないほど痛い治療法だった。

そんなわたしが見ても、〈勝吉輝12〉はとりわけ不潔な漁船だった。台湾からパラオまでやってきたということは、一四〇〇海里（二六〇〇キロ）ほどの距離を一週間少々かけて渡ってきたということだ。荒れる外洋でずっと甲板上にいることなど無理な話だ。

こんな汚い漁船の船腹の奥深くに潜り込むなど、どう考えても賢明とは言えなかった。が、心の中では好奇心が圧勝してしまった。この船の男たちが寝泊まりし、嵐に襲われたときに潜んでいる場所を、どうして見てみたかった。トンネルを進むにつれて暗さと湿度は増していき、同時に煙と温度と騒音の密度も高くなっていった。眼の前でネズミが走っていた。悪臭を放つ茶色のどろどろしたものが天井の何カ所から垂れていた。その上の甲板には魚をさばく、大きなまな板があった。

寝床はトンネルの壁の全面にしつらえてあった。いちばん奥には、猛烈な勢いで回っている強大なディーゼル機関が鎮座していた。機関の周りは煙の濃度がさらに増していた。本来なら煙が上のほうに逃げて船外に出ていくはずの開口部が部分的に塞がっているからだ。わたしは狭いスペースに腰を下ろし、二分ほどかけて状況を確認した。呼吸は口だけでするようにした。鼻で息をしたら鼻孔が焼けてしまいそうだと思えるほど温度が高かったからだ。這うように進んできたトンネルの役割は、寝床が並ぶ居住区だけではないことがだんだんとわかってきた。機関の排気管でもあるのだ。

無法の大洋《アウトロー・オーシャン》に分け入っていけばいくほど、略奪者と犠牲者の区別がどんどんつかなくなっていった。パラオを訪れた目的は、この国の魚類を含めた海洋生物が置かれている、脆弱で心が寒くなるような状況にスポットを当てること、そして世界中の海で横行する水産資源の略奪行為の尖兵たる密漁者たちのことを理解すること、この二点にあった。しかしこの二点は明確に区別できるものでも、単純なものでもないことがすぐにわかった。密漁者たちはパラオの海を食い尽くしてしまったも同然だと非難されているが、実際には彼ら自身も、パラオの海ほどではないにせよ弱い立場に置かれているような気がしてきた。

その日の午後は、二〇一二年のセスナ遭難と中国人乗組員の射殺事件についての政府の調査報告書を読んで過ごした。報告書には、逮捕されてコロール島の監獄に一七日間勾留されていた、中国船籍の違法操業船の二五人の乗組員たちの取り調べ調書も含まれていた。

二五人の乗組員たちの大半は、その漁船に乗るまでは一度も海を見たこともなく、自分たちが乗る船の名前も自分たちが働くことになる水産会社の名前も知らず、船長のフルネームすら知らなかった。[68]持っていた身分証明証は乗船するなり甲板長に取り上げられてしまった。事件当日に巡視船から逃走した理由については、パラオ海洋警察の捜査官たちは制服を着ていなかったので、海賊が襲ってきたのだと思い込んでしまったからだとほぼ異口同音に答えた(69)。彼らは、自分たちが違法操業をしていることをわかっていなかったとも報告書には書かれていた。「漁業免許のことなんか何も知らないと彼は言った」ある乗組員の取り調べを担当した警察官はそう述べている。「船長に命じられたとおりにやっていただけだ、と」

司法取引がなされ、乗組員たちはそれぞれ一〇〇〇ドルの罰金を支払うことに同意した(70)。金は家族と中国政府がパラオに電信送金した。彼らが乗っていた高速の小型漁船は破壊処分になり、漁具は差し押さえられた。乗組員たちは棺に納められた盧永の亡骸とともに、中国政府が手配したチャーター機で帰国した。「あいつは死刑に処されるべきじゃなかった」のちにパラオを訪れた盧春安《ルーチュンアン》は、殺されたいとこについてそう語った(71)。

報告書のある一行の記述がわたしの眼に飛び込んできた。それはこの物語の慄然とする結びの一文となった。中国からやってきた密漁者たちは国に家族を残し、自分の命と身の危険を顧みずに大海原をはるばる越えてパラオにやってきて密漁をするはずだった。しかし数日間の漁で得たものといえば、ラプラプというハタ科の魚が一〇匹足らず、大きな二枚貝が数個という体たらくだった。この涙すら誘うようなちんけな水揚げは、パラオの海の恵みがさらに減少していることを示す追加証拠のようにも思えた。

夜になると、〈レメリク〉の操舵室でその日の巡視の事後検討が行われた。漆黒の海は凪《な》いでいて、遠く離れた小島の灯りが見えた。話し合いのテーマは違法操業船の乗組員たちについてだった。「彼らは敵じゃないのか?」わたしはみんなに尋ねてみた。何人かが首を振り、違うと答えた。「見つけた仕事をやるしかないんだよ」一人がそう言った。

バイエイが聞かせてくれた話では、違法操業船を拿捕し、その乗組員たちを逮捕すると、海洋警察の捜査官たちは名前も知らない乗組員たちのために着る服を見つけてやることが多いという。彼らに与える服は、以前の選挙活動のキャンペーンTシャツばかりだ。そうしたTシャツは無料で配られるので、大量の在庫が残っているのだ。台湾や中国やヴェトナムからやってくる違法操業船に、特定の候補者をアピールするTシャツを着た乗組員がいるという奇妙な光景を、毎年少なくとも一回は眼にするという。別の捜査官は、二〇一六年に逮捕した違法操業船の船長が、その半年後に別の違法操業船の乗組員としてまた戻ってきたという話をしてくれた。「使い回しの選挙Tシャツ」を何度も眼にするという事実は、密漁者たちは彼らなりに生きるために必死で、決して密漁から足を洗うことはないことを物語っていた。そしてバイエイたちの任務は小が大に挑む「ダヴィデとゴリアテの戦い」ではなく、むしろ無為な仕事を永遠に続ける「シジフォスの神話」ではないかと思わせる話でもあった。

「あんた、潜水病にかかった人間を見たことがあるか？」港へと戻る途中、バイエイはそんなことを訊いてきた。彼ら〈レメリク〉の捜査官たちが追う違法操業船の多くはヴェトナムから来る「ブルーボート」だと彼は言う。そう呼ばれているのはヴェトナムの漁船の胴体が鮮やかな青で塗られているからだ。たいていの「ブルーボート」の獲物は海底にいるナマコだ。ヴェトナム人たちは船を停め、エアコンプレッサーにつないだゴムホースを口にくわえて海に潜る。彼らは腰に付けた鉛の錘の力を借りて三〇メートル以上という危険な深度の海底まで潜り、中国では一キロ七〇〇ドル近くの高値で売れるナマコを採る[72]。二〇一六年にバイエイたちが拿捕した密漁船の潜水夫の一人は、慌てふためいて浮上したせいで、血液中の窒素が気泡化して関節などに激しい痛みをもたらす潜水病にかかってしまった。

「そいつは何日間もただただうめき続けていたよ」そのうめき声は今でも耳にこびりついているとバイエイは言った。わたしたちの話を聞いていた捜査官の一人が点検日誌から顔を上げ、違法操業船の乗組員たちのことをこう表現した。「あいつらこそが本当の犠牲者だ」

バイエイが話してくれた潜水夫の悲劇に、わたしは海の厳しい現実を見た。セスナの失踪と魚のいないFAD、海に沈みつつある環礁、そしてクラゲに害をなす観光客の話からも同じ教訓を得た。パラオを訪れたのは、執筆のインスピレーションと、世界的視野から見た海洋保護の今後の展望を得るためだった。全世界の水産資源を守る道筋があるとすれば、その道標《みちしるべ》はこの島国にあるのかもしれない。訪れるまではそう考えていた。しかしパラオを去るわたしの胸の内には希望は少なく、むしろ海洋保護の道にはさまざまな壁が立ちはだかっているという痛切な思いのほうが大きかった。海が直面している脅威は、密漁のような犯罪行為よりもはるかに大きく複雑なものだ。パラオの真の敵は法で判断し得るものではない――気候変動、歯止めの利かない観光化、圧倒的に広大な海。そして、法律よりもわが身の生き残りのほうを大事にする男たちを密漁に走らせる貧困だ。この壮大な戦いで、パラオは実例で成果を示そうとしている。唯一の問題は、あとに続く国が出てくるかどうかだ。

# 3 錆びついた王国

人間は、さまざまな理由を胸に人跡未踏の地へと赴く。あるものはひたすらに冒険への愛に衝き動かされ、あるものは科学的知識への激しい渇望ゆえに。またあるものは、摩訶不思議な魅力を有する未知なる存在の〝囁き声〟にそそのかされ、ふたたび常人の道を踏み外してしまうのだ。

**アーネスト・シャクルトン『南極の中心へ（*The Heart of the Antarctic*）』**

イギリス中の家庭がお祝い気分に浸っていた一九六六年のクリスマスイヴ、イギリス陸軍の退役少佐パディ・ロイ・ベーツは船外機付きの小さなボートを駆り、陸《おか》から一〇キロほど沖合の北海にいた。[1] 真夜中に家をこっそり抜け出して海に出たのは、妻のジョアンにうってつけのプレゼントはこれしかないという〝いかれたアイディア〟を思いついたからだった。[2] ベーツは引っかけフックの付いたロープを使って放棄された海上対空砲台によじ登り、征服を宣言した。のちにベーツはこの砲台を「シーランド」と名づけ、妻に贈った。

ベーツのプレゼントはロマンティックな海の宮殿ではなかった。もともとはテムズ川河口の防衛のために一九四〇年代初頭に築かれた五つの海上要塞の一つの「ラフスタワー」という、吹きさらしの絶海の廃墟だった。[3] 地元の人びとは単に「ラフス」と呼んでいた、この打ち捨てられた砲台は、海から一八メートルほど突き出た二基の中空のコンクリート塔の上に、テニスコート二面分ほどのプラットフォームを乗せた構造になっている。[4] この打ちっ放しのコンクリートを多用したブルータリズム様式のような

シーランド公国（2002年撮影）

前哨基地を、ベーツはコルテスやヴァスコ・ダ・ガマもかくやという勢いで征服した。

第二次世界大戦中、ラフスにはドイツ空軍の爆撃機を迎撃すべくボフォース四〇ミリ対空機関砲と砲身四・七メートルのヴィッカース三・七インチ（九四ミリ）高射砲が二門ずつ配備され、一〇〇人以上の海軍兵員が駐留していた。[5] ドイツが負けて戦争が終わった途端にラフスは無用の長物になり、イギリス海軍はここを放棄した。[6] 歳月を経るにつれ、ラフスは誰からも使われることなければ顧みられることもない、イギリス本土防衛の荒れ果てたわびしい記念碑になってしまった。退役後は大型商船隊を所有し、肉類やゴム、そして魚をイギリスに運んでいたベーツは、頻繁に近くを航行していたのでラフスのことをよく知っていた。

当然ながら、イギリス当局はベーツによる国有財産の占拠にいい顔をせず、退去を命じた。しかし肝の据わった頑固者のベーツは、役人たちに威勢よく「おととい来やがれ」と言い放った。ロンドン生まれのベーツは十五歳でスペイン内戦に身を投じ、共和国政府が編成した外国人義勇兵部隊「国際旅団」に入って戦った。帰国してイギリス陸軍に入隊するとあっという間に昇進して、当時の史上最年少で少佐になった。(7)第二次世界大戦が勃発すると北アフリカと中東とイタリアに出征した。(8)大けがを負ったのは一度だけ、顔の近くで手榴弾が炸裂したときだ。ギリシアで乗っていた飛行機が墜落してファシストの捕虜になったときなどは、素手で敵を倒して何とか脱走した。(9)

ひとまずベーツは、ラフスをラジオの「海賊放送局」にした。(10)当時のイギリスでラジオ波を独占していたBBCは、ビートルズやキンクスやローリングストーンズといったポップ音楽は真夜中にしか流さず、若いリスナーたちの不興を大いに買っていた。若者たちの不満に、ベーツのような反骨の起業家たちが応えた。彼らはイギリスの領海のちょうど外側の船や海上油田などの海上プラットフォームに無許可のラジオ局を開設し、音楽を二四時間流した。ラフスを占拠すると、ベーツは大量のコーンドビーフの缶詰とライスプディングとスコッチを運び込み、陸《おか》に戻るのは数カ月ごとという洋上生活を開始した。以前にも別の海上要塞で海賊放送局を開設していたことがあったのだが、海岸線から三海里（五・五キロ）というイギリス領海内にあったのですぐに閉鎖させられた。一方、ラフスはしっかりと領海の外側にあった。

本来は妻への誕生日プレゼントだったはずの海上対空砲台に、新たな海賊放送局を開設して数カ月後のことだ。ベーツは妻と友人たちと一緒にパブで飲んでいた。「これでおまえ専用の島ができたってわけだ」(11)ベーツは妻のジョアンに言った。ベーツの言うことは、いつも本気なのか冗談なのかわからなかった。なので、このプレゼントについても彼の真意は誰も判じかねた。ジョアンはこう返した。「ヤシの木が二本か三本ばかし生えてる、もうちょっと陽当たりのいい島がよかったんだけど。あと国旗も欲しいところね」この夫婦《めおと》漫才に友人の一人が茶々を入れた――だったら、あそこを自分の国にしちまえばいいじゃないか。一同はどっと笑い、ビールのジョッキをさらに重ねた。しかしベーツだけは違った。

数週間後、ベーツは新国家「シーランド公国」の建国を全世界に向けて布告した。自らを君主とするこの国に、彼は「エ・マーレ、リベルタス（海から自由を叫ぶ）」という国是を掲げた。[12]

＊

海は弱肉強食の冷酷な世界だ。そんな海で人間は凶悪な本能を育み、ほかの海洋生物とは比べものにならないほどの進化速度でこの環境に適応した。海は、発見と底なしの野望とたゆみない改革の場でもある。にわかには信じ難い世界最小の海洋国家の建国物語は、海は陸《おか》の常識と国際法が通用しない、おかしな世界だということを如実に示している。それだけではない。古来より数多《あまた》ある海洋冒険譚の伝統を継承するものであり、権利とは頑なに主張し続けなければならないものだということを諭す説話であり、そして大胆不敵な独立国家の誕生譚でもあるのだ。

シーランド公国は独自のパスポートと国章と国旗――対角線に白い帯が入った赤と黒というデザイン[13]だ――という、国家としての構成要素を有している。通貨はシーランド・ドルで、ベーツの妻ジョアンの横顔を配した硬貨を発行している。近年ではフェイスブックとツイッターのアカウントを持ち、ユーチューブにもチャンネルを作成している。

シーランド公国を国家として正式承認する国はないが、その主権は否定し難い。過去にはイギリス政府や傭兵の支援を受けたさまざまなグループがラフスの武力奪還を何度か試みたが、ことごとく失敗した。ベーツ家の面々は敵が襲ってくると、ほぼ毎回相手をねらってライフルを撃ち、火炎瓶を投げつけ、船めがけてブロックを落とし、立てかけられた梯子を押し倒して応戦した。かつてのイギリスは陽の沈まぬ帝国として世界に君臨していた。そんなイギリスはもはや力を失い、バッキンガム宮殿の舞踏室よりちょっと広いだけの、ならず者が支配する極小国家《ミクロネーション》に手出しができなくなってしまったのだ。

イギリスがシーランド公国に何もできない理由は、国の法の力が及ぶのはその国の国境の内側だけだという国家主権の基本原則にある。このことを、イギリス政府は一九六八年の五月に思い知らされた。[14] ある日、ベーツの息子のマイケルが、シーランドの近くに浮かんでいたブイのメンテナンスをしていた作業員たちに向かって二二口径の拳銃を撃った。マイケルは領海侵犯に対する威嚇射撃だと主張した。けが人こそ出なかったが、マイケルの放った銃弾はイギリスの法制度とシーランド公国の地政学的立場に大きな影響を与えた。

イギリス政府は直ちに銃器の不法所持と発砲の容疑でマイケルを訴追した。[15] しかし裁判所は、マイケルの行為はイギリスの国境と司法権の範囲外でなされたことであり、したがってイギリスの法律で彼を

SUN
23・10・68
INDEPENDENT
SEALAND
BRITISH KEEP OUT
INDEPENDENT
INDEPENDENT
"SAYS HIS NAME IS SMITH — WANTS TO KNOW HOW WE GOT AWAY WITH IT."

1968年10月23日付のロンドンの日刊紙『ザ・サン』に掲載された風刺画。白人による少数派支配を維持するためにイギリスからの独立を宣言したローデシア（現在のザンビアとジンバブエ）を引き合いに出して、新たに独立したシーランド公国がどのような立場にあるのかを説明している。

罰することはできないと判断した。この裁定に図に乗ったベーツは、自分はやろうと思えば殺人を命じることが可能だと政府の役人に言い放った。「なぜなら、シーランド公国の法を支配しているのはこのおれだからだ」

破天荒な海洋冒険の物語は数あれど、これほどまでに風変わりな話はそうそうない。まったく、モンティパイソンのコメディもかくやという感じだが、それでもシーランド公国の物語をもとにして、海の統治システムにぽっかりと開いた抜け穴について、深く真面目に考えることができるのではないかとわたしは思った。特筆すべきは、ベーツは傲岸不遜な人間でありながらも、その行動は法にかなっていて、少なくとも法の盲点を敏感に察知して動いているところだ。

建国から五〇余年のうちにこの絶海の島国で暮らした人間は、ベーツ一家とその客人のわずか数名しかいない。海上砲台のプラットフォーム上にあった大戦期の対空砲火に取って代わって設置された風力発電機は途切れ途切れの電力を生み出し、「国内」に一〇室ある寒々とした部屋を暖めている。紅茶やウイスキーや日付遅れの新聞といった日用品は、月に一回ボートで運ばれてくる。もっとも近年は永住する国民は減ってしまい、マイケル・バーリントンという衛兵しか住んでいない。

最高にばかばかしく非現実的と思えるシーランド公国のことを、イギリス政府は真剣に憂慮していた。近年になって機密解除された一九六〇年代の政府文書によれば、政府高官たちは公国の独立宣言をイギリスの玄関先に第二のキューバが誕生したととらえ、きわめて深刻な危機感を覚えていたという。政府内で議論が交わされたが、公国を空爆するという案は最終的に却下された[16]。七〇年代には、アレクサンダー・ゴットフリート・アッヘンバッハというドイツの実業家がオランダの傭兵チームを使ってクーデターを画策した。クーデターは人質事件へと発展し、イギリスとドイツのあいだに外交的緊張をもたらした。八〇年代初頭のフォークランド紛争の最中には、アルゼンチンのグループが公国を購入して兵士の訓練キャンプにしようとした。ごく最近では「ウィキリークス」が自分たちのサーバーの公国への移転を検討し[17]、「パナマ文書」事件では〝組織犯罪の天国〟として公国の名が浮上した。

「無法の大洋《アウトロー・オーシャン》」の取材を開始して以来、海は一ダースほどの手を使ってわたしをおびき寄せてきた。しかしシーランド公国は、それまで訪れた場所とはまったく異なるフロンティアだった。純然たる自由至上主義《リバタリアニズム》を実践する一方で、難解な海事法と外交術を不器用ながらもしっかりと押さえているこの「国」は、驚くほどの大胆不敵さと哲学的な基礎を兼ね備えている。わたしにはそう思えた。

二〇一六年十月、わたしは六十四歳のマイケル・ベーツと、その息子の二十九歳のジェイムズとともにシーランド公国を訪れた。「公爵家」から入国許可を得るまでに、数カ月にわたる電話での説得を要した。そこまでしてわたしの訪問を渋る理由が皆目見当がつかなかった。たぶん、これまで築き上げてきた公国の伝説を台無しにされてしまうかもしれないとでも思ったのだろう。

ようやくイギリスに降り立ったわたしは、マイケルとジェイムズのベーツ親子が公国本土ではなくイングランドのエセックス州で貝の漁をしながら自国の管理運営をしていると知り、驚いた。マイケルは引退したアイスホッケー選手のような男だった。いかつい短軀に前歯が一本欠けた禿げ上がった頭を載せ、早口で騒々しくまくし立て、ハスキーな声で笑う男だった。そんな父親とは打って変わって、ジェイムズは痩せぎすで口数は少なく、いかにも大卒という落ち着いた雰囲気を醸し出していた。慎重に選んだ言葉を、常にそのニュアンスをしっかりと理解したうえで使う息子のジェイムズに対して、父親のマイケルは言葉の目くらまし弾を投げたがった。「おれたちのことなら好きなようにじゃんじゃん書いてくれよ」わたしに会うなり、マイケルはそう言った。「全然気にしないからよ」実際には滅茶苦茶気にしているに違いなかった。

二〇一六年の、まだ十月だというのに凍てつく風が吹きすさぶ夜明け前に、わたしはハリッジというエセックス州の港町でベーツ親子の小型モーターボートに乗った。打ち寄せる波で上下に揺れるモーターボートの真ん中に親子は座り、わたしは船尾に腰を下ろした。身を刺すような寒風が吹きつけるなかでの会話は不可能だった。わたしはずっと黙ったままでいた。

波が高い海を突き進む全長三メートルの小さなモーターボートに乗るということは、全力疾走《ギャロップ》する馬を駆っているようなものだ。しかしギャロップ中の馬とは違い、モーターボートが揺れるリズムは不規則な変化を繰り返す。その日はまさしくそのとおりになった。シーランド公国をめざす一時間のジグザグ航行は正真正銘のロデオだった。わたしは腸《はらわた》が脳震盪を起こしたような気分になった。長方形のシートに座ったまま踏ん張っていたので脚はくたびれ果て、わなわなと震えた。

モーターボートは波を乗り越えながら、水平線上の小さな点をめざして進んだ。その小さな点はどんどんと大きくなり、最後には染みだらけの二本のコンクリート柱と、その上の広いプラットフォームになった。プラットフォームの中央部にはヘリパッドがあり、その下にはウェブアドレスがペンキで記されていた。有名な極小国家《ミクロネーション》の外観をひと言で表現するなら、それは「荘厳」というよりも「無骨」だ。プラットフォームに接近すると、この公国の最大の防御兵器はその高さだということがわかってきた。係船柱も船着き場も梯子もなく、海上からの侵入はほぼ不可能だった。フジツボだらけの支柱の近くで停船すると、ビルの六階分の高さにあるプラットフォームの縁からクレーンが出現した。

明るいブルーのつなぎを着たバーリントンが、ブランコのような木製の座面が付いたケーブルを降ろした。バーリントンは太鼓腹で笑みを絶やさない、白髪交じりの六十代の男だ。そのブランコに座ると、わたしは唸りを上げる風の中を引き揚げられていった。背筋の凍る経験だった。「ようこそシーランドへ」バーリントンが風を上回る声で叫んだ。彼はクレーンを旋回させ、わたしをプラットフォームの上に降ろした。ようやくたどり着いた公国には、廃品置き場さながらの光景が広がっていた。ドラム

ブランコが付いたクレーンでシーランド公国上に引き揚げられるマイケル・ベーツ。

缶とプラスティック箱が山と積まれ、からみ合ったワイヤの球が転がり、錆びついたがらくたがそこかしこに散らばっていた。その真ん中で、今にもばらばらになってしまいそうな風力発電機の羽根がぶんぶんと回っている。波がどんどん高くなっていくにつれて、公国全体が古びた吊り橋のようにうめき声を上げた。

　次いでバーリントンはマイケルとジェイムズを一人ずつ引き揚げ、そしてボートも引き揚げて宙に吊ったままにした。「万が一に備えて、ボートは海から揚げておくんだ」バーリントンはそう説明した。わたしはマイケルの案内で乱雑そのもののプラットフォーム上からシーランド公国政府の所在地になっているキッチンに移動した。マイケルは紅茶を淹《い》れるためにやかんを火にかけると、ようやく口を開いた。「じゃあ入国審査をしよう」彼は生真面目な表情でわたしのパスポートを調べ、スタンプを押した。その顔をわたしはしげしげと眺め、ここは笑うところなのかどうか探ってみた。そんな様子は一切見られなかった。

＊

わたしは、何が得られるのかまったく見当がつかないままシーランド公国に来た。小さな小さな海洋国家について書かれた、内容豊かな空想物語なら何冊か読んだことがあった。海上もしくは海底に永住地を築くという夢は、少なくともジュール・ヴェルヌの『海底二万里』が出版された一八七〇年以来、人びとの心をとらえ続けてきた。

「海の楽園」を創造するという計画を立案してきた人びとの大半は「政府は起業家精神を蝕む害毒」だという思想に感化されている。彼らの多くは、政府の束縛から解放されたテクノロジーこそが人類が抱えるさまざまな問題を解決すると信じ、その可能性を夢見る。海洋極小国家《ミクロネーション》という概念を支持するのは二〇〇〇年代のＩＴ業界の大物たちをはじめとした富豪で、その多くがトマス・ホッブスやアイン・ランドといったリバタリアニズムの政治思想を代表する哲学者に傾倒している。彼ら自由至上主義者《リバタリアン》たちは、自給自足の海上自治コミュニティというユートピアを、そして億万長者たちの遊び場を思い描く。そうしたコミュニティは、西部開拓時代に入植者に与えられた自作農場《ホームステッド》にちなんで「シーステッド」と呼ばれる。(18)

一九七〇年代初頭、マイケル・オリヴァーというラスヴェガスの不動産王が、太平洋の島国トンガにある環礁をオーストラリアから運んできた大量の砂で埋め立て、そこを「ミネルヴァ共和国」とした。その砂の埋め立て地に、オリヴァーは青地に松明《たいまつ》という図柄の国旗を掲げ、数人の警備兵を配置し、「課税や社会福祉政策や助成金制度といった、あらゆる経済的干渉主義」から解放されたミクロネーションの建国を宣言した。結局この国は二カ月ともたなかった。トンガが軍を派遣して、この砂地を自国の領土として接収し、ミネルヴァ「国民」を追い出して国旗を引き抜いたのだ。一九八二年にはモリス・C・〝バド〟・デイヴィスというミサイル関連の軍事技術者が率いるアメリカ人グループが環礁の占拠を試みた。[19] 彼らもまた数週間後にトンガ軍によって排除された。

ミネルヴァ共和国以外にも「リバタリアンの海の楽園」を築く試みはいくつかなされ、そして失敗した。一九六八年にはワーナー・スティーフェルというアメリカの富豪が、カリブ海のバハマ領海外に海上浮遊型のミクロネーションを建国するという「オペレーション・アトランティス」に着手した。スティーフェルは大型船を購入して建国予定水域に運んだが、ハリケーンに襲われてすぐに沈んでしまった。一九九九年には、やはりアメリカの富豪でリバタリアンのノーマン・ニクソンが四〇万ドルを元手にして「フリーダム・シップ」という洋上国家を建国しようとした。[20] 全長約一・四キロの超巨大船は建造されることはなかった。

そうしたプロジェクトの多くは理論的には正しいものだったのかもしれないが、海で暮らすことの厳しい現実を考慮していなかった。たしかに洋上では風が吹き荒れ、波が次々と押し寄せ、太陽の光がさんさんと降り注ぐ。が、洋上の天候と海水による腐食に耐え得る再生可能エネルギー施設の建造は困難で高くつく。陸《おか》との通信手段も限られる。人工衛星を使用するシステムのコストはべらぼうに高く、海底光ファイバーケーブルにしてもレーザー通信にしてもマイクロ波通信にしても同様だ。陸《おか》とシーステッドとの行き来も生易しいことではない。とくに波と嵐の破壊力は絶大だ。別々の方向からやってきた波同士がぶつかり、その力が合わさって生じる「暴れ波」は、シーランド公国の二倍以上の三五メートルの高さに達することもある。

国家は、たとえそれがミニミニサイズであっても無料《ただ》では運営できない。国民に提供する基本サービスにかかる費用は誰が出す？　一般的にそうしたサービスは、シーステッドをつくろうとするリバタリアンたちが逃れたがっている、税金を財源にする政府が負担している。電力の供給にしても海賊対策にしても高くつく。

そうした夢見がちなリバタリアンたちは団結し、二〇〇八年に非営利団体ザ・シーステッド・インスティテュート（ＴＳＩ）を設立した。[21] サンフランシスコに拠点を置くＴＳＩの創設者パトリ・フリードマンはグーグル社のエンジニアで、その祖父は政府の介入を最低限とする新自由主義経済を提唱してノーベル経済学賞を受賞したミルトン・フリードマンだ。ＴＳＩの最大のパトロンである億万長者のベンチャーキャピタリストでペイパルの共同創業者ピーター・ティールは、ＴＩＳとその関連プロジェクトに一二五万ドル以上を寄付している。[22]

ティールはブルーシードというスタートアップ・ベンチャーにも投資している。ブルーシードの目的は、シリコンヴァレーの多くのＩＴ企業を悩ませている難問を解決することにあった。その難問とは、就労許可証や就労ビザを持っていないエンジニアや起業家をシリコンヴァレーに惹きつける手段がないことだった。そこでブルーシードは、北カリフォルニア沖のアメリカの領海の外側に居住船を停泊させる計画を立てた。しかしその計画は構想段階を超えることはなく、ブルーシードは資金調達に失敗して消滅した。[23]

＊

紅茶を飲みながら、シーステッドを夢見るリバタリアンやティールが接触してこなかったかどうかマイケル・ベーツに尋ねてみた。向こうは興味がないみたいだと彼は答え、「そのほうが、こっちとしてもありがたい」と言った。マイケルには、自分の家族がパートナーであるとか仲間に選んだ人間たちを疑いの眼で見るだけの理由があった。建国から数十年のうちにシーランド公国を襲ったさまざまな大きな脅威は、政府によるものばかりではなかった。ベーツ家が友人だと思っていた人間たちも公国に害をなしてきたのだ。

　建国から間もない頃は、仲間だったはずの海賊放送局のDJたちから攻撃を受けた。たとえば一九六七年には、シーランド公国近海の船で「ラジオ・キャロライン」というラジオ局をやっていたロナン・オライリーが公国への襲撃を試みた。ベーツ家は火炎瓶を投げつけてオライリーとその数人の手下たちを撃退した。その後は、出資話を持ちかけてきた人間が裏切ってクーデターを起こそうとしたことが何度かあった。マイケルがそのなかの二つの企てについて話してくれた。一九七七年、ドイツとオランダの弁護士とダイヤモンド商たちからなる投資グループが、シーランド公国でカジノを開くという計画をロイ・ベーツに持ちかけてきた。翌七八年、ロイはカジノ開設について話し合うためにオーストリアに招かれた[24]。ロイは当時二十代の若者だったマイケルに後を任せてシーランド公国から出た。ザルツブルクに到着したロイは、五人の男たちに温かくもてなされた。男たちは、カジノの件はその週の後半にまた会って話し合おうと彼に言った。ところが約束の日に、待ち合わせの場所には誰も来なかった。そこではたと思ったロイは、公国の近くで操業している漁船の船長たちに電話をかけまくった。公国には電話もなければ無線設備もなかったからだ。ロイの不安は的中した。ある船長から、大きなヘリコプターがシーランド公国に着陸するところを見たと聞かされると、彼はイギリスに飛んで帰った。

　一九七八年八月十日の午後一一時、マイケルはどんどん近づいてくるヘリコプターの回転翼《ローター》が空を切り裂く音を聞いた[25]。マイケルは公国の武器庫から大戦時の年代物の拳銃をつかみ取ると上階《うえ》に駆け上がった。頭上では、ヘリコプターが着陸できずにホバリングしていた。まさしくこうした招かれざる来客を阻むために立てておいた、高さ一〇メートルのマストが功を奏していた。ヘリコプターの開かれたドアからはカメラマンが身を乗り出していて、着陸させろと身振り手振りで示していた。マイケルはむ

シーランド公国のプラットフォーム上に数人の男たちとともに立ち、接近するヘリコプターを待ち受ける、銃を手にしたマイケル・ベーツ。（1978年の写真）

やみやたらに両手を振り回して帰れと合図した。しかしほどなくするとヘリから垂らされたロープを伝って数人の男が降下してきて、プラットフォームに降り立った。

ヘリが飛び去っていくと、マイケルは眼の前に立つ男の一人の訛りの強い低い声にすぐにピンときた。それは、父親のロイがオーストリアで会う段取りを電話でつけていたときに耳にした声だった。男たちはでっち上げた電報をマイケルに見せ、父親が商談の過程でシーランド公国への入国を許可したと告げた。マイケルは訝しんだが、それでも父親の命令とあらば男たちを案内するしかなかった。彼と男たちは話し合うべく階下《した》に下りていった。マイケルが背を向けてウイスキーをグラスに注いでいる隙に、男たちはそっと部屋を出てドアを閉め、外側のドアハンドルを電気コードで縛り上げた。

このクーデターの首謀者がアレクサンダー・ゴットフリート・アッヘンバッハだった。元ダイヤモンド商で山師っぽいところのある実業家のアッヘンバッハは、七〇年代初頭に公国の大規模拡張計画をベーツ家に持ちかけていた。彼のプランとは、新しいプラットフォームを増設し、そこにカジノや免税店や銀行や郵便局、ホテルやレストランやアパートメント、そして木立のある広場を造るというものだった。ベーツ家はアッヘンバッハの提案を歓迎したが、決定の判断はぐずぐずと先延ばしにしていた。

一方のアッヘンバッハはこの計画に命を懸けていた。一九七五年になると、彼はシーランド公国の「外務大臣」を自任するようになり、公国内に居を移して憲法の起草を手伝った。[26] さらにはドイツ市民権の放棄を請願し、代わりにシーランド公国市民としての認知を求めた。彼の地元のアーヘン市は請願を却下した。

アッヘンバッハはシーランド公国の国家としての正式承認を得るべく奮闘した。その一環として、一五〇カ国と国連に憲法と国家承認の要望書を送りつけた。しかし世界各国の首脳たちは公国を眉唾もの扱いした。シーランド公国は、国際法で国家として見なされるために必要な三つの基本的特徴である「国土」と「国家機関」と「国民」のすべてに欠いていた。ケルンの裁判所は、公国を構成するプラットフォームは地表の一部ではなく、公国内では社会生活が営まれておらず、極小の国土空間は長期間にわたる居住に耐え得るものではないという裁定を下した。

公国の拡張計画がまったく進んでいない状況に、アッヘンバッハは次第に苛立ちを募らせ、その原因はベーツ家のやる気のなさにあると考えるようになった。そこで彼は計画を一気に加速させる、ある手を思いついた。アッヘンバッハはヘリコプターを雇って自分の弁護士のギャノット・プッツと二人のオランダ人を公国に送り込み、支配権を奪取した。プッツらはマイケルを数日間人質に取ったのちに漁船に乗せてオランダに身柄を移し、そこで解放した。このクーデターの現場にアッヘンバッハはいなかったが、機密解除されたイギリスの公文書と「パナマ文書」の暴露によって日の目を見た文書により、彼が舞台裏でクーデターを操っていた可能性が高いことが明らかになった。[27]

このクーデターにロイ・ベーツは激怒した。「親父が黙りこくるのは怒り狂ってるときなんだ。本当にひと言もしゃべらなくなる」マイケルは自分の父親についてそう言った。ロイは素早く判断し、負けじとばかりに自分の小さな国を力ずくで奪い返すことにした。イギリスに戻ると、友人のヘリコプターパイロットで初期の007映画で仕事をしたこともあるジョン・クルードソンに協力を求め、武装チームを乗せて公国まで運んでもらった。[28] 夜明け直前に飛来したヘリは、ローターの音を弱めるために風下から接近した。ヘリから垂らしたロープを伝って降下した際に、マイケルはしくじってプラットフォーム上に激しく叩きつけられ、その衝撃で胸に留めておいたショットガンが暴発し、危うくロイに当たりそうになった。ドイツ人の警備員たちは侵入者たちが早くも銃撃を開始したと勘違いして驚き、たちまちのうちに降伏した。かくしてシーランド公国の建国者たちは玉座に返り咲いた。

ロイ・ベーツは叛徒たちをすぐに解放したが、プッツだけは反逆罪の廉で公国内の「監獄」に二カ月ぶち込んでおいた。「プッツ氏の拘禁は、領海外ではあるもののイギリスの眼と鼻の先でイギリス国民によって行われた、一種の海賊行為である」[29] 駐英西ドイツ大使館側はイギリス政府への書簡でこう述べ、事件への介入を求めた。別経路のやり取りでは、オランダのある外交官が英独間の問題にある提案をした。〝たまたま〟通りかかったイギリス海軍の艦船が、その要塞にぶつかって倒してしまうということもあるのではないでしょうか？　英国政府は、当方は当該地に対する司法管轄権を有しておらず、よっていかなる措置も取ることができないと回答した。

最終的に西ドイツ政府は外交官をシーランド公国に派遣し、プッツの釈放交渉にあたらせた。この動きを、のちにマイケルは公国の主権の事実上の承認だと表現した。トイレ掃除をさせられたりコーヒーを淹れさせられたりしながら自分の運命が決まるのを待っていたプッツは、七万五〇〇〇ドイツマルク

（約三万七五〇〇ドル）の罰金がベーツ家に支払われたのちに釈放された。

二年後、このクーデター未遂事件はさらに入り組んだ展開を見せる。一九八〇年、ロイ・ベーツはオランダに赴き、叛徒の一人だったオランダ人を提訴した。ところがロイが訴訟の代理人に選んだのは、かつて自分が投獄していたプッツだったのだ。この意外な組み合わせは、あのクーデターはシーランド公国の知名度を上げて主権国家としての正式承認を得るために、ロイとプッツが仕組んだ手の込んだ茶番なのではないかという憶測を生んだ。その点についてマイケルに尋ねると否定された。「証拠の写真だってあるんだ」公国奪還作戦について彼はそう言った。「あれは掛け値なしのマジな作戦だった」訊きたいことはもっとあったのだが、先を急がずに答えを少しずつ小出しにさせた。突っ込んで訊いたところで、あのクーデターは虚構などではなく、そんな言いがかりは疑り深い眼を通して見た「真相」にしかすぎないであるとかといった、「そう考えるのは勝手だが事実は事実だ」的なことを言うのはわかり切っていた。むしろわたしは、そんな答えを望んですらいた。結局マイケルからは納得のいく答えを得られなかった。プッツの敵から味方へのあまりにも早過ぎる転身ぶりについては何の言い訳もしなかった。

あのクーデターは因果応報だというわたしの嫌味にも、マイケルは鼻で笑って聞き流した。「『盗人どもに仁義なし』と言うじゃないですか」わたしはそう言ってみた。シーランド公国は盗んでできたんじゃない、征服して誕生したんだ。彼はそう反論した。盗みも征服も、煎じ詰めれば同じことではないだろうか。「おれたちはこの国を統治してる。ここは無法地帯じゃないんだ」マイケルはこの点になると熱が入り、この言葉を何度も繰り返した。

言語学者は、言語と方言の違いは軍隊のなかの陸軍と海軍の違いと同じだと言う。神学者は、狂信的教団《カルト》とは政治的影響力のない教会だと主張する。であれば、ベーツ家は、朽ち果てた海上砲台が国家へと変貌するのは、そこに砲台自体の物語を制御する能力が備わっているからだと考えているのではないだろうか。たしかに、時によってかなり奇妙なものに見え、さまざまなこぼれ話と陰謀論を生み出し続けるシーランド公国をめぐる物語をコントロールすることは、誰にとっても難業だろう。それでもベーツ家は素人年代記編纂者であり続け、長年の編纂作業のうちに聞こえのいい話を紡ぎ出す腕に磨きをかけてきた。

二度目のクーデターはシーランド公国にさらに大きな脅威を及ぼした。アッヘンバッハとの関係はもう切れていたものと思っていたとマイケルは言った。しかし一九九七年にアメリカ連邦捜査局（FBI）が公国に電話をかけてきた。FBIは、ファッションデザイナーのジャンニ・ヴェルサーチがマイアミの別荘の玄関先で殺害された事件について話を聞きたがった。「あの頃はもう、この国にからんだおかしな電話がかかってくるのには馴れっこになってたからな」マイケルはそう言った。[30]犯人のアンドリュー・クナナンはヴェルサーチを殺害したあとに、潜伏していたハウスボートで自殺した。しかしそのハウスボートの持ち主のトルステン・ライネックは、シーランド公国の偽造パスポートを捜査当局に提示していたのだ。さらにライネックについては、公国の〝外交官ナンバープレート〟を付けたメルセデスのセダンをロサンジェルスで乗り回していたという情報もあった。

マイケルはFBIに対して、公国の「公式」パスポートは自らが精査した三〇〇人の人物にしか発行していないと伝えた。するとFBIはマイケルに、シーランド公国の「亡命政府」が運営しているというウェブサイトを示した。[31]その亡命政府はウェブサイトを通じて公国のパスポートを販売し、世界中には一六万人の公国の「離散民」がいて、大使館も各地にあると喧伝していた。FBIはパスポートの出元とウェブサイトの管理者をたどってスペインに行き着き、アッヘンバッハがまたぞろクーデターを起こすべく辛抱強く待っている証拠をつかんだ。マイケルはFBIに向かって、シーランド公国の名前と外交資格をオンラインとオフラインの両方で売り歩く詐欺計画はこれまで何度もあったが、そのどれも自分の与《あずか》り知らないことだという説得力に欠ける主張をした。

と、ここから事態はさらにおかしな方向に向かっていく。同じく一九九七年に、スペインの治安警察《グアルディア・シビル》が、フラメンコ・ナイトクラブのオーナーのフランシスコ・トルヒーヨという男を逮捕した。(32)逮捕容疑はマドリッドのガソリンスタンドで薄めたガソリンを売っていた、というものだった。ところがトルヒーヨは、自分はシーランド公国の「領事」だと明かし、外交パスポートを提示して外交特権による刑事免責を主張した。治安警察からの問い合わせに、スペイン外務省は、そんな国は存在しないと答えた。次いで治安警察はマドリッドにあったシーランド公国の「外交事務所」と公国のナンバープレートを売っていた店を強制捜査した。(33)するとトルヒーヨがシーランド公国の大佐を名乗り、自分とほかの将校たちの軍服をあつらえていたことがわかった。

スペイン当局は、シーランド公国の「亡命政府」が公国のパスポートを何千通も売っていたことを突き止めた。そのパスポートの表紙には、王冠をかぶった二頭の海獣をあしらったベーツ家の紋章がエンボス加工されていた。この亡命政府発行のパスポートは東欧からアフリカに至る全世界で見つかったという。香港では四〇〇〇通近くが売られた。(34)一九九七年のイギリスから中国への返還の直前に、多くの香港市民が他国のパスポートを慌てて手に入れようとしたからだ。スペイン当局がこのパスポートとの結びつきを突き止めた人物のなかには、モロッコの大麻樹脂《ハシーシ》密売人とロシアの武器商人たちがいた。スペイン当局によれば、こうした裏社会の面々のなかには、五〇〇〇万ドル分の兵器を――五〇両の戦車と一〇機のミグ23をはじめとした戦闘機、火砲、そして装甲車両――ロシアからスーダンに売却したブローカーと関わりのある人物がいたという。八〇人ほどが詐欺と文書偽造、そして他国の高官を詐称したとして訴追されたと『ロサンジェルス・タイムズ』は報じた。

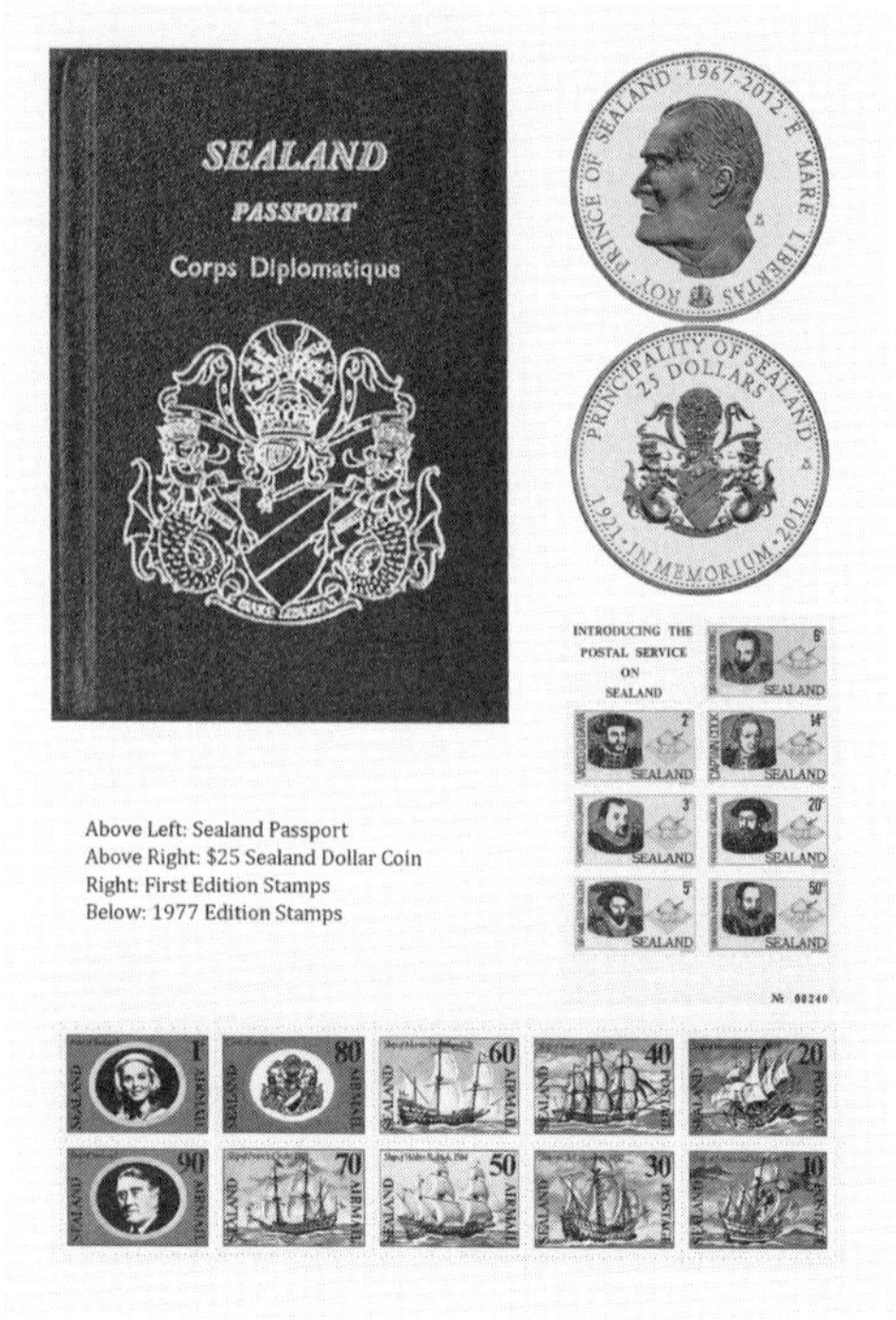

シーランド公国発行のパスポートと切手

マイケルに、こうした取引はシーランド公国を物理的に、もしくは名目的に奪取する大規模な企みの一部だと思うかと尋ねてみた。おそらくは、と彼は答えた。「その可能性はすごく高い」彼はそう言い加えた。「でもあいつらは、この国を自分たちのものにするっていうアイディアで金儲けがしたかっただけなんだ」動機がどうであれ、これらの取引はシーランド・トレード・デベロップメント・オーソリティ・リミテッドという企業が取りまとめていた。この企業を設立したのは、マネーロンダリングやその他の組織犯罪の世界規模のネットワークと関わりがあったパナマの法律事務所モサック・フォンセカだということを示す証拠が、「パナマ文書」に含まれていた[35]。

シーランド公国のクーデターに端を発するこの物語は常軌を逸していて滑稽ですらあり、その話の筋はいくつにも分かれていて、どれが本筋でどれがまやかしなのか区別がつかなくなることが多い。西ドイツとスペインにあったシーランド公国の「亡命政府」は、正統性が疑わしいオリジナルの、虚構のコピーだった。まるでホルヘ・ルイス・ボルヘスの短篇『円環の廃墟』の一節を思わせる話だ——夢みていた男の夢のなかで、夢みられた人間が目覚めた[36]。

*

シーランド公国のとっちらかって不潔なキッチンのテーブルで、マイケル・ベーツの向かい側に座ったまま数時間が過ぎた。シーランド公国に複雑にからみついた陰謀の物語を、マイケルが映画のあらすじを語るように説明するうちに、紅茶は冷めてしまった。彼はひとしきり話すと、反応を待っているかのように何の表情も浮かべずにわたしを見つめた。わたしは無言で見つめ返し、彼が話を再開するのを待った。しかし彼は席を立って紅茶のお代わりを用意した。テーブルに置いたノートにふと眼を落とすと、そこには何も書かれていなかった。メモを取るのを止めてしまうほど、彼の話にのめり込んでいたのだ。

この不思議な場所を訪れる前に、昔の新聞や雑誌の記事、そして機密解除された政府文書をごまんと読んでおいた。当時のラジオとテレビのニュースすら確認した。そうやって事前に得ていた情報と、マイケルから聞かされた話はおおむね一致していた。それでも当事者から直接聞いたことで話の信憑性は増した。それとも、あれやこれやとうるさいイギリス政府を振り払うために使った与太話を、わたしにも売りつけようとしているだけなのだろうか。そんな疑問もあった。

ちょっと息抜きがしたくなったので、マイケルに〝国内ツアー〟の案内を頼んでみた。わたしたちはキッチンを出て廊下を進み、傾斜が急な螺旋階段に体をねじ込むようにして下っていった。シーランド公国の二基の支柱は、どちらも直径七メートルの円形の部屋が積み重なった塔になっている[37]。コンクリートの打ちっ放しの部屋は冷たくじめじめしていて、軽油とカビのにおいが漂っていた。ほとんどの部屋が水位線よりも下にあるこの塔は、言ってみれば逆さにした灯台のようなもので、足元ではなく頂上のほうに打ちつけてくる波が立てるゴボゴボというかすかな音がずっと聞こえていた。いくつかの部屋には裸電球が吊されていて、サバイバリストの核シェルターの雰囲気を醸し出していた。ツアーに加わってきた衛兵のバーリントンが、夜になると近くを通る船の機関音が聞こえると教えてくれた。

北側の塔にはゲストルームと監獄、そしてバーリントンが居室にしている会議室があった。「実際のところ、寒いのは大好きなんだ」冬になったら暖房機はちゃんと効いて暖かいのかどうか尋ねると、バーリントンはそう答えた。塔を下っていく途中で、彼はある部屋で足を止めた。ミニマリストか、もしくは宗派を超えたエキュメニカル派の教会のようなしつらえの部屋だった。華美な布がかけられたテーブルには聖書が開かれたまま置かれていた。本棚にはクルアーンと、ソクラテスとシェイクスピアの本が並んで収められていた。潜水艦の図書室とはこんなものだと思わせる、シュールで閉所恐怖症を呼び起こすような小部屋だった。

わたしたちは北側の塔の最上部から出てプラットフォームを横切り、南側の塔に行った。マイケルは、シーランド公国の最も新しい、そしてさまざまな意味で最も大胆不敵な計画を語り始めた。それは、政府にのぞき見されたくない危ういデータを扱うサーバーファームを置くというものだった。公国にサーバーを置いたヘイヴンコー社はタックスヘイヴンの情報データ版で、ギャンブルやマルチ商法、ポルノ動画、法執行機関などに絶対に解読されないように高度に暗号化したメール、そして足のつかない銀行口座といったやばいデータのウェブ・ホスティング・サービスを提供する、二〇〇〇年設立の企業だ。同社はスパムメールと児童ポルノと企業へのサイバー攻撃にからんでいる客とは取引しないという。「おれたちにも節度ってもんがあるんだ」マイケルはそう言った。どうしてマルチ商法はよくてスパムメールは駄目なのか訊きたかったが、口には出さずにおいた。二〇一〇年にはウィキリークスの代表たちから、グループの創設者ジュリアン・アサンジへの公国のパスポートの発行と隠れ家の提供を求められたが、断ったという。「あいつらがばらしてきた情報にはひやひやさせられてきたからな」彼はそう言った。

　オンラインサービスの拠点を洋上に移すというアイディアは目新しいものではない。SF作家たちは以前から「情報の楽園《データヘイヴン》」という夢を描いてきた。おそらくいちばん有名な作品はニール・スティーヴンスンの一九九九年の作品『クリプトノミコン』だろう。作中では、フィリピンとボルネオのあいだにある石油を豊富に産出する架空の島「キナクタ」のスルタンが主人公たちを招き、島を著作権法やさまざまな規制から解放されたコミュニケーションハブにつくり変えてしまう。

　洋上オンラインサービスはSFや夢物語ばかりではない。たとえばグーグル社は、海水をサーバーの冷却に使う洋上データセンターの建設プロジェクトに、二〇〇八年から取り組んでいる。地上での空冷システムにかかる膨大なコストのエコな削減方法だ。二〇一〇年にはハーヴァード大学とマサチューセッツ工科大学（MIT）の研究チームが、高速株式取引で優位に立ちたいのであれば、取引情報の移動距離の短縮を図らなければならず、そのためには洋上にサーバーを設置すべきだと提言する論文を出した[38]。これらの計画はまだ実現していないが、ザ・シーステッド・インスティテュート（TSI）主催の会議でもさまざまな提案がなされている。

　ヘイヴンコー社は、二人のプログラマー起業家の頭脳が生んだ産物だった。ショーン・ヘイスティングスは、オンラインギャンブルのプロジェクトで仕事を得てカリブ海東部のアングィア島からやってきた。もう一方のライアン・ラッキーはMITを中退した独立心旺盛な男だ。

若い二人はどちらも狂信的なサイバーリバタリアンで、政府によるサイバー空間での言論の自由とプライバシーに対する制限に反対していた。ヘイスティングスとラッキーはベーツ家を説得して公国での会社設立にこぎ着けると投資を募り、IT業界で成功した二人の実業家らが応じてくれた。

ヘイヴンコーの創設者たちは壮大なアイディアを考えていた。サーバールームへの侵入を阻む対策としては、少なくとも四人の重装備の警備員を配することにした。サーバールーム自体には純度一〇〇パーセントの窒素ガスを充満させる。窒素ガスの中では人間は呼吸ができないので、ルーム内に入るには酸素ボンベが必要になる。ハッキングに対してはプログラマーとセキュリティ対策のスペシャリストたちからなるエリートチームが二四時間体制で警戒にあたる。ホスティングしているデータの内容が内容なので、イギリスおよびその他の国の政府がヘイヴンコーのネットワークを遮断するという強硬手段に出てくる可能性がある。その対策としてシーランド公国を大量のインターネット回線で複数の国と接続させ、万が一に備えて衛星回線も用意する。クライアントのデータは常時暗号化してあるので、ヘイヴンコーの従業員ですらクライアントが何をしているのか知りようがない。

しかし、こうしたプランのほぼすべてが失敗に終わった。「そりゃもう散々なもんだったよ」マイケルは悲しげな声でそう言うと口をつぐみ、以前はヘイヴンコーのサーバーが収納されていた高さ三メートルの空っぽのラックを見つめた。サーバールームの冷却はほぼ不可能だった。ほとんどの部屋に排気孔がなかったからだ。発電機の燃料は常に不足気味だった。インターネットサービスの提供で提携するはずだった企業の一つが倒産した。(39) 用意した衛星回線の通信速度は、二十一世紀初頭の家庭用回線並みの128Kbpsしかなかった。南側の塔がサーバーで満たされることはなかった。窒素ガスで満たされたサーバールームと重装備の警備員は、結局のところお定まりの客寄せ用の宣伝文句で、実現されることはなかった。ヘイヴンコーのウェブサイトへのサイバー攻撃で回線接続が何日間も途切れた。ギャンブルサイトを中心として一〇組程度のクライアントをつかまえたはいいものの、たび重なる回線切断とヘイヴンコーの無能ぶりに不満を募らせ、じきによそにデータを移転させてしまった。

　ラッキーは二〇〇三年にヘイヴンコーを去り、元パートナーたちに対する恨みつらみを募らせていった。同年、ハッカーとプログラマーたちの年に一度の祭典「DEFCON」に姿を見せたラッキーは、自分の立ち上げた会社が当初掲げていた方針は嘘だらけで、実行不可能だということは最初からわかっていたと暴露した。「ぼくたちがやっていたのは、もっぱらメディア対策でした[40]」ラッキーはDEFCONの聴衆に向かってそう言った。「売上のことなんか誰も考えていませんでした。何しろ課金システムすらなかったんですから。そんな体たらくですから、基本的に初回の請求内容はゼロになってしまうか請求ミスになってしまってしまうかでした」

　マイケル・ベーツも別の問題を言い募った。「言わせてもらえれば、どんな客を受け入れるべきかってことについては、おれたちもあのコンピューターおたくどもと話が合わなかったからな」なかでも、DVDソフトを違法配信するサイトをホスティングするというラッキーの提案に、公国のロイヤルファミリーがノーを突きつけたことがまずかったという。ラッキーからしてみれば、まさしくこうしたサービスの提供こそがヘイヴンコー設立の本来の目的だった。大胆不敵なベーツ家をもってしても、さすがにイギリス政府を敵に回したり、微妙なところにある自分たちの国家主権の主張を危うくしたりするサービスの提供には二の足を踏んだ。この件でベーツ家が見せた、イギリス政府に対する自己防衛本能的な慎重ぶりは、彼らもようやく分別をわきまえた〝大人〟になったからなのだろうか。それとも、ずっと昔からおびえていたのに虚勢を張り続けていただけなのだろうか。わたしにはわからない。それでも一家とラッキーの仲違いの原因については、考え方の違いというよりも性格的なもののほうが大きく（マイケルは「あいつはとにかく頭のいかれた野郎だった」と言い続けていた）、DVDソフトの違法配信はやらないという決定は彼を排除する口実にしかすぎなかったことはわかる。ラッキーはヘイヴンコーを辞めたのちにイラクに渡り、二〇〇四年に米軍と民間軍事会社にウェブ接続を提供するインターネット・プロバイダーのサービスを始めた。(41)

取材を始めたキッチンで何杯目かの紅茶を飲み終えると、マイケルは不意ににやりと笑った。どうだい、おれたちが創《つく》ったへんてこな国は、こんがらがってて面白いだろ？　しかもこの国は、どんな目に遭ってもへこたれないぜ。そう自慢しているような笑みだった。さまざまなシーステッド計画が「もしもの空想物語」から脱することができないままでいるのに対して、シーランド公国は国際法の隙間を突いて齢《よわい》を重ねている。たしかにベーツ家には何をしでかすかわからない大胆なところがあるが、公国の存続の秘訣は、意外にも無駄に大きな野望を抱かないところにある。傲岸不遜ではあるが取るに足らない存在でしかない公国は、偉大なるイスラム帝国《カリファーテ》の建国をめざすアル・カイダでもイスラム国《ISIS》でもない。力のある隣人たちからしてみれば、単なる錆びついた王国にしかすぎないシーランド公国への対処法は、消滅させるよりも無視するほうが簡単なのだ。

ベーツ家の面々は弁の立つ神話の語り部でもある。彼らは自分たちがせっせと紡ぎ出したシーランドの神話を躍起になって守ってきた。そしてその神話そのものが、公国の主権をより強固なものにしていた。シーランド公国はユートピアを夢見る人びとの聖域などではない。(42)この国は、島国というよりも「概念としての島国」であり続ける。もしくは誰かが言ったように「法人化されていない家族企業と操り人形芝居の中間」の存在だ。彼らの家業をハリウッドで映画化する動きもある。しかし進行状況はまったくわからないし、ベーツ家も詳細については口を閉ざしている。そうする一方で、公国の歳入は

ロイとマイケルのベーツ親子（1973年、シーランド公国にて）

主にベーツ家が運営するオンライン上の「ショッピングモール」頼みになっている。モールで売られている商品は正式通貨のシーランド・ドルではなくイギリスのポンドで売られている。マグカップは九・九九ポンド、公国の爵位は二九・九九ポンドから買える(43)。

陸《おか》に戻る時間が来た。わたしは滑稽なブランコにまた乗ってクレーンに吊られ、眼下の北海にぷかぷかと浮かぶモーターボートに降ろされた。間抜けで子どもじみたブランコと、それを出入国の手段としている珍妙な国の組み合わせは、まさしくシュールそのものだった。コンクリートの支柱の脇にたゆたうモーターボートに戻ると、わたしは錆びついたプラットフォームを見上げてバーリントンに別れの手を振った。頭上に立つバーリントンは、ドン・キホーテの夢の世界を守る孤独なサンチョ・パンサのようにも見えた。風が吹きすさぶなか、マイケルとジェイムズは船外機を起動させ、ボートを陸《おか》に向けた。シーランド公国は次第に小さくなっていった。そしてベーツ家の親子は、公国を誇らしげに統治する拠点としている、遠く離れたエセックスの陸《おか》の上にある暖かい家に戻っていった。

# 4 違反常習者の船団

これはとても生活とは言えなかった。生きているとさえも言えなかった。支払った代償に比べて、これはあまりにも少なすぎる、と感じた。朝から晩まで働く意欲にあふれているというのに。[1]人間、一生懸命働いてさえいれば、生きていくことができるべきではないのか？

アプトン・シンクレア『ジャングル』

二〇一〇年八月十四日の夜半、韓国のトロール漁船〈オヤン70〉はニュージーランド南島のポート・チャーマーズから出港し、東方約六五〇キロの南太平洋にある漁場をめざした。船長のシン・ヒョンキにとって、これが人生最後の出漁となった。三日後に漁場に到着すると、四十二歳のシン船長は錆だらけの船尾から漁網を投入するよう乗組員たちに指示した。明々と照らし出された甲板で乗組員たちがせわしなく作業を続けているうちに、じきに漁網の引き揚げが始まった。ミナミダラというほっそりとしてしなやかな魚が何百キロも甲板にぶちまけられ、ぴちぴちと跳ね回った。網を引き揚げるたびに、魚が積み上がってできる銀色の山はどんどん大きくなっていった。

タラ科のミナミダラは、すり身にされてフィッシュスティックやロブスターのイミテーションの材料にされることもあるが、大半はペレット状に加工され、サーモンのような肉食性の養殖魚用のタンパク質が豊富な餌として売られている。一キロ当たり二〇セント[2]という安価なミナミダラを漁の対象にするということは、〈オヤン70〉は大量に獲らなければ利益を出せないということだ。乗組員たちが網を引き揚げるたびに、トンに近いミナミダラが甲板に散った。総量三九トンという、なかなかの漁果になった。

全長七四メートルの〈オヤン70〉は盛りを過ぎた老船だった。韓国の遠洋漁船の平均船齢は二九年だが、〈オヤン70〉は建造から三八年経っていた。船舶の安全な運航を管理する海務監督たちは、この漁船のことを〝要介護船〟と呼んでいた。出港のひと月前、ニュージーランドの港湾検査官は一〇以上の安全基準違反が見つかった〈オヤン70〉を「ハイリスク・シップ」と評価した。下甲板の扉の一つが気密になっていないところも安全基準違反として指摘された。しかし問題のあった箇所はすべて直したという運航会社の報告を受けて、検査官は〈オヤン70〉の出航を許可した。

〈オヤン70〉の解消されていない問題箇所の一つが、この船の指揮を執っている男だった。シンは、酒に酔って人事不省になり、海に落ちて溺れ死んだ前船長の後釜だった。その日最初に漁網を投入した時点で、彼が船長になってから九カ月が経っていた。仏頂面で何かというと怒鳴り散らし、透明な液体が入った瓶をしょっちゅうあおっているシンのことを、以前からこの船に乗っている男たちは陰で「がみがみ親父」と呼んでいた。その瓶の中身は水なのか焼酎なのか、みんな判じかねていた。尋ねる度胸のある猛者《もさ》はいなかった。

シンは乗組員たちをこき使った。その夜の最初の網が引き揚げられると、甲板員たちは後甲板に積み上がった、ぬるぬるくねくねと動く魚の山を手際よく選り分け、船の内部につながっている降ろし樋《シュート》に放り投げ、次の網にかかった獲物を落とすスペースを作る。下甲板にある作業場では、一〇人以上の男たちが「スライムライン」とも呼ばれるベルトコンベアの脇に肩を寄せ合いながら立っている。彼らは包丁と電動丸ノコギリを巧みに使ってミナミダラの頭を切り落として内臓を抜き、混獲を取り除いて、金になる部分はそのままコンベアに乗せてパッキングと冷凍のラインに流す。ひと網分の魚の処理には

韓国漁船の魚の選別台

ほぼ半日かかる。が、全部終える前にシン船長は網を入れるよう甲板員に命じる。作業は文字どおりノンストップで二四時間続く。

八月十八日の午前三時頃、一等航海士のパク・ミンスは眠っていたシンを力任せに叩き起こした。パクは、網が重過ぎて船が引きずり込まれていると船長に告げた。すでに機関室は一メートル以上浸水していた。甲板員たちは網を切ってくれと懇願していた。シン船長は寝床から飛び起きると船橋《ブリッジ》に駆けつけた。そして甲板長に、網を切らずに引き揚げを続けろと命じた。これがシンの最後の指示になった(3)。

*

〈オヤン70〉を所有するサジョ・オヤン産業にとって、乗組員たちに対する不当な待遇と漁船のお粗末な管理状態は珍しいことではなかった。乗組員たちを酷使し、彼らのことを気にも留めず、むしろ網にかかった混獲と同じように邪魔で目障りなもの扱いすることなど、サジョ・オヤンにとっては日常茶飯事だった。そうした乗組員軽視の姿勢は、時として命という代償をもたらす。サジョ・オヤンの漁船団の悪名と、その船長と乗組員たちに降りかかる身の破滅については、海に生きる人間たちのあいだではつとに知られた話だった。

本書で描かれるエピソードの多くは、大海原で悪人を追跡することは難しく、そもそもそうした犯罪者を見つけること自体がおおむね不可能なのだという事実を突きつけている。そして本章のサジョ・オヤン産業の漁船団をめぐる物語で浮かび上がってくるのは、安全上のリスクとさまざまな違反行為、そして乗組員たちに対するたび重なる不当な扱いは、何でもない光景の中に潜んでいるという事実だ。が、そうした問題は、たいていの場合は露骨な人命軽視をはらんでいるにもかかわらず、検査でも取締まりでもおおむね見過ごされてしまう。

機体のトラブルを原因とする飛行機墜落事故でまま見られるケースなのだが、事態の深刻さは、事故の回避がほぼ不可能と思えるようになった時点で認識されることが多い。さまざまな些細なミスがゆっくりと影響を及ぼしていき、その一つひとつが積み重なったところで、ようやく犠牲者が出てしまうことが誰の眼にも明らかになるのだ。サジョ・オヤンの漁船団の場合、そうした事例なら思わず笑ってしまうほどごまんとある。何しろこの会社の漁船がとてつもない大惨事を引き起こしてしまうことは、誰だって最初からわかっていたのだから。

二〇一七年の春、わたしはニュージーランドとインドネシアに飛び、サジョ・オヤン産業の違法操業常習船団と、その数隻が見舞われた災厄について調査した。調書や事故の調査報告書を丹念に読んだ結果、そこから見えてきたのは乗組員たちが非道な仕打ちを味わわされていたということだけでなく、災厄を生き延びて声を上げた男たちにも悲惨な運命が待ち受けていたという厳然たる事実だった。

〈オヤン70〉には八人の韓国人幹部船員と、三六人のインドネシア人と六人のフィリピン人と一人の中国人からなる乗組員が乗っていた。インドネシア人乗組員の平均月収は一八〇ドルだった。韓国人たちは、イスラム教徒のインドネシア人たちのことを「犬」だとか「サル」呼ばわりして嘲笑《あざわら》っていた。飲料水は茶色くて鉄の味がすることが多かったと、のちに乗組員たちは捜査官や弁護士たちに証言している。食事はある時点からコメと網にかかった魚だけになった。そんなものでもぐずぐずと食べていると罰金を科せられ、給料から差っ引かれた。船内の暖房はほとんど効かず、乗組員たちは〈オヤン70〉のことを「海に浮かぶ冷蔵庫」と表現していた。トイレの水にも事欠いていた。ゴキブリがそこらじゅうをうろちょろしていて、機関に落ちたゴキブリが焼けるにおいがしていたという。

〈オヤン70〉は船尾から長い筒状の漁網を投入するスターントロール漁船だった。この船の獲物であるミナミダラは海底の近くで群泳する魚だが、夜になると海面近くにまで上がってきてプランクトンや小エビやオキアミを食べるので、いきおい作業が集中するのは暗い時間帯になる。

八月十八日、乗組員たちは漁網と格闘していた。甲板上の誰もが、この船で扱える以上の量の魚が網にかかっていることをわかっていた。が、どれほど大量なのかは誰もわかっていなかった。網に取り付けてある重量センサーのバッテリーが切れていたからだ。トロール網を取り換えるとなると一五万ドル以上がかかる。そしてひと網分の魚を丸々失った場合の損失は船長がかぶることになる。

夜明け前の闇の中で、ウインチで巻き上げられて船尾ランプに揚がってきた漁網は化け物クジラのように見えた。シュートの上で網の開口部が開かれると、その化け物クジラはぱんぱんに詰まっていた魚を吐き出した。あまりの多さにシュートの受け口はすぐに詰まってしまった。「コッドエンド」とも呼ばれる網の尾部は、引き揚げきれずに背後の海に残ったままだった。船に引きずられる三〇メートル近くあるメッシュ状の筒のコッドエンドのことを、とある船長は「ばかでかい銀色のソーセージ」みたいだと言っていた。網の本体は、海の奥底でテニスコート六個分に膨れ上がっていた。船尾ランプに引き揚げられた魚の総量はおよそ六トンだったが、海の中にはまだ一〇〇トンも残っていた。価値にして二万ドルを優に超える量だった。

この量はコッドエンドの許容量の二倍以上で、〈オヤン70〉程度の規模の漁船がおいそれと引き揚げられるようなものではなかったと、のちにほかの漁船の船長たちは証言している。〈オヤン70〉の後ろでは、膨れに膨れ上がった網がこの船を船尾から海中に引きずり込もうとしていた。船首がぎこちなく漆黒の空に突き出していった。

普通の船長ならば、〈オヤン70〉が陥ってしまった状況の危険度をすぐさま判断しただろう。戦闘機のパイロットもそうだが、遠洋漁業船の船長というものは天賦の才を持ち合わせている。何しろ潮の流れを読み、吹き荒れる風に抗い、甲板を駆け回る十数人の男たちに指示を与えながら一八七〇トンもある漁船を安定させるには、本能と言っていいほどの冷静沈着さと空間把握力が必要だ。そんなものを持ち合わせている人間はめったにいない。一〇〇トンもの魚が詰まった網を船の真後ろに置いた状態で引き揚げなければならない場合は、とくにこの二つが求められる。

シンはこの本能を欠いていた。彼は冷静沈着ではなかったし、〈オヤン70〉にしても網が何の前触れもなく左舷側にずれ、それに引っ張られて船が突如として一五度傾いた状態では、とてもではないが最高に安定しているとは言えなかった。シンは必死になって船の安定を取り戻そうとし、何人かに命じて動かせそうな重い機器を全部右舷側に移動させて固定させた。

が、傾いた船は元には戻らなかった。魚の頭や内臓を海に捨てる、左舷側の開口部から海水がどんどん入ってきた。同じタイミングで、甲板上にたまった水を流す排水口《スカッパー》が魚とごみで詰まった。本来ならば閉じられていなければならない機関室の水密扉は開いていた。魚倉の扉にしても同様だった。下甲板の作業場では浸水が始まっていたが、それでもスリムラインの男たちは膝まで水に浸りながら作業を続けていた。

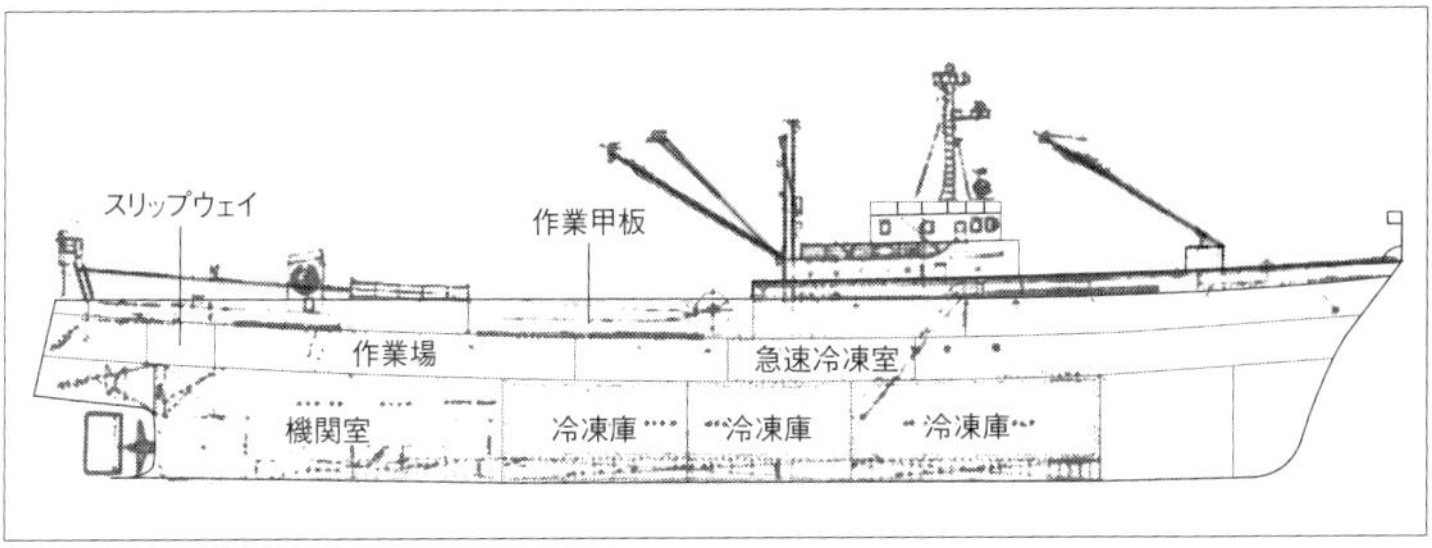

〈オヤン70〉の構造図

一切合切が悪い方向に流れていった。床の排水口から海水がごぼごぼと噴き出し、舷窓からも激しい勢いで入ってきた。壁は滝になった。甲板に入ってくる水はどんどん排出しなければならない。船にとってはまさしく呼吸と同じなのだ。しかし排出するペースよりも入ってくるペースのほうが上回ると、問題は幾何級数的に大きくなっていく。

乗組員たちは段ボール箱を潰したものを発電機の上に積み重ね、上から入ってくる海水から守ろうとしたが、無駄な努力に終わった。発電機が止まると、すぐに排水ポンプも止まった。困難な状況に陥る以前から、すでに〈オヤン70〉はバランスを崩していた。船長の命令で、箱詰めにしたミナミダラを三つある冷凍庫に均等に分けるのではなく、一カ所にどんどん詰めていたからだ。燃料槽は加圧されてもいなかったし満タンでもなかったので、内部で燃料が跳ね回り、「自由表面効果」と呼ばれる現象が生じて船の不安定さに拍車をかけた。

午前四時頃、ブリッジで激しい言い合いが起こった。機関長は船長に向かって韓国語でわめき、涙を流しながら網を切ってくれと泣きついた。とうとう船長は降参した。甲板長が安全帯を着装し、ナイフを片手に網をよじ登っていった。ほかの乗組員たちもあとに続き、半狂乱になってナイフで網を切り裂いた。船が転覆しつつあるなかでは、あまりにも微力な、あまりにも遅過ぎる措置だった。

最初からこうなるとわかり切っていたことが、もはや避けられない事態になった――〈オヤン70〉は沈みつつあった。混乱が船全体を包んだ。ブリッジでは、シンが超短波《VHF》無線で救難要請を叫んだ。男たちは海に飛び込んでいった。ライフジャケットを着ているのは幹部船員の韓国人たちだけだった。救命ボートが海に降ろされていたが、波を受けて転覆していた。

その朝の夜明け前の海水温は摂氏七度にも満たなかった。乗組員数五一人に対して、耐寒性のあるサバイバルスーツは六八着もあった。しかし誰も着なかった。サバイバルスーツの存在を知っていた者がいたかどうかは定かではない。

〈オヤン70〉を沈めたのは海ではなく強欲だった。この漁船は、身の丈以上の量の魚をその腹に呑み込もうとした。しかし逆に海がこの船を呑み込んだのだ。沈みゆく船から最後に海に飛び込んだ男たちの証言によれば、操舵室にいるシンの姿を見たという。彼は船長の座を降りることも、ライフジャケットを着ることも拒んだ。あの透明な瓶を握りしめて柱にしがみつき、韓国語で何かつぶやきながら泣き叫んでいた。ニュージーランド船籍の漁船〈アマルタル・アトランティス〉が救難無線を聞きつけ、一時間後に現場に到着した。到着がもっと遅かったら、救助された四五人は全員凍え死ぬか溺れ死ぬかしていただろう。

水中に没しつつある船は、その今わの際に身の毛のよだつ衝撃的な死にざまを見せる。わたしはその姿をインドネシアで目の当たりにしたことがある。海中の怪物が船を引きずり込んでいるように見えた。船は沈没する瞬間に凄まじい吸引力を発し、周囲に浮かんでいる人間を巻き込んで沈んでいく。「一〇分もかからずに海に消えてしまった」〈アマルタル・アトランティス〉のグレッグ・ライアル船長は検視官の事情聴取にそう答えた。「警報も鳴ってなかったし灯りもなかった、何もなかった」

生存者のなかの数人は重篤な低体温症にかかっていた。船長の亡骸《なきがら》は回収できなかった。死亡した五人のうち、三人は救命ボートに乗ったまま凍死していた。こんな回避可能だった大惨事が陸上で発生す

〈オヤン70〉（2006年6月撮影）

れば、それを起こした企業にとっては破滅を意味する。しかし洋上ではそんなことにはならない[4]。

＊

サジョ・オヤン産業を傘下に持つサジョグループは遠洋漁業界の巨大企業だ。一九七一年創業の同社は七〇隻以上の漁船からなる一大船団を指揮下に置いている。その社是は「甘美なる自然」だ。二〇一〇年の時点での年間売上は一〇億ドル以上で、ニュージーランド海域では何百万ドルも稼いでいる[5]。

サジョ・オヤン産業は、親会社から子会社、そして孫会社というマトリョーシカ人形のような業務形態をニュージーランドで構成している。同社はサザンストーム・フィッシングという企業と提携し、船団の運航管理を委託している。そのサザンストーム・フィッシングもフィッシャリーズ・コンサルタンシーという別の会社と契約し、その他の必要な業務を任せている[6]。漁船の乗組員たちはサジョ・オヤンと直接雇用契約を結んではおらず、インドネシアやミャンマーや韓国やその他の国々の斡旋業者に雇われている。こうした雇用形態は、世界の海を股にかける水産企業では当たり前になっている。外国人乗組員の確保と移送、そして給与の支払いをアウトソーシングすることで、利益の集中化と法的責任の分散化を図っているのだ。

〈オヤン70〉の沈没事故はニュージーランドでトップニュースになった。サジョ・オヤン産業はダメージコントロールを図るべく、グレン・インウッドという強気のロビイストと契約して広報にあたらせた。インウッドは世間からの反感を買っている問題のある業界、なかんずくタバコ産業と捕鯨産業の代理人として名を馳せていた(7)。何をすべきか心得ているインウッドはすぐさま活動を開始し、この悲劇は特殊なケースだとしてクライアントを擁護した。

漁業は困難と危険が伴う仕事だとインウッドは主張した。したがって事故はつきものだ。現に、沈没事故はほかの水産企業でも起こっている。なのに人権団体と海洋保護団体は、あることないことを言い立ててサジョ・オヤンの漁船団を批判している。ライバル企業たちも厳しい声を向けているが、それは自分の縄張りから外国の漁船団を締め出したいからにほかならない。インウッドはそんな挑発的な言説を繰り返した。

〈オヤン70〉の沈没から約八カ月後、後継船の〈オヤン75〉がニュージーランド海域での二カ月の操業を終えたのちにリトルトン港に入港したと、インウッドは発表した。ふたたび出漁する直前に、インウッドは〈オヤン75〉を労働環境も漁業設備も最高レベルの模範船だと称賛し、船内を記者たちに公開した。

しかし辣腕ロビイストをもってしても、その後に起こった事態をめぐる報道には手の打ちようがなかった。二〇一一年六月二十日の冷え込んだ早朝に教会を訪れたリトルトンの信徒たちは、身廊に身を隠していた三二人のインドネシア人を見つけた。南島の東岸にあり、クライストチャーチの南隣にあるリトルトンは、三方を山に囲まれた天然の円形劇場に二万二〇〇〇人が暮らしている静かな港町だ。寒さとおびえに身を震わせているインドネシア人の男たちは、陸揚げ中の〝模範船〟〈オヤン75〉から脱走してきたのだ。

インドネシア人たちはまだ船長が眠っている午前四時頃に船からこっそりと抜け出した。イスラム教徒である彼らは、モスクを探して街をさまよった。しかし見つからなかったので、代わりに教会に逃げ込んだのだった。

男たちは〈オヤン75〉での恐怖の監禁生活を教会の職員たちに、のちに政府の調査関係者に一人ずつ語った。ある甲板員はうっかり機関長にぶつかって鼻を殴られて潰された。別の乗組員はある幹部船員にしょっちゅう頭をぶたれたせいで視力が低下した。反抗したら冷蔵庫に閉じ込められることもあった。腐った釣り餌を無理やり食べさせられることもあった。シフトはいいときで二〇時間、ひどいときは四八時間ぶっ通しで続くこともあった。公判記録には、インドネシア人甲板員のアンディ・スクンタルによる、こんな証言が記されている。「助けを求めようと思ったことは何度もありましたが、でも誰に言えばいいのかわかりませんでした」

最悪なのはセクシュアルハラスメントだとインドネシア人たちは言った。そのなかでもカン・ウォングンというサディストの甲板長のセクハラがひどかったという。四十二歳のカンは乗組員たちがシャワーを浴びているあいだに着ているものを隠し、仕方なく裸で寝床に戻ったところをしつこく迫ってきた。調理室では背後から近づき、いきり立ったいちもつをさらけ出して押しつけてきた。通路で通り過ぎざまに股間を握られることもあった。ほかの幹部船員も言い寄ってくることもあったが、甲板長のやり口がいちばん露骨だった。シャワーを浴びている最中に襲ってくることもあった。夜中に寝床に忍び込んでくることもあった。「甲板長はセックスのやり方を教えようとしましたが、拒みました」ある乗組員はそう語った。ほかの乗組員たちはカンの毒牙から逃れることはできなかった。

彼らの証言に、わたしは驚きを禁じ得なかった――できればそう書きたいところだ。しかし残念ながら、わたしにとっては胸糞が悪くなるほど馴染みのある内容だ。助けを呼ぶこともままならない大海原は、乗組員たちに残酷な虐待的行為を振るうことができる絶対的な力を幹部船員たちにもたらす。彼らの悪行は、船が沈んでようやく白日の下にさらされることが多い。

〈オヤン75〉を脱走した乗組員たちへの警察による事情聴取が進むなか、その船主であるサジョ・オヤン産業は、彼らはもはや自社の従業員ではないとして給与も食事も出さないし宿泊施設も用意しないとした。カン甲板長は解雇され、ニュージーランド当局による訴追を避けるために即刻韓国に戻された。脱走した男たちを手配した斡旋業者たちは、彼らの家族に何度も電話をかけ、記者や弁護士たちには何も言わずにおとなしくしていろと脅しをかけた。

それから一年をかけ、マイケル・フィールドというニュージーランドのジャーナリストと、クリスティーナ・ストリンガーとグレン・シモンズというオークランド大学の研究者がさらに調査を続け、サジョ・オヤン産業をはじめとした外国漁船団の大勢の乗組員たちに聞き取り調査をし、洋上で横行している多種多様な悪行を明らかにしていった[8]。

サジョ・オヤン産業の漁船団の逸脱行為は許し難い労働環境だけではなかった。彼らの漁業活動そのものが海の生態系全体を危うくしていたのだ。ある漁船はロシアで違法操業で拿捕されたのちに、ニュージーランドでは何千リットルもの古いエンジンオイルを海洋投棄したとして罰金を科せられた。それ以外にも、サジョ・オヤン産業の二隻の漁船がニュージーランド海域で何万ドル分もの魚を廃棄して摘発された。その二隻がやっていたのは「選別廃棄《ハイグレーディング》」という行為で、獲れた魚のうち市場価値の低いものを捨てて高いものを残すことで漁獲割当規制を回避する行為だ。

しかし彼らの最悪の逸脱行為は、やはり何と言っても乗組員たちに対する虐待と酷使だ。サジョ・オヤン産業の漁船では虫の死骸が混ざった食事が出され、寝床のマットレスはダニだらけだったという。

乗組員たちはクローゼットの中に隠れて幹部船員たちの暴力から逃れていた。レイプも横行していて、近くの寝床で仲間が犯されていても止めることができず、彼らは無力感を覚えていた。使い古してぼろぼろの、しかもサイズが合っていない長靴と、擦り切れた上着手袋を支給された。パスポートや証明書などは脱走を防ぐために船長に取り上げられた。

ニュージーランド海域で操業していたサジョ・オヤン産業の漁船で、サントソという甲板員が重いロープの山の下に指を挟んだ。結局その指は切断されてしまったが、処置が終わるとサントソはすぐに下甲板の作業場に戻され、傷口が開いた。夜中にふと目を覚ますと、かさぶたに引き寄せられたゴキブリが傷口を這い回っていた。アブドゥラディスという甲板員の話では、魚が満杯になると冷凍庫に電力を回すために、甲板員たちが暖を取る唯一のヒーターが切られたという。アンワヌルホという機関員が捜査官たちに語った話によれば、衣類の洗濯は魚の処理に使われる袋と海水しか使うことを許されていなかったので、すえたにおいのする作業服を何日も着るしかなかったという。船の倉庫で働いていたワルシラは、食事には虫がたかっていたが、腹が減り過ぎていたので結局食べたという。

＊

サジョ・オヤン産業の漁船団の乗組員たちのさまざまな証言をつなぎ合わせてみると、彼らが劣悪極まる環境から逃げ出せないからくりが鮮明に見えてくる。彼らはどうしてとっとと逃げ出さなかったのだろうか？　逃げ出せないほどの絶望の淵にあったから、というありきたりな答えだけではなく、それ以外にどんな事情がからんでいるのか、わたしは知りたかった。

彼ら乗組員たちの大半は、ジャワ島中部のテガルの出身だった。彼らは人材派遣会社や斡旋業者といった、いわゆる「手配師」たちに借金による束縛を通じて集められた。彼らは読めない英語で書かれ

ニュージーランドの空港で出国を待つ、沈没した〈オヤン70〉のインドネシア人とフィリピン人の乗組員たち。(2010年8月撮影)

た契約書にサインさせられた。たいていの場合、彼らの月給は二三五ドルだった。これはニュージーランド海域で操業する場合の法定最低賃金の何分の一にしかすぎない金額だ。この少ない給料から、手配師たちは通貨変動分やら送金手数料やら健康診断の費用やらを経費として差っ引き、その総額は給料の三割になることもあった。

乗組員たちの多くは漁船での仕事を得るための手数料を払っていて、その金額は月収以上になることもある。そして手配師たちは二年間の就労契約の履行を彼らに守らせるために、いちばん高価な持ち物を担保として取る。担保になるのは、たとえば家の権利書や車の登録証などで、地元のモスクの土地の権利書という例もあった。船主たちが乗組員たちを喰いものにしていることはわかってはいたが、サジョ・オヤン産業の甲板員たちの証言から、この企業のやり口は彼らを支配する手口の、まさしく精髄と言えた。その卑劣な手とは、どこの漁船でも働けなくしてやると脅したりであるとか、乗組員たちの文化や習慣をおとしめたりであるとか、さらには担保を盾に取ったりすることなどだ。

二年間の就労契約を破ると、残してきた家族が困窮に追い込まれかねない。〈オヤン77〉の甲板員だったスサントの場合、担保に小学校と中学校の卒業証書を差し出した。彼が暮らす小さな村では、そうした証書は何ものにも代えがたい価値がある。もし契約を破って担保を取り戻せなくなったら、彼はどこにも雇ってもらえなくなる。「彼の所有物で価値のあるものは、その二通の卒業証書だけでした」宣誓供述書にはそう記されていた。

＊

遠洋漁業にはびこるペテンと虐待、そして酷使の実態は、これから漁船に乗ろうとする男たちが暮らす寒村まではめったに伝わってこない。その餌食になった男たちにしても、恥ずかしさのあまりこの現実を話すことも村の男たちに警告することもできない。そんな悪評をよしんば耳にしたとしても、働き口を必死になって探している男たちは、あえて一か八かの賭けに出てしまう。

明らかにされた遠洋漁船の悪辣な環境にニュージーランド社会は驚愕し、議会は断固たる措置の検討を開始した。これに水産業界は反発した。その旗振り役になった業界の万能フィクサーであるインウッドは、長時間労働はどの漁船でも当たり前のことだと反論した。給料の未払いはサジョ・オヤン産業ではなくインドネシアの斡旋業者の落ち度であり、そもそもそういった問題は彼らが責任を持って処理すべきなのだ。インドネシア人と比べると、韓国人は相手の体に触れたがり、おしゃべりだ。漁船で虐待を受けたりこき使われたという〝言いがかり〟は、文化の違いによる誤解にしかすぎない。インウッドはそう主張した。

二〇一二年七月、インウッドはニュージーランドのとある新聞の編集長に宛てた手紙でこう述べている。「ニュージーランド海域での操業期間中、サジョ・オヤン産業の船長をはじめとした幹部船員、乗組員、そして駐在員たちは、この国で訴追対象となり得る行為は一切行っていない。これは、規制が厳しいニュージーランドの水産業界においてはまれに見る偉業だ」

ほかの水産企業は、これはサジョ・オヤン産業だけの問題であって、それを理由にして新しい規制を導入するべきではないと言い募った。「それでなくてもわが国の水産業界は、官僚たちがやりたい放題にしている」ニュージーランドのオーロラ・フィッシャリーズという企業はそんな異議を唱えた。シーロードという企業は、外国漁船は「わが国の漁船にとっては利益が出ないか、獲っても意味がない」市場価値の低い水産物ばかりを獲っていると言った。しかし、そうした外国漁船が獲った魚の多くはニュージーランドで加工されている。したがって外国漁船を排除すれば、この国の輸出額は一億九六〇〇万ドル減少し、ニュージーランド人の雇用も失われてしまう。シーロード社はそう主張した。

一方、サジョ・オヤン産業は企業イメージの維持に動いていた。インウッドは水産業界についての報道で中心的な存在のマイケル・フィールド記者に誰が情報を流しているのかつかもうとし、政府機関とオークランド大学に対してメールと文書の情報開示を要求した。アメリカ政府のルイス・シドバカ人身売買根絶担当大使がニュージーランドを訪れて水産業界の労働虐待問題を協議したときは、フィールド記者はサジョ・オヤン産業が雇った探偵に尾行されたと報じた。

二〇一七年の春のオークランドでの取材活動中に、わたしはクリスティーナ・ストリンガーと会った。彼女はニュージーランド海域で横行する虐待行為に光を当てたオークランド大学の二人の研究者のうちの一人だ。ストリンガーは、外国漁船団を調査していた当時のことを詳しく語ってくれた。ある夜、彼女は研究のパートナーのグレン・シモンズとともに、地元の中華料理店でサジョ・オヤン産業の漁船の数人の乗組員たちと食事をした。その乗組員たちは脱走して安全な場所にかくまわれていたので収入はなく、見知らぬ人びとの善意に助けられて暮らしていた。そのとき、その店に彼らが乗っていた漁船の幹部船員がたまたま来ていた。幹部船員は携帯電話で元部下たちを撮影すると、何カ所かに電話をかけた。すると男たちの一団が店の外に姿を見せ、鋭い眼を向けながら乗組員たちが出てくるのを待っていた。シモンズが乗組員たちを店の裏に止めてあった車に押し込んで、彼らは逃げた。追いかけられはしたものの、何とかまくことはできたという。

サジョ・オヤン産業が悪評に抵抗するのにはもっともな理由があった。ニュージーランド政府が罰金を科すようになっていたからだ。〈オヤン75〉がハイグレーディングで価値の低い魚を捨てたことについては三四万二〇〇〇ドル、同船の廃油の違法投棄には八五〇〇〇ドル、七三トンの魚を捨てた〈オヤン77〉には九万七六〇〇ドルがそれぞれ科せられた。

国外からの圧力も高まりつつあった。アメリカ国務省は二〇一二年六月に出した『人身売買に関する年次報告書』で、外国人漁船乗組員に対する不当な扱いでニュージーランドをあけすけに非難した。[9]槍玉に挙げられたニュージーランドは思い切った措置に出た。二〇一四年八月、同国の排他的経済水域(EEZ)から外国チャーター船を排除する法律が議会を通過した。水産企業には二年の猶予期間と、漁船の船籍を変更する選択肢が与えられた。[10]つまり、ここの海で操業を続けたかったら二年以内にニュージーランドの旗を掲げろ、ということだ。

この新法では、全乗組員の給与振込用の個人銀行口座の開設とほぼすべての外国船籍漁船への検査官の同乗、そして賃金に対する独立監査という条件を満たさなければ、ニュージーランドのEEZで操業することができなくなる。この法律の意義は、外国漁船にニュージーランドの労働基準法の履行を義務づけることで、そこで働くおよそ一五〇〇人の外国人乗組員を守ることにあった。しかしこの法律はニュージーランドにとっては諸刃の剣だった。施行すれば、水産企業はさらなる負担と新たな規制が強いるコストを背負うぐらいならよそに移ったほうがいいと判断し、結果として年間何百万ドルにもなる外資収入を失ってしまう可能性があった。

漁船で強制労働が横行しているという報道は一大スクープというわけではなかった。タイやアイルランドや台湾をはじめとするさまざまな国の漁船で、乗組員が奴隷のように重労働に従事させられているという話は、一〇年以上も前から報じられていた。しかしニュージーランドほどの積極策を取った国はこれまでなかった。

それでも、政府がそこまでやってもいいのかという点については、船員組合と漁船の乗組員の弁護士たちは疑問視していた。このニュージーランドの法的取り組みは、悪行をどこかよそに押しやることにほかならないと彼らは言う。悪質極まる違反常習者たちとしては、ニュージーランド海域で仕事じまいをして、外国漁船に対する規制が緩い国の海で商売を再開すればいいだけの話だ。ある国での取り締まりが、取り締まりの緩い国をより魅力的に見せてしまう例なら、わたしも眼にしてきた。

さらに強硬な態度に出たいのであれば、ニュージーランド政府は〈オヤン75〉と〈オヤン77〉を漁業法違反で差し押さえることもできた。政府が漁船を押収して売却すればサジョ・オヤン産業により強い姿勢を示すことも、外国人乗組員に未払い賃金を渡すこともできる。しかし同国政府はそんな手には出ず、罰金が支払われるとすぐに二隻を返還した。その後〈オヤン75〉はインド洋のモーリシャスに、〈オヤン77〉は大西洋のフォークランド諸島近海に向かった。二隻とも操業禁止海域にいることが衛星監視で確認された。

さまざまな悲劇を引き起こしてきたサジョ・オヤン産業へのニュージーランド政府の最終的な対応は、どんなに激しい怒りでも時が経てば薄れてしまうことの典型例だ。漁船の乗組員たちに対する身の毛もよだつ虐待が次々と明らかになっていった頃は、衝撃を受けた世間が立法府と取り締まり当局を動かした。しかしその後は水産業界が論点をそらし、話を混ぜ返してしまった。そして対応策として制定された新法では、問題の本質にしっかりと対応することはできなかった。

悪徳船主たちにとって、漁場はニュージーランド以外でもよかった。そして漁船とその乗組員の安全の確保を任務とするはずの検査官たちは、自分たちの眼の前で行われる違反行為に見て見ぬふりを決め込む。

＊

サジョ・オヤン産業の漁船がふたたび惨劇に見舞われるまで、それほど時間はかからなかった。次の舞台はアラスカとロシアのあいだにあるベーリング海だった。ニュージーランド議会が画期的な新法を可決してから四カ月後、同社所属の別の漁船がこの海で死闘を繰り広げた。一九六四年に日本で建造された一七五三トンの〈オリョン501〉は、〈オヤン70〉と同じスターントロール漁船だった。〈オリョン501〉には一一人の韓国人と三五人のインドネシア人と一三人のフィリピン人、そして水揚げした魚の種類と量を記録するロシアの検査官が一人の、合計六〇人が乗船していた。船長は四十六歳の韓国人キム・ケハンだった。彼らもまた、四年前の二〇一〇年にニュージーランド近海で沈没し、数人の乗組員を失った姉妹船〈オヤン70〉とほぼ同じ恐ろしい運命に直面することになった。

〈オリョン501〉は韓国最南端の港湾都市の釜山から来ていた。ロシアとの漁業協定で、韓国はベーリング海でのスケトウダラ漁で九隻の漁船枠を認められていて、そのなかの一隻がこのトロール漁船だった。[11] マクドナルドのフィレオフィッシュの食材としてつとに知られるスケトウダラは、韓国ではその魚齢とサイズ、そして獲れた海などに応じて二八ほどの名前がつけられている人気の魚だ。ベーリング海での韓国漁船によるスケトウダラのトロール漁は、韓国海域でこの魚を獲り尽くしてしまった一九七〇年代末から始まった。

二〇一四年十二月一日、ロシア極東部のチュコト半島の沖合にあるスケトウダラの漁場は猛烈な吹雪に見舞われた。最大風速二七メートルの風が作る高さ一二メートルの波が打ちつける〈オリョン５０１〉の甲板では、一〇人あまりの甲板員たちが何とか踏ん張って立ち続けながら、二〇トンのスケトウダラがかかった漁網を引き揚げていた。雪も激しく吹きつけていて、のちの証言では、まるで霧の中にいるみたいに視界がほぼ真っ白になっていたという。そんな状況で襲ってくる波は、音こそ聞こえるものの本体は見えなかった[12]。

ベーリング海は、自然パニック映画もかくやという高さ三〇メートルにも達する暴風波が発生することで知られている。巨大な海水の壁は、船をものの数秒で転覆させることができる。ところが暴風波の脅威はその大きさだけではない。波が襲ってくるタイミングも船の生死を決するのだ。すでに傾いている船なら、標準サイズの波でも転覆することがある。波が襲ってくる方向にしても同様だ。叩きつけてくるにしても、側舷からかそれとも上からかで状況は大きく変わってくる。波が繰り出す必殺の一撃を生き延びることができるかどうかは、船舶の安定維持に必要不可欠な排水機能にもかかっている。〈オリョン５０１〉を沈めた波の高さは八メートル足らずで、外洋の基準からすれば取り立てて大きなものではなかった。が、その波は致命的なタイミングで船の急所を正確に突いてきた。

キム・ケハン船長は取り返しのつかない判断ミスを二つ犯した。一つ目は、悪天候下での作業続行を命じたことだ。のちにこの沈没事故の調査が行われた際に、船長が漁を中止しなかったことは「強制的漁獲超過」という表現で指弾された。二つ目の判断ミスは、網にかかった魚を落とす魚倉の扉を開けたら駄目だという甲板長の訴えを聞き入れなかったことだ。甲板長は船にとっては致命傷となる船内への海水流入を恐れていた。それでも船長は魚倉の扉を開けた。

その開かれた魚倉の真上から波が襲ってきた。海水が唸りを上げながら、そのまま船内に流れ込んできた。波は魚倉の木製の隔壁にタイヤ大の穴を開けた。この穴は〈オリョン501〉が沈没するに及んだいくつかの要因の一つだ。上甲板と下甲板にいた男たちは、足元をすくわれるような衝撃を受けた。「船が傾き始めた。海水がちゃんと排水されない」キムは無線でそう伝えた。「排水口が魚で詰まっている」彼は機関を停止させ、乗組員を排水に専念させた。「浸水したせいで舵が利かなくなった」キムはそう付け加えた。

僚船〈オヤン70〉と同様に、〈オリョン501〉の整備状態も劣悪だった。事故後の韓国政府による調査に対して、この船を担当した整備工たちは出航前から排水システムがちゃんと機能していなかったと証言した。しかもこの漁船の乗組員にはまだまだ経験が足りない者たちもいた。一一人の韓国人幹部船員のうち、船長を含めた四人がその役職に必要とされる資格を欠いていた。〈オリョン501〉クラスの船舶の船長と機関長は二級海技士でなければならないのだが、実際には二人とも三級の資格しか持っていなかった。二等航海士と一等機関士もしかるべき等級ではなかった。おまけにこの船には二等機関士も三等航海士も無線通信士もいなかった。いわば〈オリョン501〉はパイロットが乗っていない飛行機であり、教師のいない教室だった。そんな船が、災厄が待ち受けている海へと出て行った。

最初の無線連絡から一時間後、キム船長はふたたび連絡を入れた。浸水は続いていると彼は言った。「方向転換を試しているが、今度は傾き始めた」さらに動転した声で彼は言った。「また舵を取ろうと思う」

新聞の記事や政府の調査報告書に記された〈オリョン501〉の恐怖に包まれた最後の瞬間の記述を読むと、どうしても〈オヤン70〉の破滅を運命づけられた航海劇の、背筋も凍るような最終幕が再演されているような気分になってくる。キム船長は必死になって船の傾きを戻そうとし、動かせるものは何でも船の片側に移動させて固定するよう乗組員たちに命じた。下甲板の作業場では六人の男たちが身も凍る海水に腰まで浸かり、命じられたとおりに手動ポンプを使って排水を試みていた。三時間経っても、胸まで浸かりながらポンプを動かし続けていた。〈オリョン５０１〉の船首が半分沈んだ段階で、船長は乗組員たちに救命ボートへの避難指示を出した。「もうすぐ船を放棄する」午前四時少し過ぎにキム船長はそう無線連絡した。「救援の準備を頼む」

六〇人の乗員に対して六四着のサバイバルスーツが積んであったとサジョ・オヤン産業は主張したが、ここでもまた、なぜだかわからないがロシアの検査官と韓国人幹部船員の二人しか着ていなかった。その夜、七人が命を落とした。

「おまえに別れの言葉を言うときが来たようだな」最後の無線連絡で、近くにいたサジョ・オヤン産業の別の漁船の船長で、長年の友人だったリ・ヤンウにキム船長はそう告げた。「そんなこと言うもんじゃない」リ・ヤンウは説き伏せるように言った。「落ち着いて乗組員たちを避難させろ。おまえも早く船から出るんだ」照明が全部落ちた船内でキム船長は言った。「こいつの今わの際を見届けるまでここにいる」この最後の言葉から一時間も経たない午前五時一五分、〈オリョン５０１〉は沈没した。

〈オヤン70〉にしても〈オリョン５０１〉にしても、船自体もその船長たちも海に出るべき状態にはなかった。そのせいで両船の乗組員たちは究極の代償を払うことになった。

＊

サジョ・オヤン産業の不運な乗組員たちに再三にわたって降りかかった惨事は、悲劇的であると同時にとにかく腹立たしいものでもあった。しかしそれ以上に重要なのは、彼らを呑み込んだ災厄は、海洋規制が乱雑かつ漫然としたものだということを如実に示していることだ。大事故を何度起こしても見て見ぬふりをし、世間の厳しい眼をものともせず、それでもおおむねそのまま事業を続けるようなことがあれば、普通の産業界なら間違いなく全世界的なスキャンダルになるはずだ。ところが水産業界ではそれが常識としてまかり通る。水産業界の違反常習者どもの告発を試みることは、言ってみれば魚を素手で捕まえようとすることと同じなのだ。

どうしてそんなことができるのかを知りたくて、わたしは二〇一七年の五月にインドネシアを訪れた。公判記録や捜査報告書を読んでもわからなかったことはいくつもあった。だったら次はサジョ・オヤン産業の漁船団の元乗組員たちから直接話を聞いて、彼らの話をもっと正確に伝えるしかない。彼らの名前や所在は政府文書を読んだり、弁護士や労働問題活動家の協力を得てつかんでいた。しかし男たちの多くは話すことを拒んだ。船上での不正行為の訴追の成否は、乗組員たちから証拠や証言を得ることができるかどうかにかかっている。そしてサジョ・オヤン産業は、証人になりそうな乗組員の口を封じる業《わざ》に長けていた。わたしが見つけた元乗組員たちは、サジョ・オヤン産業と守秘義務契約を――「和平合意」とも言う――交わしていた。いくばくかの和解金と引き換えに、彼らは何もしゃべらないことと刑事と民事の両方の訴えを取り下げることに同意していた。

ところがである。不当な扱いを受けた乗組員を世間の眼から隠しておきたがっていたのはサジョ・オヤン産業だけではなかった。インドネシアに来てからわかったことなのだが、オークランド大学のグレン・シモンズが先回りして元乗組員たちに電話をかけ、わたしには何も話すなと釘を刺していたのだ。オークランド滞在中にカフェで会ったとき、シモンズは自分が知っているサジョ・オヤン産業の乗組員たちを紹介するつもりはないし、彼らがわたしと話をしていいか訊かれた場合はやめたほうがいいと答えるつもりだと言われた。ジャーナリストを信用していないからだと彼は言い、自分は自分で労働者の安全についての研究を進めているし、その研究には彼ら乗組員たちが必要不可欠だと言い添えた。そうした理由で協力を拒むのは一応理解できる。しかし、だからといってジャーナリストが乗組員たちと話をすることを阻むというのはまったくの筋違いだ。

それでもシモンズ以外の研究者と弁護士たちの協力を得て、一〇人ほどのサジョ・オヤン産業の元乗組員たちとジャカルタで会うことができた。[13] ジャカルタのダウンタウンにあるJWマリオットホテルの一日貸し切った狭い会議室に、元乗組員たちは陰鬱な面持ちで並んだ。彼らは、サジョ・オヤン産業に未払い賃金の支払いを求めようとしたのちに生活がどれほど悲惨なものになったのかを、それぞれ語ってくれた。

マドライスという名前の男は、ひと月前に妻が住み込みのメイドとして働くためにドバイに行ってしまったと語り、涙をこぼした。彼女がその仕事を選んだのは、マドライスが〈オヤン77〉に乗るために高利貸しから借りた斡旋手数料の返済の足しにするためだった。ジャルワディという〈オヤン77〉の元甲板員は、海で受けた仕打ちを弁護士に話したら、インドネシアに戻ってくると斡旋業者のブラックリストに載ってしまったと説明した。〈オヤン70〉に乗っていたワユディという男もブラックリストに載せられた。「たしかにおれたちは立ち上がった」彼は会社との闘いのことについてそう言った。「それが今じゃ、立ち上がらなかった連中が金をもらって、おれたちは二度と仕事に就けなくなった」

オークランドでは、カレン・ハーディングという弁護士がサジョ・オヤン産業の元乗組員たちの代理人を務めていた。ハーディング氏は二年を費やし、資産価値一五〇〇万ドルの〈オヤン75〉と、同じく七五〇〇万ドルの〈オヤン77〉を差し押さえて売却するようニュージーランド政府に働きかけた。その目的は乗組員たちの未払いの賃金に充てることにあった。

ジャカルタで会ったときのハーディング氏は不機嫌そのものだった。ちょうどその日、救助された

〈オヤン70〉の乗組員たちの未払い賃金の支払いに、サジョ・オヤン産業所有の別の漁船の売却金を充てることはできないというニュージーランド控訴裁判所の裁定を聞いたばかりだったからだ。「つまり裁判所は、あの会社に未払いの賃金を払わせたいなら、海の底に眠っている船を売らなきゃならないって言ってるのよ」彼女はそう言った。この案件で自身も五万ドルの借金を作ってしまったハーディング弁護士は、最高裁判所への上告を検討していた[14]。

韓国の弁護士で人権活動家のキム・ジョンチョルは、サジョ・オヤン産業は〈オヤン70〉の沈没事故についての書類をニュージーランド政府に提出していて、そのなかの銀行記録には乗組員たちに賃金を支払っていることが記されていたと語った。その支払い記録は捏造されたものだとキム弁護士は見ている。彼が所属するNGO公益法センター・アピルはサジョ・オヤン産業を告発するよう政府に働きかけたが、不首尾に終わった。暴力とセクハラの加害者たちは海に戻ってしまい、その犠牲者たちは話したがらず、韓国の検察当局はこの件の追及を拒んでいるとキム氏は説明した[15]。

ジャカルタでは、ダヴィド・スーリヤという弁護士が〈オリョン501〉沈没事故で亡くなった六人の乗組員たちの遺族の代理人を務めていた。沈没現場では、救命ボート内と海上から四体の亡骸が回収された。スーリヤ弁護士によれば、その四人の遺族たちはイスラム教徒で、宗教上の理由から故人をできるだけ早く埋葬しなければならないので、遺体の早期送還を求めた。サジョ・オヤン産業は遺族が焦っていることにつけ込み、彼らにひっきりなしに電話をかけたり家まで押しかけたりして、慰謝料と引き換えに会社を訴えないことを約束する契約書に署名するよう迫ったという。どの遺族も六万ドル以上の未払い賃金を受け取っていなかった。遺族の守秘義務契約――もしくは和平合意――を無効にするよう韓国の裁判所に申請したが、結局は行き詰まってしまったとスーリヤ弁護士は語った。

その間、わたしはメールと電話を通じて数回サジョ・オヤン産業とコンタクトをとろうとしたが、全部無視された。元乗組員たちへの聞き取り取材から数日後のある夜、わたしはジャカルタのカフェに座り、彼らとその支援者たちから聞かされた話を振り返り、全体像をつかもうとしてみた。

本質的に調査報道というものは、真相を解明することで不正行為を断つことができるはずだという確信のもとに成り立っている。しかし今回のような件の場合、ジャーナリストの使命そのものにどうしても疑問が生じてしまう。わたしが追及しているのは無法の大洋を統《す》べる大理論なのだろうか？ 元乗組員たちをひどい目に遭わせていた連中に正義の鉄槌を下すことが最終目標なのだろうか？ サジョ・オヤン産業の漁船の幹部船員たちのような犯罪者たちの跡を追えば追うほど、犯罪者たちはさらに逃げていき、その一方で連中の毒牙にかかった人びとがわずかばかりの未払い賃金を取り戻せる可能性はますます少なくなっていくのではないだろうか。そんな疑念がわたしの中に生じていた。

サジョ・オヤン産業の船団をはじめとした外国船籍漁船を自国のEEZから排除するという、ニュージーランド政府が下した大胆な決定は、水産業界の卑しむべき現状に対する世界的な認識を高めたのは間違いない。この英断の背後には、弁護士と人権活動家とジャーナリスト、そして研究者たちのたゆまぬ努力があった。二〇一八年三月、ニュージーランドの最高裁判所はサジョ・オヤン産業に七〇〇万ドル以上の未払い賃金の支払いを求めるハーディング弁護士の上告を認めた。それでも、虐待と酷使の犠牲者たちは陸《おか》に戻っても高い代償を支払わされる一方で、サジョ・オヤン産業はおおむねやりたい放題を続けていた。

わたしは過去何年にもわたって、石炭産業や長距離トラック業界や性産業、そして縫製工場やにかわ工場といった各種産業の凄惨な現場をごまんと取材してきた。そんなわたしでも、漁船で起こっていることには啞然とさせられた。この惨状の原因は一目瞭然だった——組合がないこと。漁業が本質的に有する閉鎖性と流動性。そして陸《おか》と政府の監視から隔てる、気の遠くなるような距離だ。

海の文化も間違いなく関わっている。船というものは軍隊的な男の世界で、泣き言一つ言わず困難に耐えることが尊ばれる。船内の支配形態は厳格なヒエラルキーであり、まったくもって民主的ではない。一介の乗組員からの意見や訴えは一般的に歓迎されない。

沈黙は船での生活の肝であり、それを破ることは重大な罪となり得る。それを最も的確に指摘するアドバイスは、おそらく本書の取材を始めた頃にイギリス人一等航海士がかけてくれた言葉だろう。彼は出航するときにこう言った。「この船に溶け込みたいんだろ？　だったらできるだけ場所を取らないようにしろ」この忠告は窮屈な居住区についてのものというより、船内で無駄話をすることのリスクについてのものだった。沈黙を重んじ、沈黙に安らぎを見出し、沈黙を時宜を得て使うことができる能力は、わたしにとっては取材中に身につけた唯一最重要なツールだった。この力がカギとなり、わたしは船とそこに生きる人びとに受け入れてもらえた。

わたしは、船乗りたちの物静かで冷静なところ、そして時によっては何日も続くこともある長い沈黙に安閑としていられるところに感銘を受けた。そのうち沈黙そのものを大切にするようになった。とくに、日常の多くがオンライン経由で営まれ、情報過多気味で刹那的な充足感に満ちた陸《おか》に戻ったときには、ことさらにそう思えた。ひるがえって船での生活はまったくのオフラインで、孤独と静けさと待機が支配していた。

その一方で、この沈黙こそが船乗りたちは粗野で武骨な人間で、陸《おか》の生活に馴染めないことが多いという評判を生んだのかもしれない。少なくとも船乗りたちの多くに見られる、自分たちを待ち受けている運命に対する、聖人もかくやという諦観の背後にはこの沈黙がある。多くの甲板員たち、とりわけインドネシアの甲板員たちは、サジョ・オヤン産業の漁船団の乗組員たちの身に起こったことを知っていた。この事実は、彼らの多くは遠洋漁業の現場では虐待などの恐ろしい事態は不可避なものだと考えていることを示す強固な証左だと思えた。サジョ・オヤン産業の一件は、企業に歯向かえばたいていの場合は潰されてしまうという教訓を乗組員たちに与えた。「沈黙は金」がいちばんの安全策になることもあるという彼らの考え方は間違っていなかったということだ。

＊

挫折感に満ちたニュージーランドでの取材を終えてからの数カ月のあいだ、わたしは遠く離れた地から〈オヤン75〉を監視していた。人工衛星というテクノロジーを使えば、違法行為は簡単に見つけることができる。ジャカルタから一万三〇〇〇キロ以上離れたアルゼンチン沖のフォークランド諸島近海で、〈オヤン75〉の四七人の乗組員たちは何トンものイカの引き揚げに従事していた。二〇一一年にこの漁船の甲板員たちがレイプと暴力から逃れるためにニュージーランドのリトルトンの教会に身を隠してから六年が経っていた。

〈オヤン75〉を発見した場所は、奇妙で神秘的とも言える海域だった。何百隻もの違法操業船がたむろし、その密度は世界最高レベルと言われている。そこでは、夜になると数百隻の小型漁船がイカを引き寄せるために工業用ランプを灯すので、「光の町《シティ・オブ・ライツ》」という名で知られている。無数のランプが作り出す強烈な光で、衛星写真では夜空が輝いているように見える。

そして「シティ・オブ・ライツ」自体も、魚をこっそりと獲りたい漁船や〈オヤン75〉のようないわくつきの過去がある漁船を引き寄せる。なぜなら、フォークランド諸島をめぐってアルゼンチンとイギリスが領有権争いを繰り広げたせいで、この海域は両国の縄張りの空白地帯となっているからだ。アルゼンチン政府は、そのかなりの部分が自国のEEZと重なる「シティ・オブ・ライツ」の取り締まりを試みたが、この国の海軍はフォークランド紛争の敗北から立ち直れずにいる。沿岸警備隊にしても、二六〇万平方キロもの大海原をたった八隻の巡視船でカバーしなければならない。[16]「シティ・オブ・ライツ」で操業する漁船は、労働法違反にしても環境破壊にしても違法操業にしても、実質的にやりたい放題なのだ。[17]

〈オヤン75〉は「シティ・オブ・ライツ」でのイカトロール漁の漁業免許を持っていなかった。わたしはこの船の動向を人工衛星を使って監視し、この船がアルゼンチンの主張する同国のEEZにしょっちゅう侵入して違法操業を繰り返していることを確認していた。〈オヤン75〉がウルグアイの首都モンテビデオに向かったとき、わたしはこの船の乗組員たちに話を聞くチャンスが到来したと思った。すぐさまアルゼンチンの調査員を雇ってウルグアイに飛んでもらった。〈オヤン75〉がモンテビデオ港に停泊すると、調査員は国際運輸労連（ＩＴＦ）の助けを借り、船長が不在にしていた隙を見計らって船に乗り込み、乗組員たちに労働環境について尋ねた。わたしが知りたかったのは、ニュージーランド海域から追放されて以降のサジョ・オヤン産業の漁船団に何らかの変化があったかどうかだった。

〈オヤン75〉は、沈没した〈オヤン70〉と比べたら天地の差があるほど整然として清潔な船に変わっていた。二七人のインドネシア人と一二人のフィリピン人、七人の韓国人、そして一人の中国人からなるこの船の乗組員たちは、自分たちがどの国の海で操業しているのか過去現在を問わずほとんどわかっていなかった。漁船内の食堂に集まった一〇人ほどの乗組員たちは、たしかに船長は人使いは荒いが、暴力やセクハラはもうなくなったと言った。混獲を海に捨てることもなくなった。サメのヒレを切り取ることもハイグレーディングにしても同じことだ。彼らは口々にそう言った。

乗組員たちの話からすると、〈オヤン75〉の状態は以前よりも改善されているのは間違いなかった。それでも労働条件はあまり変わっていないみたいだった。二〇時間の勤務体制が週に六日か七日続き、月給は四〇〇ドルほどだと彼らは言った。彼らの多くはこの船で働くために斡旋業者に一五〇ドルの斡旋手数料を払っていて、しかも乗船から三カ月目までの給料は、二年の就労契約期間が終わるまで支払われない[18]。彼らの不満はそれだけではない。会社に頼んで給料を故郷《くに》に送金する場合、使われるインドネシア通貨との為替レートはわざと低く設定されているという。

韓国船籍の〈オヤン75〉では韓国の労働法が適用されなければならない。わたしはムン&ソンとチョ&リという海事法と労働法に特化した韓国の法律事務所と連絡をとり、〈オヤン75〉の乗組員たちが語ってくれたことを説明し、その内容が韓国の労働法に反するものかどうか訊いてみた。どちらの事務所も、斡旋手数料も意図的に低く設定した為替レートも給料の支払い保留も違法だと答えた。

遠洋漁業界の違反常習者たちに労働法と漁業規則を順守させ、国境を認識させるためには、屈強な執行機関とたゆみない監視活動、そしてより高度な法制度を――道徳律とまでは言わないが――とことん貫く姿勢が求められる。しかしたいていの場合はそれだけでは足りない。その足りないものとは、往々にして見過ごされがちなものだ――虐待と酷使を受ける側の参加と協力だ。

サジョ・オヤン産業の漁船を襲った災厄の責任の所在はさまざまなところにある。まず指摘されるべきなのは、前々からわかり切っていた問題に見て見ぬふりを決め込み、悲劇が起こってからも中途半端な対応しかせず、徹底的な調査もしなかった各国政府の落ち度だ。もちろん水産業界も、問題を躍起になって否定し、事実をこねくり回して真実を歪め、乗組員たちに罠を仕掛けて劣悪だとわかっている環境に陥れ、さらなる罠で彼らの口を封じて、不当な扱いが公にならないようにしてきた責めを負わなければならない。そして、そうした乗組員たちにしても、彼らなりにそれなりの理由があって口をつぐんでいることは理解できるが、その沈黙がサジョ・オヤン産業のような水産企業の漁船が無責任極まりない操業をのうのうと繰り返すことを助長している事実は否定し難い。

〈オヤン75〉から去ろうとするわたしの調査員を、プルワントという二十八歳のインドネシア人乗組員が脇に引っ張っていった。プルワントは、どうしてどこかの誰かが自分の労働環境や、仕事の内容と給料に満足しているのかどうかについて訊きたがるのか本気で不思議がっているように見えた。「そんなこと訊かれたことなんか一度もないんだけど」〈オヤン75〉で一年間働いているプルワントはそう尋ねてきた。「あんたたちは、どうして船での暮らしのことを知りたいんだ?」調査員とＩＴＦの検査官は、労働規約違反がないかどうかチェックしているだけだと答えた。プルワントは、労働規約違反があったとしても気にしないと言った――おれには仕事が必要なんだ。だからもう何も言うつもりはない。どうせインドネシアに戻っても働き口はないんだから。そして彼はこう言った。「おれたちが働ける場所は、せいぜいここぐらいしかないんだ」

違法操業船〈サンダー〉を追跡して3つの大洋と2つの海を駆け巡り、猫とネズミの追いかけっこを繰り広げるシーシェパードの追跡船の乗組員たちは、氷山の迷宮や獰猛な嵐、そして衝突寸前の事態といった危険に満ちた、空前絶後の航海を経験した。

時化《しけ》に襲われる〈ボブ・バーカー〉。

パラオ海洋警察の巡視船〈レメリク〉は、同国の海域で操業する〈勝吉輝《ションチーホイ》12〉という台湾船籍のマグロ延縄《はえなわ》漁船に接近した。

人工妊娠中絶を「合法的に」処置する〈アデレイド〉が出帆した、
メキシコ太平洋岸にあるイスタパ・シワタネホの港。

漁船の下甲板にある作業室の労働環境は、世界のどこよりも過酷で危険だ。日付の記
されていないこの写真は、ニュージーランド当局が操業中の韓国漁船を撮ったもの。

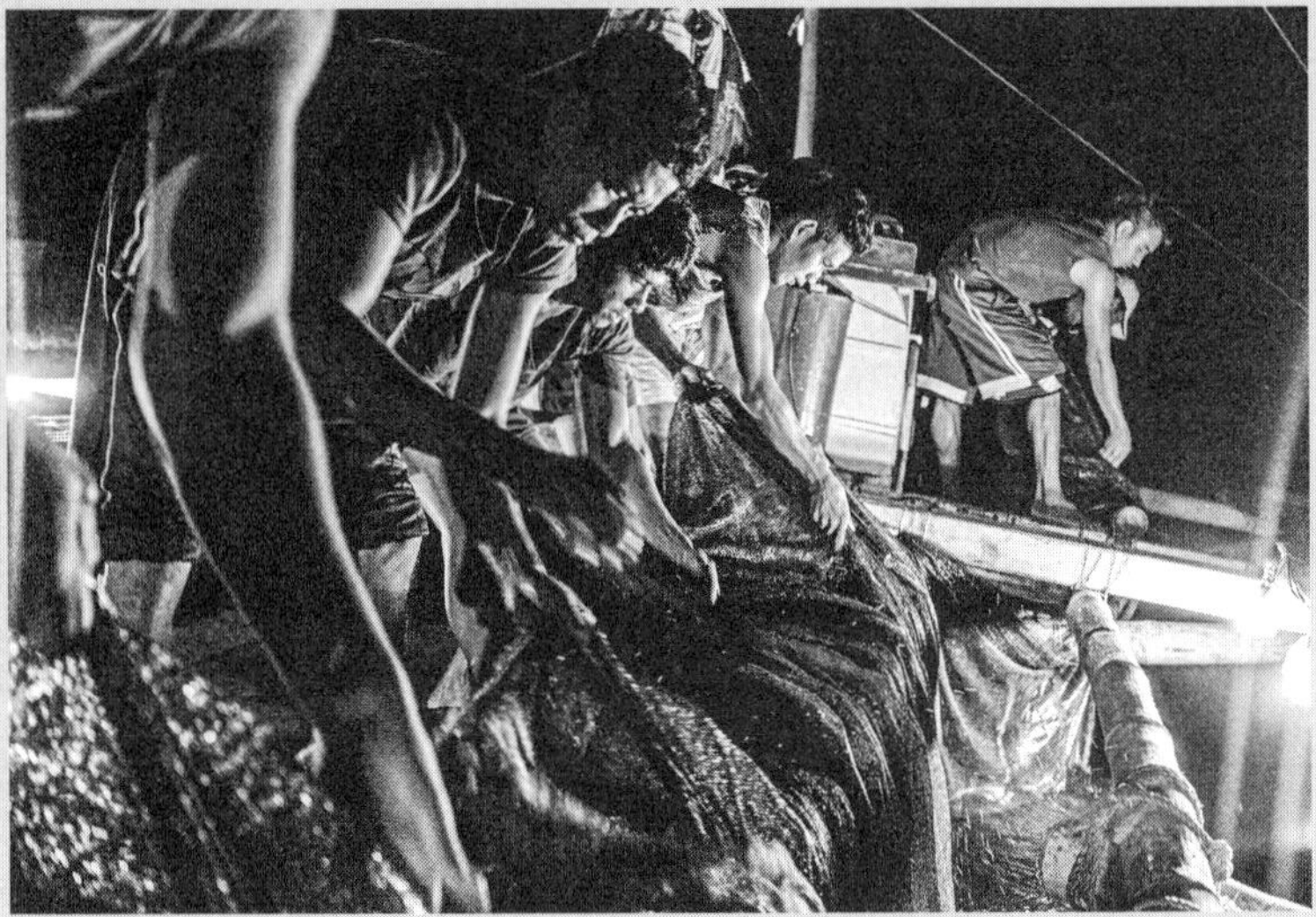

フィリピンのカリボ市の沖合で、イワシがかかった網を引き揚げる男たち。

南アフリカのケープタウン港近くの差しかけ小屋にいるダヴィド・ジョージ・マンドルワ。2011年、マンドルワとその友人は密航を試みたが、西アフリカの沖合300キロほどの洋上で船員に見つかり、筏《いかだ》に乗せられて海に流された。

# 5 〈アデレイド〉の航海

迷路のなかにいるかぎりは、鼠はどこに行くのも自由である。(1)

マーガレット・アトウッド『侍女の物語』

陸地はどこもかしこも誰かの所有物であり、世界各国はとりあえず法の支配が行き届いている――わたしたちはそう信じている。ところがその陸地からわずか二二キロほどの沖合に引かれた線を越えた途端、沿岸国の法律は力を失ってしまう。これは現代世界の奇妙なねじれだと言えよう。

加えて、海そのものと同様に海事法も不可解だ。「海では法の力は及ばない」という表現は必ずしも正鵠を射ているわけではないが、海は各国の司法権と条約、そして海上の往来と交易を何世紀にもわたって裁いてきた各国の国内法が複雑にからみ合った世界であることは間違いない。洋上でのある活動が犯罪にあたるかどうかは、ほとんどのケースでその行為がなされた位置で決まる。海事法では、沿岸国の領海外にある船舶を「浮かぶ大使館」と定め、実質的にはその船舶が掲げる旗を国旗とする国の「飛び地」と見なす。つまり、その船舶が船籍登録している国の法律のみが適用されるということだ。

この海事法の抜け穴を逆手に取る技にかけては、レベッカ・ホンペルツに並ぶ者はそうそういない。オランダの医師でNGOウィメン・オブ・ウェーブスの創設者であるホンペルツは、医療船に改造した大型ヨットにボランティアの医師たちからなる国際チームを乗せて世界中を駆け巡り、人工妊娠中絶が犯罪行為とされている国々でまさしくその処置を行っている。極秘行動を取ることが多いこの任務を二十一世紀初頭から遂行しているホンペルツ医師は、グアテマラやアイルランドやポーランドやモロッコ、そしてそれ以外の数カ国の沿岸地域を繰り返し訪れ、各国の法律と国際法に対する違反すれすれの危うい医療行為を実施している。

ある国が法律で人工妊娠中絶を禁じている場合、その法律の力が及ぶのはその国の国境線内と領海内、つまり海岸線から一二海里（約二二キロ）以内だけだ。その先の海では、ホンペルツの病院船での人工妊娠中絶の処置が可能になる。なぜなら、この船は人工妊娠中絶を合法としているオーストリアの旗を掲げているからだ。

ホンペルツの言葉を借りれば、海とご都合主義的で気まぐれな海事法の力を借りて、女性たちは「自分で流産を誘発させる権利」を得るのだという。もっと広い意味で言えば、ウィメン・オン・ウェーブスの目的は、ホンペルツをはじめとする多くの女性たち個人の健康問題を「脱医療化」することにある。女性たちを海に連れ出すことで、彼女自身を含めた医師たちと、女性たちの体の管理に口出しする国家を排除するのだとホンペルツは言う。ウィメン・オン・ウェーブスの活動に注目しているある人物は、ホンペルツのアプローチの目的は、海を利用して女性を「過去の土地と過去の法律と過去の束縛」から解放することにあると表現した。

海の惨状についての取材では、法を破ることなど屁とも思っていない常習犯どもに事欠くことはなかった。連中の目的はだいたいにおいて可能な限り多くの金を稼ぐことにあって、そのせいで漁船の乗組員たちや海洋環境がどうなろうと構わない。が、その一方で、揺るぎない信念を胸に、目的達成のための切り札として海事法の歪みを使う人びととも、ごく少数ではあるが出会った。そうした活動家や唱道者たちの問題への取り組み方は誰しもが納得するようなものではないが、彼らが明快な信念を抱いていることについては議論の余地はない。

ホンペルツの病院船〈アデレイド〉に乗船した二〇一七年四月の時点で、わたしの取材対象は洋上の犯罪と悲劇ばかりだった。わたしが訪れたメキシコの海岸には、陸《おか》での災難を避けるために海に出る人びとがいた。彼らを取材しようと思い立ったのは、ここらでひと休みしたかったからだ。無法の大洋の、さらにどす黒い海域を跋扈する船を一年以上にわたって十数隻も取材してきたわたしは、精神的に疲弊していた。悪党どもとその犠牲者たち以外の人びとを主役に据えた話を渇望していた。〈アデレイド〉の隠密活動は、法律のなかにはあまりにも恣意的で、愚法と紙一重なのにもかかわらず、多くの人びとの人生と生活、そして生命にきわめて重大な結果をもたらすものがあるという事実をまざまざと見せつけている。そうしたくだらない法律を見事に悪用するホンペルツ医師は、そんなものを定めている国々を激しく苛立たせている。

二〇〇二年にフランスで建造された〈アデレイド〉は「フラクショナル・スループ」と呼ばれるタイプのヨットだ。その内部には鮮やかな青色の布が優雅にかけられ、クッションが敷き詰められた快適な空間がしつらえられている。帆を全開にすると船足は速いが、メキシコの領海を抜け出す航路は逆風だったので、二九馬力のディーゼル機関に頼るしかなかった。

わたしは〈アデレイド〉の乗船取材の許可を何度も頼んだが、そのたびにホンペルツに断られた。[2]「女性たちを不安にさせたくないから、男性の乗船は認めないことにしてる」それが彼女の断り文句だった。唯一の例外はメキシコでの活動で船長を務めるセス・ベアデンだった。徹底的な審査を受けているうえに、以前に陸《おか》でウィメン・オン・ウェーブスの仕事をしていたからだ。数カ月粘った末に、ようやくホンペルツは乗船する女性の身元を明かさないことを条件に、メキシコの太平洋岸の港町イスタ

人工妊娠中絶を望むメキシコ人女性をメキシコの領海外に連れ出すオーストリア船籍の〈アデレイド〉。同国の領海を出てしまえば、中絶処置が合法的に可能になる。

パ・シワタネホでの乗船を許可してくれた。
そばかすを散りばめた白い肌、見る者をはっとさせる緑色の眼、漆黒の髪、そして長距離ランナーの体つき――それがホンペルツの見た目だ。一見して疲れ知らずで、両眼をせわしなく動かし、そばにいる誰かと話している最中でもしょっちゅう電話をかけ、その内容の大半は次の作戦の段取りと過去の活動の余波についてだ。エネルギッシュでありながらも不機嫌で陰気なところもあるという複雑な面があり、誰からも信じてもらえない孤独なカッサンドラもかくやという、年季の入った超然さを醸し出している。マルチタスクの人間で、一つのことだけに眼を向けることはめったにないが、それでいて話をするときは絶対に相手から眼をそらさない。そんな彼女に電話すると、まるでこっちが夜中の三時にかけてきたかのようにつっけんどんな対応でいつも返してくる。わたしがへどもどしながら連ねた煮え切らない質問の数々を、彼女は苛立ちもあらわに一刀両断した。「つまり、わたしたちがやってることはメディア向けの茶番なんじゃないかって言いたいわけ？」

人工妊娠中絶についての議論の喚起を目的の一つに掲げているホンペルツは、どこに行く場合も事前にマスコミに情報を流すことにしている。しかしイスタパ・シワタネホ行きは最初から極秘にしていた。ホンペルツとしては、二週間前のグアテマラでの失敗を繰り返したくなかったからだ。ウィメン・オン・ウェーブスが自国で活動する予定だという情報を得たグアテマラ政府は、〈アデレイド〉が停泊していたマリーナに警察を派遣した。警察は〈アデレイド〉に誰も乗船できないようにし、政府はウィメン・オン・ウェーブスを安全保障上の脅威と見なして国外に追放した。

こうした対応を受けることはウィメン・オン・ウェーブスとっては当たり前のことで、逆に歓待されることのほうが珍しい。アイルランドでは爆破予告を受けた。ポーランドの港では抗議者たちに生卵と赤ペンキで迎えられた。モロッコでは暴徒たちに取り囲まれそうになった。スペインでは反対派たちが〈アデレイド〉を曳航しようとしたが、牽引ロープを切って事なきを得た。

人工妊娠中絶反対派は、ホンペルツが「死の船」を運航させているとして糾弾している。彼らの眼には、ウィメン・オン・ウェーブスは国家の主権を弱体化させ、その一方で心身不安定な妊婦たちをだしに使っておぞましい舞台を仕立て上げ、そこで政治的主張をしようとする組織に見えるのだ。

もちろんホンペルツの見方は違う。「わたしたちは法律をシンプルかつ独創的に活用して、女性たちに危険軽減の手段と、自分自身の意志で生きていく術《すべ》を提供している」そしてわたしにこう言った。

「人工妊娠中絶を禁止しても堕胎がなくなるわけじゃない。逆に地下に潜ってしまうだけ」

＊

わたしたちを乗せた〈アデレイド〉は、メキシコのイスタパ・シワタネホのマリーナからあたふたと出港した。波は次第に荒くなっていて、ぐずぐずしていると港から出られなくなる恐れがあった。ホンペルツたちは、自分たちが妊婦たちを領海の外側に連れ出そうとしていることを聞きつけたメキシコ当局によって陸《おか》に連れ戻されることも危惧していた。

案の定、〈アデレイド〉はすんなりと出港できなかった。二メートル半の高さの波が船首を打ちつけるなか、ベアデン船長は全長一一メートルのグラスファイバー製のヨットを必死になって操っていた。嵐が近づきつつあり、襲いくるメキシコの波はさらにひどくなるばかりだった。〈アデレイド〉はすでに二回座礁しそうになっていた。二回目などは、二カ所の浅瀬のあいだをすり抜けようとしたときに、両舷から六メートルしか離れていないごつごつとした岩礁に危うくぶつかりそうになった。

波が叩きつけ水しぶきが顔にかかるなか、わたしはデッキで張り綱にしがみついて姿勢を保っていた。隣には二人のメキシコ人女性がうずくまっていた。二人とも二十代で、メキシコではほぼ違法とされている人工妊娠中絶を望んでいる。そのための処置を受けさせるべく、〈アデレイド〉のクルーたちは太平洋岸から一三海里(二四キロ)離れた、メキシコの刑法の手がぎりぎり届かないところに二人を連れていこうとしていた。

イスタパ・シワタネホ港の入り口は狭いうえに波が内側に押し寄せ、出港を危険なものにしていた。港から出るタイミングを見誤れば、おそらく転覆するか座礁してしまうだろう。ベアデンは港の入り口でじっと待ち、全速力で外に出るタイミングを見計らっていた。

「今すぐ船を出しなさい」ホンペルツはしびれを切らせてベアデンにそう命じた。その声は焦りと危機感でひきつっていた。このままでは時間切れになってしまうと彼女は言い加えた。外国人を大勢乗せたヨットが、どうしてこんなに海が荒れているときに出港しようとしているのか、港湾当局はとっくに不審に思っているはずだった。「今すぐにでも戻れって命令するかもしれない。そうなったら一巻の終わりよ」ホンペルツはそう言った。

ベアデンは三十七歳のサウスカロライナ出身の男で、南部訛りがきつく、胴体一面にタトゥーを入れている。オークランドの波止場で働いているあいだに独学で操船術を身につけたベテラン船長が、今は動揺している。波止場から離れるときに桟橋に船をぶつけてしまったからだ。わたしは腕時計を手にして波に眼を凝らし、次々と襲いくる大波の間隔を計り、港から抜け出す絶好のタイミングを計算した。波と波のあいだに海が穏やかになる時間は二分三六秒だった。のろまな〈アデレイド〉がこの逆風を突いて港から出るには、ちんけなディーゼル機関を壊さんばかりの猛スピードと少なからぬ運が必要だった。波に抗うリスクについて言い争っているホンペルツとベアデンを尻目に、ボランティアの一人がメキシコ人女性たちと一緒にしゃがみ込み、ドリトスを一緒に食べながらメキシコのロックバンド「マナー」の話に花を咲かせ、二人の気を紛らわせようとしていた。

「やればいいんだろ、やれば」結局ベアデンが折れ、吐き捨てるようにそう言うとホンペルツに背を向け、ヨットの舵輪を握った。そしてスロットルレバーをゆっくりと前に倒し、波が砕ける位置のすぐ手前まで進むとアイドリングにして待機した。次の波が砕けると船長はスロットルを全開にした。〈アデレイド〉は迫りくる波の頂点を越えるべく全速力で突き進んだ。船長の眼は水平線をまっすぐ見据えたままだった。「全員船尾に移動しろ！」ベアデンは怒鳴った。数秒後、波が舳先の真正面から叩きつけてきた。波が砕けるすさまじい音が響き、ハイスクールのいじめっ子にロッカーに押しつけられるもやしっ子のように、〈アデレイド〉は後ろに押しやられた。棚にしまってあった金属やガラスでできた製品がガシャンと落ちる音がデッキの下で響いた。まるで風に押されたかのように、〈アデレイド〉は緊張に包まれたままその場に釘づけになった。次の瞬間、ふたたび少しずつ前進していった。メキシコ人女性の一人が両手で顔を覆った。〈アデレイド〉が姿勢を立て直すと全員が歓声を上げた。メキシコ人女性は両手から顔を上げ、怖い夢から目覚めたばかりの子どものような安堵の表情を浮かべた。

ようやくイスタパ・シワタネホ港から脱け出すと、乗員全員のアドレナリンは一斉に下がった。わたしたちは無言のまま進み続けた。マリーナに停泊していた二階建てのヨットがどんどん小さくなっていく。メキシコ人女性たちは眠気を引き起こすこともある船酔い止めの薬を飲んでいた。沈黙は二人に重くのしかかっているように思えた。その重みの一部は、妊娠の中断の決断がもたらしたものだということは疑いようがなかった。

わたしはここぞとばかりにメキシコ人女性の一人の隣に座り、スペイン語で話をした。「子どもを育てられるだけのお金がないのよ」と、彼女は中絶の理由を語った。「でもいちばんの理由は、母親になる覚悟ができてないからなんだけど」彼女の話では、決まったボーイフレンドとちゃんとコンドームを使ってセックスをしていたが、それが破れていたのだという。メキシコのほとんどの場所では、自分のような女の子が堕胎をしたことがばれたら、たとえやろうとしただけでもとんでもないことになるのだと彼女は言った。

何世紀にもわたってローマ・カトリック教会の牙城であり続けるメキシコでは、二〇〇〇年代後半以降、数十人以上の女性が人工妊娠中絶をしたとして刑事訴追されている。通報したのは彼女たちの家族や病院関係者だった。人工妊娠中絶は違法とされたままだが、それでも推定では毎年一〇〇万人もの女性たちが内密に堕胎できる手立てを見つけて処置を受けているとされている。性と生殖に関する健康《リプロダクティブヘルス》を専門とするガットマッハー研究所によれば、その三分の一以上が感染症や子宮破裂や不正性器出血、子宮穿孔といった合併症を発症させているという[3]。

この国の一部の地域では、赤ん坊が健全な状態で産まれなかった場合は母親に疑惑の眼が向けられる。非合法の堕胎手術が失敗して病院に担ぎ込まれた結果、投獄されてしまった女性は何百人もいる。

病院には、銃創があった場合と同様に、流産に疑わしい点があったときも警察への通報が求められる。ベラクルスなどの一部の州では、中絶が疑われる女性に対して謎の「教育的」措置がとられる。

ところが二〇〇七年四月、メキシコシティ市が人工妊娠中絶を合法化し、妊娠一二週目までであれば中絶を無制限に認めた。この動きはメキシコ全土で反発を呼んだ。三一ある州のうち少なくとも半数が、人間の命は受胎した時点で生じるとする州憲法の修正案を可決した。

〈アデレイド〉への乗船に先立って、わたしは二〇一五年に二十歳で流産してしまったパトリシア・メンデスという女性についての記事を読んだ。メンデスは、病院が刑事を呼んだこと、いろいろな書類にサインさせられたこと、そして胎児の亡骸《なきがら》を看護師が掲げて自分の顔に近づけてきたことを綴った。「この子にキスしなさい。あなたがこの子を殺したのよ」看護師は彼女にそう言ったという。ボーイフレンドの家族は胎児のための葬儀を催し、メンデスは参列を求められた。

＊

「国境なんて、あんなもんこけおどしだよ」イスタパ・シワタネホから無事に出港して二時間ほど経った頃のことだ。ベアデン船長は、ふとそんな言葉を漏らした。この駄法螺《だぼら》にわたしは引っかかりを覚えた。ベアデンは、普通なら絶対に頭の中にしまったままにしておくようなことをはっきり口に出してしまうタイプの人間だ。話をしている最中も「そのほうが意味があるって感じかな」だとか「その点については、おれ自身でも信じてるかどうかはっきりわかんないんだけど」だとか、あからさまな自問の言葉を端々に挟んでくる。そんな彼にわたしは、国境を命懸けで越えている人間が、その国境なんか大したもんじゃないと言うと嫌味に聞こえると言った。するとベアデンは、海や陸《おか》に引かれた線に意味なんかないということだと言った――これってシンプルな現実論なんだよ。この船に乗せてる女の子たちを助けるためには、メキシコの法律と国境を無視するんじゃなくて、逆に認識しなきゃならない。彼はそうも言った。

　カリブ海やメキシコとカリフォルニアの近海を航行してきたベアデン船長は、地図と海図を自在に読み解く。そんな彼でも、地図も海図もたいていは誰かの利益にかなうように絶えず描き替えられる、単なる人間の産物にすぎないと考えている。彼は着ているシャツをまくり上げ、腹一面に刻まれたタトゥーを見せてくれた。腹の片側には、一八四八年に終結した米墨戦争で勝ったアメリカが国境を引き直す前のメキシコの輪郭が描かれていた。もう一方の側には、アフリカの地図にアメリカのシルエットを重ねた図が刻まれていた。そんな図柄のタトゥーを入れた理由は、アフリカの本当の大きさを見せて、世界中のほとんどの地図でこの大陸がどれほど不正確に描かれているのかを示すことにあるとベアデンは説明した。国家は自分の得になるように国境線を引くものだと彼は言う。そして、国家にはそんなふうにして線を引く力があるのかもしれないが、それを許していいのは陸地と海の地図に対してだけであって、女性の体には勝手に境界線を引くべきじゃないとも言う。「女の体は頭のてっぺんからつま先まで女のものであって、女の体をどうするのかを決めていいのも女だけなんだ」ウィメン・オン・ウェーブスの基本姿勢を踏まえ、ベアデンはこんな言葉を口にした。

　たしかに洋上の国境は各国が手前勝手に引いてきたものなのだろう。しかしその恣意性は無味乾燥な産物をもたらすことがある。「公海上における死亡損害補償法」はその一つだ。アメリカで一九二〇年に制定されたこの法律では、公海上での船員の不慮の死に対する訴訟は金銭的損失のみに限られ、遺族は愛する人間を失った悲しみや苦しみといった精神的苦痛を含めた、算定が難しい損害を請求することはできないことになっている。これが工場や牧場での事故死の場合なら、遺族は精神的苦痛や逸失利益を含めたさまざま損害について雇用主を訴えることが可能で、その賠償金はかなり高額になる。

「公海上における死亡損害補償法」には、洋上での死は〝神のなせる業《わざ》〟なので、船主にその責任を問うことはできないとするイングランドの慣習法《コモンロー》の名残が見られる。大昔の海運業ならそのとおりだったのかもしれない。が、転覆しても船体が自然復帰するセルフライティング救命ボートや位置情報を発信する緊急ロケータービーコンや水密区画といった安全手段が発達した現在、海上の死亡事故の多くは不可避なものでも、ましてや神のなせる業でもなくなった。むしろその原因は、往々にして事故が発生した船舶の船長や運航会社の重大な過失にある。一部の企業はこの時代錯誤の法律を盾に取り、安全対策をおざなりにしたり、船乗りという仕事は今も昔も「板子一枚下は地獄」なのだということにして責任を逃れようとしている。実際のところ、公海のこうした面を狡猾に利用する企業は、本書に登場するホンペルツやロイ・ベーツやポール・ワトソンといった海の無法者たちと大差ない。

〈アデレイド〉のチームの仕事は、洋上の国境の意味を考えるうえでまたとない研究事例となってくれた。ホンペルツたちのケースをもとに、わたしはさまざまな面白い仮説を立て、考えてみた。たとえばこんな感じに——女性が流産を誘発する薬を五錠服用することが合法なのは、その薬を処方するホンペルツが人工妊娠中絶を合法とするオーストリアの旗を掲げる船に乗っているからだ。しかし、もしホンペルツと患者の女性たちがメキシコ船籍の船に乗っていて、メキシコの領海外に達したときに海に飛び込んだあとで薬を飲んだとしたらどうだろうか？　海に飛び込んだことで人工妊娠中絶を禁じるメキシコの法の手から逃れることができるのではないだろうか？

メキシコに旅立つ前に、わたしはこうした問いかけのいくつかに関連がある記事を、過去の報道や法律雑誌にあたってみた。すると答えの一部が、十九世紀の身の毛のよだつ物語の中に見つかった。一八八四年、〈ミニョネット〉というイギリス船籍のヨットが南大西洋で獰猛な嵐に遭遇し、難破した。船長と三人の乗組員は救命ボートで脱出した。三週間後、四人は飢えと渇きで死に瀕していた。絶体絶命の船長は十七歳の給仕の少年に襲いかかり、ペンナイフで喉《のど》をかき切って殺した。少年の亡骸を食べて生き延びた残りの三人は、三日後に通りかかったドイツの船に救助された。ドイツ人たちは、ボートに残っていた少年の体の一部を見つけた。

陸《おか》に戻った三人は、殺人と食人の科《とが》で裁判にかけられた。被告側の弁護士は、二つのポイントを主張して三人を弁護した。一つ目のポイントは、給仕の少年はイギリス船籍のヨットではなく公海上にあった救命ボートの上で殺害されたので、イギリスを含めたどこの国の法律も適用することはできないというものだった。二つ目は、三人は生命の危機という、法律が適用されるとはまったく考えられない極限状態に置かれていたというものだった。船長らは法律上の権利も義務も犯罪も存在しない「自然状態」にあったと、イギリスの法学者A・W・ブライアン・シンプソンは自著『カニバリズムとコモンロー(*Cannibalism and the Common Law*)』で述べている。裁判は高等法院まで持ち込まれ、結局どちらの主張も認められず、三人は有罪を宣告された。

シンプソンの説明によれば、船長たちの弁護士の主張は法律を厳密に解釈すれば正しかったが、判決は法よりも政治を重視したものだった。高等法院のねらいは、本土と遠く離れた植民地をつなぐ海路上であっても、大英帝国の法の力は及ぶのだと世間に示すことにあった。わたしはこの事件の顛末に、国家権力はたとえ領海外であっても、自国の法律を超える行為をどこまでも許すわけではないという答えを見た。それはどうしようもないほどの飢餓のために少年を食べてしまった男たちの話でも、メキシコの領海外で飛び込んで薬を飲んで人工妊娠中絶をするというわたしの仮説でも同じことだ。

*

自分たちの活動をメキシコ当局がどこまでも許すわけではないことを、ホンペルツは百も承知だった。というわけで、わたしが同行取材した洋上での人工妊娠中絶処置作戦は、おおむね秘密裏に実行に移された。〈アデレイド〉は一〇ノット（時速一八・五キロ）程度で航行を続けた。三時間後、ベアデンは海岸線から一二海里のところに引かれた見えない国境線に到達したことを告げ、ヨットを減速させた。ホンペルツがデッキに上がってきて、メキシコ人女性の一人に向かって優しくうなずき、励ますような笑みを浮かべ、産婦人科クリニックを兼ねるデッキ下の部屋に降りるよう促した。

デッキ下で、ホンペルツは超音波診断装置《エコー》で妊娠の進行具合を確認した（一カ月だった）。アレルギーの有無や病歴といったいくつかの質問をしたあとで、ホンペルツは人工妊娠中絶の処置をする前に考えるべき点について一五分かけて説明した。彼女は避妊手段について教え、中絶の手順を説明し、出血と痛みが伴う可能性があると注意した。「それでも堕《お》ろしたいのね？」ホンペルツはそう尋ねた。女性がうなずくと、ホンペルツは五錠の薬を手渡した――「RU-486」とも呼ばれる経口妊娠中絶薬ミフェプリストンを一錠と、ミソプロストールを四錠を。

「ミソ」という略称で呼ばれることが多いミソプロストールは胃潰瘍の薬だが、世界中で分娩後出血の予防薬として使われている。多くの国の薬局で簡単に入手可能なこの薬を適切量服用すれば流産を誘発できるのだが、望まぬ妊娠をどうしても終わらせたい女性たちのほとんどには、その事実を知る術《すべ》がない(4)。

ミソの薬効成分をより早く血流中に取り込むために、ホンペルツは口に入れた錠剤を舌の下か頬と歯茎のあいだに置くように指示した。一人目の女性が上がってきてデッキの後ろに戻ると、二人目がデッキ下に降りていった。二人目が戻ってくると、二人は何も言わずに舳先を見つめ、息を殺して身じろぎひとつせず座っていた。

メキシコの法の力が届く範囲から脱するまでのあいだ、わたしはほぼずっと黙っていた。口を開いたのは、〈アデレイド〉に乗っていた女性たちの二人か三人かにひそひそ声で話を聞いたときぐらいだ。取材者として最初に海に出て以来、わたしは「船では無駄話をするな」というイギリス人一等航海士の戒めを胸に刻んできた。しかしこのヨットではいつも以上に頑張って口をつぐみ続けた。ここで行われることはきわめてプライベートなことであり、乗員は船長以外は全員女性だということもあって、いつにも増してよそ者感を強いられていたからだ。

わたしは船での沈黙についてつらつらと考えてみた。何時間も座ったまま何も言わずに海を眺めていると、普段は聞くことのない、聞こえてきたとしても長い時間は耳を貸すことなどしない声が、頭のなかでずることがある。ある船員には、海に向かって独り言をつぶやく技をしっかりと身につけたじゃないかと言われたことがある。頭の中で聞こえる声のことを、別の船員は「魂の囁《ささや》き」と表現した。その声音は陰鬱なときもあればそれほど暗くはないこともあるが、どの声も心の奥底からわき起こってきているように感じられた。そうした声とのやり取りはそれ自体かけがえのないもので、この会話がなければ無法の大洋を理解することはできなかったのではとも思える。海のフロンティアで出会った人びとが、陸《おか》ではめったにお目にかかれない独立精神の持ち主ばかりのように思える理由は、もしかしたらこの内なる声との対話にあるのかもしれない。

＊

メキシコに到着した当初、わたしはホンペルツの隣の民泊アパートメント（Airbnb）を借りていた。部屋からはマリーナを見下ろすことができた。ホンペルツのチームが夜半に〈アデレイド〉を出港させることになった場合に、置いてけぼりを喰らいたくなかったからだ。最初の航海の前夜、わたしは真夜中の二時に起きてバルコニーに出た。真剣な色を帯びたホンペルツの声が、スペイン語と英語とオラン

〈アデレイド〉でメキシコ太平洋岸の港を出港するレベッカ・ホンペルツ。彼女はこのヨットに2人の女性を乗せてメキシコの領海外に運び、そこでメキシコでは非合法化されている人工妊娠中絶の処置を施した。

ダ語に切り替わりながら漏れ聞こえてきた。彼女は電話越しに、人工妊娠中絶を希望している女性たちを三〇〇キロ以上離れた村からどうやって秘密裏にこのマリーナまで運べばいいのか話し合っていた。数時間後の暁に染まる波止場で、わたしはホンペルツに、昨夜は寝たのかどうか訊いてみた。彼女は答えるかわりに海図を広げてベアデンと検討を始めた。

オランダ領だったスリナム共和国で生を享けたホンペルツは、三歳のときに母親の母国のオランダに移った。少女時代の大半を港町のフリッシンゲンで過ごし、家族と一緒に北海でのセーリングを愉しんでいるうちに船への愛を育んでいった。

一九八〇年中頃、ホンペルツはアムステルダムの医学校に入学し、同時に美術も学んだ。アート・インスタレーションを専攻し、ビデオを用いた視覚芸術で女性の身体と生殖の関わりを掘り下げていった。医学を修了するとグリーンピースの活動船〈レインボー・ウォリアー2〉の船医として数年間勤務した。その時期に彼女は、人工妊娠中絶の手はずを整えてくれるはずだった男にレイプされた女性に出会った。南米では、三人の幼いきょうだいを育てる十八歳の少女と出会った。その少女の母親は、もぐりの堕胎医の手術を受けて亡くなったばかりだったという。

「それまではただの統計値だったことが、彼女たちの話を聞いたあとはわが事のように思えるようになった」資金を募って船を借り、処置ができるように改装した輸送コンテナを載せた海上移動型人工妊娠中絶クリニックを立ち上げた理由を尋ねたとき、ホンペルツはこう答えた。クリニックの設計と改装は、美術学校時代の友人で有名な現代芸術家のヨップ・ファン・リースハウトが協力してくれた。

二〇〇一年にアイルランドへ向けての最初の航海に出ようとした直前に、オランダ運輸省がクリニックに難癖をつけ、ホンペルツの船の登録許可を無効にすると警告してきた。オランダでは人工妊娠中絶《abortion》は合法だが、そのクリニックは一定の条件を満たした仕様でなければならない。それが運輸省の見解だった。ホンペルツは運輸省に、コンテナは船の設備ではなく「A-Portable」と題したアート作品だとする証明書をファックスした。アート作品なので海事法に従う義務はないというのが彼女の主張だった。結局、彼女の船の航行は許可された。のちにファン・リースハウトは、この「アート作品」のデザイン画とクリニックの模型をヴェネツィア・ビエンナーレで展示した。

当初、ホンペルツは船上で子宮内容除去術を施すつもりでいたが、認可と設備と物資の問題はどうすることもできなかった。そこで薬物を処方して流産を誘発する人工妊娠中絶に専念することにした。各国の領海外で医療行為を行うという動きはウィメン・オン・ウェーブス以外にもあったが、どれも計画段階で終わってしまった。たとえばイスラエル人起業家のナアマ・モランは、アメリカの海岸線から一二海里離れた領海外に停泊させた船で、アメリカの刑法と医師免許規則にとらわれることなく安価な医療サービスを提供する事業を何年にもわたって計画し続けていた。残念ながらモランは開業資金を調達することはできなかったが、この事業に需要があるのは間違いなかった。何しろ毎年一〇〇万人以上のアメリカ人たちがメキシコや南米諸国やタイといった国々を訪れ、アメリカより安上がりに済む美容整形や人工股関節置換手術や心臓弁修復や脂肪吸引を受けているのだから。

港まで戻る途中で、わたしはホンペルツと一緒に〈アデレイド〉のデッキ下に降りて話をした。お腹の子を堕ろしたいのなら、裕福な女性であれば飛行機に乗って人工妊娠中絶が合法化されている国に行けばいいのだが、ほとんどの女性にはそんな選択肢はないと彼女は言った。「彼女たちをオーストリアまで連れていく余裕は、わたしたちにはないけど」わたしたちの話にエイマー・スパークスというアイルランド人ボランティアが口を挟んだ。「でも、オーストリアを少しだけ持ってくることはできる」

ホンペルツは、メールと電話で最近受け取った緊急救助要請についていろいろと語ってくれた。漂白剤を飲んで妊娠を終わらせるつもりだとメールで連絡してきたモロッコの女性。アフガニスタンで従軍中にレイプされ妊娠したが、基地でもその周辺でも人工妊娠中絶を受けることができないと訴えるアメリカ人兵士。あるイギリスの女性はＤＶ関係にあり、自分が妊娠したことや堕胎をしようとしていることがばれたらボーイフレンドにひどい目に遭わされると連絡してきた。

ホンペルツに、自分のことを無法者だと思っているかどうか尋ねてみた。「状況によってはイエス」みたいな答えが返ってくるものとばかり思っていた。自分たちは複数の司法制度が交錯するところを利用しているのだとか、法的に正しい行動は必ずしも「正しい行動」とは限らないという、有無を言わさぬ議論を吹っかけてくるはずだ。わたしはそう踏んでいた。ところがホンペルツの答えは予想に反するものだった。「わたしたちは法を破っていない。法を都合よく利用してるだけ」彼女はそう答え、自分のことはむしろアーティストだと思っていると言い添えた。法の抜け穴を見つけることは芸術であり、人工妊娠中絶を望む女性たちのプライバシーを守りつつ議論を広く喚起することもまた芸術だとも言った。一つだけはっきりとわかったことがあった——ウィメン・オン・ウェーブスには、どこからどう見ても芝居がかったところがある。そしてホンペルツは、その芝居を嬉々として演じる名女優だ。
ウィメン・オン・ウェーブスが上演してきた、人工妊娠中絶の賛否をめぐる議論という名の舞台の最大の成功例は、二〇〇四年にホンペルツがポルトガルを訪れたときのものだった。彼女たちはこの国への上陸を試みたが、同国政府は海軍の艦船を二隻差し向けて港を封鎖し、入国を拒んだ。マスコミによる批判の嵐が巻き起こるなか、ホンペルツはポルトガルのテレビ局のある番組に招かれた。その放送のインタビューで彼女はウィメン・オン・ウェーブスの弁護を展開するのではなく、ミソの錠剤を使って妊娠を終わらせる方法を説明した。ホンペルツは何十万人もの視聴者に向かって、ポルトガルでは人工妊娠中絶は違法だがミソは薬局で簡単に買えると大見得を切った。のちに二〇〇七年にポルトガルでは国民投票が実施され、人工妊娠中絶が合法化された。そのきっかけを作ったのはホンペルツのあのインタビューだと広く考えられている。

「世界中の多くの国の女性たちは、ミソが存在することも安く買えることも知らない」ポルトガルのテレビでの思い切った芝居について尋ねると、ホンペルツはそう答えた。世界保健機関（WHO）によれば、全世界で毎年二〇〇〇万人以上が安全ではない堕胎手術を受け、そのうち四万七〇〇〇人が死亡しているという。

一回目の秘密の航海から戻ると、ホンペルツはイスタパ・シワタネホ滞在二日目にしてポルトガルでやったときと同じやり口でひと悶着起こそうとした。四万五〇〇〇人が暮らす太平洋岸の風光明媚なイスタパ・シワタネホは、一九七〇年代後半から人気の観光地になった。豪奢な何でもござれの《オールインクルーシブ》リゾートがずらりと並んではいるが、この市《まち》があるゲレーロ州はギャングの抗争とドラッグがらみの殺人と誘拐で悪名を馳せる、メキシコで最も危険な州の一つだ。街中には、蔓延する誘拐に対抗すべくメキシコ政府が投入した私服と制服の警官がうようよしている。[5]

マリーナからさほど離れていないところにあるホテルでホンペルツは記者会見を開き、ウィメン・オン・ウェーブスは前日に二人の女性を領海外に運んで人工妊娠中絶の処置を施し、明日も同じことをやる予定だと公表した。「これは社会正義の問題なんです」五〇人ほどの記者と女性活動家たちに、ホンペルツはそう訴えた。

記者会見終了後、わたしは州政府保健局の担当者に電話をかけ、ウィメン・オン・ウェーブスについての見解を尋ねた。「わたしたちとしては、彼らが合法的な活動を展開しているとは考えていません」担当者はそう答えた。「それでも詳細については情報を集めているところです」

一時間後、さまざまなメキシコの行政機関がホンペルツを呼び出した。一番手の市の港湾管理局は、悪天候を理由にして出港を認めないと言ってきた。ホンペルツは、〈アデレイド〉より小さな船が何隻も出港していることを指摘した。港湾管理局はすごすごと引き下がった。二番手の出入国管理局は、ホンペルツのスタッフたちは入国目的申告で観光としつつも海上労働に従事していると難癖をつけた。ホンペルツはスタッフのビザを提示し、実際には自分たちの身元を正しく申告してあることを証明した。そのあとは政府当局が〈アデレイド〉は旅客船として正式に認可されているのか尋ねた。ホンペルツは、この船はヨットなので旅客船の規定から除外されると主張した。最後にはホンペルツを国外退去にしかねないような雰囲気になった。ホンペルツの弁護士たちは彼女の滞在権の保護を裁判所に訴え、認めさせた。

海の出来事に関わるさまざまな法律については、その執行力のあいだに明らかに強弱がある。本書の取材のなかで、わたしは最低賃金と労働時間の上限、そして漁獲割り当ての違反行為の取り締まりに、各国政府はほとんどやる気を見せていないことを知った。そして水産資源保護海域で操業する漁船の船長や強制労働を黙認する企業とは違い、ホンペルツは法を破るのではなく法の抜け穴を利用している。

それを彼女が包み隠さずおおっぴらにやっていることと、彼女が女性であり外国人であることが、おそらく各国政府の対応を左右しているのだろう。そして十九世紀の〈ミニョネット〉事件と同様に、政府の対応には法律ではなく政治のほうがはるかに大きく関わっている。

その日、それで最後と思われる官僚機構のハードルを越えると、ホンペルツはチームを呼び寄せてこう命じた。「急ぐわよ。政府が別の言いがかりを考えついて吹っかけてくる前に出港する」彼女たちは新たな二人の女性を連れて〈アデレイド〉に急いで戻った。そして二回目の領海脱出を敢行した。ベアデンは舵を取り、スマートフォンで海図をチェックした。やがて彼はスロットルレバーを前に倒した。今回は慎重に桟橋を避けて波止場を離れた。

# 6 鉄格子のない監獄

わたしの思うには、いかに強い男でも、その心を挫くことにかけては、海より恐ろしいものはないからな。[1]

ホメロス『オデュッセイア』

海は土地に縛られた暮らしからの逃避先であり、探検や再発見の機会を与えてくれる存在だ。そんな海に生きるということは、長きにわたって自由の究極の象徴として美化されてきた。まだ見ぬ世界を見つけるべく旅立つ者たちの冒険譚をはじめとする海の物語は、わたしたちのDNAの奥底に根づいている。しかし、この物語は難解な矛盾も生んでいる。たとえば「海にいる《アット・シー》」というシンプルな言葉にすら可能性と力を暗示する響きがあるように思えるのだが〔at sea には「途方に暮れて」という意味もある〕、その一方でクルージング産業は「ありきたりな日常からの解放」という売り文句を掲げながら、実際には寄港地での土産物漁りを繰り返しながらゆったりと進む「海に浮かぶ巨大ホテル」を運航している。

この「自由と冒険とロマン」という海のイメージを真っ向から否定する話や出来事に、わたしは本書の取材で繰り返し何度も遭遇した。そうした物語は、海は現実逃避の場所であると同時に監獄でもあるという事実を見せつけてくれた。わたしは、海という監獄に囚われてしまった人びとの、そこに至るまでのさまざまな経緯を調べてみることにした。そうした人びととは、いったい誰によって投獄されてしまったのだろうか？　この監獄では看守と囚人の見分けがつかなくなることがあるのだが、それはどんな場合なのだろうか？　海という監獄にはどんなタイプのものがあるのだろうか？　海はどんなやり方で人間を捕らえてしまうのだろうか？　そしてこの海での服役刑は、人間の体と心にどのような影響を及ぼすのだろうか？　こうした疑問の答えが知りたかった。本章の取材のおかげで、わたしは海以外の場所に行けることのありがたみを痛感するようになった。取材が終わればすぐに陸《おか》に戻れることが毎回わかったうえで、わたしは海に出ていた。一方、海に囚われたり取り残されたりした人びとにとっては、海はだだっ広くて鉄格子のない監獄なのだ。

本章の取材では、絶対に忘れることなどできそうにない話にいくつも出くわしたが、その過程で「ラフテッド」という新しい言葉を知った――大洋を航行する船舶には、こっそりと乗り込もうとする密航者がつきものだ。密航者たちにも、たいていの場合はそうするだけの切羽詰まった事情があるものだが、なかには物騒な了見を持っていることもままある。いずれにせよ、運悪く船員に見つかった場合に、彼らの身に起こることを表現する言葉が「ラフテッド」だ。つまり、大海原の真っ只中に放り出されて死ぬまで漂流し続けるという、彼ら招かれざる乗客たちを待ち受けている、極めつきの不運を指す言葉だ。

密航者や、船長に反抗したり謀反を起こしたりした船乗りたち、そして捕らえられた海賊たちへの刑罰は、目隠しをして両手を縛った状態で海に突き出した板の上を歩かせる「板歩きの刑」と昔から相場は決まっていた。テロの恐怖が渦巻いていた二〇〇〇年代後半、ヨーロッパ諸国とアメリカは入管難民法を厳格化し、乗組員名簿と乗客名簿にない人間を乗せて入港した船舶に対する罰則を重くした。そうした国々は、密航者への対応義務を出入国管理局から船舶の運航会社とその保険業者に肩代わりさせせた。その義務はさらに船主に押しつけられ、最終的には船長と乗組員たちの手に委ねられた。洋上にある船で密航者が見つかった場合、船員たちは〝問題が起こらなかったことにする〟よう命じられることも珍しくない。問題が起こらなかったことにする手段の一つが、密航者を筏《ラフト》に乗せて海に追い出すやり方だ。(2)

二〇一一年五月一日、ダヴィド・ジョージ・マンドルワとジョクタン・フランシス・コベロは、南アフリカのケープタウン港に停泊していたギリシア船籍の船長一一二メートルの冷凍貨物船〈ドナ・リベルタ〉に忍び込んだ。二人は、赤い船体の貨物船には夜の見張りがおらず、しかもその船はもうすぐイギリスに向けて出港することになっているという話を波止場で耳にしていた。港のそばには、大勢のタンザニア人たちが掘っ立て小屋を建て、もっとましな暮らしをするべく密航するチャンスをうかがっていた。マンドルワとコベロにしても同様だった。二人ともアフリカから出て、どこか別の土地に行くことを夢見ていた。

パスポートとひと塊のパン、そしてビニール袋入りのオレンジジュースを手に、マンドルワとコベロは夜中に〈ドナ・リベルタ〉のもやい綱をよじ登り、機関室に侵入した。そして床下の排水溝に潜り込み、息を潜めてじっとしていた。二人は廃油が浮かぶ水に胸まで浸かりながらうずくまり、眠気と闘った。やがて機関が始動し、貨物船はケープタウン港から出港した。決して途絶えることのない機関の轟音に、二人の耳はじんじん鳴り、排気ガスで頭がくらくらした。「暑くて息が詰まった」のちにマンドルワはそう語った。パンとオレンジジュースは二日と経たないうちに尽きてしまった。二人は床の下から抜け出し、下甲板のそのさらに下の迷路を這うように進んで上甲板に上がった。そして密閉型救命ボートの中にあったクラッカーと瓶入りのミネラルウォーターを見つけた。それから数日間、二人は救命ボートの中に隠れていた。

九日後、マンドルワとコベロはふたたび空腹に負けて隠れ場所から這い出した。しかし今度は乗組員

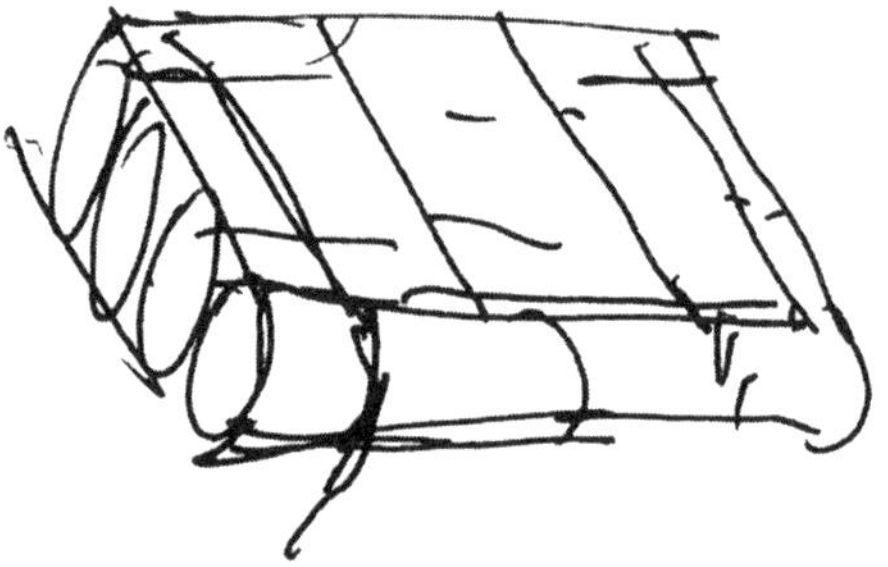

ダヴィド・ジョージ・マンドルワが描いた、自分ともう一人の密航者が海に放り出されたときに乗せられた、にわかごしらえの筏のスケッチ。

に姿をさらしてしまった。船長は怒り狂い、二人を監禁した。密航者への対処は船によってさまざまで、次の寄港地まで拘束することもある。〈ドナ・リベルタ〉はそうではなかった。乗組員たちはドラム缶と木製のテーブルの天板を使い、見るからに危なっかしい筏を組んだ。ナイフを手にした乗組員が二人の密航者を上甲板に連れ出した。側舷からはロープが垂らされ、その下の海にはにわかごしらえの筏がゆらゆらと浮いていた。その乗組員は手すりまで歩くよう二人に命じた。「そのロープで下に降りるんだ！」その乗組員はナイフを突きつけどやしつけた。「降りろ！」

　二人はロープを伝って筏に降りた。天板はつるつると滑り、二人は海に落ちそうになった。マンドルワもコベロも泳げなかった。乗組員がもやい綱を切ると、筏は高さ二メートルの波に乗ってあっという間に船から離れていった。〈ドナ・リベルタ〉の船影はどんどん小さくなっていき、やがて水平線の先に消えてしまった。

　筏で漂うマンドルワとコベロの視線のかなたにある水平線上で、黒雲がどんどん立ち込めていった。二人はロープで互いを縛りつけ、近づきつつある嵐に備えた。しばらくすると、高さ六メートルのうねりで二メートル四方程度の筏はシーソーのように揺れた。筏がバランスを失って転覆しないように、二人は仰向けで大の字になって寝そべった。ドラム缶から突き出た鉄筋を握りしめていたせいで手のひらが擦りむけた。「もう死んじまう」マンドルワは胸の内につぶやいた。

　マンドルワとコベロが味わわされた苦難は例外的だが、それでも世界各国の港湾当局が密航者の下船を許さないケースは徐々に増えている。たいていの場合は保安面の不安と勾留費用を口実にしている。そのせいで密航者が何年間も船内に留め置かれるケースもある。

二〇一四年、二人のギニア人密航者がフランス沿岸で船から海に突き落とされ、一人が溺死するという事件が起こった。アフリカの数カ国で身柄の引き取りを拒否された挙げ句のことだったと、メディアと人権団体は伝えている。その二年前には、四人のアフリカ人密航者が地中海に放り出された（四人とも岸まで泳ぎ着いた）。密航者を乗せて入港すると、船長もしくは保険業者に密航者一人当たり最大で五万ドルの罰金が科せられることがある[3]。当局の捜査で港に足止めされ、貨物の遅配が生じると、通常はさらに五万ドルの損害が生じる。

毎年一〇〇〇人以上の密航者が船舶内で発見され、拘束されている。北アフリカや中東の国々からボートに乗り、危険極まりない地中海横断を試みる難民は何十万人もいる。わたしが取材した元密航者の何人かは自分たちの体験を、どこだかわからないとんでもない荒れ地を走る車のトランクに、何日どころか何週間も何カ月も隠れているようなものだと表現した。気温は恐ろしいほど高い。十分な食料と水を持ち込むことはできない。そんな地獄の状態から船から飛び降りて逃れたときのことを、南アフリカのダーバンで取材した元密航者はこう言った。「まるで全身が地面に呑み込まれちまったみたいだった」

船に忍び込む手段については、沖仲仕や甲板掃除人のふりをして乗り込む者たちもいる。一般的には、まず船尾まで泳ぎ、舵の付け根のスペースに身を隠す。そして足がかりとフックが付いた長い竹竿を使って甲板によじ登る。停泊する船舶に食料や燃料を補給する船も、招かれざる乗客を運んでくることがままある。首尾よく潜入すると、今度は船内の奥底やコンテナ、クレーンの操縦室、そして工具倉庫などに隠れる。

彼ら密航者たちは、船に忍び込んだ時点で新たな人生への無料切符をまんまと手に入れたと思い込むかもしれない。しかし最初は安全だと思われた隠れ場所の密閉空間は、船が出航した途端に死の危険に満ちた空間になることがある。冷蔵機能が動き出した魚倉内に隠れ続けることはできない。排気管は熱くなり、コンテナは密閉されて燻蒸消毒される。海事広報誌や船舶保険会社の報告書には、「錨鎖庫で圧し潰された」り「排気ガスで窒息」したり「引き揚げられた錨の下敷き」になったりした密航者たちの無残な末路が綴られている。しかしたいていの場合、死はゆっくりと忍び寄ってくる。船酔いによる嘔吐は脱水症を引き起こす。疲労と空腹で意識を失うこともある。[4]

話をマンドルワとコベロに戻そう。とうとう嵐が襲ってきた。二人は辛うじてその夜を乗り切った。漆黒の闇に包まれた八時間、彼らは横殴りの雨の中をずっと仰向けになったまま過ごした。ひっきりなしに波に洗われるせいで、口は閉じておかなければならなかった。眼をつむると船酔いがひどくなるので、薄眼を開けておいた。外洋で遭遇する嵐は陸《おか》を襲う嵐よりも過酷だ。空からだけでなく海からも打ちつけてくるからだ。このときの経験を、ハリケーンと地震が一緒にやってきたみたいだったとマンドルワは表現した。

夜が明けると晴れ晴れとした青空が戻ってきた。二人はロープをほどき、サッカーのことや互いの家族のことを話して無聊を慰めた。しかし筏にしがみつくことで精いっぱいだった。飢えと渇き、そして春の強風にあおられてしぶきとなって降りかかる凍てつく海水に、二人の体力は徐々に失われていった。陽が落ちると急に冷え込み、二人はうろたえた。「話す気力もなくなった」マンドルワはそう語った。彼は主の祈りを唱え始めた。最初のうちは心の中でだったが、そのうち声に出すようになった。コベロも一緒になって唱えた。やがてコベロは咳込むようになり、そして血を吐いた。

幾千万に一つの、思いがけない幸運が二人にやってきた。希望の光が水平線上にぽつりと灯った。やがてそれは、全長三メートルの木製のボートだとわかった。ボートは船外機をぶんぶん唸らせて筏のそばまでやってきた。「あんたら、どうしてこんなところにいるんだ?」乗っていた漁師がロープを二人に投げ、英語でこう呼びかけた。「おれたちだってわかんないよ」マンドルワはそう答えた。

半日後、漁師はリベリアの港町ブキャナンから数キロほど離れたところにある波止場にボートを着け、「ラフテッド」された二人の密航者を降ろした。リベリアの出入国管理局の役人たちがやってきて、二人を密入国者として拘束した。「どうしておれたちを牢屋にぶち込んで、あの船の野郎どもは野放しのままなんだ?」自分たちを海に放り出した〈ドナ・リベルタ〉の乗組員たちのことを引き合いに出し、マンドルワは役人の一人にそう食ってかかった。「おれたちが扱うのは陸《おか》の犯罪であって、海のじゃない」役人はそう答えたという。コベロの喀血《かっけつ》は悪化の一途をたどり、陸《おか》にたどり着いて六日後に亡くなった。二十六歳だった。

マンドルワとコベロを海に放り出してからひと月ほど経った二〇一一年六月、〈ドナ・リベルタ〉はイギリス南西端のコーンウォール地方の港町トゥルーロに入港した。リベリア当局から連絡を受けていたイギリスの警察当局はこの船に乗り込み、船長に事情聴取した。現地の港湾当局によれば、捜査は証拠不十分で打ち切りになったという。

わたしはトゥルーロ港の港長のマーク・キリングバック氏に電話取材し、密航者たちについて尋ねた。キリングバック氏は、〈ドナ・リベルタ〉はどこからどう見ても長年の酷使に耐え抜いたおんぼろ貨物船だったと言った。そして何の皮肉も交えずに、この船を港から出さないでくれという要請が何本か港湾管理局に寄せられたと付け加えた。しかしどの要請も、密航者を海に放り出すという非道の仕打ちに関するものではなかった。そんなことを言ってきたのは、洋上の投資対象で損失が出ることを恐れた海外の債権者たちだった。

わかっているのは南アフリカのバラック村で暮らしていたということだけで、あとは名前もわからなければ行方もわからない人物を、ワシントンDCにいながら探し出すことなど、二〇年前なら無理な話だっただろう。わたしは三カ月という月日と少なからぬ幸運を費やし、ようやくマンドルワを見つけて連絡をとることができた。しかしそれはスマートフォンがもたらした世界規模の相互接続と記録のデジタル化、そしてフェイスブックやワッツアップといったソーシャルメディアのおかげでもあった。

＊

マンドルワとコベロの一件のことを教えてくれたのは、とある国連職員だった。その人物にしても、わかっていたのは二人の密航者の片方が辛酸をなめさせられた挙げ句にリベリアで死んだことだけで、二人の名前までは知らなかった。わたしはリベリアの友人に電話をかけて協力を頼んだ。するとその友人は、リベリアの首都モンロビアに暮らしていて、警察官と付き合っているいとことメールでつなげてくれた。そのいとこがボーイフレンドの警察官に頼んでくれて、今度はその警察官が、役立ちそうな情報にアクセスできる港湾管理局の元役人をフェイスブックのメッセンジャーを通じてこっそり紹介してくれた。

金銭のやり取りは一切なく、電話とテキストメッセージのやり取り、そして心からの懇願だけが何度も何度も繰り返された。「あなたにわたしを助ける義理なんかないことはわかっていますし、わたしとしてもあなたの情報を金で買うことはできません」そうしたやり取りの勘所で、わたしは毎回そう言った。「でも、あなたは彼（もしくは彼女）の友人だという話ですし、それにこれは広く世間に知らしめるべき話なんです」

そうした努力がついに実を結んだ。港湾管理局の元役人は折れ、リベリア沖を漂流していた二人の密航者に関する報告書を取り寄せてくれたのだ。中身がすかすかの報告書だったが、それでもコベロのフルネームは記載されていた。わたしはその名前をモンロビアの地元記者に伝え、ほとんどネット化されていない地元メディアにあたってもらい、人権団体にも接触してコベロの家族を見つけてくれるよう協力を頼んだ。

それから一週間も経たないうちに、タンザニアにいるコベロの三十七歳の兄のマイケルが見つかった。最終的にタンザニアの地元記者を雇ってマイケルを訪ねてもらい、彼への電話取材を仲立ちしてもらった。首都ダルエスサラームのひと間だけの家で、マイケルは弟が密航という違法行為をはたらいたことを渋々認めた、それでも、密航したからといって殺されていいはずがないと彼は言った。「タンザニアですら、盗人を捕まえてもぶん殴っちゃいけないと言われてるんだ」彼はそう言い添えた。「弟は海に放り出されるべきじゃなかった」マンドルワを探す手助けをしてくれないかと頼むと、彼は手伝うと言ってくれた。

マンドルワはケープタウン港の近くに暮らす、その日暮らしのホームレスだったが、それでもプリペイド式のスマートフォンを持っていた。しかも彼は無料Ｗｉ－Ｆｉが使える場所を何カ所か知っていて、日に何回かはネットに接続していた。コベロの兄マイケルは、マンドルワとわたしをフェイスブックのメッセンジャーでつなげてくれた。それから数カ月にわたって、わたしはほぼ毎日マンドルワと話をしたりテキストを交わしたりした。スワヒリ語を母語とするマンドルワは英語の読み書きがあまりうまくなかった。彼の言わんとすることを理解するために、わたしはメッセンジャーの文面を声に出して読み上げるという羽目に何度も陥った。

二〇一一年の〈ドナ・リベルタ〉での出来事ののち、リベリアの出入国管理局はマンドルワを密入国容疑で五カ月勾留した。その後はタンザニアに送還されたが、結局はケープタウン港近くのバラック村に逆戻りした。

〈ドナ・リベルタ〉に密航した理由を尋ねると、マンドルワは素っ気なくこう答えた。「人生をやり直したかったんだよ」コベロは過去に三度も密航していて、シンガポールとアンゴラ、そしてセネガルに行ったことがあるとマンドルワは言った。シンガポールでは小さな造船所で夜間警備員と消防要員として一年間働いていたという。三回とも最後にはそれぞれの国の出入国管理局に見つかってタンザニアに送り返された。

マンドルワは、密航前のケープタウンでの惨めな暮らしぶりを切々と語った——昼間は港の近くの歩道をうろついて模造品の腕時計やサッカーのユニフォームを売り、夜になると橋の下の差しかけ小屋で寝ていた。読み書きは満足にできず、アフリカから一歩も出たことがない。そんなマンドルワにとって、コベロが語ってくれた、病院で無料《ただ》で診てもらえて、レストランで食事ができて、ビーチに行っても警察に追い払われることはないというシンガポールの暮らしは、ケープタウンのそれとは天と地ほどの差があるように思えた。

電話とメッセンジャーを介したやり取りをふた月ほど続けた頃、わたしはマンドルワに、二人の映像作家をケープタウンに送ってもいいかと尋ねてみた。彼は同意してくれた。そこでエド・オウとベン・ソロモンという映像作家たちに、港近くのバラック村に暮らすマンドルワを含めた密航経験者たちと寝食をともにしてもらうことにした。二〇一四年十二月、オウとソロモンはケープタウンを訪れ、クリスマスと新年のホリデーシーズンを含めて彼らに密着取材し、その日常を映像に収めた。

ケープタウンに舞い戻ったマンドルワは港に面した、ごみと糞尿だらけの地面剝き出しの斜面で暮らしていた。草葺《ぶ》き屋根と棒きれでこしらえた差しかけ小屋の地面には、ベッド代わりの汚れた毛布が敷かれ、屋根からは何十枚もの宝くじの外れ券が、まるでモビールのように吊されていた。

マンドルワは、近くの信号で止まる車の運転手たちにガムや髪結びを売りつけて糊口をしのいでいた。こうした最底辺の暮らしを見れば、危険を冒してでも密航しようという彼の意気込みの説明はつく。一日でも早くまた密航したい。マンドルワはわたしにそう打ち明けた。「船に乗れば人生が変わる。とにかくそう信じてる」彼はそう言った。「おれはそう信じてるんだよ」

ダヴィド・ジョージ・マンドルワ

マンドルワが暮らす街は物騒な場所だった。ある日の午後、オウは一人で密航経験者に会いに行き、その途中で追い剝ぎに遭った。追い剝ぎたちは彼に殴る蹴るの暴行を加え、何千ドルもするビデオ機器を奪って逃げた。オウは眼の周りと脇腹に青痣をこしらえた。マンドルワや密航経験者たちが関わっていたのか、それとも地元のごろつきどもの仕業なのかはわからなかった。[5]

マンドルワとはフェイスブックを通じて連絡をとり続けた。彼について書いたわたしの記事が『ニューヨーク・タイムズ』に載った二〇一五年からの二年のあいだに、マンドルワは密航を三回企ててケープタウンから抜け出した。三回のうち二回はセネガルに、残りの一回はマダガスカルにたどり着いた。毎回見つかるたびに船主から一〇〇〇ドルもらって船から下りたとマンドルワは言った。一〇〇〇ドルあれば半年は余裕で暮らしていけると彼は言い添えた。船から下ろされるたびに、マンドルワはケープタウン港沿いのバラック村での赤貧暮らしに戻り、またぞろ密航するチャンスをうかがった。

一回目の密航で危うく命を落としかけたというのに、さらに三回も同じことを繰り返したマンドルワに、わたしは唖然とさせられた。それでも彼はこう反論した。密航すれば死ぬかもしれないが、うまくいけばいい暮らしができるかもしれないし、一〇〇〇ドルもらえるかもしれないのだから、と。マンドルワにとって、密航は命を懸けるに値するギャンブルなのだ。

＊

マンドルワのような密航者の存在は、船を運航する人びとにとっては捕らえた側と捕らえられた側の立場が逆転する悪夢であり続けた。その悪夢を解消すべく、ペーター・ラビッツ氏は二〇〇〇年代初頭にドイツのブレーメンでユニコーン社を立ち上げた。同社の業務は、運航会社とその保険業者になり代わって密航者を送還することだ。ラビッツ氏は、二〇一五年にデンマークのタンカーで見つかった十六歳のギニア人密航者のことを話してくれた。その密航者は、下船どころか名前と国籍を教えることも拒んだ。どこに送還すればいいのかわからないこともあって、運航会社はその密航者を力ずくで船から下ろさないことにした。ラビッツ氏によれば、こうしたケースでは船側と密航者のどちらが優位なのかわからなくなるという。密航者は身柄を拘束されてはいるが、実際には船を人質に取っているのだ。

なんとなんと、そのギニア人密航者は一年半もタンカーに居座り続けた。タンカーが世界数カ所の港を巡っているあいだ、彼は船室の中でほぼ過ごしていた。そんな退屈な海暮らしに飽き飽きした彼は、ある日船長との面会を求めた。乗組員が彼を船橋《ブリッジ》に案内した。そこで彼は自分の名前を初めて告げ、もう故郷《くに》に帰りたいと言った。パスポートはずっとマットレスの下に隠してあった。

奇妙な話だったが、わたしは素直に信じることができた。船乗りという人種は自立心に富む人間だということがわかってきたからかもしれないし、海の生活と陸《おか》の暮らしはまったく違うものだからということもあるのかもしれないが、密航者と船長が一年以上にわたって意固地に反目し合うという構図は、あながちあり得ない話ではないと思えた。それに加えて、航海中は時間と距離の感覚が陸《おか》以上に間延びしたものになってしまうこともあって、経験豊かな船乗りたちは、待つことにかけては達人の域に達していることもある。

わたしは、海事と貿易を専門にするニューヨークの弁護士で、密航者がらみの案件を多く扱ってきたエドワード・カールソン氏に電話取材した。カールソン弁護士によれば、船長と運航会社にとって密航者は、対処法に苦慮する口八丁手八丁の難敵になることがままあるという(6)。たとえば、乗組員たちから暴行やひどい扱いを受けたと密航者が訴え出れば、その船は港に長期間留め置かれて捜査を受け、その結果何百万ドルもの損失が生じてしまう。密航者たちはそれを心得ているとカールソン弁護士は言う。「エクソンやモービル向けの二億ドル分の原油を積んだタンカーなら、産油国の港を出港する前からタグボートや補給船、港湾エージェント、そして精油所全体がきわめてタイトなタイムスケジュールで動き始めるんです」カールソン氏はそう言う。「そこに十五歳の少年が割り込んでくると、そのすべての工程を遅らせてしまうこともあります」

ユニコーン社のラビッツ氏によれば、密航者のなかには複数回捕まったことがある常習犯もいるという。そうした手練れの密航者たちの国籍を特定するために、同社にはアラビア語やアフリカの方言など一〇ほどの言語を操るスタッフが揃っている。たいていの場合、密航者の話す言葉のアクセントや単語のチョイス、そして顔立ちから出身国がわかると氏は言う。

運航会社からの依頼が入ると、ユニコーン社のスタッフはその会社の船が停泊している国に飛ぶ。そして船に乗り込んで密航者の説得にあたる。たとえばこんな感じにだ――このままだんまりを決め込んでいても、難民収容所や保護施設に送られるわけじゃない。密航した挙げ句に留置所暮らしじゃ割に合わないんじゃないか。そんな感じにやんわりと言い含める。ここで高圧的に出て脅してもまったく効かないとラビッツ氏は強調する。密航者が下船に渋々同意すると、通常はスタッフが故郷《くに》まで送り届ける。飛行機に乗り込むまで護衛が付くことも珍しくない。いくらかでも金をむしり取ってやろうと、公衆の面前で服を脱ぐであるとかの大それた揉め事を、最後の最後で演じて抵抗しようとする者もいるからだ。そんな場合に備えて、スタッフたちは現金を常備している。たった一人の密航者をなだめすかして飛行機に乗せるまでに一万ドルかかったこともあるという。それでも結局は、密航者をホテルに移して監視を付け、何週間もかけて帰国を説得するよりも安上がりだとラビッツ氏は言う。

こうして見ると、密航の動機は自暴自棄と非現実的な憧れがない交ぜになったもののように思えてくる。どのみち船はそれぞれの目的地に向かって航海を続けるのだから、いわば誰の損にも迷惑にもならないヒッチハイクや無賃乗車のようなものだと、密航者たちは考えているのだろう。しかし密航の現実ははるかに惨憺たるものだ。かなりの高確率で発覚して、誰かが勝つか負けるかの対決と化す。負けた場合の代償は、船側の場合は金、密航者側は自分の命になる。

＊

本章の取材を続けているうちに、「海の囚人たち」は二つのタイプに分かれることがわかってきた。海におびき寄せられてしまった者たちと、自分の意思とは関係なく海に連れてこられた者たちだ。金とましな暮らしという餌につられて陸《おか》を離れたマンドルワは前者の典型だ。

アハメド・アブ・ハタラは後者にあたる。二〇〇一年九月十一日の惨劇ののちに勃発した対テロ戦争は、容疑者の勾留と尋問をめぐって、これまでとはまったく異なる法的問題を引き起こした。この問題は陸上だけでなく公海上でも生じた。アブ・ハタラは、わたしがタイやボルネオで出会った不法移民のように、人身売買組織によって無理やり漁業に従事させられたわけではなかった。米軍によって拉致されて海に連れ出されたのだ。なぜならアブ・ハタラは、二〇一二年九月十一日にリビアのベンガジのアメリカ領事館が襲撃され、クリストファー・スティーヴンス大使と三人のアメリカ人が死亡した事件の首謀者とされていたからだ。

二〇一四年六月十四日、アメリカ海軍特殊部隊（SEALs）と少なくとも二名のFBI捜査官からなる小部隊が、高速硬式ゴムボート《ゾディアック》でリビアの海岸線に接近した。目的はアブ・ハタラの逮捕だった。陸上ではアメリカ陸軍特殊部隊デルタフォースがスタンバイしていた。作戦に携わる兵士たちは緊張を高めていた。米軍は、アブ・ハタラの逮捕を一年以上前に予定していた。ところが、ほぼ同時期にトリポリの人口密集地域で敢行するはずだった別のテロリストの拘束作戦がツイッターで公になってしまった。その結果、アブ・ハタラ逮捕作戦はあまりにリスクが高過ぎるとして、実行の直前に中止された。

仕切り直しの作戦で、米軍はアブ・ハタラをベンガジの南にある海辺の別荘におびき寄せた。その別荘に兵士たちが踏み込んだとき、アブ・ハタラは一人だった。身の丈一九〇センチ以上で体重は一〇〇キロ超という巨漢のアブ・ハタラは抵抗したが、床に組み伏された。負傷の程度が軽かったアブ・ハタラは、リビアの領海外に投錨していた全長二〇〇メートルの輸送揚陸艦〈ニューヨーク〉に移送された[7]。

それから五日にわたって、情報機関と法執行機関の要員たちからなる「高価値抑留者尋問グループ（HIG）」という特別チームがアブ・ハタラを締め上げ、過去と今後のテロ攻撃についての情報を聞き出した。このとき別のFBI捜査官たちが彼に逮捕を通告し、黙秘権と弁護士を呼ぶ権利があることなどを説明する「ミランダ警告」を読み上げた。すぐさまアブ・ハタラは弁護士の立ち合いを求めたが、洋上に呼べるはずもなかった。FBI捜査官たちはさらに七日にわたって尋問を続けた。

公海上にあった〈ニューヨーク〉艦内でのアブ・ハタラの勾留と尋問は、アメリカのテロ容疑者への対処法に新たな問題をさまざまに投げかけた。九・一一後のほぼ一〇年間にわたって、米軍に拘束されたテロ容疑者たちは「国家間秘密移送《レンデンション》」というプログラムのもと、ルーマニアやポーランドやエジプトにあった「ブラック・サイト」と呼ばれる秘密軍事施設に送られた。中央情報局（ＣＩＡ）はより長期にわたってテロ容疑者を尋問し、場合によっては水責《ウォーターボーディング》めのような拷問も厭わなかった。当然、弁護士の立ち合いや接見などあるはずもなかった。キューバのグアンタナモ基地にある米軍の勾留施設に移送される者もいた。そうした行為の廃絶を、バラク・オバマは大統領選挙中に訴え続けた。彼が当選すれば、拷問とレンデンションは禁止され、グアンタナモの施設は閉鎖されることになるはずだった。[8]

このオバマの公約は人道的見地に立ったものだが、テロ容疑者をどこで尋問すればいいのかという難問を各情報機関に突きつけた。ＣＩＡもしくは米軍がテロ容疑者をアメリカ本土に移送すれば、到着と同時に刑事手続きが開始されることになる。そうなればミランダ警告が読み上げられ、弁護士との面会が可能になる。当面のあいだはアフガニスタンの米軍刑務所を使っていたが、刑務所はじきにアフガン政府の管理下に置かれた。アフガン政府は、外国人のテロ容疑者を勾留することで被る法律面と政治面の予期せぬ悪影響を嫌った。

一九四九年に締結されたジュネーヴ諸条約では、戦争捕虜は陸上の特定の場所にある施設で勾留され、第三者による監視が受けられるようにしなければならないとされている。捕虜の移送に空路を使う場合は、善意に基づいたすみやかな移送が行われる。一方海路を使う場合は、数週間から数カ月かかることもある。

公海上での勾留と尋問の適法性は曖昧模糊としている。アメリカの国旗を掲げた艦船は、当然アメリカの司法権の管轄下にある。つまり米海軍の艦船に勾留された人間はミランダ警告を読み上げられることになる。[9] ところが、ミランダ警告に示されている権利が公海上でどこまで適用されるかについては、たとえ被勾留者がアメリカ市民であってもはっきりしないのだ。

連邦法では、身柄を拘束された容疑者は、たとえ海外で逮捕された場合であっても定められた期間内に——通常は四八時間以内とされている——治安判事による初回審問を受けなければならない。この要件に違反した場合の罰則はそれほど重いものにしてはならないという裁定を連邦裁判所は下してはいるが、同時に被勾留者移送の不適切な遅延をいくつか例に挙げている。ある判事は、不適切な遅延とは「逮捕を正当化する追加証拠の収集を目的とした遅延、逮捕された個人に対する悪意に基づいた遅延、または遅延のための遅延」だとした。二〇〇九年にデイヴィッド・スーター最高裁判事が下した「コーリー判決」では、海上での勾留にとくに言及したものではないものの、尋問を目的とした遅延は「必要以上の遅延」の典型例だとされた。

アブ・ハタラに対する勾留と尋問は、こうした「不適切な遅延」に当てはまるように思える。それでもオバマ政権は艦船によるテロ容疑者の移送を正当化した。テロ容疑者を空路でヨーロッパや北アフリカの諸国に移送する場合は、受け入れ国側の承認が必要となる。それよりも公海を通って移送したほうが現実的で、安全保障面でも必要不可欠だ。アメリカ司法省はそう主張した。

連邦地方裁判所での訴答手続きに先立って、アブ・ハタラの弁護士団はこのような状況下での尋問は法を愚弄するものだと訴え、政府による公海を悪用した「きわめて計画的な違法行為」にほかならないと糾弾した。公海上で拷問を受けた末の供述は被告の証言として採用されるべきではないと彼らは主張した。二〇一七年八月、連邦判事は公海上で勾留中のアブ・ハタラの供述は証拠能力があるとし、弁護団の請求を棄却した。[10]

公海上で尋問を受けたテロ容疑者はアブ・ハタラが初めてではない。[11] 二〇一三年には、一九九八年のケニアとタンザニアでの米国大使館爆破事件の黒幕とされていたアブー・アナス・リービーが輸送揚陸艦〈サン・アントニオ〉に勾留された。二〇一一年にはソマリアのイスラム武装勢力アル・シャバブの司令官アハメド・アブドゥルカディル・ワルサメがアデン湾で漁船に乗っていたところを拘束され、二カ月にわたって強襲揚陸艦〈ボクサー〉に勾留された。タリバンの戦闘員だったカリフォルニア出身で二十歳のジョン・ウォーカー・リンドは、ブッシュ政権が彼の処遇を決めた二〇〇二年一月まで強襲揚陸艦〈ペリリュー〉と〈バターン〉で勾留されていた。[12]

当然のことながら、そうしたテロ容疑者たちに取材をすることなどできるはずもない。そこでわたしは元テロ容疑者で、グアンタナモ刑務所に収監されたことがあるマンスール・アハメド・サード・アディフィ氏と連絡をとり、話を聞いてみた。グアンタナモの多くの囚人たちのことを知っているアディフィ氏は、彼らについての記事を書いていた。わたしは、公海を尋問の道具として使うことについての彼の意見を聞いてみたかった。

グアンタナモには、海を見たことがないアフガニスタン人たちが大勢収監されていたとアディフィ氏は語ってくれた。「彼らアフガン人たちは、みんな海のことを人間を呑み込んでしまうばかでかい水たまりだと考えていた」氏はそう言い、アメリカ人の尋問者たちは彼らの海に対する恐怖感につけ込んでいたと言い添えた。「ここでおまえの尋問が終わったら、海に連れていって放り込んでやるからな」彼はアメリカ人たちの常套句をそらんじてみせた。信じるに足る話だった。結局のところ尋問とは、容疑者たちに恐怖を植えつけ、それをだしにして情報を引き出すことにほかならないのだから。

海の利用価値は格好の勾留房だという点だけではないとアディフィ氏は言う。「効果てきめんな心の拷問具にもなる」グアンタナモの囚人たちの多くは、波打ち際から五〇メートルちょっとしか離れていない屋外房に収監されていたという。海に近いからといって、その屋外房からはちゃんと海が見えるわけではない。刑務所のフェンスは防水シートで覆われているからだ。それでも防水シートの下の隙間からほんの少しだけ見ることはできた。海が見たくなったら、仲間に看守の動きを見張ってもらっているあいだに床にべったりと腹這いになり、防水シートの隙間からのぞき見た。

二〇一四年にハリケーンが接近してきたとき、数日だけフェンスの防水シートが外された。それまで囚人たちは海の音とにおいしかわからず、ただただおびえるばかりだった。ところがじかに見ることができるようになった途端、囚人たちにとって海は驚異の的となった。現実逃避の対象だとも言えたとアディフィ氏は言った。なかには何とか言葉で表現しようとする者もいた。南アフリカの密航者たちと同様に、テロ容疑者たちも海が象徴するものとその実像のあいだに大きな齟齬《そご》を感じていた——法と世間一般の規範の埒外にある海は、究極の自由を象徴するものであると同時に最高の恐怖をもたらす監獄でもあるのだ。

＊

最も切迫した事態は何気ない光景の中に隠れている。これは〝調査報道あるある〟だ。まさしくその言葉どおり、正真正銘の「海の囚人」たちに、わたしは実際には何度も出くわしていた。その事実に気づかされたのは、本章の取材を終えたあとのことだった。ふとした折に、わたしは陸《おか》から結構離れた沖合に投錨するおんぼろ船にいる男たちに出会っていた。そうした機会は何回かあった。ぶっちゃけて言えば、彼らは置き去りにされていたのだが、何らかの理由があって船から出られずにいたのだ。

彼らがそんな境遇に陥ってしまった経緯はだいたい同じだ——資金ショートで破産宣告された船主が損切りに走って所有権を放棄した。そのせいで燃料や物資が底をついてしまった。もっぱらそんな理由で、乗組員たちは船に乗ったまま、はるか沖合や外国の港に置き去りにされる。彼らは伝説の「さまよえるオランダ人」よろしく船内をうろつき、日がな一日ぼーっと座って待ち続ける。そんな状態が何年も続くこともある。彼らの多くは入国許可証やビザを持っていないので陸《おか》に上がれず、故郷《くに》に戻る旅費もない。全世界で毎年何千人も生み出されている彼ら「海の棄民」[13]たちは、体と心を徐々に蝕まれていく。なかには陸《おか》まで泳ごうとして命を落としてしまう者もいる。

そうした打ちひしがれた人びとに、わたしはほかのテーマを取材中に何度も出会っていた。ギリシアのアテネ港で船舶専門の債権回収人《レポマン》と、賄賂で言いなりになる港湾管理局によって船が盗まれる現場の取材では、港の数キロほど沖合に投錨していたアスファルトタンカー〈ソフィア〉に置き去りにされた、一三人のフィリピン人船員たちと遭遇した。彼らは五カ月ものあいだ給料がもらえず、切迫していた。オマーン湾にいた〈シーポル・ワン〉という民間の武器保管船では、出動を待つ民間の海上警備員たちと出会った。その数人から聞いた話では、雇い主からの連絡が途絶えてしまったという。〈シーポル・ワン〉には悪臭が満ち、ゴキブリやダニやシラミだらけになっていた。彼らはシャツの裾をまくり上げ、南京虫に咬まれた痕の赤い斑点を見せてくれた。

しかし置き去りにされた船員について最も多くのことを教えてくれたのは、ジョルジェ・クリストフという、あばた面に碧眼というルーマニア人だった。二〇一一年六月にイギリスのトゥルーロ港で全長一一二メートルの〈ドナ・リベルタ〉に乗り込んだ途端、ベテラン船員のクリストフはどこかおかしいと感じた。この冷凍貨物船から二人の密航者が「ラフテッド」されてからひと月が経っていた。トゥルーロ港に到着すると、運航会社はマンドルワとコベロへの非道の仕打ちに関与した乗組員たちを直ちに故郷《くに》に帰し、新しい船員を探して乗組員の全取り替えを図った。

斡旋業者に雇われたクリストフは、乗組員は全員揃っていて出航準備も整っているから今すぐイギリスに飛んでくれという短い指示を、ギリシアの運航会社から電話で受けた。ところが船にたどり着く

2011年に乗組員として雇われ、冷凍貨物船〈ドナ・リベルタ〉に乗船したジョルジェ・クリストフ（右）とフロリン・ラドゥカン（左）。ふたりはイギリスの港の沖合に置き去りにされ、辛酸をなめることになった。

と、必要な物資はないし船倉は空っぽで、待っているはずの乗組員たちも大半がいなくなっていた。燃料にしても五六〇〇馬力の機関を動かすどころか、操舵室の照明を灯すだけの量すら残っていなかった。トゥルーロ港の三キロほど沖合のイギリス領海内に投錨していた〈ドナ・リベルタ〉は、どこにも行くこともできない状態にあった。それでもクリストフはこの船にとどまることにした。帰ろうにも飛行機代はなかったし、そのうち何とかなるだろうと思っていたからだ。

じきにフロリン・ラドゥカンという同じルーマニア人の仲間ができた。それからの数カ月間、クリストフとラドゥカンは釣った魚や通りかかった船から分けてもらった缶詰とミネラルウォーターでなんとかしのいだ。食べるものが何もない日もあった。飢えよりも耐えられなかったのは「物乞いをする恥ずかしさ」だったとクリストフは言った。暖房もなければ水もなく、電気もなかった。携帯電話のバッテリーはあっという間に切れてしまった。トイレットペーパーも切れた。タバコも切れた。心がささくれた。飲み水とシャワーの水は貯めた雨水を使った。「でも、それだけじゃなかった」クリストフは当時のことをそう語った。じきに彼は胸に重い皮膚感染症を負ってしまった。来るはずもない指示を、二人は来る日も来る日も待ち続けた。「給料付きのム所暮らしだったよ」海の仕事を揶揄する常套句を彼は口にした。「給料がもらえる保証はなかったけど」

クリストフの経験談を聞くことができたのは、〈ドナ・リベルタ〉の密航者虐待を調べていたからだった。わたしは、ルーマニア東部のダニューブ川（ドナウ川）に面した都市ガラツにいたクリストフと連絡をとった。彼によれば、船で足止めを喰らうことは船乗りの世界ではよくあることなのだそうだ。[14] それが〈ドナ・リベルタ〉のような貧相な船の場合ならなおさらだという。

〈ドナ・リベルタ〉の元乗組員たちは国際運輸労連（ＩＴＦ）に電話と手紙で密告し、救済を要請した。ＩＴＦの記録を見ると、彼らは安全基準違反や劣悪な労働環境や賃金の不払い、そして置き去り行為を訴えていたことがわかる。

不当労働行為の告発を受けたＩＴＦは、二〇一二年に〈ドナ・リベルタ〉およびその運航会社コマーシャルＳＡが管理する船舶で働かないよう船員たちに警告した。平均気温が氷点下になる十月のノルウェーの海で、同社の管理下にある船舶の甲板で作業にあたる乗組員たちは「防寒着もヘルメットも安全靴も身に着けていなかった」と、ＩＴＦの検査官は報告している。スペインと南アフリカでは、船長が常習的に航海日誌や記録簿を改竄《かいざん》し、払ってもいない給料や、してもいない修理補修を書き込んでいるというクレームが乗組員たちから上がってきた。

「契約が終わったら、故郷《くに》に送り戻してやるって言われた。給料は送金してあるって言われた」これは、船員たちのネット掲示板のコマーシャルＳＡについてのスレッドに、ユーリ・チェンというウクライナ人が書き込んだ内容だ。チェンは管理側と乗組員たちの対立に言及していた。ほとんどがフィリピ

〈ドナ・リベルタ〉（2014年撮影）

ン人の乗組員たちは、貨物を届けることができなければ刑務所送りになるぞという脅しにもめげず、給料が一年も支払われないことに抗議して作業をストップした。「フィリピン人たちは四十代から五十代だったけど、赤ん坊のように泣きじゃくりながら不平不満を訴えていた[15]」チャンはそう書いている。

ないない尽くしの〈ドナ・リベルタ〉で、クリストフとラドゥカンは缶詰を食べ、船から剝ぎ取った木材で湯を沸かしてコメを炊いたりインスタントラーメンを作ったりして生き延びた。そんな生活を五カ月過ごした末に、二人はミッション・トゥー・シーフェアラー（MTS）という海事従事者の保護団体に救出された。

「彼らはここにはもういたくないと言いながら、船から下りることは拒んだんです」クリストフとラドゥカンの救出の指揮にあたったMTSのベン・ベイリー氏はそう語った。こうした状況では、金銭のやり取りのもつれが彼らを船にとどまらせていることが多い。二人は斡旋業者に一〇〇〇ドル以上の保証金を払って〈ドナ・リベルタ〉での仕事を得ていた。船を下りてしまえば保証金は取り戻せないし、約束の報酬も得られない。船主の意向に背けばブラックリストに載せられ、今後の仕事に支障が出てしまう。

船上生活が五カ月に達したところで、クリストフはこれ以上は無理だと判断した。学費が払えなくなって子どもたちが学校に通えなくなったと聞かされ、我慢の限界がきたのだ。ラドゥカンの場合は、妻が物乞いをするようになったことがきっかけだった。二人はMTSが用意してくれた航空券でルーマニアに戻った。

この二人に降りかかった運命は、もっと大きな問題を提起している。給料の未払いと置き去りは、海の世界ではよくあることだとクリストフは言う。だとしたら、世間の耳目をほとんど集めていないのはどうしてなのだろう？ その答えの一つは、この二つの行為は「軽視されがちな犯罪」だからだというところにある。こうした違法行為は、どれほど意図的で計算ずくの悪質なものであっても、表面上は暴力をそれほど伴わない、些細な危害しか与えないように見える。軽視されがちな犯罪は悲鳴ではなく囁き声で世間に伝わり、わかりやすい悪者を求めたがる世間一般は不気味な無関心を決め込む。そうした犯罪の被害は、もっぱら遠く離れた場所でゆっくりと広がっていく。残念ながら、記者の世界の金言である「血が流れたらトップ記事になる」の真逆なのだ。悲劇というものは、その話が広まれば広まるほど、そして劇的でなくなればなくなるほど、悲劇でもなければ語る価値すらないものになってしまう。

この居心地の悪さを感じさせる事実は、わたし自身の取材のなかにも端的に示されている。わたしは殺人の瞬間をとらえた映像や、足枷を付けられて船で働かされる人びとや、洋上でのレイプといった、重大犯罪にからむ行為の調査にかなりの時間を費やしてきた。その一方で、〈ソフィア〉や〈シーポル・ワン〉や〈ドナ・リベルタ〉で遭遇した乗組員の置き去りといった、より多くの被害者を生み出している慢性的な犯罪については、そんなに時間をかけていない。正直な話、船で人質に取られた男たちのことを記事にする場合、遠く離れたどこぞのオフィスにいる匿名の役人がメールに返信しなくなって携帯電話も通じなくなったという話よりも、携行式ロケット弾《RPG》を肩から吊したソマリアの海賊たちの話で語ったほうが読み手の心をつかむことができるのだ。

わたしはアラブ首長国連邦（UAE）に飛び、MTSの現地責任者で聖公会の聖職者でもあるポール・バート師の活動に数日同行した。ペルシア湾に面する海岸線にはいくつもの港が点在し、その規模は主に大型コンテナ船が利用するジュベル・アリのような世界最大規模のものから、もっぱらタグボートと補給船だらけのラーシド港までとさまざまだ。中規模の港は大きな埠頭があるわりには使用料は安く、運に見放されたか監視の甘い港を求めている運航会社にとっては理想的だ。バート師は、そうした港であるアジュマーン港とシャルジャ港でもっぱら活動している。

この二つの港では、さまざまなバリエーションの「置き去りにされた船員」の話に何回も出くわした[16]。海という〝水の砂漠〟に取り残された男たちは、その大半は建前上は港に停泊した船舶で足止めを喰らっていることになっていた。ところが実際には、港から三キロほど離れた、陸《おか》は見えこそすれ泳いで戻ることはできない場所にいた。イエメンに軽油を運ぶことになっていた〈ファルコン〉の五人の乗組員たちの――スーダン人とエルトリア人とフィリピン人たち――例を見てみよう。〈ファルコン〉は売却されたが、新しい船主は彼ら五人の九カ月分の未払いの給料の支払いを拒み、置き去りにしてしまった。海に囚われているあいだに船員資格の期限が切れ、足止めはさらに長くなってしまった。プリペイド式の携帯電話は料金が切れて、家族との連絡ができなくなった。「とにかく故郷《くに》に帰りたいだけなんだ」船長はわたしにそう言い続けた。敬虔なイスラム教徒の彼らは、これもアッラーの思し召しだと言った。来世は観念的なものではなく具体的な目的地だとする彼らにとって、地獄とは（もしくは彼らの宗教で地獄に相当するものは）ほかでもないこの状況だった。

ドバイでは船員の置き去りが頻発している。[17]原因は原油価格の下落にある。二〇〇八年には一バレル当たり一三〇ドルだったが、二〇一七年には四七ドルにまで落ち込み、ペルシア湾での石油産業関連の海上運輸の多くは休止状態に追い込まれた。UAEを含めた湾岸諸国では労働組合は禁止されているため、MTSの活動はさらに重要度を増している。ドバイ付近の港では、常に二五〇人以上の船員たちが置き去りの憂き目に遭っている。バート師の五人のスタッフたちは一日平均で三本の助けを求める電話を受けているという。法的権限のないMTSは、もっぱら船主の恥の意識に訴えかけ、乗組員たちに対して責任を果たすよう圧力をかけている。

バート師の同僚で同じく聖公会の聖職者のネルソン・フェルナンデス師とともに、わたしはドバイの一〇キロほど沖合に停泊していた軽油タンカー〈アドミラル〉を船で訪れてみた。〈アドミラル〉のそばを通りかかった船の乗組員が、このタンカーの乗組員たちからミネラルウォーターを恵んでくれと言われたと、MTSに電話で連絡してきた。〈アドミラル〉の男たちは火気厳禁のはずの甲板で焚火をして料理を作っていたという。乗船すると、六十代と思しきフィリピン人の船長が携帯電話を手に甲板に出てきた。「こんなことが毎日あるんだよ」血まみれの便器を撮った写真を携帯電話で見せながら、船長は何度もそう言った。

船の機関は故障しており、船長と六人のフィリピン人乗組員たちはきれいな真水なしで九カ月足止めされていた。トイレで吐血をしたのは、脱塩装置も故障していて海水を飲まざるを得なかったせいで胃潰瘍になったからだと船長は考えていた。「とにかくひどいんだよ」船長は小声で何度もそうつぶやきながら、船主に返事を乞う一四四通のメールをもどかしげにスクロールした。

そんな船長が語る話を、フェルナンデス師は一時間半もじっと聞き続けた。陸《おか》に戻る時間がやってくると、フェルナンデス師は梯子を降りてボートに戻った。別れを告げる技術というものがあるとしたら、フェルナンデス師はピカソ級の腕前を持ち合わせていた。師は船長の肩に手をかけ、こう言った。「三日以内にちゃんとした飲み水と食べ物を持ってきますから」そして、まなざしだけで約束は必ず果たすと告げた。船長はやっとの思いで振り絞ったような小声でこう言った。「おれたちも連れてってくれ」しかしフェルナンデス師はそれ以上何も言わず、ゆっくりとではあるが決然とした足取りで梯子に向かった。その落ち着いた物腰が、師が約束を守る人間のようにどことなく見せていた。それでも、両眼に腕が生えていたら、船長のまなざしはボートのエンジンを始動させようとするフェルナンデス師をむんずとつかんでいただろう。

船長たちがどうして〈アドミラル〉で足止めを喰らっているのか、わたしにはさっぱりわからなかった。給料の支払いを拒む船主たちのなかには、乗組員たちが船の燃料をこっそりと盗んでヤミで売りさばいていると思い込んでいる者もいる。もっとも、その思い込みが当たっていることはままあるのだが。が、たいていの場合、給料未払いの理由は「金欠」のひと言で簡単に説明がつく。

この取材で目の当たりにした問題の被害の範囲と深刻度は、一大スキャンダルのそれのように思えた。ある特定の産業の世界中にある工場で、労働者たちが錠がかけられた扉の内側に何週間も、時によっては何カ月も閉じ込められ、飲み水も食べ物も与えられず、給料も支払われず、さらには家に戻れるかどうかもまったくわからない状態にあるのに、その産業界が事実上見て見ぬふりを決め込んでいることが発覚したら、たちまちのうちに世間の怒りが沸騰し、犯罪捜査のメスが入り、不買運動が起こるだろう。しかし海ではそんなことにはならない。

その悪質な産業を水産業と呼ぼうが海運業と呼ぼうが、やっていることは同じだ。業界の暗部を調べようとする者には怒鳴り散らして威嚇するところにしても、借金による束縛や、共通の手順書でもあるのではないかと思えるほど手際のいい船員置き去りといった非道の仕打ちにしても、どちらの産業にも黙殺するという暗黙の了解がある。まれにこうしたことが事件になって報道されることはあるが、例外的な逸脱行為だとする業界の広報活動で片隅に追いやられてしまう。もしくは、国際商取引や海上貿易の問題で毎度おなじみの杓子定規な反論が返ってきて、言い争いの末に大した問題ではないとされてしまうのだ。あの乗組員たちは個人事業主なのだから、われわれは責任は負わない。あの船は別の国の船籍だ。給料の支払いと乗組員たちの送還は斡旋業者がやるべきことだ。悪いのは船主であって業界全体の問題ではない——こうした数々の主張はグローバル化しつつある世界経済においては手垢のついた言い訳にしかすぎないが、こんな虫のいい言い分が通用する場所は海をおいてほかにない。

わたしは何年もかけて業界コンサルタントや弁護士、保険業者や運航会社から話を聞いてきた。その多くが、借金による束縛や人身売買、賃金不払い、そして乗組員の置き去りといった諸問題を水産業と海運業が解決できないのは、業界として一体となっていないからだと口を揃えて力説した。一方、こうした厄介な問題に互いに手を取り合って手際よく対処することができる業界なんかないという意見もよく耳にした。この業界に団結力なんかない。あるのは、さまざまな国旗を掲げる、てんでばらばらな膨大な数の船と船団だけだ。彼らはそう言った。わたしは呆れてしまった——ソマリアの海賊対策や組合活動への対抗措置、港湾協定の標準化に対する動き、テロ対策、さらには大規模な漁業制限海域の設定や海洋汚染と賃金についての規則の厳格化を阻む活動については、水産業と海運業は団結して、驚くほど足並みを揃えているではないか。

さらに言えば海の上では、法律は船舶の乗組員ではなくその積み荷の保護に重きを置いているという残念な事実もある。海運業界は二〇一七年に前代未聞の団結ぶりを見せ、乗組員の置き去りという悪習を正す動きに出た。港で置き去りにされた乗組員たちにかかる費用をカバーする保険の加入を船主たちに義務づけたのだ。都合の悪い報道と組合の圧力がその一因だった。しかし実際には、乗組員が置き去りにされがちなのは小型の船舶で、この新しいルールではそうした小型船舶は保険加入義務を免除されているとバート師は指摘する。

積み荷を重視し乗組員を軽視する傾向は海で嫌というほど見てきた。洋上ではほとんど顧みられることのない労働者保護は、通常はそれを最も必要としている船には適用されない。たとえば、船員のさまざまな基本的権利を保障している国際協定である「海上労働条約」は、虐待と酷使が最も横行している漁船には適用されない。タイ政府は南シナ海での奴隷労働を取り締まる規則をいくつも導入しているが、その多くは大型漁船に主眼を置いている。新たな規則は中規模の漁船にとっては経済的負担が大き過ぎるからだが、実際にはそうした漁船こそが人身売買の温床となっていて、被害者の数は大型漁船よりもはるかに多い。

事実、問題解決に向けたこうした動きはほとんど目標を達成できないものばかりで、どう考えても意図的にそうしているとしか思えない。くだらない邪推だと一笑に付す向きもあるが、実際に深く調べれば調べるほど一定のパターンが見えてくる。この巧妙なやり口は、業界がコンサルタントに高い金を払って考えてもらった、一種の詐欺のようなものなのではないだろうか。そうとすら思える。いずれにせよ、解決まであと一歩というところの惜しい対策手段ですら、わたしの知り得る限りにおいては、移り気な議員たちと節操のない怒りに走りがちな一般大衆の努力で何とか続いている、ニュージーランドでの外国チャーター船の操業禁止令しかない。

＊

怠慢な船主によって船に置き去りにされたジョルジェ・クリストフ。外国政府によって拉致されて海に連れ出されたアハメド・アブ・ハタラ。そして怒り狂った船長によって大海原に放り出されたダヴィド・ジョージ・マンドルワ。この三人の「海の監獄」暮らしは三者三様だが、彼らはいったいどのようにして正気を保っていたのだろうか。

このテーマについていろいろと調べていくうちに、わたしは〈ベルギカ〉というベルギーの南極探検船のことを知った。〈ベルギカ〉の物語は、海に囚われることで生じる精神的重圧を理解するうえで参考になる出来事だ。一八九八年、全長三六メートルの木造船〈ベルギカ〉は南極のベリングスハウゼン海で叢氷《そうひょう》に囲まれて動けなくなってしまった。(18) 船には、船長以下五名の幹部船員と二名の機関士と九名の船員、そして地質学者と気象学者と人類学者が一人ずつの合計一九人の男たちが乗っていた。太陽が水平線から昇ってこない極夜が続く二カ月を、男たちは極寒の冬から身を隠してやり過ごした。救助など望むべくもない彼らの真の敵は、寒さではなく狂気だった。数週間もしないうちに船員の一人が心を壊し、夜になると船室にこもるようになった。別の船員はベルギーまで歩いて帰ると言い出した。

〈ベルギカ〉が氷から解放されてアントウェルペンの港に戻ってくるまで一年近くかかった。船員たちはげっそりと痩せていたが、船員としての能力はまったくと言っていいほど失われていなかった。船長が課した厳格な養生法で精神衛生が保たれていたからだ。その養生法にはストーブの前に一時間半座り、味はひどいがビタミン豊富なペンギンの肉を調理したものを食べるというのもあった。強制参加の氷上での簡単な運動と親睦会も効果があった。船内の雑誌から切り取った女性の挿絵を使った美女コンテストも催された。

〈ベルギカ〉の遭難が残した教訓は、心の備えは天候への備えと同じぐらい重要になる場合があるというものだった。この生き残り戦術は船長たちのあいだに広まっていった。南極探検に出る船は拘束衣を持っていくようになった。二十世紀に入ると、北極や南極といった遠く離れた地への航海に出る船は、医務室に抗精神病薬を常備するようになった。二十世紀が終わりを告げる頃になっても、〈ベルギカ〉の航海日誌には利用価値があった。宇宙ステーションの建設構想に協力したジャック・スタスターという人類学者は、宇宙飛行士が極度の孤独に長期間耐えるためには抑鬱と見当識障害への備えが必要だと提言した。過酷な航海を耐え抜いた先人たちの経験から学べることは山ほどある。

続いてわたしは、自ら望んで海に乗り出していく何百万人もの船乗りたちが直面する心の問題に興味をかき立てられた。何も起こらない平々凡々とした航海でさえ、それが長期間に及ぶと孤独と退屈で精神的にかなりきつくなる。ＩＴＦの調査によれば、聞き取りを行った六〇〇人の船員の半分以上が航海中に鬱を感じたことがあるという。『インターナショナル・マリタイム・ヘルス』誌で発表された別の研究によれば、世界中の海での自殺率は、イギリスとオーストラリアの陸上のそれの三倍以上だという。[19]

船乗りは、昔から孤独を生業としてきた。しかし九・一一の同時多発テロ以降、アメリカと多くのヨーロッパ諸国で制定された反テロ法で船員の港への上陸が制限され、彼らの孤独と隔絶はさらに強まった。運航会社から次の目的地が告げられるまで、彼らは陸《おか》から一キロほど離れたところでの待機を求められ、その期間は数カ月にも及ぶことがある。船上の乗組員たちは陸《おか》が見えるところにいながらも妻にメールを送ることも、まともな食事をとることも、夜に眠れないほど歯が痛くなっても診てもらうことも、娘の誕生日にその声を聞くこともできない。

こうした状況の変化に目ざとく対応したのが、多くの港にある船員相手の娼館だ。「ラブボート」という洋上娼館を仕立てて、沖に停泊する船に女と酒とドラッグを届けるようになったのだ。しかし待機が長引くにつれて、ラブボートがやってくる回数はどんどん減っていく。誰でもわかることだが、足止めを喰らっている船員はそのうち文無しになってしまうのだから。

船乗りという仕事にホームシックはつきものなのだが、わたしが話を聞いた船員の大半は、たとえ虐待や置き去りの憂き目に遭わされても、それでも船からは下りたくはないと言った。船乗りたちにはそれぞれの地位を示す階級がある。それぞれの階級には厳格なルールがあり、持ち場を放棄することは最低の違反行為とされる。圧倒的に男が多い海の世界では、自分たちの船を女性代名詞で受ける習慣がある。そこには明確な感情的支配が存在する。つまり船乗りたちは「彼女たち」を愛し、同時に疎ましくも思う。ともに旅をしているうちに、両者は互いに嫌気が差すことも、互いに守り合うこともある。船は女房でもあり職場でもある——そんなことを船乗りたちはとかく言いたがる。

　置き去りにされた船員たちのほぼ全員が、故郷《くに》に戻ったらすぐにでも海に戻りたいと言った。彼らがなめさせられた辛酸を考えると不可解な願望のように思える。その必要に駆られているのは間違いない。結局のところ、仕事の選択肢が限られている状況であれば、船はそこそこ実入りのいい勤め先だ。それでも彼らが海での暮らしの「引力」に引きつけられているのも確かだ。彼らから聞かされたさまざまな苦しい体験を総合すると、その「引力」は魅力というよりも悟りとでも言えるようなものだが、それでもその力は強烈だ。陸《おか》から長く離れ過ぎていると、同じ自分のまま戻ってくることはめったにないという。「海は人間を変えちまうんだ」置き去りにされた男の一人はそんなことを言った。

　海での取材から戻ってくると、わたしは自分の睡眠と食事のとり方と会話の仕方に微妙な変化を感じた。海にいるあいだ、恐ろしく狭い寝床で眠り、長時間にわたって誰とも話をしない究極の沈黙に耐え、出された食事は生煮えの魚だろうが芯の残ったコメだろうが何でも食べた。そんな生活に慣れてしまっていた。そして家に戻ると、食事を愉しみではなく義務と見なし、早食いするようになった。広いベッドを持て余し、妻にぴったり寄り添って寝た。以前にも増して会話に早々と飽きてしまい、ヘッドフォンの向こう側に引きこもりたいと思うことが多くなった。陸《おか》に戻るたびに、かつての気難しい自分も戻ってきた。

　しかしいちばんの変化は胃に感じられた。数年にわたる海での取材のあいだじゅう、わたしは悪化する一方の、ある体の不調と闘っていた。その不調のことは単に「揺れ」と呼ぶ船員もいたが、ほかにも「ドックロック」とかフランス語で「マル・ドゥ・デバルクモン（ひどい上陸）」とか、もしくは船酔いの反対の「陸《おか》酔い」と呼ばれることもある。揺れる船上でちゃんと歩けるようになることは船上生活では必要不可欠だが、同じように陸《おか》に戻ったときには、決して揺れることのない地面を歩く感覚を取り戻さなければならない。しかしこの再順応が意外と難しく、胸が悪くなるほど奇妙なことが起こる。ふたたび陸《おか》に足を踏み入れた瞬間から、わたしは気分が悪くなった。

しこたま酔っぱらって寝たらベッドがぐるぐると回っているように感じるときと似ていると言えばわかってもらえると思う。三半規管が絶えず揺さぶられている感覚にしつこく悩まされ、頭が波間に浮かぶブイにでもなったかのような気分になる。時差ぼけと同じように、もう下りてしまった船の記憶に体がしがみついているのだ。一般に、船酔いしにくい人ほど陸《おか》酔いしやすくなる。わたしは船酔いになっても吐いたことはなかったが、陸《おか》に戻ったときには二度も戻した。海で過ごす時間が長くなればなるほど、そして海が荒れれば荒れるほど、陸《おか》に戻ったときに感じる揺れは執拗になり、数日も続くこともあった。

もちろん海はわたしの終世の職場ではない。船乗りたちにとってわたしはお客さんにしかすぎず、通りすがりの陸上生活者だ。取材をした男たちの多くとは違い、船を下りるという選択肢は常にあった。それでもこの奇妙な体の不調は、海に縛られることは誇りでもあるのだということを教えてくれた。海はわたしの身も心も変えてしまった。わたしが出会った船乗りたちの多くも、海によって生まれ変わったのだと思わざるを得ない。

# 7 乗っ取り屋《レイダース》たち

この閉じられた社会、ここで生きている人間はすべてなんらかの罪を負った人間ばかりだ。つまり、ここで〝犯罪者〟といえば、それは文字どおりドジを踏んで、警察に捕まった連中を意味する。泥棒たちにとって〝誤まち〟〝罪悪〟(1)といえば、それはドジをふむこと、そんな愚かさ以外の何ものでもないだろう。

**ハンター・S・トンプソン『ラスベガスをやっつけろ！』**

本書の取材旅行中に出会った人たちに何の記事を書いているのか訊かれると、わたしは海で起こっている犯罪だと答えることにしていた。すると、まず間違いなくこんな言葉が返ってきた。「それってつまり、映画の『キャプテン・フィリップス』に出てきたようなソマリアの海賊のことなんでしょ？」わたしもだいたいこんな感じの下手くそな答えを返していた。「ええ、でも別のタイプの海賊ですがね」

人間は、海に乗り出した途端に「盗み」に手を染め、今でも続けている。それでも、巨大高層ビルもかくやという超大型船舶が略奪されるという話を聞かされたら、誰でも眉唾もののほら話だと思うだろう。しかしそのほら話は実際に、しかも驚くほど頻繁に起こっているのだ。海賊は高速ボートに乗って襲ってくる連中ばかりではない。スーツを着て、洋上ではなく港で、力ずくではなく駆け引きで船を奪う者たちもいるのだ。「海では『占有は九分の利』〈所有権の争いでは現にその物を支配している者が有利になるという意味〉ということわざどおりにはいかない。それが海の掟《おきて》だ」そんな言葉を、わたしは何度も聞かされた。

長きにわたる取材で、わたしは漁業の違法操業や人工浮魚礁（ＦＡＤ）の乗っ取り、漁師の誘拐、海の解体屋、人身売買といった、ありとあらゆる洋上での窃盗行為を目撃してきた。とはいえ、船舶の乗っ取りはそれらとは程度を異にする、にわかには信じられないほど荒唐無稽な略奪行為だ。そこでわたしは、この別種の海賊行為について取材すべく、二〇一六年十一月にギリシアを訪れた(2)。しかし海賊たちだけではなく、彼らの悪行に関わっている腐敗した港湾当局にも眼を向けてみた。海のならず者たちのことを知るためには、そのルーツを陸《おか》で調べなければならなかった。

わたしをこのテーマに導いたのは、取材開始の数カ月前にわが家に郵送されてきた、送り主不明の大判の茶封筒だ。中身は「港での違法行為」と題された、一〇〇ページのぼろぼろの書類だ。そこには船舶の盗み方とその身元の改竄方法、船からこっそりと燃料を抜き取る方法、そして積み荷をかすめ取る方法についての用語がこまごまと記され、解説されていた。封筒にはアテネの消印が押されていた。ということは、二〇一四年にアテネのピレウス港で取材をしたときに雇った、どことなくうさんくさいところのあった男がおそらく送ってきたものなのだろう。その男は、港での犯罪行為についての本の執筆を手がけていたが、その本が日の目を見ることはないだろうと言っていた。たぶん彼は、自分が追及してきた違法行為に光を当てる手立てとして、わたしを選んだのだろう。わたしとしては願ったりかなったりの役目だった。

「港での違法行為」は映画『オーシャンズ11《イレブン》』に出てきそうな詐欺やペテンのテクニックが満載の、わたしにとっては宝の山だった。例を二つ挙げてみよう。「予期せぬ問題《アンエクスペクテッド・コンプリケーションズ》」とは、造船所が船の問題箇所や故障をでっち上げて修理料金を過大請求することだ。「カプチーノ・バンカー」とは、熱を加えて空気を注入してカプチーノみたいに泡立ててかさ増しした、実質量の少ない燃料用原油のことだ。

保険金詐欺については定番の確実な手口が記されている。悪徳運航会社が船員を雇って船を沖合に出させ、そこで故障して航行不能になったことにする。それからこの詐欺に一枚噛んでいる整備士をその船に送り、これはもう海水弁を開いて自沈させるしかないという判断を下させる。もちろん実際には沈めない。そうやってせしめた保険金は運航会社と整備士で折半し、沈めたはずの船は船名を変え、掲げる国旗も変えて別の船に生まれ変わる。

「港での違法行為」は、略奪した船舶の身元を変える方法を知るうえでも大いに役立った。船の前歴を消し去る手段として、船の計器盤か船体に組み込まれている自動船舶識別装置（ＡＩＳ）などの追跡装置をすべて取り外すことが推奨されている。ライフジャケットや救命浮き輪や救命ボート、船橋《ブリッジ》内の書類や事務用品といった、船名が記されている備品も全部処分することも勧められている。通常は両舷の船首部分と船尾に溶接されている船の建造番号を記した金属板も取り換えるべしとも記されている。「機関の製造番号も忘れずに削除しておくべし」ともある。盗まれた船舶の本来の身元を割り出すときに調べられがちなのがこの番号だ。

「港での違法行為」を読んでわかったのは、海事詐欺は熟練を要するということだ。債権者による動産の差し押さえであろうが私利私欲のためであろうが、船舶の略奪は生易しいことではないが、それでいてまったく珍しいことでもない。わたしは問題の核心に迫るべく、この手の仕事に関わっている人間への密着取材をすることにした。すると、誰に話を聞いても、この道の達人はマックス・ハードバーガーを置いてほかにないということだった。

＊

アテネの街の灯りをはるかかなたに臨みながら、ある貨物船が夜陰に紛れてサロニコス湾をめざして航行していた。全長八〇メートルの〈ソフィア〉の信号灯はすべて消されていた。舷窓から船室の灯りが漏れてくることもなかった。船橋《ブリッジ》すら真っ暗で、その中で船長が落ち着きのない様子で前方の波に眼を凝らしつつ、スロットルを操っている。〈ソフィア〉はアテネの外港であるピレウス港からどんどん遠ざかっていった。月の姿はなく、どこまでが海でどこからが夜空なのかわからなかった。〈ソフィア〉は波を切って進む、周囲の闇より暗い影にしか見えなかった。

冷え冷えとした夜の空気を舳先で切り裂きながら八ノット（時速約一五キロ）で航行する〈ソフィア〉は、さながら横倒しになった二六階建ての黒ずんだビルが海上を滑っているように見えた。最大出力一七七四馬力の機関は海中の巨大なスクリューを猛烈な勢いで回転させ、白く泡立つ航跡を生み出していた。(3) 積み荷は一切積んでおらず、急な出港で燃料の補給が済んでいなかったこともあって、このパナマ船籍の貨物船の喫水は浅かった。低い機関音を轟かせるほどの船速を出していたが、ギリシア政府が拿捕を決断すれば、たちまちのうちに沿岸警備隊に捕まってしまうほど遅い船速でもあった。

〈ソフィア〉のブリッジには張りつめた空気が漂っていた。船長は、この船の債権をめぐっていがみ合っているふた組のグループから電話で指示を受けていた。しかしどちらのグループに〈ソフィア〉の支配権があるのかは不明だった。対立する債権者グループの一方は、この船の日常業務と総額何万ドルもの未払い賃金を抱える乗組員の管理にあたっているニューリードという運航会社だった。もう一方のグループは、この船の船主に四二〇万ドルを貸しつけているTCAファンド・マネージメント・グループという、ニューヨークのベンチャーキャピタルだった。(4)

運航会社側も銀行家側も、双方とも〈ソフィア〉を可及的速やかに出港させ、可能な限り遠くまで運ぶことを望んでいた。この貨物船の船主で、各方面から恐れられていたミカリス・ゾロタスというギリシア人実業家の資産の争奪戦が激化していたからだ。ゾロタスは二週間ほど前に贈賄容疑で逮捕され、キプロスに引き渡されていた。(5) ゾロタスはあちこちで借金を重ねていたが、この男に返済を迫ることが

ギリシア人が所有する〈ソフィア〉。この貨物船の抵当権を持っているニューヨークの金融グループに依頼され、マックス・ハードバーガーはアテネの外港のピレウス港からこの船を盗み出した。

できる度胸を持ち合わせている貸し手は一人もいなかった。しかし逮捕を合図にして資産狩りが解禁され、債権者たちは彼が所有する船舶の差し押さえを一勢にめざした。海事法の力が及ぶ境界線は、その国の海岸線から一二海里（二二キロ）のところに引かれている、眼には見えない線とほぼ重なっている。が、しかるべき額の金を積めば、そんな線はいかようにも曲げることができる。

〈ソフィア〉のブリッジでは、短軀だがいかめしいフィリピン人船長のベルナルド・デル・ロサリオが舵輪を握っていた。今回のギリシア領海からの人目をはばかる急な出港は、デル・ロサリオにとっては船長になってからわずか二回目の船出だった。マニラの商船学校でさまざまな訓練を経て、海に出てから十余年の経験を積んでようやく船長に昇進した彼は、こんな航海の舵を取る心構えなど一切できていなかった。周囲で激しい言い争いが繰り広げられているなか、デル・ロサリオ船長のいちばんの関心事は、これでなったばかりの船長の地位を失うかもしれないということだった。船主の命令に逆らえば、船長の資格を危うくしかねないからだ。デル・ロサリオが頭を悩ませているのは、実際のところ誰が船主なのかということだった。「まずい、これはまずいぞ」彼はそんなつぶやきを何度も繰り返していた。「とにかくこれはまずい」

〈ソフィア〉のピレウス港からの遁走劇に先立つこと一週間前には、のるかそるかの大勝負が繰り広げられていた。業界一の腕利き債権回収人《レポマン》として、海の世界でその名を轟かせているマックス・ハードバーガーは、銀行家側に依頼されてミシシッピ州からアテネに飛び、〈ソフィア〉の乗組員たちを何とかなだめすかせて船に乗せてもらった。しかしその先には、ピレウス港から〈ソフィア〉を持ち出すという次なる難関が待ち構えていた。この船がゾロタスの資産へと至る格好の足がかりとなっているという噂が、債権者たちのあいだにすでに広まっていたからだ。ハードバーガーが〈ソフィア〉に対していくつも出されていた先取特権と差押令状を一つずつ取り除いていくたびに、新たな債権者が同じものを持ち込んできた。怒れる債権者たちはアテネの裁判所に大挙して押しかけ、虚実入り交じった訴えを主張し、全員がゾロタスの未払いの請求書を示した——食品サービス会社は〈ソフィア〉の乗組員たちに提供した食事の代金を、燃料業者は燃料代を、旅行代理店は甲板員たちの航空券の代金を、といった感じに。

〈ソフィア〉をまったく価値のない鉄屑にしたくなかったら、思い切った手を打たなければならない。ハードバーガーは依頼主たちにそう強く訴えた。彼を雇った銀行家たちは最大の債権を有していたが、債権者はほかにも数ダースほどいた。債権者たちの扱いと、そのなかの誰が優先的に債権を回収できる先取特権を得るのかについては、訴えが起こされた国によってそれぞれ異なる。先取特権をめぐるギリシア人債権者たちとの争いで競争条件を公平にするには、ニューヨークの銀行家たちはローンの貸し手や外国の訴訟当事者がはるかに有利になるイギリスの慣習法《コモンロー》をベースにしている場所に〈ソフィア〉の債務紛争を持ち込む必要があった。妥当な選択肢は二つあった――ギリシアから海路で五〇〇海里（九二〇キロ）ほど離れたところにある島国のマルタと、そのおよそ三倍の距離があるジブラルタルだ。マルタとジブラルタルの裁判所は、どちらもギリシア船主たちを甘やかしたりはしない。それに加えて、ジブラルタルにはこと船舶の売買と競売に関しては仕事が早く進むという定評がある。

「これはタイミングの勝負でもあるんだ」そのしかるべきタイミングがやってきて行動を起こすまでの待機期間のある日の午後、アテネのレストランでハードバーガーはそう言った。アテネにやってきたわたしは、洋上での債権回収をこの眼で確認すべく、彼の〈ソフィア〉略奪作戦に密着していた。ばかでかいエビの料理に舌鼓を打ちつつ、ハードバーガーは海の法律の奇妙な盲点について解説してくれた。船というものは、売却されてしまったらその船に付きまとっていた借金は全部ちゃらになり、差押令状も無効になってしまうのだそうだ。〈ソフィア〉をマルタかジブラルタルまで運べば、この船の「船底を掃除する《スクラブ・ハー・ボトム》」ことができる。「船底掃除」とは、船にかけられていた先取特権と差し押さえの無効化を意味する海の世界の隠語だ。そうなれば銀行家たちは〈ソフィア〉の転売と損失の補塡がすぐに可能になる。しかし船をそこまで運ぶことが難問だった。

しかるべきタイミングはすぐにやってきた。アテネの裁判所で毎日何時間もうろうろしていたハードバーガーと銀行家たちに雇われたギリシア人弁護士は、金曜日の閉所時間間際に勝機を見出した。二人は数人ほどの新たな債権者たちが債務の弁済要求手続きをする様子を見守っていた。その多くはたかだか数千ドル程度のものだった。閉所まであと一〇分になったところで、二人はその数件の債務をたちまちのうちにすべて支払って差押令状を無効にすると、一目散に港に向かって高速ボートに飛び乗り、投錨中の〈ソフィア〉に急行した。

裁判所の誰かがゾロタスの債権者たちに告げ口するより早く、〈ソフィア〉をギリシアの領海の外側に出す。それがハードバーガーの計画だった。アテネの裁判所が週末の休みに入る直前に、その日に弁済要求が出された債務を片づけたことで、〈ソフィア〉をギリシアの法の力が及ばない海に連れ出す時間が稼げた。あとはマルタかジブラルタルでこっそりと競売に出して「船底掃除」をすれば、残りの債務を全部帳消しにできる。とてつもなく高いリスクが伴う計画だったが、船長が協力さえしてくれたら何とかなるはずだった。ところが……

＊

ミシシッピ州ランバートンの森の奥深いところにある、ハードバーガーのくたびれたダブルワイドのトレーラーハウスの電話が鳴るということは、それはすなわちどこぞの誰かがかなり切羽詰まった状態にあるということだ。でなければハードバーガーに電話をかけようとする人間なんかいない。業界一の手練れの海の債権回収人《レポマン》である彼は、とびきり困難な仕事しか引き受けない。彼が率いるヴェッセル・エクストラクションズ社は、世界中の港から船舶をこっそりと持ち出すことに――人によっては「かっぱらう」と表現するかもしれない――特化している。通常の仕事のやり口は、夜闇に乗じて船を盗み出し、努力次第で依頼人がその船の法的所有権を得られる見込みがある場所まで航行させるというものだ。〈ソフィア〉もそのケースの一つだった。

この船を可及的速やかにギリシア領海から持ち出すべく銀行家たちから雇われたハードバーガーは、アテネでの密着取材を快諾してくれた。その二日後、わたしは機上の人となった。〈ソフィア〉の背後関係は難解で複雑だった。機内でわたしは、法律という線のどちら側に立ってハードバーガーに密着することになるのだろうかと考えた。大量の公判記録と新聞記事、そして警察の捜査資料を苦労しながら

ミシシッピ州ランバートンのトレーラーハウスの前に立つ、マックス・ハードバーガーと彼の愛犬のモーガン・ル・フェイ。

読み進め、自分の立ち位置を理解しようとした。

ミカリス・ゾロタスが所有する数隻の船舶の多くは、瀝青《れきせい》もしくはビチューメンと呼ばれる液状のアスファルトを専門に運ぶタンカーで、〈ソフィア〉もそのなかの一隻だった。どろっとした黒いペンキのような瀝青は主に道路の舗装材として使用されていて、全世界で需要がある。しかし瀝青は常に過熱しておかないと固まってしまうので、いきおい専用タンカーは高価なものになる。利用価値のきわめて高い瀝青を扱うゾロタスには、さまざまな国の政府内に強い影響力を持つ友人がいた。

その分、敵も多くいた。二〇一三年に起こったキプロスの金融危機（キプロス・ショック）で、ゾロタス一派のあいだに風穴が開き始めた。ギリシアとキプロスの両国政府が多発する銀行破綻について調査を開始した結果、ゾロタスが傘下の会社を

使ってキプロス中央銀行の前総裁に賄賂を贈っていたことが判明し、二〇一六年に彼は逮捕された。(6)

ゾロタス逮捕の報を受け、大口債権者のTCAファンド・マネージメント・グループは素早く動いた。抵当権を設定している〈ソフィア〉を大急ぎで押さえる以外に貸した金を取り戻す手段はないように思われた。そこで受話器を取ってハードバーガーに連絡したというわけだ。

ゾロタスの資産に襲いかかったのはTCAだけではなかった。ジョージア州のサヴァナでは、連邦法執行官たちがゾロタスの所有する砂糖運搬船〈カステヤーノ〉に踏み込み、未返済の借金を理由に出港停止を命じた。ボルティモアでは、アメリカ沿岸警備隊がアスファルトタンカー〈グラナディーノ〉を拿捕した。その表向きの容疑は、一〇人ほどの乗組員たちを置き去りにしたというものだった。〈アイオラ〉という別のタンカーは債権者たちの求めに応じてノルウェーのドランメン港に入港した。もう一隻の瀝青タンカー〈カタリナ〉では乗組員たちが船を乗っ取り、未払い賃金の支払いを要求した。

ゾロタスの資産に対する包囲網は急速に狭まっていった。この状況下で〈ソフィア〉がギリシア領海内で拿捕されたら、TCAにしてもこのタンカーのフィリピン人乗組員たちにしても、貸した金と未払い賃金がすぐに戻ってくる見込みはなかった。ギリシアの法制度は決して手際がよいとは言えず、しかも外国籍の債権者や乗組員たちに対して同情的ではない。

海の世界では、ギリシアは超大国だ。そのギリシアの著名な海運王一族のほぼ半数が、幅約七キロの海峡を挟んでトルコと向かい合うヒオス島の出身だ。人もまばらなヒオス島の領有権は、何世紀ものあいだにさまざまな帝国や国家のあいだを動き続けていたが、島そのものは昔から一貫して商船団の前哨基地であり、東西世界の玄関口でもあった。この島の人びとは無法の海を縦横に駆け巡る商才溢れる船乗り揃いだが、その一方でよそ者に厳しい排他的なところでもその名を馳せている。

ゾロタスもヒオス島出身だ。三代続く船主一族の人間で、銀行業と政治にも触手を伸ばしていた彼は、アテネでは尊敬と畏怖の眼で見られていた。ギリシアに到着してすぐに訪れたヒオス島では、一九九五年の映画『ユージュアル・サスペクツ』の謎の人物「カイザー・ソゼ」のような、一般人のなかに紛れている黒幕中の黒幕として恐れられていた。「ああ、あの男ならここの出だよ。でもあんた、あいつのことを書くつもりなら、この島じゃ書かないほうがいいぞ」ゾロタスのかつての仲間の一人は、わたしにそう釘を刺した。「そのほうが身のためだ」

*

　ハードバーガーに会ったのは今回の取材が初めてではなかった。あるときのことだ。アメリカ沿岸警備隊捜査局（CGIS）の捜査官をしている友人が、船の盗難はしょっちゅう起こっていると、そんなことを話の流れで口にした。でも海賊の仕業じゃないとその友人は言った。たいていは銀行に雇われたレポマンの仕業だ。違法な海賊行為のことはもちろん知ってはいたが、違法すれすれの（少なくとも合法だとは胸を張って言えない）船の略奪は初耳だった。興味を覚えたわたしは、この話をどんどん掘り下げていったが、その過程でマックス・ハードバーガーの名前を何度も耳にした。聞くところによると、ハードバーガーはもっぱら銀行や保険業者、そして船主からの依頼で、ヒット&ランの略奪という最も困難な仕事を引き受け、過去二〇年のうちに二十数隻以上の回収を成功させた名うてのレポマンということだった。わたしは彼を見つけ出し、あなたの仕事の技と見解を知りたいという旨のメールを送った。すると自分についての記事を書いてもいいという返事が返ってきた。

　ハードバーガーとは二〇一六年にハイチで初対面を果たした[7]。わたしは横行する海上犯罪と格闘している沿岸警備隊を取材するべく、この島国を訪れていた。一方のハードバーガーは、契約違反だと言い立てて借りた船を返そうとしない用船者から船を取り戻すパキスタン人船主の依頼を受けてハイチに来

パトロール中にポーズをとる、わたしとハイチ沿岸警備隊の隊員たち。手にしている魚は、臨検したばかりの小型漁船からもらったものだ。

ていた。ところが裁判所が船主に有利な判決を下したので回収作業は中止になってしまい、暇になったハードバーガーはこの島で取材するわたしに同行することにしたのだ。

ハイチ沿岸警備隊からの連絡を待っているあいだに滞在していた首都ポルトープランスのオテル・オロフソンで、わたしはハードバーガーにインタビューした。オテル・オロフソンはジンジャーブレッド装飾という、レースのように精巧な木製の透かし装飾がふんだんに施された、ネオゴシック様式の由緒あるホテルだ。グレアム・グリーンがデュヴァリエ独裁政権時代のハイチを舞台にした小説『喜劇役者』を執筆したというこのホテルで、わたしは長らく棲み処としていた薄汚い船から逃れて束の間の安らぎを得ていた。熱帯果樹の木立とブードゥー教の神像を眼下に見下ろし、頭上ではコウモリたちがひらひらと飛び回るヴェランダで、わたしとハードバーガーはクラブサンドウィッチを食べ、ビールを飲みつつ海での体験談を交わした。

　歩く裏社会百科事典のハードバーガーは、まだデジタル化されていない港を国ごとにそらんじることができた。この時代に紙の記録に頼っている港では、名前やパスポート番号でピンときて目をつけられることはまずないから、覚えておいて損はないと彼は言った。船に乗り込むときに長年使ってきた手練手管の数々を教えてほしいとわたしが言うと、「それはだな……」とハードバーガーは前置きし、孫に昔の写真を見せてほしいとせがまれた祖父のように顔を輝かせて語り出した――その船を購入する気があるように見せかけたり、港湾管理局の人間や用船者のふりをすれば、普通は大丈夫だ。警備員を酒で酔わせたり女を抱かせたりして、その隙に乗り込むという手もある。まじない師を使って警備員をびびらせたこともある。夜の見張り番を、あんたの身内が入院したと嘘をついて追っ払ったこともある。

　名前こそいかつい響きがあるが、実際のハードバーガーは身の丈一七六センチで体重六八キロというマラソン選手のような体つきで、農場主のようなひげをたくわえ、頑丈そうなフレームの眼鏡をかけている。ついでに言うと、荒っぽい仕事を生業としながらも、アクション映画の主役には絶対選ばれそうにない。甲高い早口の話しぶりは、回転数を速めたレコードプレーヤーを思わせる。ルイジアナ生まれらしくケイジャン訛りが言葉の端々に出てくる。南部特有の鼻声訛りを自在に操り、世界中を飛び回る人間でありながらも世間知らずの田舎者を装うことができる。十一世紀ペルシアの詩集『ルバイヤート』の一節を口ずさむという学者然としたところがありながらも、着ているものと言えば何十年もはいているようなぼろぼろのジーンズだ。全体的に見てあまりにもミスマッチ。それがわたしの第一印象だった。

　ハードバーガーは抑えきれないほどの好奇心に満ちていて、黒い表紙の小さなスパイラル綴じのノートをしょっちゅう手に取って何やら書き込んでいた。敬虔なメソジスト派信者の家に育ったが、今では無神論者を公言している。過去のエキサイティングな経験や今後の計画を語るときは、二塁に進んだら毎回三盗をねらう打者のような不敵な笑みを決まって浮かべる。わたしが出会ったレポマンたちは利己心に満ち満ち、程度の差こそあれ揃いも揃って伝説のレポマンを自称する香具師《やし》だった。ハードバーガーはと言えば自分を抑え切れないほどの話好きで、会話の最中でも相手が話し終えるのを今か今かと待ち構えていて、終わった途端にこっちの話をしてやろうという気合いを見せている。もちろん同じレポマンでも、彼のような人間のほうが絶対にましだ。

　ハードバーガーの両親は二人とも教職に就いていた。南部の田舎者らしく、彼は銃に囲まれて育った。彼と兄のカールは、家の裏のイトスギの切り株を吹き飛ばすために使う黒色火薬の作り方を父親から教わった。その話を、ハードバーガーは興奮した口ぶりで語った。一九六〇年代の中頃に銃の通信販売を禁止する法律が可決されそうになると、彼の父親は息子二人に小銃と拳銃をそれぞれに一丁ずつ通信販売で買い与えた。通販で買えば銃購入の年齢制限を回避できるからだ。兄弟はしょっちゅう近所の沼に出かけて射撃の練習に励んだが、狩りは絶対にやらなかった。「おれからすれば、あんなもの一方的ないじめだ」ハードバーガーは狩りのことをそう表現した。

　セシル・スコット・フォレスターの「ホーンブロワーシリーズ」のような海洋冒険小説のファンだったハードバーガー少年は、船乗りかパイロットになることを夢見ていた。一九六六年には父親が教鞭を執るルイジアナのニコールズ州立大学に進んだ。そのリベラルな校風から、同校は「バイユーのバークレー」と称されている〔バイユーとはミシシッピ川下流域の沼のようによどんだ入り江のこと〕。

　大学では、ハードバーガーは寮のルームメイトのベルニー・ソモサを通じて、さまざまな国の留学生たちと親交を結んだ。ソモサの父親はニカラグアの独裁者アナスタシオ・ソモサだった。ハードバーガーはヴェトナム反戦グループにも加わっていた。一九六八年のある日の昼下がり、のちに大学当局が

「オークの木陰の陰謀」と呼ぶことになる事件が起こった。その日、ハードバーガー青年はキャンパスの木陰で、ちゃんとした爆弾は簡単に作れるということを反戦グループの友人たちに話した。その数日後、粗雑な造りの爆弾がキャンパス内のゴミ箱で爆発した。独立記念日の花火の可能性もあったが（愛国心の強いルイジアナでは完璧に合法だ）、ハードバーガーが即席爆弾の製造方法を教えていたという噂が広まった。「大学当局も友人たちも、この件に関わっていた人間は、おれが転学すればすべてが丸く収まると全員思ってた」ニューオーリンズ大学に転学した経緯を、彼は素っ気なくそう語った。

学生時代のハードバーガーは、夏休みになると海上油田に石油掘削用の潤滑剤を運ぶ船の甲板員として働いた。夏だけのアルバイトがやがて仕事になった。しまいには船長の資格を取得し、二十八歳になる前に自分の貨物船を買ってカリブ海で商売を始めた。さらに航空機免許も取り、農薬散布用飛行機に乗ったり、遠隔地で亡くなった人の亡骸《なきがら》を陸路では遠過ぎる遺体安置所に空輸したりして収入の足しにした。博学そのものの彼は教師でもあった。ミシシッピ州ヴィスクバーグのハイスクールで、のちにはルイジアナ州スライデルの教区学校で国語と歴史を教えた。その後はアイオワ大学創作科の修士課程に進み、小説と詩を専攻した。

一九九〇年にさまざまな船の雑用をしていたときのことだ、船を所有している友人が電話をかけてきて、ハードバーガーに前代未聞の頼みごとをした。ベネズエラのプエルト・カベヨの悪徳港長に船を押さえられて、高額の賄賂を要求されているとその友人は言った。ハードバーガーが向こう見ずながら如才ない男だということを知っていたその友人は、現地に飛んで自分の船をこっそり取り戻してほしいと頼んだ。ハードバーガーは嬉々として引き受けた。最終的に彼の回収劇は海事新聞の記事になった。すると同じような仕事の依頼が続々と入るようになり、電話が鳴りやまなかった。

ハードバーガーはこの仕事が気に入った。その後はノースウェスタン・カリフォルニア大学の法学通信教育課程を受け、四年後の一九九八年にカリフォルニア州の司法試験に、ロースクールに一日たりとも通うことなく一発合格した。そのさらに四年後、ハイスクールで歴史を教えていた当時の教え子のマイケル・ボノと共同でヴェッセル・エクストラクションズ社を設立した。同社は超大型ヨットの仕事を引き受けることもあるが、お呼びがかかるのはもっぱら小型もしくは中型のばら積み《ドライバルク》貨物船の回収だ。この手の貨物船は現物を現金取引する市場で活動しているので決まったスケジュールなどなく、依頼があればどこにでも貨物を受け取りに行って、どこにでも届ける。もっぱら開発途上国と貧困国、もしくは政情が不安な国のあいだを行き来している。ヴェッセル・エクストラクションズ社の料金システムは事前調査費と成功報酬の二つに分かれている。五〇〇〇万ドルの価値がある船舶の回収の場合は二五万ドルの実入りが見込めるという。

好きで始めたこととはいえ、それでも引き受けたことを後悔するほど危険な仕事もあった。回収に失敗したことは一度もないが、それでも甘受し得る以上の危険な目に遭ったこともあるとハードバーガーは言った。彼はビールを重ねながらそのやばかった仕事の顚末を語ってくれた。

軍事クーデターで揺れていた二〇〇四年のハイチでのことだ。ハードバーガーのターゲットは総排水量一万トンで一〇階建てのビルほどの高さがある貨物船〈マヤ・エクスプレス〉だった。二三五台の中古車をアメリカ北東部からハイチに運ぶためにチャーターしたあとで、用船者のアメリカ人実業家がチャーター料の支払いを拒否した。その結果、〈マヤ・エクスプレス〉の船主はローンの債務不履行に陥り、ハイチ当局はこの貨物船を港で差し押さえた。実はアメリカ人実業家は現地の悪徳役人たちと結託して〈マヤ・エクスプレス〉の競売をでっち上げ、この船を買い叩こうと企んでいた。一般的なやり口ではないが、前代未聞の話というわけでもまったくなかった。船舶の競売は匿名での入札が許されている。しかし入札者の名前を唯一わかっている競売担当の役人は、件《くだん》のアメリカ人実業家から相当額の成功報酬を受け取ることになっていた。つまり〈マヤ・エクスプレス〉の競売のきっかけとなった債務不履行の原因を作った人物が、この船の本当の落札者になるという仕組みだった。

船主に雇われたハードバーガーは、競売でかっさらわれる前に〈マヤ・エクスプレス〉を盗み出すべく、ハイチ南部のミラグワーヌ港に飛んだ。到着するなり、〈マヤ・エクスプレス〉の警備員たちが、この船の燃料を盗んでヤミで売りさばいていることをたちまちのうちに突き止めた。些細だが重大な事実も発見した。港湾施設のなかで携帯電話の電波が届く場所はサッカー場しかなかったのだ。頭の回転の速いハードバーガーは、ブードゥー教の呪術師《オウンガン》に六〇〇〇グールド（約一〇〇ドル）を握らせて、そのサッカー場に衆人の面前で呪いをかけさせ、警備員たちが近づかないようにした。しかるのちに、盗んだ燃料を買いたいという偽の商談を乗組員たちに持ちかけ、地元の酒場におびき出した。

〈マヤ・エクスプレス〉をもぬけの殻にすると、ハードバーガーは三人の仲間とともに乗り込み、仕事に取りかかった。錨の鎖を切断するガスバーナーの閃光で、危うく乗っ取りが露見しそうになったが、ハードバーガーらは〈マヤ・エクスプレス〉をミラグワーヌ港内の係留位置から首尾よく解き放ち、バハマまで航行させ、現地の裁判所にこの船の占有回復を認めさせた。裁判所は、港湾管理局も司法当局も腐敗しているハイチで〈マヤ・エクスプレス〉の所有権が適切に処理されたはずがないとし、この裁定を正当化した。「縁故主義と汚職が当たり前の世界だからな」そんな言葉でハードバーガーはこのエピソードを締めくくった。その判決文とやらを、わたしは眼を皿にして隅々まで読んでみた。裁判所が〈マヤ・エクスプレス〉の占有回復を認めた（十中八九超法規的な）根拠はどこにも見当たらなかった[8]。

ポルトープランスでともに過ごしたのちに、わたしはハードバーガーにミラグワーヌでの沿岸警備隊への密着取材に一緒に来ないかと言ってみた。彼はこう言って誘いに乗った。「昔馴染みの顔を拝みに行くとするか」ミラグワーヌまでの車中で、わたしたちは債権回収人《レポマン》を続けようという意欲の源泉について語り合った。そのなかで、ふと彼はこう漏らした——不満だらけの生活を送るほうが死ぬことより怖い。

歳を喰ったタンタン〔ベルギーの人気漫画『タンタンの冒険』の主人公で少年記者〕だ。ハードバーガーと話をしているうちに、わたしは彼のことをそう思うようになった。詩と小説の創作修士号を持つ彼は、自分の生きざまを自分以外の誰かの執筆による畢生の大作に仕上げようともくろんでいるのだ。ホテルのヴェランダで飲んでいたときに彼は、娘が生まれてからわずか二時間後に病院を出て、午前六時の飛行機に乗ってグアテマラに向かい、それから二八日間ジャングルのなかの油田で働いたという話を、後悔の念など微塵もにじませずに語った。やもめ暮らしもむべなるかなだ。そして住まいとしている、今にも壊れそうなトレーラーハウスの写真をわたしに見せるとこう言った——おれのモットーは「人生はポケットの中の金じゃなく経験の豊かさで決まる」だ。ビールをしこたま飲んだハードバーガーとわたしは、自分たちのまだ犯していない失敗に乾杯して最後のビールを飲み干し、その夜は別れた。

明くる日、わたしはアメリカ沿岸警備隊捜査局（CGIS）と国際刑事警察機構（ICPO）、そしてハードバーガーの弁護士免許を発行しているカリフォルニア州弁護士協会に念のため電話をかけ、彼が訴追もしくは告訴されたことがあるかどうか、懲戒処分や逮捕令状が出されたことがあるかどうか確認してみた。そうした前科《まえ》は一切なかった。

二〇一二年までアメリカ海軍情報局（ONI）で海上犯罪を監視していたチャールズ・N・ドラゴネット氏にも連絡をとり、海のレポマンたちのことをどう見ているのか訊いてみた。ハードバーガーとその仲間たちが「自警団」だということは認めざるを得ないとドラゴネット氏は答えた。しかし彼らは、法の支配を何とかして確立させようとしている地域で、そのよちよち歩きの法をないがしろにしているとも氏は言い、わたしに注意を促した。「自分たちの鼻先で彼らに船を盗まれてしまった地元当局は面目丸潰れで、法の番人としての威信は堕ちてしまう。そこが問題なんだ。おまけに地元の協力者を金で抱き込んでまで仕事をやり遂げようとするから、全体的に見ると汚職問題を悪化させている」ドラゴネット氏は言葉を切り、しばらく間を置くとこう続けた。「それでもハードバーガーは真っ当な男だ。仕事の現場に何かしらのルールがあれば、あの男はそれに従う。わたしはそう思っている」

＊

ポルトープランスとミラグワーヌはたかだか六五キロしか離れていないが、その四時間の旅路にあったものと言えば、骨が軋《きし》むほど荒れた未舗装路と土埃と地獄の暑さだった。けばけばしく彩られた「タップタップ」という小型トラックを改造したバスのあいだを縫うようにして首都から離れていくと、ある時点で車の流れがいきなり止まった。そのままのろのろと一〇分ほど進むと、交差点に制服警官の一団がいた。サブマシンガンを持っている警官もいた。警官たちは、バイクを乗っていたところを射殺されたと思しき男を取り囲んでいた。警官の一人に何ごとかと尋ねてみた。あれは強盗の容疑者だという答えが返ってきた。ハイチの警察は、盗人に対してはやりたい放題にやるという話を昨夜したばかりのハードバーガーは、「な？ 言ったとおりだろ？」とでも言わんばかりの顔でわたしを見た。

ミラグワーヌにたどり着いたのは陽が落ちた直後のことだった。昼間の熱気は去り、街は喧騒を取り戻しつつあった。ミラグワーヌの景気がいちばんよかったのは、この市《まち》がレイノルズ社のアルミホイル製造の拠点だった一九六〇年代後半のことだ。この地域の赤土にはアルミニウムの原料になるボーキサイトが豊富に含まれているからだ。ところが一九八〇年代になるとハイチの独裁者ジャン＝クロード・

〝ペペ・ドク〟・デュヴァリエとのあいだに不和が生じ、同社は撤退した。その後は地元当局が港と工場を支配している。「あいつらは、ここを自分たちの領地のように扱っている」ハードバーガーはミラグワーヌ史の短期講座をそんな言葉で締めくくった。

ミラグワーヌ港では船舶の〝転生〟が頻繁に行われている。警備が比較的緩い僻地にあり、水深も大型船舶におあつらえ向きだからだ。盗んだ船の建造番号をガスバーナーを使って剝がし、機関の製造番号を引っぺがし、船の名前が記されたものを全部廃棄して別の船に仕立て上げ、新しい書類を揃える作業は、ここでは急げば二日で終わる。グリヨという揚げた豚肉や「ランビ貝のクレオールソースがけ」といったハイチの名物料理の屋台が両脇に立ち並び、オートバイで溢れる大通りを縫うようにして走る車の中で、ハードバーガーは船に新しい身元を与えるためにかかる手間をざっとはじき出した。「三〇〇ドルと四人の溶接工、そしてファクシミリが一台あればいい」彼はそう言った。「でもいちばん肝心なのは三〇〇ドルだ」

賄賂は開発途上国では日常の一部になっているが、なかでもいちばん蔓延している場所はその国の港だ。港では港長が絶大な権力を握っている。検査官にしても、船体の状態がよくないだとか居住区が基準より狭いだとか、さらには航海日誌が読みづらいなどといったさまざまな難癖をつけて船の出港を差し止めることができる。貧困国では、船を港に長く留め置いておけばおくほど、それだけ港の周囲により多くの金が落ちる。検査官の懐に直接入ることはないにしても、燃料代や食料代、修理費、そして足止めを喰らった船員たちの酒代というかたちで検査官の身内や友人たちが潤う。

ほかのどこよりも賄賂がはびこっていることで悪名を馳せている港は何カ所かある。パナマ運河は、賄賂として好まれる贓品《ぞうひん》から「マールボロ運河」とも呼ばれている。最悪の港の一つとされているのがナイジェリアのラゴス港だ。そこまで賄賂が常態化しているのは、検査官たちから一三〇カ所以上にサインをもらわなければ国際貨物を降ろすことができない決まりになっているからだろう。海運業に携わっている人間なら誰でも苦しめられている賄賂だが、この問題に公然と立ち向かう者は一人もいない[9]。なぜなら、程度の差こそあれ、この業界のほぼ全員が違法行為に加担しているからだ。

ミラグワーヌは、衣料品を中心としたさまざまな中古品の取り扱い量がカリブ海で最大の港だ。盗んだ船と、マイアミに運ばれるドラッグの中継地としても人気のスポットでもある。港に着いたわたしたちは雑踏をかき分けて進んだ。停泊している船の脇には、あり得ないほど高く積み上げられた中古のマットレスや、廃品同然の靴、ぼろぼろの自転車と車が並べられていた。人間のありとあらゆる感覚が圧倒される場所だった——音にしてもにおいにしても温度にしても、そして人の多さにしても色のどぎつさにしても混沌の程度にしても、わたしにとってはまったくの未体験ゾーンだった。そして自分の仕事の愉しさを嫌というほど実感できる、それほど珍しくもない経験でもあった。

しばらくすると、ハードバーガーがミラグワーヌまでの道すがらに連絡をとっていた、彼の昔馴染みの協力者のオゲ・カデがやってきた。わたしたちは全長が五メートルもない木製ボートに乗って沖に漕ぎ出し、ビーチの入り江になっている部分を眺めた。ハードバーガーとカデは船舶解体業に乗り出そうともくろんでいて、以前から協力してドックを造ろうと計画していた。二人はこの機を利用して、ドックの建設候補地を物色しようという腹づもりだった。ハードバーガーは古い船を切り刻む仕事の魅力をこんなふうに語った。「スクラップに製造番号なんかないからな」

カデが漕ぐオールが紺碧の海に浸るたびに水しぶきが上がった。ボートは海岸の近くに投錨していた六隻の錆だらけの貨物船に近づいていった。船の脇まで来ると、ハードバーガーとカデはその船を買う気があるようなふりをして、乗組員たちに大声でいろいろと尋ねた。二隻の乗組員たちはミラグワーヌ当局に足止めを喰らっていると、怒鳴るような声で返してきた。そのうちの一隻は不審火を起こして修理中だった。乗組員たちは保険金目当ての放火に違いないとあけっぴろげに言った。もう一隻のほうの乗組員は、これまた驚くほど率直に、ドラッグの密輸容疑で警察に足止めにされていると教えてくれた。

手漕ぎボートのへりから海をのぞき込むと、真下に数隻の船が沈んでいることがすぐにわかった。その鉄の亡骸の上を、わたしたちのボートは幽霊のようにするすると進んだ。マストの先端からわずか数十センチのところをボートの船底がかすめた。わたしは沈船の残骸の一つに眼を留め、こんなものばかりだったら解体業者は商売上がったりじゃないのかと冗談めかして言ってみた。「こんなんじゃ、すぐに切り刻めないでしょ」するとボートを漕いでいるカデが、沈んでいるからといって誰も盗めないというわけじゃないと言い返してきた。だから「海の解体屋」の連中がいるんじゃないか。

もちろんそのとおりだ。カデの言う海の解体屋という裏社会に生きる人びとがいることは、インドネシアでの取材で学んでいた。インドネシアの海の解体屋たちは、ジャワ島東部のマドゥラ島を中心に暮らしているマドゥラ族が大半を占め、沈没船から価値の高い金属部品を手際よく剝ぎ取る仕事ぶりで広く知られている。彼らは木製の手漕ぎボートで三キロほど沖合に出て、ディーゼルエアコンプレッサーにつないだゴムホースを口にくわえて海に潜る。一五メートル以上の深さまで潜ることもある。(10) 沈没船まで潜るとバールやハンマーや手斧で巨大な金属の塊を剝ぎ取り、ケーブルをくくり付けて引き揚げる。好景気のときは、大型船なら錆びついてフジツボがびっしり付いていていても一隻で一〇〇万ドルの上がりになることもあったという。(11)

一方、ハイチの海の解体屋たちはもっぱら陸《おか》で活動している。ミラグワーヌの浜辺には鼻をつく煙が立ち込め、エアコンプレッサーのシューシューという音とハンマーをガンガンと叩きつける音に満ち溢れていた。半裸姿の筋骨たくましい男たちがガスバーナーとなまくらな斧を使って船を細切れにしていく様子は、ゾウの死骸にたかるアリのように見えた。破片が落ちそうになると、彼らはクレオール語で怒鳴って下にいる男たちに注意を促した。船から回収された機関の部品は掘っ立て小屋に運ばれ、修理され掃除される。船から剝ぎ取られた金属の塊は溶かされて建材用の鉄筋に姿を変える。

ミラグワーヌ港をあちこち見て回った次の日、わたしたちはハイチ沿岸警備隊の出動に同行した。盗難船の可能性がある疑わしい船舶がハイチの海域に向かっているという連絡をアメリカ沿岸警備隊から受けての出動だった。わたしたちが乗り込んだ巡視船は、島の東端をめざして波立つ海を進んだ。出航から数時間後、出動した七人の士官の一人のルオンジー・ブリザールが、直近に起こった二件の船舶強奪事件について語ってくれた。そのせいで彼と同僚たちはてんてこ舞いだったという。一件目は数カ月前に起こった、海上で金《きん》を探すためにハイチ政府がチャーターした民間船舶の強奪とその奪還だった。二件目は、裕福な元政府高官が所有する小型船の盗難で、まだ未解決だという。「たいていの場合は未解決で終わるし、連中もそれをわかっている」彼はそう言った。

ミラグワーヌで見た手際よい船舶解体の様子を考えると、沿岸警備隊が探している船はもうばらばらに切り刻まれている可能性が高かった。わたしはブリザールに、外国の債権回収人《レポマン》に協力してもらったら、行方不明の船を細切れにされる前に見つけることができるのではないかと尋ねてみた。「あいつらは逮捕されてしかるべきなんだ」そばにいるハードバーガーがそのレポマンだとは露も知らないブリザールは、にべもなくそう答えた。ハードバーガーはふざけるのはやめろという眼でわたしをぎろっと見た。わたしはすぐに別の質問に切り替えた。

ハイチのような国での苦労や危険を、ハードバーガーは苦にしていないみたいだった。命と法の綱渡りを演じる自分の仕事を、どこからどう見ても満喫していた。ハードバーガーが活動しているグレーゾーンのことが、だんだんとわかってきた。そのグレーゾーンが、ずる賢い債務者や嘘つき修理業者や短気な警備員、不満だらけの乗組員たち、そして港湾管理局のたかり屋どもを増やしていることも、そしてそうした輩を出し抜くために海のレポマンたちが雇われるということも理解した。帰国するハードバーガーに、わたしはこのグレーゾーンとハイチのような国のどこがそんなに好きなのか訊いてみた。ミシシッピで暮らすことが好きな理由と同じだと彼は答え、最後にこう言った。「法にあまり縛られていないからだよ」

＊

ハードバーガーは、海での債権回収に対する一つの視点を与えてくれた。しかしこのグレーゾーンに生きる人間は彼一人ではない。この仕事の技をもう少し掘り下げるべく、わたしはやはり海のレポマンで、イギリスに拠点を置く債権回収事務所マリタイム・リゾルヴの主要メンバーであるダグラス・リンゼー氏に電話取材した。リンゼー氏によれば、海上詐欺は船を盗むことを目的としている場合が多いのは確かだが、港での汚職は搾れるだけ搾り取ったら放り出す、食い逃げ的な手口ばかりだとのことだ。あこぎな地元当局はもっぱらこの手を使って船を長期間足止めにして、法外な金をふんだくるのだという。金を搾り取る手口は、修理代金と停泊料の水増しや、先取特権や環境規制違反のでっち上げなどさまざまだ。

「長く搾り取れば、今度は相手を絞め殺すこともできる」リンゼー氏はそうも言った。貨物船を一日遊ばせておくだけで一万ドルの経費がかかる。足止めを喰らっているあいだに貨物は痛み、配達期限がどんどん過ぎていき、乗組員たちへの未払い賃金がどんどん積み重なった挙げ句、ついにその海運業者は破産してしまう。破産が宣告されたら、すぐさまその貨物船は競売や公売にかけられることもままある。つまり足止めは目当ての貨物船を分捕るという、より大きな企みの一手段でもあるということだ。

リンゼー氏は二〇一一年に手がけた仕事のことを話してくれた――ギリシアの運航会社がチャーターした貨物船が、ブラジルから西アフリカのギニアに砂糖を運んだ。ところが入港時に、その貨物船は誤って波止場を破損してしまった。船長は逮捕され、船も勾留措置を受けた。運航会社の保険業者の見積もりでは波止場の損害は一万ドルにも満たなかったが、船長には五〇〇〇万ドルの罰金が科せられ、支払わなければ勾留が続くことになる。そこで保険業者はリンゼー氏を雇って船長の釈放交渉にあたらせた。「すぐに現地に飛んで、まともな役人を見つけて話をつけて、船長をまともな世界に戻してくれと頼まれたよ」リンゼー氏はそう言った。最終的に船長と貨物船は二〇万ドル以下で自由の身になった。

ここはリンゼー氏の手並みにお見事と言うべきなのか、それともそんな程度なのかとがっかりするべきなのか、わたしには判じかねた。たしかにもともと科せられていた五〇〇〇万ドルの罰金が二〇万ドルで済んだのならかなりの大勝利だが、一万ドル以下という過失の被害額を考えれば払い過ぎだ。それでも最後には、本当に気にかけなければならないのは三〇〇万ドルという、その貨物船の価値だということに気づかされた。船が没収されたら、実際にそれだけの損失が出るはずだった。つまりリンゼー氏は二八〇万ドル分の船主の金を守ったということだ。

こうやって悪徳港湾当局に相当額をふんだくられているにもかかわらず、それでも海運業界は大きな利益を生み続けている。海千山千の運航会社は、この商売をやっていくうえで避けられない隠されたコストを誰に、どうやって払わせればいいのか心得ているからだ――消費者に転嫁すればいいのだ。燃料や食糧からありとあらゆる商品といった物資の、実に九〇パーセント以上が海を通って市場に運ばれている。世界中の港で毎年何億ドルも支払われる賄賂は、〝非公式関税〟として貨物と船舶燃料のコストに加算される。その結果、輸送料と保険料と店頭表示価格が一〇パーセント以上も上がってしまうのだ。

強大な「幽霊船団」に対する地政学的なコストもある。[12] 盗難船で構成され、多岐にわたる犯罪行為に加担しているこの船団の追跡は事実上不可能だ。たとえばソマリアやイエメンやパキスタンの幽霊船はイスラム武装勢力の戦闘員の輸送に使われ、二〇〇八年のムンバイ同時多発テロを起こしたテロリストたちも、こうした船で運ばれてきた。イランとイラクでは、原油と兵器の禁輸措置の抜け道として幽霊船が広く使われてきた。東南アジアでは人身売買と海賊行為と密漁に、カリブ海では銃器とドラッグの密輸に、そして西アフリカ沿岸ではヤミの船舶用燃料の輸送にと、幽霊船は世界中の海で引っ張りだこだ。

海上詐欺には──海運詐欺は、と言うべきか──一般的に船主と、その船を借りて貨物を運ぶ用船者、その貨物の売り主の荷送人と買い主の荷受人という主要キャストがからんでいる。脇を固めるのは乗組員たちの管理と船の日常必需品などを手配する会社と、保険業者もしくは「P&I保険」とも呼ばれる、原油流出などの環境被害や船体もしくは貨物の損害を補償する船主責任相互保険組合だ。

詐欺師たちは海事法の特異性につけ込む。たとえば、船長が記す航海日誌には陸《おか》では考えられないほどきわめて大きな法的効力があるのだが、悪徳用船者が船長を金で抱き込み、航海中に貨物が損傷したと航海日誌に書かせたら、損害額を誰かが全額払うまでその船は出港しないだろう。さらには、船舶の売買はほかの資産とは違って匿名のまま完了する。それをいいことに、邪《よこしま》な個人や企業は船舶の売買をマネーロンダリングの手段にしたり、政府に見つかって課税されないようにこっそりと資産を現金化したりしている。船をある国で買い、その船に別の国の国旗を掲げ、また別の国の港に停泊させておけば、その船に投入された資金の出どころをつかむことは難しくなる。[13]

船舶売買の匿名性は船舶の盗難を容易にしている。絵画や車などの資産が盗まれてオークションにかけられた場合、その正当な所有者が気づけば返還請求を出すことができて、多くの場合は取り戻すことができる。こうした救済は国際海事法のもとではとんでもなく難しい。競売や公売で売られた船舶は業界用語で言うところの「船底掃除」を受け、先取特権とローンを含めた借金はすべて帳消しになる。

　法執行機関は盗難船の追跡に悪戦苦闘している。世界各国の海洋警察や沿岸警備隊が公海上で外国籍船舶の追跡・停船・臨検・拿捕というプロセスを実行するためには、よほどのことがない限り自国の領海内で追跡を開始して、逃亡する船舶を常時目視しておかなければならない。多くの国の法律では、目視とは人工衛星やレーダーを使った監視ではなく肉眼で直接確認することを意味する。ブリッジから見た場合に監視の眼が届く距離は晴天下で一三キロほどだ。

　追跡が公海上で開始された場合はさらに難しくなる。公海上で船舶に停船を命じることができるのは、特別な理由でもない限り、その船舶の旗国の軍艦か、もしくはその国から許可を得ている場合のみだ。世界最多の便宜置籍船を抱えるパナマの海軍は、自国の沿岸しかカバーできない。そのパナマに次ぐリベリアは軍艦すら持っていない。つまり船を盗んでも誰かが追いかけてきたら、逃げるだけでいいのだ。もっとも追いかけてくること自体めったにないのだが。ここが船舶盗難のおいしいところだ[14]。この単純明快な事実は、ハードバーガーが生きる世界について多くのことを教えてくれる。

＊

　船舶のなかには、全長にしても全幅にしてもエンパイアステートビルを凌駕するものがある。そんな巨大な船を盗む手段を、わたしはあれこれ考えてみた——絶対に無理だという結論に至った。よしんば盗めたとしても、絶対当局に見つかるに決まっている。しかし実際には、世界中で大小取り交ぜて毎年何万隻もの船が盗まれている。しかも盗まれた船を見つけることは想像以上に難しい。

出港してしまえば、船は一週間で何千キロも移動することができる。盗まれた船を追いかける側はあらゆる手を尽くす。懸賞金付きの手配書を出したり船舶の販売目録をしらみ潰しに調べたり、世界各国の港の港湾管理局に連絡をとったりする。盗まれた船の元乗組員から手がかりをつかむべく、偽の乗組員募集の広告を出したり、彼らの身内や元妻や別れた恋人のもとを訪ねたりする。飛行機や高速艇を使ったり、海運企業に監視体制を強化するよう警告したりすることもある。しかしそんな手を打っても十中八九空振りに終わる。

盗難車は盗まれた国で流通している可能性が高い。飛行機の場合はテロに対する懸念から、盗まれたらとことん追跡される。ところがこれが船舶になると、自動車よりも飛行機よりも取り戻すことがかなり難しくなる。アメリカ国内での回収でさえ困難だ。船舶のデータベースが州のあいだで十分に共有されておらず、情報量にしても自動車のそれよりも少ないからだ。

盗まれた船を取り戻したいのなら、港から出てしまう前に押さえるしかない。しかし、この作業は往々にして高度な交渉技術を必要とする。フロリダを本拠とする海のレポマンのチャーリー・ミーチャム氏は、数年前に依頼された西アフリカのさる港（具体的にどこなのかは明かしてもらえなかった）で捕らわれてしまった船舶の回収作業のことを語ってくれた。港の近くで二〇〇リットル弱の廃油を投棄した嫌疑をかけられて乗組員たちは逮捕され、船は押収され、六〇〇〇万ドルの罰金を科せられた。その港の港長にジャック・ダニエルズをひとケース届け、彼の個人口座に五万五〇〇〇ドルを振り込んだのちに、乗組員たちも船もこっそり解放された。「もちろん賄賂を渡すことは違法だ」ミーチャム氏は力を込めてそう言った。「でも罰金の交渉はそうじゃない」

通常、罰金の交渉は書類上で進む、銀行がからんでくる退屈な仕事だ。しかし現地当局との交渉が決裂してしまうと「脱獄」工作に早変わりする。ここからがレポマンの回収人としての真の腕の見せどころだ。罰金交渉が決裂しがちなのは、ベネズエラやキューバ、メキシコ、ブラジル、そしてハイチといった、外国人船主にあまり好意的でない国のあこぎな港湾当局に船が押収されてしまった場合だ。そうなると、その船の回収手段の選択肢はかなり限られてしまう。

ミーチャム氏は数年前のハバナでの依頼案件のことも語ってくれた。それはアメリカ人船主のもとから盗まれ、キューバの高級ホテルでフィッシングツアー船として使われていた超大型ヨットの回収作業だった。ミーチャム氏たちはそのツアー船を一日貸し切りにした。そしてキューバの領海外に到達したところで、彼はキューバ人の船長に二つの選択肢を与えた——このままアメリカまで一緒に来るか、それとも救命ボートで陸《おか》に戻るか。船長は後者を選んだ。ミーチャム氏は、盗まれたり詐取されたりした船の確保のために、年に数回は海外に赴くという。アメリカで発生する船舶盗難の大部分は、人身売買や銃器およびドラッグの密輸に関わる犯罪カルテルの仕業だという。

マリタイム・リスク・マネージメントというイギリスの債権回収事務所のCEOのジョン・ダルビー氏は、盗まれた船があこぎな港に停泊しているあいだは、できるだけ回収作業に取りかからないようにしているという。その船を盗んだ犯罪組織が地元当局と結託していることがままあるからだ。そんなケースの代替策の例を氏は語ってくれた。氏のチームは麻薬取締当局を装って公海上で盗難船に乗船し、追跡装置をこっそり仕掛けてから下船した。そしてその船がインドネシア海域に入るまで待った。ダルビー氏にはインドネシアの法執行機関内に友人がいて、その船の拿捕を喜んで引き受けてくれた[15]。

わたしが話を聞いた数人のレポマンたちは、船を港から盗み出す計画は、いつも偵察調査から始まると異口同音に語った。ちゃんと監視を続けていると、どの船もほぼ例外なく三〇分ほど無人になる時間帯が、一日のあいだのどこかに生じることがわかる。普通は警備員のシフトが変わるタイミングだ。回収チームが船内に忍び込むのにかかる時間は、たいていの場合は一五分以内だという。しかし大型船の機関の暖機には三〇分かそれ以上かかるので、港から出るまではさらに長い時間を要する。忍び込むために必要な道具はヘッドライトと、端に引っかけフックが付いた結び目のあるロープ程度でいい。フックに布を巻きつけておけば、船の手すりに引っかけたときの音を小さく抑えることができるという。

ハードバーガーの場合、できるだけ言葉巧みに相手を騙して船に乗り込むことにしているという。そのために彼は偽の制服とそれっぽい感じの名刺を使う。名刺に記される肩書きはざっとこんな感じだ——「港湾検査官」「海事裁判所事務弁護士」「輸入品検査官」、そして「買い主の代理人」などだ。そんな手練手管を使って船内を歩き回ることを許されたら、超小型ビデオカメラを仕込んだ眼鏡をかける。ブリッジでは人目につかないところにボイスレコーダーを仕掛けて室内のやり取りを録音し、どの幹部船員がいつブリッジにいないのかを確認する。そして下船するときにレコーダーを回収する。船の「身元」は、消し忘れていることが多いエンジンの製造番号で確認する。首尾よく機関室に一人で入ることができたら、船の建造番号が溶接されていた場所に粉磁石を振りかける。もともとの建造番号はたいていの場合は剝ぎ取られているのだが、剝ぎ取った箇所の磁性は変化しているので、粉磁石を振りかけるともともとの番号が浮かび上がってくるのだ。

狡猾な陽動策を弄して船を港から盗み出すこともある。地元の政治家たちを賄賂で抱き込んで港に通じる道路を封鎖させたり、地元のチンピラに金を渡して路地裏で火事を起こさせたり、もしくは港の反対側にある酒場で盛大なパーティーを催させたりする。ハードバーガーが使ったいちばんひどい手は、誰かに金を握らせてある警備員に母親が入院したと嘘をついてもらったことだという。しかしたいていの場合は娼婦を使うと彼は言う。「男を騙すことにかけては、彼女たちは熟練のプロだからな」

わたしが取材した数人のレポマンのなかで、仕事中に捕まった者は一人もいない。それでもそれ相応の危険な目には遭っている。(16) マリタイム・リゾルヴのリンゼー氏の元ビジネスパートナーはウラジオストクの港長との交渉が決裂して、車のトランクに隠れてロシアから脱出したという。ダルビー氏の場合は回収作業中に部下の一人が人質に取られ、のちに政府軍の助けを借りて救出した。ミーチャム氏は、あるドラッグカルテルから十数隻の船を奪い返したせいで、いまだにメキシコ国内では彼の首に賞金がかけられているという。

　レポマンたちに取材して、小賢しい陽動作戦や信頼できる味方、偽の制服や便利な小道具についてさまざまな話を聞かせてもらった。しかしここで私見を述べさせてもらうならば、この仕事で最も必要だと思われる技能は、結局のところ法律に柔軟に対処する能力なのではないだろうか。賄賂だとか罰金だとか税金だとか料金だとか、問題の解決に必要とされる金にはさまざまな名前がつけられているが、その違いは誰が支払うのかということにほかならない。海上での債権回収にしても、それを窃盗と呼ぶ者もいれば奪還と呼ぶ者も、そして管轄権の移行と呼ぶ者もいる。呼び方はどうであれ、ハードバーガーはまさしくその行為を〈ソフィア〉で成功させようとしていた。わたしは現場でその模様を目撃したかった。

*

　ハードバーガーの基準からすれば、〈ソフィア〉をギリシア領海から持ち出すことは簡単な仕事になるはずだった。偽の制服や巧みな話術を使って乗組員たちを騙す必要はなかった。引っかけフックにも娼婦にもブードゥー教のまじない師にも頼らなかった。乗組員たちは手なずけてあるとクライアントのTCAファンド・マネージメント・グループが言っていたからだ。成功を確信していたハードバーガーたちは、正確な数字は教えてくれなかったが、一日当たりの経費をかなり低く設定していた。

　運航会社のニューリードも、ピレウス港の港湾管理局のもとから逃れることに同意していた。しかしピレウス港を脱したあとのことと、ハードバーガーが〈ソフィア〉をどこに運ぼうとしているのか気にしだした。そこは〈ソフィア〉の行く末を自分たちが決めることができない場所なのではないかと心配するようになった。

ハードバーガーがアテネに到着してしばらくすると、〈ソフィア〉の回収は事前の予想をはるかに超えて難しいことが判明した。計画の詰めが甘かったからではない。銀行家と運航会社という大口の債権者同士が反目し合っていたからだ。ニューリード社が計画に及び腰なのはわかっていたが、それでもハードバーガーは〈ソフィア〉をどこに持っていこうとしているのか明らかにしなかった。「とにかくギリシア領海から出すことが先決だ。行き先のことをあれこれ考えるのはそのあとだ」彼はそう言い続けていた。つまり〈ソフィア〉を使って瀝青を運んで儲けを出し続けることができるのは、このタンカーをギリシアに縛りつけようとしている小口の債権者や、これから出てくる似非《えせ》債権者たちの手から逃れてからの話だということだ。

それでもハードバーガーは、本当の計画をニューリード社には伝えなかった。彼は〈ソフィア〉をギリシアの領海外に運んだのちにニューヨークの銀行家たちの意向を船長に伝え、五〇〇海里（九二〇キロ）離れたマルタか一六〇〇海里（三〇〇〇キロ）離れたジブラルタルに向かうよう指示するつもりだった。どちらの裁判所も、船主と運航会社よりもローンの貸し手のほうを厚遇する。ハードバーガーはアテネの街を数日間駆けずり回り、〈ソフィア〉に対する小口の債権を支払ったり差押令状を解除させたりしていた。そんなことに忙殺されながら、彼は〈ソフィア〉の目的地については口を濁してごまかし続けていた。

ハードバーガーが計画を実行に移した途端、状況は一変した。港から出港する際は、事前に港長に目的地を報告しなければならない。〈ソフィア〉の次の寄港地がマルタになっていることを知ると、ニューリード社は何かよからぬことが進行していると感づいた。マルタには瀝青工場はないからだ。つまり銀行家側はマルタに到着した途端に〈ソフィア〉を完全に自分たちのものにして、儲けを独り占めしようともくろんでいる可能性が高いということだ。

　わたしがアテネにいたハードバーガーと合流してから慌ただしい出港までの数日のあいだに、〈ソフィア〉の回収は当初の計画から大幅に狂ってしまったかのように思えた。作戦が終了していないことに激しく苛立つ銀行家側が、怒りの電話を何度もかけてきた。ハードバーガーと共同経営者のマイケル・ボノは、港湾管理局の正式な出港許可が得られない限り〈ソフィア〉は出港できないと説明し、銀行家たちをなだめようとした。ボノは銀行家たちの弁護士から電話越しにこう怒鳴りつけられたという。「こっちは、あんたたちに海賊行為をやってもらうために雇ったんだ。なのに出港許可がどうとかって言うのか？」ボノは、ギリシアで船を持ち逃げすることはハイチでやるように簡単にはいかないと答えた。

　大小の島々が点在しているのでかなり広いギリシアの領海を脱出して、〈ソフィア〉奪取の法的根拠をより確かなものにするまでにかかる時間は、最大で一七時間だった。ほんの些細なミスでも深刻な事態につながるとボノは説明した。「ニューリード側がソフィアが逃亡したと当局に通報すれば、ハードバーガーは一時間も経たずに逮捕されるだろう」それに一七時間もあれば、彼らがギリシア政府内の友人たちかピレウス港の誰かに電話をかけ、今すぐ動かなければゾロタスの負債を回収できる最後のチャンスがふいになってしまうと訴えてもお釣りがくる。

　緊迫の日々が数日続いた。そのあいだもハードバーガーはギリシアで事にあたり、ボノはニューヨークの銀行家たちをなだめていた。そしてわたしはと言えば、助手として雇った現地記者のディミトリス・ブニアスと一緒に港の近くのホテルで待っていた。ようやくボノからのメールがわたしの携帯電話に届いた――「ハードバーガーが港を出る」。わたしとブニアスはレンタルしていた高速ボートに飛び乗り、エーゲ海を一時間かっ飛ばして指定された座標位置に向かい、〈ソフィア〉の近くにいた別のタンカーの陰に隠れた。船長と乗組員たちがわたしたちを見つけておびえないようにするためのハードバーガーの配慮だった。同じ理由から、無線でも携帯電話でも連絡してくるなと言われていた。

　わたしたちはタンカーのそばで待機し、ハードバーガーと乗組員たちが日没後に出港する準備を整えるまで五時間待った。うねりが高く、エンジンを切ると転覆する恐れがあった。なので小さな円を描いて動き続けた。わたしたちがレンタルしていたのは高速硬式ゴムボート《ゾディアック》で、足は速いが屋根はなく、船べりは低いので水しぶきをまともにかぶった。十一月の海では陽が落ちると気温も下がり、うねりも高くなり、かかる水しぶきの量も多くなった。わたしは震えと闘っていた。糖尿病を患っているブニアスが血糖値を調べると、危険なほど低くなっていることがわかった。わたしたちは近くの島に急行して、食べ物と温かい飲み物をとることにした。

　島にたどり着き、波止場に上がったところでわたしのｉＰｈｏｎｅが鳴った。〈ソフィア〉が動き始めたことを知らせる追跡アプリの警告音だった。「くそっ。今すぐ戻るぞ」わたしはそう言った。わたしたちは体を温めるために注文していたウゾーというアニス風味のギリシアの蒸留酒を投げ捨て、テイクアウトの揚げ物をつかんでボートに駆け戻った。それから三〇分も経たないうちに、暗闇の中を安全な海をめざして最大船速で突き進む〈ソフィア〉に追いついた。

　ブリッジの張りつめた空気は変わっていなかった。〈ソフィア〉の目的地はいまだ白紙のままだった。ＴＣＡとニューリード社はにらみ合いを続けていて、船長は両者に挟まれて身動きが取れなくなっていた。運航会社のニューリード社はマルタ行きに反対していたが、対案を出していなかった。ハードバーガーは、彼らがリビアやエジプトやチュニジアの港に行き先を変更すると言い出すことを恐れていた。この三国に〈ソフィア〉は寄港したことがあり、ニューリード社が強いコネを持つそれらの政府が、ニューヨークの銀行家たちや乗船しているレポマンの言い分に耳を貸すとは思えなかった。「中東の監獄で朽ち果てたくはないからな」二日前の夜、アテネで夕食をともにしながらハードバーガーはそう言っていた。どこで船に乗り込もうと、最後は結局どこかで下りなければならないのだが、その「どこか」が厄介な場所だった場合のことを彼は言っていた。〈ソフィア〉の行き先は、依頼主だけでなくハードバーガーにとっても好ましい場所でなければならなかった。

　このとき〈ソフィア〉には、ギリシアの斡旋業者に雇われた一三人のフィリピン人船員が乗り込んでいた。彼らはここ数カ月のあいだ無給で働かされていた。ところがここに来て、海運業界的に見て珍事が起きた。斡旋業者が危機の回避に動き、フィリピンにいる乗組員たちの家族に未払いの給料を送金すると言い出したのだ。その業者は〈ソフィア〉の乗組員たちを不憫に思ったばかりか、今後はフィリピン人船員をもっと多く雇いたいという意思を示していたので、乗組員たちは斡旋業者の肩を持っていた。フィリピン人乗組員たちを故郷《くに》に戻すことができる港に〈ソフィア〉を向かわせ、彼らにいくばくかの金を渡せば、斡旋業者も乗組員たちもこっち側につくはずだ。ハードバーガーはそんな絵を描いた。彼は首尾よく銀行家たちを説得して未払いの給料の半分を出港前に渡し、船をマルタまで運んでくれたら残りの半分を払うことにした。

　その提案を乗組員たちは嬉々として受け入れた。かたや船長のデル・ロサリオはにっちもさっちもいかなくなっていた。ギリシアの領海の外側をめざすか、それとも領海内にとどまるべきか？　ニューヨークの銀行家たちとアテネの運航会社のどちらの言うことを聞けばいい？　船長には判断がつかなかった。

　ピレウス港から遁走する〈ソフィア〉の舵を取るデル・ロサリオ船長に運航会社側の弁護士が電話を

かけてきて、ハードバーガーの言うことは絶対に聞くなと命じた。〈ソフィア〉はまだギリシア領海内にあるのだから、正当な指揮権は運航会社側にあると弁護士は言った。「どんなことがあっても領海から出てはならない」とも言い、ハードバーガーの命令に従ったら訴追される可能性があると警告した。「海賊行為など言語道断だ！」ニューリード社はそんなメールを送り、ハードバーガーとボノに対する刑事訴訟も考えているとも伝えた。「ピレウス港を出たら近場の島に行って、そこで投錨しろ」ニューリード社はデル・ロサリオにそう命じた。

ハードバーガーとデル・ロサリオがいるブリッジでは、相反する命令がファックスやメールや衛星電話を介して飛び交っていた。ニューヨークのTCAファンド・マネージメントは、この船に対する法的権限はローンの貸し手である自分たちにあると言い募った。「今すぐマルタに針路を取れ」銀行家たちは船長に電話でそう命じた。自分たちの言い分を押し通すべく、ボノは〈ソフィア〉が船籍を置くパナマの海事弁護士の見解を船長にメールで送りさえした。そのメールでは、こうした状況下ではローンの貸し手に法的権限があると記されていた。「あなたがやっていることは『船員非行』の一歩手前だ」ボノは電話でそんなことを言って船長に警告した。船員非行とは、船長もしくは乗組員が船主もしくは荷主に対して損害を与える不法行為だ。さらにボノは、マルタに向かわなければ、銀行家たちは〈ソフィア〉そのものを放棄するだろうと船長に告げ、「給料も払ってもらえなくなるぞ」と釘を刺した。

言い争いは一〇時間近く続いた。その間〈ソフィア〉はギリシア領海にとどまりながらも、ピレウス港から可能な限り離れようとしていた。わたしは船外機を二基備えたゾディアックで〈ソフィア〉を追いかけながら、ハードバーガーとボノから事態の進行具合を何度か教えてもらった。しかし波はどんどん高くなり、港に戻らざるを得なくなった。

ブリッジのデル・ロサリオは手の内を見せず、銀行家と運航会社のどちらの側につくのか明らかにし

双眼鏡を手に〈ソフィア〉の船橋《ブリッジ》の見張り台に立つハードバーガー。ピレウス港から〈ソフィア〉を盗み出してギリシア領海からの脱出をもくろむハードバーガーは、ギリシアの沿岸警備隊が追ってこないか監視している。

ていなかった。そしてとうとうギリシア領のアギオス・ゲオルギオス島の近くで船を減速させ、錨を下ろし、ハードバーガーにこう告げた。その口調は、口喧嘩を続ける子どもたちにキレ気味な母親のそれだった。「おれはもうここからてこでも動かない。あんたたちは勝手にけりをつけてくれ」

〈ソフィア〉は翌週までそこからぴくりとも動かなかった。のちにハードバーガーから聞いた話では、彼が「良い警官」を、ボノが「悪い警官」を演じて船長の説得を続けていたという。二人は運航会社の説得も試み、ギリシアの沿岸警備隊がやってくる前に領海から脱出しなければ、〈ソフィア〉は二度と使えなくなってしまうと訴えた。何もすることがなくなった乗組員たちは、船内に置いてあった数少ない映画のDVDの『ワイルド・スピード』シリーズを何度も観て暇を潰した。ハードバーガーは船内で唯一まともなベッドがある医務室に引きこもり、沈没したイギリス軍艦の最後の生き残りの戦いを描いたC・S・フォレスターの『たった一人の海戦』を読んで過ごした。わたしはアテネのホテルに退却して家族に現状をメールし、旅程を見直した。〈ソフィア〉の所有権争いはどちらが優位に立っているのだろうか。わたしはそんなことを考えていた。この派手ないがみ合いは、世界中で流通する商品の価格を消費者にわからないように水増しするという、まさしく世界規模のゲームのなかの一戦にすぎないのではないだろうか。そんなこともふと頭に浮かんだ。

最終的に両陣営は合意に達した。ニューリード社は、ＴＣＡファンド・マネージメントが五万ドル払えば〈ソフィア〉をマルタまで航行させてもいいと言った。この要求を、銀行家たちとボノは「強請《ゆす》りたかり以外の何物でもない」と表現した。一方の運航会社側は「好意的な金額提示」だと反論した。彼らは、銀行家側の「海賊未遂行為」によって被った相当額の遅延被害を鑑みれば、実損額よりもかなり少ない額だと言わざるを得ないと言い張った。

マルタまでの航海は六日もかかった。六ノット（時速一一キロ）という眠たくなるほど遅い船足のせいだが、強い向かい風が吹く荒れた海では、〈ソフィア〉にとってはそれが精いっぱいだった。その六日間のうちに船内のあちこちの具合が悪くなった。トイレが詰まって灰色の水がどんどん溢れ、トイレのある甲板一面が深さ八センチほどのプールになった。その悪臭を放つ水を、乗組員たちは上甲板までバケツで運び、海に捨てる羽目になった。無線が故障し、通信手段は衛星電話頼みになった。しまいにはメインの発電機が止まり、マルタまでの最後の航程は緊急用発電機でよろよろと進んだ。「こんなおんぼろタンカーをめぐって、あれほどの言い争いを繰り広げていたとはね」わたしへの電話連絡で、ハードバーガーはそんな愚痴をこぼした。

マルタに到着すると、ハードバーガーは唯一持ち込んでいたバックパックに荷物を詰め、船内をひと巡りして乗組員たちに別れを告げた。彼らはこの騒動のうちに親しくなっていた。海でひどい目に遭うと深い絆がすぐに生まれる――乗組員同士で諍いを起こさなければの話だが。〈ソフィア〉の一三人のフィリピン人乗組員たちは暴動を起こしてもいいほど怒っていた。何しろ五カ月近くも給料をもらえていなかったのだから。

「〈ソフィア〉は数週間以内に売却するか、運航を開始させる」銀行家たちはボノにそう言った。その言葉を乗組員たちは鵜呑みにはしなかった。わたしもにわかには信じられなかった。ハードバーガーはミシシッピに戻った。この大活劇での彼の出番は終わった。数カ月後、ハードバーガーは携帯電話の船舶追跡アプリを起動させ、〈ソフィア〉の行く末を確認してみた。まだマルタに投錨していた。

そのときはもう〈ソフィア〉の乗組員たちの行方はわからなくなっていたし、彼らがフィリピンに戻ることができたのかも、約束の金を受け取ったのかもわからなかった。この奇っ怪な船舶強奪劇からずいぶんと経ったのちに、わたしは一三人のフィリピン人乗組員たちのことがふと気になった。そして彼らがどのようにしてあのしみったれたタンカーに囚われてしまったのか、どうやって正気を保っていたのか知りたくなった。「無法の大洋《アウトロー・オーシャン》」の取材では数多くの物語に行き当たったが、その各物語の主人公たちは、何かを求めて海に乗り出した——違法操業で儲けようとした〈サンダー〉しかり。陸《おか》では認められない権利を求めて妊婦たちが乗り込んだ〈アデレイド〉しかり。錆だらけのちっぽけな領土を主張するシーランド公国しかり。そして所有権をめぐる争いが強奪劇に発展した〈ソフィア〉もしかりだ。そのほとんどの物語で、こうした船の乗組員たちは生活のために乗り合わせていただけなのに、大物同士の板挟みになってしまっていた。

ハードバーガーの話によれば、〈ソフィア〉の救命ボートは使い物にならない故障品だったという。機関長は部品を送ってくれるよう船主に何カ月も頼み続けていたが、一つも届かなかった。フィリピン人乗組員たちは、本当に危険で恐ろしい苦境の中にとらわれていたようだ。彼らの乗る〈ソフィア〉はもしもの事態への備えができていなかったが、実際には災厄に向かって突き進んでいたのだろう。彼ら乗組員たちが下船を許されるのは、船主もしくは運航会社が許可したときだけだ。

ハードバーガーは進み続ける。彼が後生大事にしている海事法のグレーゾーンがある限り、相手を出し抜くべく仕事を依頼してくるスーツ姿の海賊どもがいる限り、海のレポマンの仕事には事欠かない。

# 8 斡旋業者

この世では、乗組みのみなさん、罪ある者も金さえ出せば、どこへでも自由に旅ができるのであります。旅券などは無用の長物。[1]ところが、善人でも、貧乏人となれば、どこの関所でも足止めをくらう。

メルヴィル『白鯨』

二〇一〇年の九月、フィリピン中部にあるパナイ島のリナブアン・サーという小さな村を、ある若者が希望に胸ふくらませて出ていった。心身健やかなエリル・アンドラーデは漁船に乗って金を稼ぎ、生家の雨漏りがする屋根を修理するつもりだった。七カ月後、アンドラーデは帰郷した——木製の棺に納められて。

漁船の冷凍庫でひと月以上も保管されていたので、アンドラーデの遺体は真っ黒に冷凍焼けしていた。片方の眼と膵臓が失われ、体一面に切り傷と痣があった。検死の結果、それらの損傷は生前に加えられたことが判明した。遺体に貼られていたメモには「就寝中に発病」と記されていた。漁船の船長が手書きで記したその中国語のメモには、アンドラーデは二〇一一年二月に寝ているあいだに病気になり、そのまま亡くなったとだけ書かれていた。

アンドラーデのことは、二〇一五年にとある人権活動家から聞かされた。漁船での死亡事故のことならそれこそごまんと知っていたが、それでもわたしはこの話に興味をそそられた。というのも、アンドラーデはとある斡旋業者を通じて漁船での仕事を得ていたからだ。一部の漁業専門の斡旋業者が労働者を喰いものにしているという話を、わたしは労働組合や港湾管理局や海事弁護士たちから聞いていた。(2)

フィリピンの検事局はアンドラーデが死に至った経緯を解明しようとしたが、彼が働いていた漁船の運航会社を突き止めることはできなかった。それどころか、彼を雇った斡旋業者にたどり着くことすらできなかった。どうして捜査は行き詰ってしまったのだろうか。その理由を探るべく、わたしはフィリピンに飛んだ。アンドラーデの死亡事故のことを、彼のような人びとがどのようにして漁船での仕事を得るのかを、そして事故が発生した場合に斡旋業者がどんな役割を果たすのかについて詳しく調べることにした。

遺族の話では、アンドラーデは二〇一〇年の夏頃に焦燥感に駆られるようになったという。警察官を志して大学で犯罪学を学んだ彼は、フィリピンの警察官には一六〇センチという最低身長基準があることを知らなかった。アンドラーデは一五五センチだった。仕方なく病院の夜警の仕事に就いたが、その時給は五〇セントにも満たなかった。家の水田で野良仕事をしていないときはずっとテレビアニメを観ていたと、彼の兄のジュリウスは言った。

あるとき、海なら働き口があるかもしれないといとこの一人から言われ、アンドラーデは世界中を旅しながら家計を助けることができるかもしれないと考えた。彼はセリア・ロベロという村の女性を紹介された。ロベロはシンガポールに拠点を置くステップアップ・マリーンという斡旋業者のスカウトだった。ロベロはアンドラーデに、海で働けば月給五〇〇ドルに加えて五〇ドルの手当がもらえると言った。

アンドラーデはこのチャンスに飛びついた。彼はロベロに「紹介手数料」として一万ペソ（約二〇〇ドル）を払うとマニラに行き、そこでさらに三一八ドルを払ってシンガポールに飛んだ。それが

台湾船籍のマグロ延縄漁船で不審死を遂げたエリル・アンドラーデ。彼はシンガポールのステップアップ・マリーンという斡旋業者に2010年に雇われ、漁船で働くことになった。

二〇一〇年の九月のことだ。空港に迎えに来たステップアップ・マリーンの人間に連れられて、アンドラーデはシンガポール市内の中華街の雑踏のなかにある事務所に行った。同社に雇われた男たちは、仕事と仕事のあいだは事務所が入っているビルの一六階にある、ベッドルームが二つある薄汚いアパートメントで寝泊まりしていた。

そのアパートメントにアンドラーデは一週間ほどいた。部屋にはテレビはなく、片隅に鍋とフライパンが置かれていた。ほぼ毎食その部屋で魚の揚げ物を料理して食べるせいで、壁は油でべとついていた。床は汚く、ところどころ苔《こけ》が生えているほどだった。窓が締め切られた室内は尿と汗のにおいに満ちていた。アパートメントへの出入りは人目につかないようにしろと命じられていた。アパートメントと仕事の両方の管理人を兼ねる男は、夜になると性行為を強要してくることがあった——以上の話は、アンドラーデと短時間電話で話した家族と、捜査にあたったフィリピン警察の取り調べ調書によるものだ。

アンドラーデがこの不潔なアパートメントで暮らして

いるあいだに、家族の人間は彼と連絡がとれなくなってしまった。九月十五日の午後四時二九分に、彼はジュリウスにこんなメールを送っている。「兄さん、エリルだ。携帯の料金が切れたからメールできなかったけど、今はシンガポールにいる」このメールのあと、アンドラーデは台湾船籍の漁船〈鴻祐《ホンヨウ》２１２〉に乗り込んだ。

＊

海を世界経済の広大な舞台とするならば、船乗りたちはその舞台の演者である生産者と消費者のあいだの橋渡し役だ。さまざまな一次産物や商品を港から港へと運ぶ船で働く彼らは演者たちには見えない、海の上を絶えず漂い続ける影のような存在でもある。

船乗りたちは主に海運業と水産業に従事している。商船の乗組員たちは置き去りといった苦難に直面することもあるが、彼らより数に勝っているわりには稼ぎが少ない漁船の乗組員たちと比べれば保護が行き届いている。漁船の乗組員たちの労働組合は皆無で、したがって政治的影響力がまったくない。その一因は、船乗りの保護と賃金支払いを保証する「海上労働条約」が漁船の乗組員たちを除外しているところにある。

全世界の海で五六〇〇万人以上の人びとが漁船で働いている[3]。一方、貨物船やタンカーといった商用船舶の乗組員は一六〇万人程度だ。そして両方の乗組員たちの大部分は斡旋業者もしくは人材派遣業者を通じて仕事を得ている。そうした企業は世界中で数千社存在し、数十カ国で乗組員を募り、常に移動している船舶に供給するという重要な役割を果たしている。

ステップアップ・マリーンのような斡旋業者は、乗組員への給料支払いと航空券の手配とパスポートの管理、さらには港湾使用料の支払いなどもこなす、まさしく何でもござれの便利屋でもある。規制が緩いこの業界では、不法行為と虐待および酷使が横行している。船員たちが自分たちの意思に反してさまざまな船で働かされたりすると――たいていの場合は借金を理由に強要されたり騙されたりする――その責めは斡旋業者が負うことが多い。実際のところ、そうした責任をかぶることも彼らの業務の一部だと言える。そのおかげで運航会社は、もっともらしい理由をつけて責任を回避することができる。この業務は、乗組員の供給という本来の役割以上に価値のあるサービスになっている。とはいえ、斡旋業者は責めを受けこそすれ、責任を果たすことはめったにない。なぜならたいていの場合、乗組員たちが働き、虐待といった不法行為が行われている海から遠く離れた場所に彼らはいるからだ。

斡旋業者は、もっと稼げる新しい生活が送れるという甘い言葉で男たちを惹き寄せる。アンドラーデのようにステップアップ・マリーンに釣り上げられた男たちの多くは、マニラの南東約三六〇キロのところにあるパナイ島の、人口三四〇〇人のリナブアン・サー村から連れてこられた。わたしが話を聞いた男たちの多くは、同社に雇われて漁船に乗るまで国外にも外洋にも出たことがなく、「人身売買」という言葉も耳にしたことがなく、そして斡旋業者と関わったこともなかった。(4)

アンドラーデも、わたしが取材したリナブアン・サー村の男たちと同じ目に遭わされたのだとしたら、おそらく彼もシンガポールのステップアップ・マリーンの事務所で、スカウトが伝えた給料は間違いで、月給五〇〇ドルという話は忘れてくれと言われたのだろう。(5)そしてあらためて告げられた月給は約束の半分にも満たない二〇〇ドルで、その二〇〇ドルにしても、会社側がさまざまな「経費の天引き」を織り込んできてどんどん少なくなってしまったのだろう。

そうした天引きについては、山のような書類へのサインや矢継ぎ早に繰り出される数字に紛れてざっくりと説明されただけだったのだろう。「パスポートの没収」や「必要経費」や「副業収入」といった、彼らからすれば初めて耳にする言葉の説明もそんな感じだったのだろう。やはりステップアップ・

マリーンに雇われたリナブアン・サー村出身の数人の男たちは、三年の拘束規定が盛り込まれた新しい契約書へのサインを求められたという。その契約書には残業手当も病気休暇もないことも、そして週休一日で労働時間は一日一八時間から二四時間だということも明記されていた。さらには食費として毎月五〇ドルを差っ引くことも、船長の権限で別の漁船に配置換えができることもちゃっかり記されていた。給料は月ごとではなく、三年の契約満了時にまとめて家族に送金されることになっていた。この行為は、ほぼすべての国々で違法とされている。

二五〇ドル分の食費の前払いを会社側に求められたケースもあった。漁船から逃亡した場合に発生する一八〇〇ドルの罰金の「約束手形」も切らされた。さらに、賃金を受け取る場合、乗組員は自費でシンガポールに戻らなければならないことになっていた。

わたしはリナブアン・サー村を訪れ、アンドラーデのことを知り、彼と同じようにステップアップ・マリーンに雇われた数人の男たちから話を聞いた。村の目抜き通りの両脇にはヤシの木立が並び、道脇に建つ古風な教会の玄関テラスの上には旗がはためいていた。一軒だけあるコンビニエンスストアにはインターネットゲームとタバコのポスターが貼られていた。わたしは男たちを一人ひとり訪ねていった。彼らのブロック造りの小さな家はどれも森の中にあり、あたりをニワトリとブタがちょろちょろと動き回っていた。男たちはほぼ全員が半裸にサンダル履きという姿で、あいさつも自己紹介もないままにわたしを迎え入れてくれた。

ステップアップ・マリーンとの契約のことを尋ねると、全員が契約書の写しを受け取っていないことがわかった。彼らが逃げ出さないように会社側はパスポートを没収していたのだが、当の本人たちはどうしてわざわざそんなことをするのかわかっていなかった。

シンガポールに着いた時点で、ほぼ全員が多額の借金をこしらえていた。なかにはフィリピンの平均月収の半年分にあたる二〇〇〇ドルを超えていた者もいた。ステップアップ・マリーンで仕事を得るために必要なこの金を、彼らは身内から借りたり家を担保に入れて借りたり、家族の持ち物を質に入れたりして工面した。質入れした品々は家族の漁船や兄弟の家、そして田畑を耕す水牛《カラバオ》などだった。

アンドラーデとわたしが話を聞いたリナブアン・サー村の男たちは、ここ数年のうちの異なる時期にシンガポールに行ったのだが、それでもステップアップ・マリーンの事務所の上階にあるアパートメントの様子についてはほぼ全員が同じことを言った。移民労働者の保護にあたっているシンガポールの人権団体ヒューマニタリアン・オーガニゼーション・オブ・マイグレーション・エコノミクス（HOME）のジョロバン・ワム（范国瀚）常任理事は、二〇一四年にこのアパートメントを訪れた。その内部の状況を、氏は「オイルサーディンの缶詰」みたいだったと表現した。

アパートメントの管理人はボンという四十がらみの短軀のフィリピン人の男と、リナという中国人の女だったという。新入りは、声をあまり立てず、あちこち動き回るなと命じられた。部屋に詰め込まれた男たちの一部は朝の七時前にアパートメントを出て、陽が落ちたあとに戻ってくるように言われていた。残りの男たちは玄関ドアに鍵をかけられた状態で閉じ込められていた。

夜になると、二〇人以上の男たちは段ボールを床に敷き、その上で寝た。互いの間隔は一〇センチ程度しかなかった。ボンに指名されると彼の部屋で寝ることになった。そして性行為を強要された。『嫌だ』とは言えなかった」男たちの一人がそう言った。誰にどの仕事をやらせるのかについてはボンが全部決めていたからだ。

どこからどう見ても罠なのに、どうして彼らはその中にのこのこと入り込んでしまったのだろうか。その答えはわかっているのだが、それでも不思議に思えてしまうことがよくある――どうしても別の人生を歩みたくて、あっさりと迷い込んでしまったのだ。そして斡旋業者の魔の手に捕らわれてしまったが最後、引き返して抜け出すことはかなり難しくなってしまう。

＊

過去一〇年のうちに、フィリピンほど多くの船員を毎年世界の海に送り出している国はない。フィリピンの人口が世界人口に占める割合は一・二パーセント程度なのに、それが商用船舶の乗組員の世界人口になると二五パーセントほどにもなる。二〇一七年の時点で、この国は一億の人口の約一パーセントにあたる一〇〇〇万人が国外へ出稼ぎに出ている。彼ら出稼ぎ労働者が故郷《くに》に送る金は毎年二〇〇億ドル以上にも及ぶ。フィリピン人労働者の需要がそこまで高いのは、その多くが英語を話し、教育程度はスリランカやバングラディシュやインドの出稼ぎ労働者たちよりも高いことが多く、そして何よりも従順だという評判があるからだ。フィリピン当局は出稼ぎを奨励しているわけではなく、ただ単にそのプロセスを支援しているだけだと断言している。

その主張を、研究者たちと人権団体は否定している。逆に彼らは、政府は労働力の輸出を推進して、フィリピンを「ジプシー国家」に変えようとしていると言い立てている。さらに彼らは、労働力が国外に流出しているのは国内雇用を十分に創出できていないからであり、しかもその出稼ぎ労働者たちの保護もできずにいると政府を非難している。

二〇一六年の時点で、四〇万人のフィリピン人が幹部船員や甲板員、漁船乗組員、貨物積み込み要員、クルーズ船の乗員として働いている。アンドラーデの死から見えてくるものがあるとすれば、それは、各国政府は海上労働に携わる自国民の保護に数十年にわたって奮闘してきたみたいだが、結局のところその努力はよく言っても中途半端なものだった、ということだ。

フィリピンには、アンドラーデのように海外で働く自国民の保護を目的とする「フィリピン海外雇用管理局（POEA）」という立派な政府機関が存在する。酷暑のマニラのダウンタウンにオフィスを置くPOEAは、グレアム・グリーンの小説を地で行く官僚機構だ。何階もある広々としたオフィスに並ぶ大きな木製のデスクで、役人たちは三枚綴りの複写用紙にボールペンを強く押しつけて何やら書き込んでいる。その周囲には茶色のフォルダーがぎっしりと詰まり、引くと軋んでなかなか開かない引き出しの付いた、背の高いファイルキャビネットがずらりと並んでいる。こんな非効率にもほどがある先史時代のオフィスで、世界中の海を常に移動し続ける一〇〇万もの強大な労働戦力の追跡も、ましてやその保護も望むべくもない。

わたしはこのPOEAのオフィスでほぼ丸一日過ごし、部屋から部屋へと歩き回り、労働被害に遭った労働者たちのケースファイルを読み漁った。[6] ホテルの請求書のような無味乾燥とした書類だらけだったが、それでも意外な事実がいくつか隠されていた。たとえば二〇一二年の調査では、二〇一〇年一月から一一年四月までのあいだにシンガポールのフィリピン大使館に寄せられた、人身売買で漁船に連れてこられて働かされているフィリピン人男性に関する支援要請は六三件あり、これは人身売買がはびこっていると広く考えられている性風俗産業に従事するフィリピン人女性についての件数よりも多かった。

そうした書類のなかには、ありもしない仕事をでっち上げて手数料を騙し取るために「口入れ屋」たちが偽造した書類もあった。そうした何枚かの書類の右上の隅には、いかにも公式のものという感じのスタンプが押されていた。その印影の一つをよく見てみると、ミニーマウスの顔が記されていた。

昼休みになると、わたしは街を横切ってマニラ湾の近くにあるカロー通りに行ってみた。歩道は、職を求める何百人もの船乗りたちでごった返していた。斡旋業者のスカウトたちが（正式な免許を持っている者もいたが、大半はもぐりだった）サンドウィッチマンよろしく求人広告を首から吊したり、テーブルに並べた求人票を指さして呼び込んでいた。

歩道には『シーマン・ロロ・コ（おれの爺ちゃんは船乗り）』という人気のタガログ・ラップがガンガン鳴り響いていた。「最近の船乗りはカモばかりだ」ラッパーはそうがなり立てる。「船乗りってものは、昔はペテン師ばかりで、女房を騙してばかりいたもんよ。ところが今じゃ誰からも騙されてる」人混みを行き交う男たちの多くはこの歌を知っているらしく、一緒に口ずさんでいた。しかし船乗りの〝職安〟でこの歌が流れているという皮肉には、誰一人として気づいていないとみえる。

ＰＯＥＡに戻ると、運用・調査部門のセルソ・Ｊ・ヘルナンデス・ジュニア部長が取材に応じてくれた。部長は、もしクウェートで働くフィリピン人メイドが雇い主にレイプされたら、フィリピン大使館に駆け込んで助けを求めることができると説明し、こう続けた。「ところが海に大使館はない」ヘルナンデス部長のもとには、海外での労働者虐待の案件が毎週七〇件ほど持ち込まれているが、そのうち一〇から一五件が船員がらみのものだという。

フィリピン政府も、労働者虐待が常態化しているとされている斡旋業者への人の流れを、一時的ではあるが遮断しようとしているとヘルナンデス部長は言った。たとえばマニラ国際空港の出入国管理局は、ある一定の特徴のあるフィリピン人の渡航を差し止めている。肌の色が濃いであるとか身なりが貧相であるとか旅慣れていない様子であるとかといった田舎者の特徴がある、二十代から四十代の男性を集中的に調べているのだ。しかしこの努力の効果はきわめて小さいと部長は言う。斡旋業者は雇った男たちに出国窓口であれこれ訊かれた場合の問答集をあらかじめ教えておいて、もし間違ったら逮捕されると吹き込んでおけばいいからだ。窓口の職員に袖の下を渡して、何も訊かずにそのまま通してしまうこともできる。

わたしはヘルナンデス部長にアンドラーデのことを話し、収集した証拠を見せた。部長はわたしの話

シブヤン海の漁船乗組員たち。彼らはステップアップ・マリーンという斡旋業者によって人身売買された経験を話してくれた。

に耳を傾けながらコンピューターのキーボードを叩いていた。そしてモニターから顔を上げ、アンドラーデの死亡事故のこともステップアップ・マリーンのことも記録には載っていないと、顔色ひとつ変えずに言った。「本当ですか？」わたしは不信感もあらわにそう訊き返した。するとヘルナンデスは苛立ちの表情を見せ、ステップアップ・マリーンのような斡旋業者の多くは政府の眼が届かないところにいると説明した。だったら自分で調べますとわたしは言った。ヘルナンデスはやれやれという感じにかぶりを振ると、ここまで調べたことを話すよう促した。

＊

ヘルナンデス部長のオフィスに記録はなくても、ステップアップ・マリーンは業界ではつとに有名だ。一九八八年に設立されたこの事務所は、当初はシンガポールの個人家庭で料理や掃除や子守りといった家事をやらせる住み込みメイドを雇っていた。

　わたしは数週間かけて世界中の船員組織や人権団体と連絡をとり、ステップアップ・マリーンについての記録がないか調べてもらい、あった場合は可能ならば見せてほしいと依頼した。すると、この斡旋業者は不当行為でその悪名が知れ渡っていることがすぐにわかった。取り寄せた資料には、アンドラーデの死の一〇年ほど前から、同社は数件の人身売買や深刻な身体的虐待、契約不履行、詐欺的な募集に手を染めていることがわかった。インドネシアとインド、タンザニア、フィリピン、モーリシャスの何百人もの船員たちに対する給料未払い問題も起こしていた。さらに同社は、ジャイアントオーシャン・インターナショナル・フィッシャリーという台湾とカンボジアの合弁企業による「カンボジア近代史上最大かつ最も難解な人身売買事件」にもからんでいた。[7] ＰＯＥＡにステップアップ・マリーンについての記録がなかった理由がまったくわからなかった。

　本書の取材中に出くわした職務怠慢な斡旋業者はステップアップ・マリーンだけではない。インドネシアの業者に雇われてサジョ・オヤン産業の漁船に乗り込んだ男たちはレイプと暴行を受けていた。ドバイで目撃した船員置き去りでは、斡旋業者が中心的役割を果たしていた。

　こうした業者は、業界共通のマニュアルでもあるかのようにまったく同じ所業をはたらいている。借金やペテンや脅し暴力や恥の意識、さらには家族の絆までも利用して人を集めて罠にかけ、そして最後には、場合によっては何年間も劣悪な環境下に置き去りにする。そこから見えてくるのは、海での人身売買は詐欺以上に常態化していて、その担い手はたいていの場合はいかがわしい犯罪組織ではなく法人企業だという事実だ。だからこそ政府機関もあえて見て見ぬふりをするので、何をやってもおとがめなしなのだ。海の債権回収人《レポマン》についての取材では、陸《おか》の腐敗が海にも広がっていることを目の当たりにした。斡旋業者について調べていくうちにわかったことと言えば、法執行機関の管轄権と責務は海上にも及ぶにもかかわらず、彼らの関心はそのはるか手前の海岸線で止まってしまっているという現実だ。

しかしわたしは、斡旋業者は世界規模の水産業でより大きな役割を果たしていることに気づいた。斡旋業者の役割は、乗組員たちに対する漁船側の義務と過失責任を引き受けることだけではない。グローバリゼーションについてのある幻想を煽り立てることもその一つだ。その幻想とは、魚をはじめとした水産資源は無尽蔵で、漁業従事者はちゃんとした労働契約の下にちゃんとした額の給料を得ていて、何千キロも離れた大海原で獲れたマグロは、その翌日には二ドル五〇セントのツナ缶になってスーパーマーケットの棚に並ぶ、というものだ。世界中の消費者たちがどうしてもそういうことにしたいと願っているこの絵空事を、水産企業はぶち壊すわけにはいかない。この夢物語の維持に、斡旋業者、とくに給料のピンはねや詐欺をやりがちな悪徳業者たちは大いに役立つのだ。安価な商品が効率よく市場に出回るということは、その分コストがかかっているということだ。斡旋業者はそのコストの隠蔽に力を貸している。

隠されたコストを抱えているのは水産業だけではない。たとえば産業革命以降、各産業は二酸化炭素を好き勝手に放出してきた。その隠されたコストは積み重なり、やがて気候変動というかたちで表に出てきた。しかし水産業界の隠されたコストははるかに人目につかないところ、つまり大部分の消費者が暮らす陸《おか》から遠く離れた場所で蓄積されている。

漁業という命の危険が伴う仕事をあり得ないほど安い賃金でやってくれる男たちを自分たちで見つけてきて雇い、その面倒も自分たちで見ていたら、水産企業各社はとっくに経営破綻の危機に見舞われているだろう。そうならないのは、洋上での不法行為と、こうした隠されたコストをあえて見ないようにしている消費者と政府の姿勢が、業界にとっていわば補助金のようなものになっているからだ。

これがアダム・スミスの言うところの「神の見えざる手」ではなく「市場の狡猾な手練手管」に基づ

いているグローバル経済の不都合な真実なのだ。乗組員の手配とその世話は斡旋業者に外部委託しているのだから、雀《すずめ》の涙程度の賃金でも喜んで働いてくれる労働者を、漁船の船長たちがどうやって見つけているのかを理解する必要もなければ説明する義務も自分たちにはない。スーパーマーケットチェーンと、サプライチェーンの上流にある魚卸業者の企業責任部門と人事部門の担当者たちはそう考えている。加えて、水産業の隠されたコストと魚の原価がメニューに載っているのかどうかについて疑問に思わなければならないということもない。さらに言うと、世界中の魚を迅速かつ安価に流通させることが可能な理由も、漁船で乗組員が死亡したり負傷したりした場合にその家族がどうなるのかについても説明する義務はない。そうした疑問は斡旋業者が全部ごまかしてくれる。そもそも、消費者やほかの誰かが疑問に思えばの話なのだが。

＊

わたしはシンガポールの地元記者を雇い、ステップアップ・マリーンの事務所を訪ねてもらった。事務所はショッピングモールの二階、アダルトグッズショップとマッサージパーラーの向かい側にあった。地元記者は狭くて雑然とした事務所内を携帯電話で写真を撮り、メールで送ってくれた。わたしはステップアップ・マリーンの経営者のヴィクターとブライアンのリム兄弟に何週間ものあいだ何度も取材を申し込んでいたが、そのたびに断られた。しかし二〇〇一年のフィリピン最高裁判所の判決文から、彼らの考え方を垣間見ることができた。(8) 未払い給料の支払いを求めて訴えた船員の裁判で、関与を問われたヴィクター・リムはこう答えた。「そんな船員はまったく知りません」船員を船に乗せるまでがステップアップ・マリーンの仕事であって、そのあとは与り知らないことだと彼は付け加えた。

リム兄弟は自分たちが雇った船員を切り捨ててきたが、それと同じことをフィリピン政府も自国の出稼ぎ労働者たちに対してやっている。両者のやり口にはわかりやすい類似点がある——どちらも労働者を虐待と酷使が絶えない危険な環境に陥れたのに、その責任を認めようとはしない。なぜなら、認めたら問題解決の責任もしょい込むことになるからだ。

結局リム兄弟の主張は認められなかった。裁判所が下した判決は、「読み書きができない同胞たちを外国に送り込んで、悪徳雇い主による非人道的な扱いを受けさせた」ことはたしかにひどいが、さらにひどいのは彼らが謀って労働者への給与支払いを拒否したことだ、というものだった。フィリピン政府の対応は批判に値するものだったが、この判決は虐待に対する、すがすがしいほど率直で力強い非難だった。

が、この判決がきっかけとなって事態は悪い方向に流れていった。時をほぼ同じくして、ステップアップ・マリーンはフィリピンでの人集めで政府公認の斡旋業者を使わなくなり、代わりにシンガポールで働くフィリピン人家政婦たちを使って故郷《くに》の親戚を集めさせるようになった。これは違法な募集活動だ。たとえばセリア・ロベロは、義姉妹でリム兄弟の家政婦だったロセリン・ロベロに雇われてスカウトになった。

アンドラーデの死後、ステップアップ・マリーンと彼が働いていた台湾船籍漁船の船主は、遺族に五〇〇〇ドルの慰謝料の支払いを申し出た。フィリピン政府公認の斡旋業者が支払う死亡給付金は最低でも五万ドルだということを考えれば、あまりにも少な過ぎる。遺族は受け取りを拒否し、二〇一一年十一月にステップアップ・マリーンをシンガポール労働省に正式に訴えた。[9]

わたしはこの訴訟の行方を追おうとしたが、話を聞こうとした誰もが自分たちではなくステップアップ・マリーンに直接聞いてくれと答えた。シンガポール労働省の担当者たちは、同省が人身売買をはじめとしたさまざまな違法行為でステップアップ・マリーンを訴追しなかった理由を躍起になって説明した。調査した結果、同社は単なる仲介業者にすぎないという結論に達したと彼らは言った。ステップアップ・マリーンは水産会社と労働者のあいだの仲立ちをし、宿泊施設および航空券の手配や書類手続きなどの後方支援にあたっていただけだと、役人たちは判断したのだ。

労働省の役人たちは、借金による束縛や身体的虐待や人身売買などの被害を受けているとされていたフィリピン人乗組員たちに対する事情聴取を行っていないことを渋々認めたが、外国人労働者の問題は同省の管轄外だと言い訳した。ステップアップ・マリーンが手付金を求めたり本当の給料を誇張したり、さらには虐待を受けた乗組員たちの帰国を支援しなかったりした理由を問い質すと、そうした質問は同社に直接訊いてくれと役人たちは答えた。

台湾での取材は、調査員を雇って警察と行政院農業委員会の漁業署と、アンドラーデが乗っていた漁船の船主に話を聞いてもらった。わたし自らが台湾に飛んで取材したかったのだが、スケジュールがタイトだったうえにわたしは中国語を話せないので、情報収集は現地の人間に頼んだほうがいいということになった。台湾警察と漁業署は、アンドラーデが死亡した〈鴻祐212〉の船長の邵金鐘《シャオチンチョン》への聴取はしていないと言った。この漁船を所有する水産会社、鴻飛《ホンフェイ》漁業の秘書は、同社の経営者は現在別の漁船の修理で海外にいるので質問には答えられないと言った。乗組員たちについての質問なら斡旋業者にしたほうがいいと、その秘書は助言してくれた。

その間もステップアップ・マリーンは口を閉ざし続けていた。事務所の留守番電話に何度も伝言を残してもなしのつぶてだったので、わたしは自分の取材内容とフィリピンの法執行機関やその他の組織からの非難の言葉を手紙にして送った。返事は来なかった。「彼らは誰に対しても釈明義務を負っていません」シンガポールの出稼ぎ労働者保護団体トランジエント・ワーカーズ・カウント・ツー（TWC2）のシェリー・ティオ氏はそう言った。「斡旋業というビジネスは、最初からそういう仕組みになっているんです」

＊

二〇一一年四月六日、アンドラーデの亡骸《なきがら》を載せた〈鴻祐２１２〉はシンガポールの港に入港した。保健科学庁の法病理学者の黄慶寶《ホアンチンバオ》氏による司法解剖が六日後に行われた。彼はアンドラーデの死因を「急性心筋炎」と結論づけた。この検死報告書にはそれ以外のことはほとんど記されていなかった。

亡骸はフィリピンに空輸され、リナブアン・サー村のあるアクラン州のカリボ市でノエル・マルティネス医師による二度目の検死が実施された。マルティネス医師は一度目の検死とはまったく異なる所見を下した。慢性的な心臓異常の痕跡は見られず、死因は「心筋梗塞」だと彼は結論づけた。こちらの検死報告書には死亡前に生じた打撲創と切創が額と上下の唇、鼻梁、右胸上部、右腋窩に認められると記されていた。

わたしはほぼ一週間を費やして二人の病理学者と連絡をとろうとした。政府関係者や彼らの元雇用主にメールを送り、『ニューヨーク・タイムズ』の外信部記者に頼んで彼らの電話番号を探してもらった。結局、すべてが空振りに終わった。天下の『ニューヨーク・タイムズ』のフルタイムの事件記者であるわたしが社の人材とコネを総動員しても、シンガポールとフィリピンの病理学者を見つけることはできなかった。だとすれば、アンドラーデの遺族がどうやって彼の死の真相を突き止めることができるというのだろうか？　この調査が行き詰まったことで何か得るものがあったとすれば、この重要なポイントが明らかになったということぐらいだ。

それでも、それなりの手がかりは何とか得られた。二通の検死報告書にじっくりと眼を通したアクラン州警察の捜査官が、アンドラーデの遺体から膵臓と片方の眼球が失われていたのは、検死中に切除されたか誤って損なわれてしまった可能性があると教えてくれたのだ。しかしその捜査官は、実際には重大な事故に遭ってそうなってしまった可能性のほうが高いとも言った。

二〇一五年九月、わたしはアンドラーデの故郷のリナブアン・サー村を訪れ、ステップアップ・マリーンに雇われたことがある男たち数人から話を聞いた。アンドラーデも彼らも、南アフリカとウルグアイのあいだの南大西洋で、強制労働がはびこっていることで水産業界内でもひときわ悪名高い台湾船籍のマグロ延縄漁船に乗り込んでいた。

話を聞いた男たちのなかには、人身売買にはフィリピン政府の末端の役人がからんでいると信じている者たちがいた。マニラ空港の出国窓口で、とある係官が手招きしているのでそこに行くと、海外労働許可証を持っていないにもかかわらず通してくれたと彼らは言った。フィリピン政府に確認すると、担当者は彼らの言い分を否定し、政府が労働者保護に取り組んでいる証拠として、新たな人身売買禁止法の制定や強制執行の事例を引き合いに出した。

わたしはアンドラーデの親友だったコンドラド・ボニヒト・ヴィセンティに話を聞こうとしたが、あいにく彼は漁船に乗って海に出ていた。そこでヴィセンティの雇い主の許可を得て、一〇人乗りの漁船に乗って夜中に六〇キロほどの沖合に出た。最初のうち、乗組員たちはわたしと距離を置き、ほとんど話しかけてこなかった。あるとき、わたしは彼らの一人にどこで用を足せばいいのか尋ねた。こうした漁船の場合、小用はおおむね簡単に済ませることができる。ところがそれが大をするとなると、体操選手並みのバランス感覚が必要になる。

船尾にある機関部の真上に、二枚の板が平行に置かれて海上に突き出ていた。板の間隔は三〇センチほどで、板の上でしゃがんでそこに落とすのだ。板はものすごく滑りやすく、標的を誤って板に落とす者もしょっちゅういるのでものすごく汚かった。乗組員たちは確かな足取りで用を足していたが、わたしのようなよそ者は海に落ちる可能性が高く、しかも真下の海の中ではスクリューが勢いよく回転しているのでおっかないことこの上なかった。その夜のわたしはズボンを下ろした状態で足を滑らせてしまい、危うく海に落っこちそうになった。すると、その様子を見ていた乗組員たちはげらげらと笑った。わたしはバランスを取り戻すと、ズボンを引き上げて一礼した。今度は小気味よい拍手が起こった。わたしにとっては格好の悪い恐怖の瞬間だったが、その甲斐あって乗組員たちと打ち解けることができた。

一時間後、イワシが詰まった長さ一五メートルの網を引き揚げているヴィセンティに会うことができた。わたしはヴィセンティに、アンドラーデがステップアップ・マリーンのような悪徳斡旋業者に身を委ねてしまった理由についての彼なりの考えを聞かせてもらった。「金を稼ぐには元手が要るんだ」と、彼は言った。「そしておれたちのほとんどは元手がない」

ヴィセンティによれば、彼自身もステップアップ・マリーンに雇われていたが、最初は避けていたという。親戚から二一〇〇ドル以上借りて船員養成学校に通っていた彼は、最終試験で教官たちに渡す賄賂が九ドル足りなかった。船員資格を取ることができなかった彼は、借金返済のために非合法の斡旋業者に頼るしかなかった。

二〇一〇年、ヴィセンティはステップアップ・マリーンの手配で〈吉宏《チーホン》101〉という台湾船籍のマグロ延縄漁船で、日給五ドル五〇セントで働くことになった。一〇カ月後、船がケープタウン港に入港したときに彼は脱走した。船長と甲板長による乗組員たちへの暴行が常態化していて、あるときなどは甲板員が意識不明になったりしていたからだった。地元の教会の助けを借りてシンガポールに戻った彼に、ステップアップ・マリーンは未払いの給料は全部フィリピンまでの航空券に充てるとするという書類へのサインを求めた。その後、ヴィセンティは二度と遠洋漁船に乗ることはなかった。フィリピン沿岸の沖合数十キロほどの海で働く彼の日給は一ドル二〇セントだった。

陸《おか》に戻ると、わたしは近くの町のファストフード店で働くアンドラーデのもう一人の友人を訪ねた。エマヌエル・コンセプシオンという名前のその友人は、アンドラーデが寝ているうちに亡くなったという検死結果を一笑に付し、自らの体験を語ってくれた。(10)

やはりステップアップ・マリーンに勧誘されたコンセプシオンは、二〇一〇年十月に〈富盛《フーション》11〉という台湾船籍のマグロ延縄漁船に九カ月ほど乗り、南大西洋で働いた。船長は一週か二週ごとに乗組員たちに暴力を振るったという。たいていの場合は拳骨で殴られるか蹴られるかだったが、長い木の棒で激しく突かれることもあった。仕事がのろいだとか魚を落とすだとかという些細なミスが暴行の理由だった。

ある日、船長が料理人に殴る蹴るの激しい暴行を加えた。その夜、乗組員たちは操舵室の床に血痕を見つけた。そしてすぐに船長がいなくなっていることに気づいた。それから翌週までのあいだ、乗組員たちはなす術《すべ》もなく大海原を漂い続けた。ようやく機関士が船の指揮を執り、針路をケープタウンに向けた。入港後、料理人は直ちに逮捕され、船長を刺して海に捨てたと自白した。コンセプシオンは給料を一回ももらわないまま故郷《くに》に戻った。アンドラーデの死について、彼はこう言った。「あいつが寝ているあいだに死んだと思うかって？　まさか、そんなことあるわけないじゃないか」

ステップアップ・マリーンの毒牙にかかったリナブアン・サー村の男たちを探し出して話を聞くために、わたしは価値があると同時に無意味だとも感じられる時間と労力をかなり費やした。虐待の話を聞き過ぎると、虐待に対して鈍感になってしまう。さらに悪いことに、虐待というのは画一的なものなので、何回聞かされても毎回同じ話を聞かされているような気分になる。いくら頑張ったところで、それでアンドラーデが生き返るわけでもない。何かしらの事実を暴いたところで、水産業界もフィリピン政府も台湾政府も行動を起こすことはないだろう。それは自分でもわかっていた。

自分は取材のために取材をしているのではないだろうか。そんな気がしてきた。ジャーナリズムの本質とは、証拠を集め、声なき人びとの声に耳を傾け、その声を代弁することに尽きる——そう信じてきた。しかしその信念が自分の中でかなりぐらついているように思えた。それでも集めた情報を世に出せば、自分以外の誰かがその情報を使って状況を多少なりとも変えてくれるかもしれないという希望は捨てなかった。その希望は、この仕事を続けるための立派な動機となっているのだろうか。それともジャーナリストの夢想にしかすぎないのだろうか。心の奥底ではどちらとも判じかねていた。

＊

二〇一四年、フィリピン警察はステップアップ・マリーンにつながりのある一〇人を人身売買およびアンドラーデらに対する違法な求人募集活動の容疑で摘発した。しかし最終的に訴追されたのはセリア・ロベロただ一人だけだった。同社による船員虐待に関わった人物たちのなかで、彼女はどう見ても下っ端にしかすぎず、その罪状もいちばん軽いものにもかかわらず[11]。

四十六歳だったロベロは、検事局側が言うところの最初の募集活動で終身刑を言い渡される可能性があった[12]。が、ロベロが受け取った手数料は、彼女が紹介した男たちの全員分を合わせてもたった二〇ドルだった。彼女以外のステップアップ・マリーンに連なる人物たちはシンガポールにいるとされていたため、本人不在のまま訴追された。両国のあいだには犯罪者引渡条約が結ばれていないため、彼らがフィリピンで法の裁きを受けることはまずあり得なかった。

実質的にはロベロしか訴追できなかったという事実は、誰の所有物でもないものはないがしろにされるという「コモンズの悲劇」を強く思わせる。万人のものでもあり誰のものでもない公海で働く労働者の保護と、彼らが被っている虐待と酷使の捜査については、各国間の足並みは揃っていない。公海とは、どんなことでも起こり得る、危険覚悟で乗り込まなければならないフロンティアなのだ。犯罪や悪行がはびこっていても、自分たちがやらなくてもほかの誰かが取り締まるだろうし正すだろうという、いわゆる「傍観者効果」がまさしく起こりやすい場所でもある。そしてステップアップ・マリーンのような企業にとっては、悲劇ではなくビジネスチャンスをもたらす真空地帯なのだ。

アンドラーデの友人だったヴィセンティから話を聞いたのちに陸《おか》に戻ってから数日後、わたしはセリア・ロベロを獄中に訪ねた。水田だらけの田舎の未舗装路を車で走り、わたしは彼女が収監されているアクラン州矯正センターに赴いた。高さ三メートルのブロック塀で四方を囲まれた敷地面積二万平方メートルのこの刑務所には二二三人が収監されていて、そのうち二四人が女性だった。所内は活況を呈するスラム街の観を呈していた。ニワトリと、面会に訪れた子どもたちが足元を駆けずり回っていた。服役囚たちは、中庭を見下ろすトタン葺きの小屋でしゃがみ込んでいた。別の建物の脇を流れる汚水溝から発する濃厚な糞便臭が鼻をついた。

二〇一三年の五月からここに収監されているロベロは、逮捕されるに至った経緯を涙ながらに語った。「勧誘に乗ってくる男がいたら、そのたびにシンガポールに連絡してたよ」彼女はそう言った。リム兄弟には会ったこともないし話をしたこともない。仕事の話は人集めを手伝ってくれないかと頼んできたロセリン・ロベロとしかしなかった。一人紹介するごとに二ドル払うという約束だったが、一度ももらったことはない。その金でシンガポールへの電話代や、集めた若い男たちの家を行き来して書類に記入する手伝いをしたりその書類を送る手間の埋め合わせをするはずだった。彼女はそう言った。そしてアンドラーデが亡くなったという話を聞くまでは、自分が集めた一〇人の男たちがシンガポールや海でどんな目に遭わされたのかまったく知らなかったとも言った。検事の話では、その一〇人のうちの何

フィリピンの「アクラン州矯正センター」という刑務所に収監されているセリア・ロベロ。背後にいるのは彼女の９歳の息子のザビエル。ロベロの紹介でエリル・アンドラーデは台湾船籍のマグロ延縄漁船で働くことになり、そして不審死を遂げた。

人かは彼女の身内だという。

「無職の男ばかりがいたら、仕事を見つけてやらなきゃならないでしょ」教師になるべく大学に行ったものの教鞭を執ることはなかったロベロはそう言った。自分は別に「口入れ屋」の仕事をしていたわけではなく、海外には仕事があるという話を広めることで無職の男たちを助けようとしていただけだと、彼女は言い訳した。

ロベロを訪ねたその日、彼女の夫のミッチェルも九歳のザビエルと七歳のガゼラという息子二人を連れて面会に来ていた。ミッチェルは、妻の弁護士費用の二八〇〇ドルを工面するために商売道具のオートリキシャを売り払ってしまい、それ以来無職だった。しかしその弁護士は何も仕事をしないまま姿を消してしまったので、別の弁護士を雇わなくてはならなかったと二人は言った。

ロベロの面会に先立って、わたしはアクラン州の州都カリボ市を訪れ、ステップアップ・マリーンがからむ人身売買事件の陣頭指揮を執ったレイナルド・J・ペラルタ・ジュニア検事のオフィスで丸一日過ごした。取材のアポは取っていたが、数時間待ってもペラルタ検事は会ってくれなかった。あとでメールを送っても返事はなかった。それでも最後にはわたしが雇った調査員と話をしてくれた——カリボの警察当局は、アンドラーデが乗っていた〈鴻祐212〉の乗組員たちに、彼が亡くなった状況を聴取していない。なぜなら彼らはこちらの警察の管轄外のどこかにいるからだ。検事はそう言った。[13]

ロベロは単なる下っ端で、その罪状もかなり軽いのではないかと尋ねると、ペラルタ検事はこう答えた。「彼女が人集めをしなければ、犠牲者たちはこの国から出ることはなかった」ロベロが集めた男たちのなかには彼女に金を払ってシンガポールの仕事を得ていた者もいたし、しかも彼女は就職斡旋業の免許を持っていない。それはつまり彼女は自分がもぐりの「口入れ屋」だということを自覚していたことにほかならない。検事はそう主張した。

フィリピン滞在の最終日、わたしはリナブアン・サー村にふたたび赴き、アンドラーデの家を訪れ、生前の彼の暮らしぶりに思いを馳せてみようとした。しかし話を聞こうとした村人たちはみな無口で、アンドラーデの件のことを訊こうとするとますます口を閉ざした。村人たちが話をしたがらないのは、彼の死のことを大っぴらに口にするとどんな目に遭わされるか恐れているというよりも、むしろ事件の被害者も犯人も同じ村の人間だったことを恥じているからだ。そんな感じがした。

結局一人からしか話を聞くことはできなかった。その男は、泥まみれの裏道で果物を載せた荷車の傍らに立っていた。男はアンドラーデの件は知っていたし、自分もロベロに誘われたら同じ落とし穴に落ちていただろうと言った。わたしはその理由を尋ねた。すると男は何も答えず、荷車にわずかばかりに乗せられていたマンゴーやバナナといった腐りかけの果物を指さした。「全財産がこれだけだったら、あんただってチャンスが巡ってくれれば飛びつくだろ?」たぶんそういう意味なのだろう。

ようやくアンドラーデの母親の家を見つけた。そこはバナナの木の茂みに覆われた空き家だった。玄関ドアの隙間に電気料金の請求書が数枚ねじ込まれていた。その宛名は、二〇一四年にがんで亡くなった彼の母親のモリーナになっていた。玄関ドアに鍵はかけられていなかったので、中に入ってみた。家族のアルバムと大学の卒業アルバムが積み重なり、埃をかぶっていた。その近くに雨漏りが滴り落ちていた。家の脇には棺が置かれていた。アンドラーデの亡骸をフィリピンに送り戻すときに使われたものだ。

空港に向かう前に、わたしはアンドラーデの兄のジュリウスの家を訪ねた。ジュリウスは、自分たち家族は今でも弟の死で誰かが訴追されることを待ち望んでいると言った。セリア・ロベロがすでに服役しているとわたしは言った。あんなものは誤審だと彼は鼻で笑った。本当の犯人は——「責めを受けるべき連中」と彼は言った——今ものうのうと暮らしていて、シンガポールと海で働いている。「あいつらは手を出せない遠くにいる」ジュリウスはそう言った。わざとそうしているんだ。わたしは胸の内にそうつぶやいた。

（下巻に続く）

## 白水社の本

### 辺境中国

新疆、チベット、雲南、東北部を行く

デイヴィッド・アイマー 著／近藤隆文 訳

中国の国境地帯でいま何が起きているのか？　英国のジャーナリストが、急速に進む漢化政策に抗い、翻弄される少数民族の実相を描く。ジャーナリズムに歴史的視点を巧みに取り込んだ傑作ノンフィクション！

### 上海フリータクシー

野望と幻想を乗せて走る「新中国」の旅

フランク・ラングフィット 著／園部 哲 訳

「話してくれたら運賃タダ」という奇抜なタクシーで都市と地方を行き来し、時代の重要な転換点にある中国を見つめた野心的ルポ。

### ネオ・チャイナ

富、真実、心のよりどころを求める 13 億人の野望

エヴァン・オズノス 著／笠井亮平 訳

貧困と政治の軛から解き放たれ、人びとはカネと表現の自由と精神的支柱を求めはじめた。一党独裁と人民との相剋を描いた傑作ルポ。

### 中国第二の大陸　アフリカ

一〇〇万の移民が築く新たな帝国

ハワード・W・フレンチ 著／栗原 泉 訳

露天商から起業家まで、中国移民が追い求める「アフリカン・ドリーム」の実態を、サハラ以南 10 カ国を巡って詳細に描いた傑作ルポ。

アウトロー・オーシャン
海の「無法地帯」をゆく（上）

二〇二一年七月一〇日 第一刷発行
二〇二一年一二月一〇日 第三刷発行

著者 イアン・アービナ
訳者 ©黒木章人
装幀 谷中英之
発行者 及川直志
印刷所 株式会社理想社
発行所 株式会社白水社
東京都千代田区神田小川町三の二四
電話 営業部〇三（三二九一）七八一一
編集部〇三（三二九一）七八二一
振替 〇〇一九〇-五-三三二二八
郵便番号 一〇一-〇〇五二
www.hakusuisha.co.jp
乱丁・落丁本は、送料小社負担にてお取り替えいたします。

株式会社松岳社

ISBN978-4-560-09837-0

Printed in Japan

▷本書のスキャン、デジタル化等の無断複製は著作権法上での例外を除き禁じられています。本書を代行業者等の第三者に依頼してスキャンやデジタル化することはたとえ個人や家庭内での利用であっても著作権法上認められていません。

著者

## イアン・アービナ

Ian Urbina

1972 年生まれ。アメリカのジャーナリスト。ジョージタウン大学卒業後、シカゴ大学大学院の博士課程で歴史学・人類学を学ぶ。この間、フルブライト奨学金を得てキューバで研究に従事。その後、ジャーナリストとして『インターナショナル・ヘラルド・トリビューン』『ハーパーズ・マガジン』『ロサンジェルス・タイムズ』などに寄稿。2003 年から『ニューヨーク・タイムズ』の記者となり、09 年にピュリツァー賞を受賞。16 年には、本書のもととなった一連のレポート「無法の大洋《アウトロー・オーシャン》」シリーズで数々の賞を受賞した。

訳者

## 黒木章人

くろき・ふみひと

翻訳家。訳書に、ケン・マクマナラ『図説 化石の文化史』、イングリット・フォン・フェールハーフェン『わたしはナチスに盗まれた子ども』、ダニエル・カルダー『独裁者はこんな本を書いていた（上下）』、ローラ・J・スナイダー『フェルメールと天才科学者』（以上、原書房）、ウィリアム・ムーゲイヤー『ビジネスブロックチェーン』（日経 BP）、ステイシー・パーマン『スーパーコンプリケーション』（共訳、太田出版）などがある。

# 原注

本書は、4年以上にわたる取材と何千時間になんなんとするインタビューに基づいており、わたしが学んだことの大半は、そうした会話から得られたものだ。が、新たな話題を掘り下げたり新たな取材旅行に発つときには、事前にさまざまな新聞や雑誌の記事、学術誌の論文記事など、とにかくあらゆるものを読んで方向性を定めた。そうしたものの一部を、参考までに各巻末に列記する。読者のみなさんの興味を引きそうな箇所については、そのソースと文脈、さらには簡単な説明も付け加えておいた。

## 1　嵐を呼ぶ追撃

(1) レフ・トルストイ『戦争と平和』工藤精一郎訳、新潮文庫、2005年。

(2) 〈サンダー〉追跡行の模様を描く本章は、わたしが実際に〈ボブ・バーカー〉と〈サム・サイモン〉に乗船したときの取材紀と、2014年から2017年にかけて行ったペッター・ハマーシュテットとシッダールト・チャクラヴァルティ、そしてヴィヤンダ・ルブリンクおよびシーシェパードの乗組員たちへの電話およびメールを介した取材からなる。

(3) "The Sam Simon Departs for Operation Icefish," Sea Shepherd, Dec. 8, 2014; "Bob Barker Departs for Operation Icefish," Sea Shepherd, Dec. 3, 2014.

(4) "Vessel Report for Typhoon 1," *Lloyd's List Intelligence*, April 16, 2015. 〈サンダー〉には〈タイフーン1〉、〈クコ〉、〈武漢（ウーハン）4〉、〈バトゥ〉、〈明（ミン）〉といったさまざまな船名がつけられている。

(5) 〈バンディット・シックス〉の追跡で中核的役割を担っていたICPOは、さまざまな種類の「国際手配書」を出して各方面に注意を促している。国際手配書は、求められる情報の種類に応じて紫、赤、黄、青、緑、橙、黒に色分けされている。国際手配書は加盟190カ国からの正式要請をICPOが受領したときにのみ発行される。〈サンダー〉追跡作戦におけるICPOの役割についての記述は、2016年の10月にフランスのリヨンにあるICPO本部で数日過ごしたところから始まった。そこでわたしは環境犯罪部門の「プロジェクト・スケール（魚鱗）」を指揮していたアリステア・マクドネル氏と連携して動いていた。「プロジェクト・スケール」とは、無許可操業、無報告または虚偽報告による操業、無国籍漁船、地域漁業管理機関の非加盟国の漁船による違反操業など、各国の国内法や国際的な操業ルールに従わない無秩序な漁業活動、いわゆるIUU漁業の捜査に特化したプログラムだ。その活動資金は主にノルウェーとアメリカ、そして非営利組織（NPO）ピュー慈善信託から提供を受けている。

(6) "Radio Conversations with Marine Vessel Thunder," Sea Shepherd, 2015.

(7) 先にも述べたが、本章の記述は2015年4月に〈ボブ・バーカー〉と〈サム・サイモン〉で過ごした10日間の経験をもとにしている。加えて、2014年末から2018年にかけての両船の幹部乗組員とシーシェパードの地上スタッフへの取材内容も交えてある。

(8) Paul Watson, "Another Impossible Mission Made Possible by Sea Shepherd," Sea Shepherd, April 17, 2015.
(9) Jack Fengaughty, "From the Deep South—Fishing, Research, and Very Cold Fingers," Icescience.blogspot.com, Feb. 17, 2012.
(10) Cassandra Brooks, "Antifreeze Fish: Studying Antarctic Toothfish and the Special Proteins in Their Bodies That Help Them Thrive in Subfreezing Waters," *Ice Stories: Dispatches from Polar Scientists*, Nov. 3, 2008.
(11) Paul Greenberg, "The Catch," *New York Times*, Oct. 23, 2005.
(12) "Chasing the Perfect Fish," *Wall Street Journal*, May 4, 2006, adapted from Bruce G. Knecht, *Hooked: Pirates, Poaching, and the Perfect Fish* (Emmaus, Pa.: Rodale, 2007).
(13) Alex Mayyasi, "The Invention of the Chilean Sea Bass," *Priceonomics*, April 28, 2014.
(14) Grant Jones, "Ugly Fish with Sweet Meat Proves a Treat: TheRise of the Deep Dwelling Patagonian Toothfish," News Corp Australia, July 12, 2013.
(15) "Combined IUU Vessel List," Trygg Mat Tracking (TMT).
(16) Andrew Darby, "Epic Chase of Pirate Fisher Thunder Continues," *Sydney Morning Herald*, March 15, 2015.
(17) "Vessel Report for Typhoon 1," *Lloyd's List Intelligence*, April 16, 2015.
(18) カナダの沿岸と国境の警備にあたる民兵組織カナダレンジャーズおよび南極の海洋生物資源の保存に関する委員会（CCAMLR）の船舶報告書より。
(19) IUU Blacklist Vessels, Greenpeace.
(20) 2017年11月のマックス・ハードバーガーへの著者の取材より。
(21) "Thunder Captain and Officers Face Justice in the Wake of Operation Icefish," Sea Shepherd, Feb. 26, 2018.
(22) Fisheries and Resources Monitoring System, "Southern Ocean Antarctic Toothfish Fishery—Banzare Bank," Commission for the Conservation of Antarctic Marine Living Resources, 2015.
(23) Avijit Datta and Michael Tipton, "Respiratory Responses to Cold Water Immersion: Neural Pathways, Interactions, and Clinical Consequences Awake and Asleep," *Journal of Applied Physiology*, June 1, 2006; "The Chilling Truth About Cold Water," *Pacific Yachting Magazine*, Feb. 2006.
(24) Sea Shepherd, Analysis of Toothfish Catch; "Antarctic Toothfish Poaching Ships Shrug Off New Zealand Navy," Associated Press, Jan. 21, 2015.
(25) Tony Smart, "Mauritius: The Best Africa Destination You Know Almost Nothing About," CNN, April 11, 2017.
(26) "The History of Sea Shepherd," Sea Shepherd.
(27) シーシェパードとポール・ワトソンの"輝かしい"経歴については、Raffi Khatchadourian, "Neptune's Navy," *New Yorker*,Nov. 5, 2007を参照のこと。
(28) Tim Hume, "110-Day Ocean Hunt Ends with Sea Shepherd Rescuing Alleged Poachers," CNN, April 7, 2015; Elizabeth Batt, "Captain Paul Watson Steps Down as Sea Shepherd President," *Digital Journal*, Jan. 8, 2013.
(29) "Sea Shepherd CEO and Founder Paul Watson Back in the U.S. After Two Year Absence," Sea Shepherd, Feb. 21, 2018; Interpol, "Wanted by the Judicial Authorities of Japan: Watson, Paul Franklin," International Criminal Police Organization, Aug. 7, 2012; Mike De Souza, "Anti-whaling Activist Paul Watson Gets Back His Canadian Passport, Four Years After Harper Revoked It," *National Observer*, June 27, 2016.
(30) "Sea Shepherd Departs for Operation Icefish," *Maritime Executive*, Dec. 3, 2014.
(31) "Fishermen Caught in Epic Chase Acquitted," *Age*, Nov. 6, 2005; "Toothfish Crew Found Not Guilty," BBC, Nov. 5, 2005.
(32) わたしは『ニューヨーク・タイムズ』の記者になる以前はシカゴ大学の博士課程にいて、メキシコとキューバで人類学の研究調査にあたっていた。そのときわたしは、調査対象の村などに行く場合は、そこの人びとへの「手土産」がどれほど重要なのかを学んだ。オアハカでの

ことだ。わたしの上司だったベテラン人類学者は、いつもポケットにキャンディを忍ばせていた。彼はただそのまま渡すわけではなかった——必ずまず一つ出して、包装紙をゆっくりと外して中身をしっかりと見せた。そしてポケットに手を入れてもう一つ取り出し、手を差し出して取らせた。

(33) Kwasi Kpodo, "Ghana Opens Talks with Exxon on Deepwater Drilling Contract," Reuters, Nov. 13, 2017.

(34) Kelly Tyler, "The Roaring Forties," PBS, Oct. 23, 1999; Jason Samenow, "'Roaring Forties' Winds, Gyrating Ocean Currents Pose Malaysia Plane Search Nightmare," *Washington Post*, March 21, 2014.

(35) "Climate, Weather, and Tides at Mawson," Australian Government, Department of the Environment and Energy, Sept. 21, 2015; IceCube South Pole Neutrino Observatory, "Antarctic Weather," University of Wisconsin-Madison, 2014; National Hurricane Center, "Saffir-Simpson Hurricane Wind Scale," National Oceanic and Atmospheric Administration, 2012.

(36) "Radio Conversations with Marine Vessel Thunder," Sea Shepherd, 2015.

(37) Sea Shepherd Operation Icefish Campaign Map.

(38) Kate Willson and Mar Cabra, "Spain Doles Out Millions in Aid Despite Fishing Company's Record," Center for Public Integrity, Oct. 2, 2011.

(39) "Thunder," Commission for the Conservation of Antarctic Marine Living Resources, May 26, 2016.

(40) 2015 年のカルロス・ペレス・ブウサダ氏への著者のメール取材より。

(41) 〈サンダー〉の船主についての情報は、主に ICPO とサントメ・プリンシペの検事当局から提供された機密文書によるものだ。ICPO の捜査官への取材から、2000 年から 2003 年にかけてはスペインに関連のあるサザン・シッピング・リミテッドやビスタシュル・ホールディングスやムニス・カスティニェーラ SL といった複数の企業が〈サンダー〉の船主として名を連ねていたことがわかった。この捜査については、オーストラリア漁業管理局の捜査官グレン・サーモン氏の存在も忘れてはならない。かつてはオーストラリア連邦警察の捜査官だったサーモン氏は、長年のあいだ〈サンダー〉を含めた南氷洋の違法操業船を追い続けてきた。エスキル・エンダルとシアテル・セテーによれば、サーモン氏が所有する文書には、インド洋と南氷洋における違法もしくは無申告、さらには規制違反の操業についてのオーストラリアの監視船と哨戒機による報告書が、少なくとも 50 通は含まれているという。

(42) Eskil Engdal and Kjetil Sæter, *Catching* Thunder: *The True Story of the World's Longest Sea Chase* (London: Zed, 2018).

(43) ペッター・ハマーシュテット船長が〈サンダー〉の乗組員たちに宛てたビラより。

(44) "The History of Sea Shepherd," Sea Shepherd.

(45) 2016 年 12 月にシーシェパードが公表した、シーシェパードと〈サンダー〉と〈アトラス・コーヴ〉の交信記録より。

(46) Benjamin Weiser, "Fast Boat, Tiny Flag: Government's High-Flying Rationale for a Drug Seizure," *New York Times*, Oct. 28, 2015.

(47) 19 世紀中頃、イギリスのウィリアム・フォースター・ロイドという経済学者が、同じ放牧地でも私有地と共有地《コモンズ》ではその様子が明らかに違うことに気づいた。私有の牧草地で育てられた牛は、コモンズの放牧地の牛と比べると健康状態も発育状態もよく、餌もたっぷりと与えられていた。1832 年の「国民の調査 (The Checks to Population)」と題した講義で、ロイドはこう問いかけた。「コモンズの牛はどうして発育が悪く、貧弱なのだろうか? 牧草にしても、隣接する私有地とは違ってまったく発育が悪く、茂っていないのはなぜだろう?」William Forster Lloyd, *Two Lectures on the Checks to Population* (Oxford University, 1833) を参照。ロイドは、利己的な目先の利益にとらわれた牛飼いたちがコモンズの放牧地を衰えさせてしまったのだと結論づけた。自分の放牧地で飼育可能な頭数を超えてしまった牛飼いは、コモンズの放牧地で牛を増や

し続ける。なぜなら、増やした牛から得られる彼個人の利益は、それによって生じるコモンズの損失の彼の負担分を上回るからだ。農民にしても自分の土地ならいざ知らず、コモンズの放牧地なのでほとんど精を出さず、結果として手入れが行き届かず荒れてしまう。このロイドの講義から着想を得て、アメリカのギャレット・ハーディンという生態学者が「誰しもが何かしらの所有物を保有している状況下においては、誰の所有物でもないものに対しては乱用と軽視が生じる」という概念を「コモンズの悲劇」という言葉で表現し、1968 年に世に広めた。国際法では、公海・大気圏・南極大陸・宇宙空間という四つの領域がグローバル・コモンズとされている。歴史的に見て人類は、グローバル・コモンズ内の資源にはなかなか手が出せずにいる。しかしながら科学技術の進歩により、その状況に変化が生じている。Garrett Hardin, "The Tragedy of the Commons," *Science*, Dec. 13, 1968 を参照。

（48）国際運輸労連（ITF）は 35 カ国を「便宜置籍国」と見なしている。ドイツの海運専門研究機関 ISL（Institute of Shipping Economics and Logistics）が 2012 年に出した報告書によれば、世界中の商船の総トン数（隻数ではない）に占める便宜置籍船の割合は 2005 年からの 7 年間で 51.3 パーセントから 70.8 パーセントに上昇したという。つまりその船の船籍と船主の国籍が異なる船舶は、総トン数ベースで七割以上も全世界に存在するということだ。国際連合貿易開発会議（UNCTAD）の調査により、全世界の船舶の 3 分の 2 以上が開発途上国の船籍になっていて、その多くが便宜置籍船だということが判明した。"Structure, Ownership, and Registration of the World Fleet," Review of Maritime Transport（2015）を参照。

（49） "Interpol Purple Notice on Fishing Vessel Yongding," New Zealand, Jan. 21, 2015.

（50） "Radio Conversations with Marine Vessel Thunder," Sea Shepherd, 2015.

（51） "Thunder Issues Distress Signal. Sea Shepherd Launches Rescue Operation," Sea Shepherd, Feb. 28, 2018; "Poaching Vessel, Thunder, Sinks in Suspicious Circumstances," Sea Shepherd, Feb. 28, 2018.

（52） "Video of Conversation Between Cataldo and Chakravarty," provided by Sea Shepherd, 2015.

（53） "Poaching Vessel, Thunder, Sinks in Suspicious Circumstances"; "Massive Victory in the Fight Against Illegal Fishing," Sea Shepherd.

（54） "Massive Victory in the Fight Against Illegal Fishing"; "Thunder Captain and Officers Face Justice in the Wake of Operation Icefish."

（55）2015 年から 2016 年にかけて、わたしはサントメ・プリンシペの司法長官フレデリーク・サンバ・ヴィエガス・ダブルー氏と電話とメールのやり取りを続けていた。ダブルー氏はわたしの取材に大いに役立つ情報を提供してくれた。氏以外にも、捜査に関わった法執行機関の関係者で助言と資料を提供してくれた方々がいるが、彼らからは名前を明かさないでくれと言われている。

（56）Jason Holland, "Spanish Tycoon Hit with USD 10 Million Fine for Illegal Fishing," *Seafood Source*, April 24, 2018.

（57） "Bangalore 2016," Moving Waters Film Festival, 2016.

## 2　孤独な戦い

（1） ハインリッヒ・ツィンマー『インド・アート――神話と象徴』宮元啓一訳、せりか書房、1988 年。

（2）Amanda Nickson, "3 Misconceptions Jeopardizing the Recovery of Bigeye Tuna in the Pacific," Pew, Oct. 13, 2015.　さまざまな水産資源が危機に瀕しているという議論はほとんどされていないが、何をもってして危機に瀕しているのかという点についてもかなり不透明だ。ブリティッシュ・コロンビア大学の海洋生態学者ダニエル・ポーリーは、魚類の生息数の算出法が不確かであることを明らかにした。とくにポーリーは、国連食糧農業機関（FAO）が出した推定値に異議を唱え

ている。漁業統計についての世界的権威であるFAOは、漁獲総トン数は毎年増加しており、したがって資源状態は健全であるという報告を過去数十年にわたって出し続けていた。しかしポーリーは、1950年から増え続けてきた全世界の漁獲量は1980年代からは減少傾向にあることを突き止めた。中国では漁獲高が増加しており、年間1100万トンという信じがたいデータが報告され続けていた。しかしこの数字は、ポーリーによれば生物学的に見て可能な漁獲数の少なくとも2倍になる量だという。数値が捏造された背景には、以下のような理由が当を得ているように思える——中国の役人は、生産量が増えた場合のみ昇進する。そこで帳簿上の生産量を増やして上に報告したのだ。

(3) Fisheries Environmental Performance Index, Yale, Aug. 19, 2014; Sarah Kaplan, "By 2050, There Will Be More Plastic than Fish in the World's Oceans, Study Says," *Washington Post*, Jan. 20, 2016; "Plastic in Ocean Outweighs Fish," *Business Insider*, Jan. 26, 2017. プラスティック梱包材のリサイクルは産業界にも恩恵をもたらす可能性がある。新たに製造されるプラスティックの使用により、産業界は年間800億ドルの損失を被っている。

(4) Shelton Harley et al., "Stock Assessment of Bigeye Tuna in the Western and Central Pacific Ocean," Western and Central Pacific Fisheries Commission, July 25, 2014.

(5) スカイトゥルース社の調査員ビヨルン・バーグマンおよび同社の取締役ジョン・エイモス氏への取材から。〈レメリク〉と〈新吉群33〉の追跡劇については、2015年から2018年にかけての複数の取材をもとにした。

(6) "Shin Jyi Chyuu No. 33," Ship Details Document, Western and Central Fisheries Commission.

(7) パラオ海洋警察の捜査官アリソン・バイエイとは〈レメリク〉の船上でともに時間を過ごしたが、その後も2015年から2017年にかけて電話とメールで連絡をとり続けた。

(8) 2013年、パラオ政府はオーストラリアの鉄鉱石採掘大手の会長アンドリュー・フォレスト氏の資金援助を得て、無人航空機(ドローン)を使ったパラオ海域の巡視活動の試験を実施した。ドローンがかなりの高額であることに加えて操縦も難しく、搭載するカメラでは眼下の海をストロー程度の幅しかとらえることができなかったので、結局計画は棚上げにされた。この件の取材ではピュー慈善信託のセス・ホルストマイヤー氏からひとかたならぬ助力を賜った。わたしと氏は2015年から2018年にかけて何十回も電話やメールでやり取りした。ドローンをはじめとしたさまざまなテクノロジーを駆使したパラオの試みについては、ドローンの開発および製造企業エアロゾンデ・リミテッドの報告書"Background Briefing: The Aerosonde UAS," AAI Corporation, Textron Systems, Aug. 2013から多くを学んだ。パラオ近海およびその他の海域での最新テクノロジーを使った取り締まり活動についてはさらに広く学んだ。そのとき読んだ記事をいくつか挙げる。Brian Clark Howard, "For U.S., a New Challenge: Keeping Poachers Out of Newly Expanded Marine Reserve in Pacific," *National Geographic*, Sept. 25, 2014; Robert Vamosi, "Big Data Is Stopping Maritime Pirates... from Space," *Forbes*, Nov. 11, 2011; Erik Sofge, "The High-Tech Battle Against Pirates," *Popular Science*, April 23, 2015; Brian Clark Howard, "Can Drones Fight Illegal 'Pirate' Fishing?," *National Geographic*, July 18, 2014; "Combating Illegal Fishing: Dragnet," *Economist*, Jan. 22, 2015; Christopher Pala, "Tracking Fishy Behavior, from Space," *Atlantic*, Nov. 16, 2014; "Pew Unveils Pioneering Technology to Help End Illegal Fishing," Pew Charitable Trusts, press release, Jan. 21, 2015.

2015年秋のパラオ訪問時に、わたしはパシフィック・ミッション・アヴィエーションというキリスト教伝道団体と行動をともにした。パシフィック・ミッション・アヴィエーションは2機の小型機でパラオの絶海の孤島に食料や医薬品を運んでいる。パラオ政府は彼らの飛行機にハイテクレーダーを取り付け、違法操業船の探索に活用している。パイロットたちも不審な漁船を発見したら当局に通報している。彼らの空輸業務に一日同行したわたしは、こうした既存の団体に新たな目的とテクノロジーを組み合わせるという官民協力体制がどのように機能す

るのかをもっと知りたいと思った。自前の航空力を持たないパラオの海上警備活動は船頼みだが、燃料は高価なうえに船の速度は飛行機よりも遅い。伝道団体と政府の提携関係は、費用節約の戦術としては有望だと思える。それでも、そのために必要なレーダーは非常に高価だ。ほとんどの貧困国にとってこの費用はべらぼうに高く、そうしたハイテク装備の拡充には裕福な政府の寄付もしくは貸与に頼らざるを得ない。

(9) "Monitoring, Control, and Surveillance," Republic of Palau Exclusive Economic Zone.

(10) Part V Exclusive Economic Zone, UN Convention on the Law of the Sea.

(11) Richard A. Lovett, "Huge Garbage Patch Found in Atlantic Too," *National Geographic*, March 2, 2010; "The World Factbook: Palau," Central Intelligence Agency Library, Oct. 17, 2018.

(12) "Palau Burns Shark Fins to Send Message to Poachers," Agence France-Presse, May 7, 2003; Christopher Pala, "No-Fishing Zones in Tropics Yield Fast Payoffs for Reefs," *New York Times*, April 17, 2007; John Heilprin, "Swimming Against the Tide: Palau Creates World's First Shark Sanctuary," *Courier Mail Australia*, Sept. 29, 2009; Renee Schoof, "Palau and Honduras: World Should Ban Shark Fishing," McClatchy DC Bureau, Sept. 22, 2010; Bernadette Carreon, "Sharks Find Sanctuary in Tiny Palau," Agence France-Presse, Jan. 3, 2011; "Sea Shepherd Welcomes Palau Surveillance Deal with Japan," Radio New Zealand News, May 20, 2011; Ilaitia Turagabeci, "Fine and Ban," *Fiji Times*, Feb. 20, 2012; "Chinese Fisherman Killed in Ocean Confrontation with Palau Police, Search On for 3 Missing," Associated Press, April 3, 2012; XiaoJun Zhang, "Compensation Demanded for Slain Chinese Fisherman in Palau," Xinhua News Agency, April 16, 2012; "Palau: China Spying on Us," *Papua New Guinea Post Courier*, April 25, 2012; "Japan to Help Fight Poaching in South Pacific," *Nikkei Report*, Dec. 30, 2012; "Pacific Island Nations Band Together as Overfishing Takes Toll on Global Tuna Supply," PACNEWS, Jan. 24, 2013; "Pacific's Palau Mulls Drone Patrols to Monitor Waters," Agence France-Presse, Oct. 4, 2013; Edith M. Lederer, "Palau to Ban Commercial Fishing, Promote Tourism," Associated Press, Feb. 5, 2014; Michelle Conerly, " 'We Are Trying to Preserve Our Lives,' " *Pacific Daily News*, Feb. 16, 2014; Kate Galbraith, "Amid Efforts to Expand Marine Preserves, a Warning to Focus on Quality," *New York Times*, Feb. 19, 2014; "Marine Protection in the Pacific: No Bul," *Economist*, June 7, 2014; Amy Weinfurter, "Small Nation Palau Makes Big Waves," Environmental Performance Index, Aug. 19, 2014; "Wave-Riding Robots Could Help Track Weather, Illegal Fishing in Pacific," PACNEWS, July 29, 2014; Christopher Joyce, "Gotcha: Satellites Help Strip Seafood Pirates of Their Booty," NPR, Feb. 5, 2015; Elaine Kurtenbach, "Palau Burns Vietnamese Boats Caught Fishing Illegally," Associated Press, June 12, 2015; Jose Rodriguez T. Senase, "Palau Closely Monitoring Foreign Fishing Vessels in EEZ," *Island Times*, Jan. 26, 2016.

(13) Sienna Hill, "The World's Most Expensive Seafood Dishes," *First We Eat*, June 27, 2015; Chris Loew, "Chinese Demand for Japanese Cucumber Heats Up," *SeafoodSource*, Aug. 31, 2018.

(14) 2015 年から 2018 年にかけて、わたしはレメンゲサウ大統領と連絡をとり続けた。大統領については "Biography of His Excellency Tommy E. Remengesau, Jr. President of the Republic of Palau," Palaugov も参照した。

(15) Yimnang Golbuu et al., "The State of Coral Reef Ecosystems of Palau," in *The State of Coral Reef Ecosystems of the United States and Pacific Freely Associated States: 2005*, ed. J. E. Waddell (Silver Spring, Md.: NOAA, 2005), 488–507.

(16) Jim Haw, "An Interconnected Environment and Economy—Shark Tourism in Palau," *Scientific American*, June 12, 2013.

(17) Natasha Stacey, *Boats to Burn: Bajo Fishing Activity in the Australian Fishing Zone* (Canberra: ANU E Press, 2007). この情報はグリーンピースの海洋作戦ディレクターのジョン・ホセヴァー氏への取材にも基づいている。

(18) Boris Worm et al., "Global Catches, Exploitation Rates, and Rebuilding Options for Sharks," *Marine Policy*

40 (July 2013): 194–204.

(19) フカヒレ漁については以下の記事や著書を参照にした。Juliet Eilperin, "Sharkonomics," *Slate*, June 30, 2011; Stefania Vannuccini, *Shark Utilization, Marketing, and Trade* (Rome: FAO Fisheries Technical Paper. No. 389, 1999); Krista Mahr, "Shark-Fin Soup and the Conservation Challenge," *Time*, Aug. 9, 2010; Justin McCurry, "Shark Fishing in Japan—a Messy, Blood-Spattered Business," *Guardian*, Feb. 11, 2011; Michael Gardner, "Battle to Ban Trade in Shark Fins Heats Up," *San Diego Union-Tribune*, June 1, 2011; Justin McCurry, "Hong Kong at Centre of Storm in Soup Dish," *Guardian*, Nov. 11, 2011; "Fisherman's Gold: Shark Fin Hunt Empties West African Seas," Agence France-Presse, Jan. 8, 2012; Adrian Wan, "Case Builds Against Shark Fin," *South China Morning Post*, March 4, 2012; Louis Sahagun, "A Bit of Culinary Culture Is at an End," *Los Angeles Times*, June 29, 2013; Doug Shinkle, "SOS for Sharks," *State Legislatures Magazine*, July 2013; Chris Horton, "Is the Shark-Fin Trade Facing Extinction?," *Atlantic*, Aug. 12, 2013; "Fine Print Allows Shark Finning to Continue," *New Zealand Herald*, Nov. 23, 2013; John Vidal, "This Could Be the Year We Start to Save, Not Slaughter, the Shark," *Observer*, Jan. 11, 2014; Shelley Clarke and Felix Dent, "State of the Global Market for Shark Commodities," Convention on International Trade in Endangered Species of Wild Fauna and Flora, May 3, 2014; Nina Wu, "Documentary Film Shines Light on Shark Finning," *Star Advertiser*, June 8, 2014; Oliver Ortega, "Massachusetts to Ban Shark Fin Trade," *Boston Globe*, July 24, 2014; Mark Magnier, "In China, Shark Fin Soup Is So 2010," *Wall Street Journal*, Aug. 6, 2014; Felicia Sonmez, "Tide Turns for Shark Fin in China," *Phys.org*, Aug. 20, 2014, 1; "All for a Bowl of Soup," transcript, *Dan Rather Reports*, AXS TV, Jan. 24, 2012; "Bycatch," SharkSavers, a Program of WildAid, accessed Nov. 21, 2018, www.sharksavers.org.

(20) この言葉は、2015 年から 2017 年にかけてのレメンゲサウ大統領およびコエバル・サクマ大統領首席顧問への取材から得た。

(21) Tse-Lynn Loh and Zeehan Jaafar, "Turning the Tide on Bottom Trawling," *Aquatic Conservation: Marine and Freshwater Ecosystems* 25, no. 4 (2015): 581–83.

(22) Carl Safina and Elizabeth Brown, "Fishermen in Palau Take On Role of Scientist to Save Their Fishery," *National Geographic*, Nov. 5, 2013; "Healthy Oceans and Seas: A Way Forward," President Remengesau Keynote UN Address, Feb. 4, 2014; Johnson Toribiong, "Statement by the Honorable Johnson Toribiong President of the Republic of Palau to the 64th Regular Session of the United Nations General Assembly," Sept. 25, 2009, palauun.files,wordpress.com.

(23) Jane J. Lee, "Tiny Island Nation's Enormous New Ocean Reserve Is Official," *National Geographic*, Oct. 28, 2015.

(24) Sean Dorney, "Palau Ends Drone Patrol Tests to Deter Illegal Fishing," ABC Australia, Oct. 4, 2013; Haw, "Interconnected Environment and Economy."

(25) Aaron Korman, "Stand with Palau Campaign," *Indiegogo*, Aug. 4, 2014.

(26) パラオの水産資源管理の見通しと計画については、ピュー慈善信託の "The Monitoring, Control, and Surveillance Plan for 2015–2020." をもとに起草された大統領府の貴重な報告書を参照にした。

(27) この章の大部分は 10 日間のパラオ滞在中に得た情報で成り立っている。そのなかでも〈レメリク〉をはじめとしたこの国の海洋警察の船舶に乗船した際に見聞きしたものはとくに多い。海洋警察の本部に 2 日通い、捜査官たちのやり取りにも耳を傾けた。ビンロウの実の記述については、パラオで多くの仕事をこなしてきたピュー慈善信託のセス・ホルストマイヤー氏が協力してくれた。パラオの海洋保護努力の履歴については、オーストラリア海軍のベン・フェネル少佐、ピュー・ベータレリ・オーシャン・レガシーのジェニファー・コスケリン・ギボンズ代表、そしてホルストマイヤー氏から多くを学んだ。

(28) Jethro Mullen, "Typhoon Bopha Carves Across Philippines, Killing Scores of People," CNN, Dec. 5, 2012.

(29) Jethro Mullen, "Super Typhoon Haiyan, One of Strongest Storms Ever, Hits Central Philippines," CNN, Nov. 8, 2013.
(30) M. Barange et al., "Impacts of Climate Change on Marine Ecosystem Production in Societies Dependent on Fisheries," *Nature Climate Change*, Feb. 23, 2014.
(31) Ibid.
(32) A. M. Friedlander et al., "Marine Biodiversity and Protected Areas in Palau: Scientific Report to the Government of the Republic of Palau," National Geographic Pristine Seas and Palau International Coral Reef Center, 2014.
(33) "Palau President's Report on Lost Cessna," Republic of Palau, 2012.
(34) "Republic of Palau vs. Ten Jin Len," Criminal Complaint, Supreme Court of the Republic of Palau, 12–026, April 3, 2012.
(35) Victoria Roe, "Request for an Investigation Memo," Office of the Attorney General, Republic of Palau, April 11, 2012.
(36) Nick Perry and Jennifer Kelleher, "Billionaire's Yacht Hunts for Lost Plane off Palau," Associated Press, April 4, 2012.
(37) "Search for Plane That Ditched over Palau Waters Ended," *Kathryn's Report*, April 5, 2012.
(38) セスナ遭難の詳細については以下の記事を参照にした。Walt Williams, "Map to the Bizarre and Peculiar Odd Nuggets Around in the Golden State," *Modesto Bee*, June 29, 1997, H–1; "Typhoon While on the Hard," *Latitude 38*, March 2007; "Easier with Climate Change," *Latitude 38*, Nov. 2008; "A Xmas Story—with Gunfire," *Latitude 38*, April 2010; "Delivery with New Owner," *Latitude 38*, Dec. 2011; "Palau Arrests Chinese Fishermen, 1 Dies After Being Hit by Gunfire; 2 Officers and Pilot Missing in Effort to Film Their Burning Vessel," Pacific News Center, April 3, 2012; Kelleher and Perry, "Billionaire's Yacht Hunts for Lost Plane off Palau"; Brett Kelman, "One Dead in High-Sea Chase," *Pacific Daily News* (Hagatna, Guam), April 4, 2012; "Lost in Aviation Accident," *Latitude 38*, May 2012, A1; "Hawaii: Remains of Plane Found in Palau Not Missing 2012 Police Flight," *US Official News*, May 6, 2014.
(39) Jeff Barabe and Kassi Berg, "Candlelight Vigil Held for Pilot and Two Police Officers Who Vanished, Search Suspended," Oceania Television Network, April 11, 2012.
(40) John Gibbons to the President of Palau, April 16, 2012.
(41) セスナ失踪事件については、警官の一人の遺族とパイロットの遺族に匿名を条件に電話とメールで取材した。
(42) Andrew Wayne et al., *Helen Reef Management Plan*, The Hatohobei State Leadership and the Hatohobei Community, 2011; Architect's Virtual Capitol, "Architect of the Capitol."
(43) Stephen Leahy, "The Nations Guaranteed to Be Swallowed by the Sea," *Motherboard*, May 27, 2014.
(44) Paul Greenberg and Boris Worm, "When Humans Declared War on Fish," *New York Times*, May 8, 2015.
(45) "Fishing Gear: Purse Seines,"NOAA Fisheries, Nov. 30, 2017.
(46) "How Seafood Is Caught: Purse Seining," YouTube, Seafood Watch, May 2013.
(47) Paul Greenberg, "Tuna's End," *New York Times*, June 22, 2010; "Catches by Type in the Global Ocean—High Seas of the World," *Sea Around Us;* "World Deep-Sea Fisheries," Fisheries and Resources Monitoring System, 2009.
(48) 2017年のポール・グリーンバーグ氏への取材から。「魚類についての二つの誤解」についてのグリーンバーグの見解は、Paul Greenberg, *Four Fish: The Future of the Last Wild Food* (New York: Penguin Books, 2011)(ポール・グリーンバーグ『鮭鱸鱈鮪 食べる魚の未来——最後に残った天然食料資源と養殖漁業への提言』夏野徹也訳、地人書館、2013年)および Paul Greenberg, "Ocean Blues," *New York Times Magazine*, May 13, 2007 を参照のこと。

(49) Carlos Espósito et al., *Ocean Law and Policy: Twenty Years of Development Under the UNCLOS Regime* (Leiden: Koninklijk Brill NV, 2017).

(50) Daniel Hawthorne and Minot Francis, *The Inexhaustible Sea* (New York: Dodd, Mead, 1954).

(51) "Automatic Identification System Overview," U.S. Coast Guard Navigation Center website, Oct. 23, 2018.

(52) David Manthos, "Avast! Pirate Fishing Vessel Caught in Palau with Illegal Tuna & Shark Fins," SkyTruth, March 4, 2015.

(53) Nicki Ryan, "The World's Largest and Second Largest Supertrawlers Are in Irish Waters," *Journal* (Dublin), Jan. 17, 2015.

(54) "Pacific Tuna Stock on the Brink of Disaster," Greenpeace, press release, Sept. 3, 2014.

(55) "Fishing Gear: Fish Aggregating Devices," NOAA Fisheries.

(56) Wesley A. Armstrong and Charles W. Oliver, *Recent Use of Fish Aggregating Devices in the Eastern Tropical Pacific Tuna Purse-Seine Fishery, 1990–1994*, Southwest Fisheries Science Center, March 1996; "The Tuna-Dolphin Issue," NOAA.

(57) Elisabeth Eaves, "Dolphin-Safe but Not Ocean-Safe," *Forbes*, July 24, 2008.

(58) Avram Primack, *The Environment and Us* (St. Thomas, V.I.: ProphetPress, 2014).

(59) Michael D. Scott et al., "Pelagic Predator Associations: Tuna and Dolphins in the Eastern Tropical Pacific Ocean," *Marine Ecology Progress Series* 458 (July 2012): 297.

(60) "WCPFC Statement to the 45th Pacific Islands Forum Leaders Meeting," Western and Central Pacific Fisheries Commission.

(61) マグロの大洋を横断する回遊パターンは関心が高まっている研究テーマだ。太平洋の回遊パターンについては、Jeffrey J. Polovina, "Decadal Variation in the Trans-Pacific Migration of Northern Bluefin Tuna (*Thunnus thynnus*) Coherent with Climate-Induced Change in Prey Abundance," *Fisheries Oceanography* 5, no. 2 (June 1996) を参照のこと。大西洋の回遊パターンについては、Barbara A. Block et al., "Electronic Tagging and Population Structure of Atlantic Bluefin Tuna," *Nature*, April 2005 を参照のこと。

(62) "PNA-FAD Tracking and Management Trial," Western and Central Pacific Fishing Commission, Dec. 4, 2015.

(63) "Palau to Sign National Marine Sanctuary into Law," Pew, press release, Oct. 22, 2015; Brian Clark Howard, "U.S. Creates Largest Protected Area in the World, 3X Larger than California," *National Geographic*, Sept. 26, 2014.

(64) 観光業と経済についての統計はパラオの大統領府から提供された資料に基づく。

(65) パラオにとって観光業は諸刃の剣となっている状況については以下の記事を参照のこと。Bernadette H. Carreon, "Palau's Environment Minister to Take Action on Illegal Trade of Napoleon Wrasse," Pacific News Agency Service, July 19, 2016; Jose Rodriguez T. Senase, "Palau Hotel Accused of Illegally Cooking Protected Fish," *Pacific Islands Report*, Oct. 13, 2015; Jennifer Pinkowski, "Growing Taste for Reef Fish Sends Their Numbers Sinking," *New York Times*, Jan. 20, 2009.

(66) B. Russell (Grouper & Wrasse Specialist Group), "*Cheilinus undulatus:* The IUCN Red List of Threatened Species," 2004: e.T4592A11023949; T. Chan, Y. Sadovy, and T. J. Donaldson, "*Bolbometopon muricatum:* The IUCN Red List of Threatened Species," 2012: e.T63571A17894276; J. A. Mortimer and M. Donnelly (IUCN SSC Marine Turtle Specialist Group), "*Eretmochelys imbricata:* The IUCN Red List of Threatened Species," 2008: e.T8005A12881238.

(67) ジェリーフィッシュ・レイクのクラゲは、報道によれば香港の魚市場に出回っているという。Alex Hofford, "Jellyfish from Palau's 'Jellyfish Lake' on Sale in Hong Kong," YouTube, April 2013. パラオの観光被害については、デビー・レメンゲサウ大統領夫人が先頭に立って対策を進めている。

しかしパラオ政府が環境に悪影響を及ぼす野放図な観光業に制限をかけたことによって、中国との緊張が高まっている。Farah Master, "Empty Hotels, Idle Boats: What Happens When a Pacific Island Upsets China," Reuters, Aug. 19, 2018.

(68) "Official Statement from Tan Bin," Bureau of Public Safety, Koror, Republic of Palau, April 1, 2012.

(69) "Republic of Palau vs. Ten Jin Len," Criminal Complaint, Supreme Court of the Republic of Palau, 12–026, April 3, 2012.

(70) "Palau President's Report on Lost Cessna," Republic of Palau, 2012.

(71) Victoria Roe, "Request for an Investigation Memo," Office of the Attorney General, Republic of Palau, April 11, 2012.

(72) David Epstein, "The Descent," *New York Times*, June 20, 2014.

## 3 錆びついた王国

(1) Jack Gould, "Radio: British Commercial Broadcasters Are at Sea," *New York Times*, March 25, 1966; Felix Kessler, "The Rusty Principality of Sealand Relishes Hard-Earned Freedom," *Wall Street Journal*, Sept. 15, 1969; John Markoff, "Rebel Outpost on the Fringes of Cyberspace," *New York Times*, June 4, 2000; Declan McCullagh, "A Data Sanctuary Is Born," *Wired*, June 4, 2000; Steve Boggan, "Americans Turn a Tin-Pot State off the Essex Coast into World Capital of Computer Anarchy," *Independent*, June 5, 2000; Declan McCullagh, "Sealand: Come to Data," *Wired*, June 5, 2000; David Cohen, "Offshore Haven: Cold Water Poured on Sealand Security," *Guardian*, June 6, 2000; Carlos Grande, "Island Fortress's 'Data Haven' to Confront E-trade Regulation," *Financial Times*, June 6, 2000; "Man Starts Own Country off Coast of Britain," *World News Tonight*, ABC, June 6, 2000; Tom Mintier, "Sealand Evolves from Offshore Platform to High-Tech Haven," *Worldview*, CNN, June 12, 2000; Anne Cornelius, "Legal Issues Online Firms Set to Take Refuge in Offshore Fortress," *Scotsman*, June 15, 2000; David Canton, "Creating a Country to Avoid Jurisdiction," *London Free Press*, June 16, 2000; "Internet Exiles," *New Scientist*, June 17, 2000; Theo Mullen, "A Haven for Net Lawbreakers?," *Internetweek*, June 19, 2000; Peter Ford, "Banned on Land, but Free at Sea?," *Christian Science Monitor*, June 23, 2000; Mara D. Bellaby, "An Internet 'Mouse That Roars' Pops Up off Britain," *Houston Chronicle*, June 25, 2000; "Rebel Sea Fortress Dreams of Being 'Data Haven,' " *Wall Street Journal*, June 26, 2000; Simson Garfinkel, "Welcome to Sealand. Now Bugger Off," *Wired*, July 2000; Edward Sherwin, "A Distant Sense of Data Security," *Washington Post*, Sept. 20, 2000; Ann Harrison, "Data Haven Says It Offers Freedom from Observation," *Computerworld*, Nov. 13, 2000; Grant Hibberd, "The Sealand Affair—the Last Great Adventure of the Twentieth Century?," Foreign & Commonwealth Office U.K., Nov. 19, 2010; Grant Hibberd, "The Last Great Adventure of the Twentieth Century: The Sealand Affair in British Diplomacy," *Britain and the World* 269 (2011); James Grimmelmann, "Sealand, HavenCo, and the Rule of Law," *University of Illinois Law Review*, March 16, 2012; Prince Michael of Sealand, *Holding the Fort* (self-published, 2015).

(2) William Yardley, "Roy Bates, Biggerthan-Life Founder of a Micronation, Dies at 91," *New York Times*, Oct. 13, 2012.

(3) Cahal Milmo, "Sealand's Prince Michael on the Future of an Off-Shore 'Outpost of Liberty,' " *Independent*, March 19, 2016.

(4) Rose Eveleth, " 'I Rule My Own Ocean Micronation,' " BBC, April 15, 2015. この洋上砲台は単数形でラフ・タワーとも英国海軍要塞（HMF）ラフとも呼ばれることがある。名称の由来はラフス・サンズという砂堆の上に建てられているからだ。ラフスの周辺に、イギリス海軍はマンセル要塞と呼ばれるプラットフォーム群を建てた。それらの多くはプラットフォームと７基の塔を通路で結んだものだ。Grimmelmann, "Sealand, HavenCo, and the Rule of Law."

(5) Thomas Hodgkinson, "Notes from a Small Island: Is Sealand an Independent 'Micronation' or an Illegal For-

tress?," *Independent*, May 18, 2013.

(6) Grimmelmann, "Sealand, HavenCo, and the Rule of Law."

(7) Elaine Woo, " 'Prince' Roy Bates Dies at 91; Adventuring Monarch of Sealand," *Los Angeles Times*, Oct. 14, 2012.

(8) "Sealand, HavenCo, and the Rule of Law."

(9) Woo, " 'Prince' Roy Bates Dies at 91." ロイ・ベーツはイタリアでも捕虜になったことがあると、2004 年に『インディペンデント』紙の記者に語った。何度も脱走を試みた彼は、とうとう銃殺刑に処されることになったが、銃殺隊が小銃を構えたところで、ようやく執行猶予を与えられた。詳細は Mark Lucas, "Sealand Forever! The Bizarre Story of Europe's Smallest Self-Proclaimed State," *Independent*, Nov. 27, 2004, 33 を参照のこと。

(10) 海上の海賊放送局については以下の文献からさらに多くのことを学んだ。Robert Chapman, *Selling the Sixties: The Pirates and Pop Music Radio* (New York: Routledge, 1992). Also worthwhile is Steve Conway, *Shiprocked: Life on the Waves with Radio Caroline* (Dublin: Liberties, 2009). On the later history of pirate radio in the U.K., see John Hind and Stephen Mosco, *Rebel Radio: The Full Story of British Pirate Radio* (London: Pluto Press, 1985). The U.S. version of this story is well told by Jesse Walker, *Rebels on the Air: An Alternative History of Radio in America* (New York: New York University Press, 2001). The best popculture treatment is the movie *Pump Up the Volume*, directed by Allan Moyle in 1990).

(11) Hodgkinson, "Notes from a Small Island."

(12) "Principality of Sealand," Sealand.

(13) 取材のなかで、ジェイムズ・ベーツは旗の色の赤は祖父のロイを、白は純潔を、そして黒はシーランド公国が海賊放送局をやっていた時期を象徴していると説明してくれた。

(14) 同様の事件は 1990 年にも起こった。公国に近づき過ぎているとして、イギリス海軍の艦船に向かって発砲したのだ。詳細は James Cusick, "Shots Fired in Sealand's Defence of a Small Freedom," *Independent*, Feb. 24, 1990 を参照のこと。

(15) Grimmelmann, "Sealand, HavenCo, and the Rule of Law."

(16) Dan Bell, "Darkest Hour for 'Smallest State,' " BBC, Dec. 30, 2008.

(17) Katrin Langhans, "Newer Sealand," *Suddeutsche Zeitung* and the Panama Papers, April 25, 2016.

(18)「シーステッド」については以下の文献を参考にした。*Sea-Steading: A Life of Hope and Freedom on the Last Viable Frontier* (New York: iUniverse, 2006); "Homesteading the Ocean," *Spectrum*, May 1, 2008; Oliver Burkeman, "Fantasy Islands," *Guardian*, July 18, 2008; Patri Friedman and Wayne Gramlich, "Seasteading: A Practical Guide to Homesteading the High Seas," Gramlich.net, 2009; Declan McCullagh, "The Next Frontier: 'Seasteading' the Oceans," *CNET News*, Feb. 2, 2009; Alex Pell, "Welcome Aboard a Brand New Country," *Sunday Times*, March 15, 2009; Brian Doherty, "20,000 Nations Above the Sea," *Reason*, July 2009; Eamonn Fingleton, "The Great Escape," *Prospect*, March 25, 2010; Brad Taylor, "Governing Seasteads: An Outline of the Options," Seasteading Institute, Nov. 9, 2010; "Cities on the Ocean," *Economist*, Dec. 3, 2011; Jessica Bruder, "A Start-Up Incubator That Floats," *New York Times*, Dec. 14, 2011; Michael Posner, "Floating City Conceived as High-Tech Incubator," *Globe and Mail*, Feb. 24, 2012; Josh Harkinson, "My Sunset Cruise with the Clever, Nutty, Techno-libertarian Seasteading Gurus," *Mother Jones*, June 7, 2012; Stephen McGinty, "The Real Nowhere Men," *Scotsman*, Sept. 8, 2012; Michelle Price, "Is the Sea the Next Frontier for High-Frequency Trading? New Water-Based Locations for Trading Servers Could Enable Firms to Fully Optimise Their Trading Strategies," *Financial News*, Sept. 17, 2012; Adam Piore, "Start-Up Nations on the High Seas," *Discover*, Sept. 19, 2012; George Petrie and Jon White, "The Call of the Sea," *New Scientist*, Sept. 22, 2012; Paul Peachey, "A Tax Haven on the High Seas That Could Soon Be Reality," *Independent*, Dec. 27, 2013; Geoff Dembicki, "Worried About Earth? Hit the High Seas: What Seasteaders Reveal About Our Desire to Be Saved by Technol-

ogy," *Tyee*, March 1, 2014; Kyle Denuccio, "Silicon Valley Is Letting Go of Its Techie Island Fantasies," *Wired*, May 16, 2015; Nicola Davison, "Life on the High Seas: How Ocean Cities Could Become Reality," *Financial Times*, Sept. 3, 2015.

(19) Anthony Van Fossen, *Tax Havens and Sovereignty in the Pacific Islands* (St. Lucia: University of Queensland Press, 2012).

(20) Pell, "Welcome Aboard a Brand New Country."

(21) "Frequently Asked Questions," Seasteading Institute.

(22) Bruder, "Start-Up Incubator That Floats."

(23) Rachel Riederer, "Libertarians Seek a Home on the High Seas," *New Republic*, May 29, 2017.

(24) Grimmelmann, "Sealand, HavenCo, and the Rule of Law."

(25) Bruce Sterling, "Dead Media Beat: Death of a Data Haven," *Wired*, March 28, 2012.

(26) Grimmelmann, "Sealand, HavenCo, and the Rule of Law."

(27) パナマ文書で言及されているアッヘンバッハについての詳細については Langhans, "New Sealand." を参照のこと。

(28) Alexander Achenbach, Declaration of August 10, 1978 (UK-NA: FCO 33/3355); "Sealand Prepares to Repel Boarders," *Leader*, Sept. 7, 1979, 16 (UK-NA: HO 255/1244).

(29) Bell, "Darkest Hour for 'Smallest State.' " 以下も参照のこと。"My Four Days in Captivity at the Hands of Foreign Invaders," *Colchester Evening Gazette*, Aug. 30, 1978 (UK-NA: HO 255/1244); "Tiny Nation's Capture of German Investigated!," *Los Angeles Times*, Sept. 5, 1978.

(30) Emma Dibdin, "A Complete Timeline of Andrew Cunanan's Murders," *Harper's Bazaar*, Feb. 28, 2018; Martin Langfield, "Infamous Houseboat Sinks," *Washington Post*, Dec. 23, 1997.

(31) Adela Gooch, "Storm Warning," *Guardian, March* 27, 2000.

(32) "Principality Notice PN 019/04: Fraudulent Representation of Principality," Sealand, Feb. 15, 2004.

(33) "Sealand y el tráfico de armas [Sealand and arms trafficking]," *El Mercurio* (Santiago), June 17, 2000; José María Irujo, "Sealand, un falso principado en el mar [Sealand, a false principality at sea]," *El Pais* (Madrid), March 26, 2000; "Owner of Fort off Britain Issues His Own Passports," *New York Times*, March 30, 1969.

(34) Gooch, "Storm Warning."

(35) Langhans, "Newer Sealand."

(36) J・L・ボルヘス『円環の廃墟』(『伝奇集』に収録) 鼓直訳、岩波文庫、1993 年。

(37) Garfinkel, "Welcome to Sealand. Now Bugger Off."

(38) A. D. Wissner-Gross and C. E. Freer, "Relativistic Statistical Arbitrage," *Physical Review*, Nov. 5, 2010.

(39) Ryan Lackey, "HavenCo: What Really Happened" (presentation at DEF CON 11, Aug. 3, 2003). Within the video, see 30:15.

(40) Thomas Stackpole, "The World's Most Notorious Micronation Has the Secret to Protecting Your Data from the NSA," Mother Jones, Aug. 21, 2013.

(41) Ryan Lackey, "HavenCo: One Year Later" (presentation at DEF CON 9, n.d.).

(42) Grimmelmann, "Sealand, HavenCo, and the Rule of Law."

(43) "Sealand Shop," Sealand.

## 4 違反常習者の船団

(1) アプトン・シンクレア『ジャングル』(アメリカ古典大衆小説コレクション 5) 亀井俊介・巽孝之監修、大井浩二訳、松柏社、2009 年。

(2) この単価は 2017 年 4 月に『イントラフィッシュ・メディア』のドリュー・チェリー論説委

員の協力を得て算出した。

(3)〈オヤン 70〉沈没事故についての記述の一部は、同船の 44 人の幹部船員ならびに乗組員の生存者に対する政府による事情聴取から引用した。これらの事情聴取は沈没事故の犠牲者についての調査の一環として実施され、その記録はウェリントンの検死官裁判所に提出された。その内容については、公的情報法に基づいてニュージーランド政府に要請すればDVDにして提供してもらえる。この沈没事故については "Findings ofCoroner R. G. McElrea, Inquiry into the Death of Yuniarto Heru, Samsuri, Taefur," Wellington, New Zealand, March 6, 2013 からも引用した。この調査報告書は 2012 年の公聴会のために作成されたもので、政府の調査に関与した人物から入手した。Lee van der Voo, *The Fish Market: Inside the Big-Money Battle for the Ocean and Your Dinner Plate*（New York: St. Martin's Press, 2016）にもこの沈没事故の優れたレポートが載っている。

(4) 本章では取材以外にさまざまな文献を参考にした。最も役立ったものは Michael Field, *The Catch: How Fishing Companies Reinvented Slavery and Plunder the Oceans*（Wellington, N.Z.: Awa Press, 2014）だ。さらに広く見れば、わたしは韓国の水産業界とその漁船における人権および環境の問題に焦点を当てた取材をしていた当時から、以下のような大量の記事や文献を参考にしていた。Giles Brown and Charlie Gates, "Ship Sinks in 10 Minutes," *Press*（Christchurch), Aug. 19, 2010; Charlie Gates, "Disaster 'Only Matter of Time,' " *Press*（Christchurch), Aug. 19, 2010; Keith Lynch and Giles Brown, "Captain Had Too Many Fish in Net, Email Says," *Press*（Christchurch), Aug. 24, 2010; Sophie Tedmanson, "Asian Fisherman 'Abused' on Slave Ships in New Zealand Waters," *Times*（London), Aug. 12, 2011; Ridwan Max Sijabat, "Stop Slavery at Sea: Seamen's Association," *Jakarta Post*, Sept. 3, 2011; Michael Field, "National Party President in Fishing Row," *Sunday Star-Times*, Sept. 18, 2011; Michael Field, " 'Model' Fishers Face Grim Charges," *Sunday Star-Times*, Oct. 16, 2011; Helen Murdoch, "Fishing 'Slave Labour' Slated," *Nelson Mail*, Oct. 20, 2011; Michael Field, "Probe Exposes Fishing Underbelly," *Sunday Star-Times*, Oct. 23, 2011; Deidre Mussen, "Danger and Death in the South's Cruel Seas," *Press*（Christchurch), Jan. 14, 2012; Michael Field, "Toothless Response to Korean Toothfish Catch," *Sunday Star-Times*, Feb. 5, 2012; E. Benjamin Skinner, "The Fishing Industry's Cruelest Catch," *Bloomberg*, Feb. 23, 2012; Michael Field, "Action on Fishing Abuse Escalates," *Sunday Star-Times*, March 4, 2012; "Sailing Sweatshops on NZ Waters," *Nelson Mail*, April 14, 2012; Michael Field, "NZ Steps Up for Widows After Trawler Tragedy," *Sunday Star-Times*, April 15, 2012; "Coroner to Probe Korean Fishing Boat Deaths," *Press*（Christchurch), April 16, 2012; Michael Field, "TAIC Faulted for Lack of Assistance," *Press*（Christchurch), April 17, 2012; "Oyang Sinking Was '100 Per Cent Avoidable'—Expert," *Waikato Times*, April 18, 2012; Sophie Rishworth, " 'Terrible' Conditions Aboard Trawler Described," *Otago Daily News*, April 18, 2012; Duncan Graham, "Anomalies Dog NZ-Indonesia Ties," *New Zealand Herald*, April 25, 2012; Duncan Graham, "Indonesians 'Slaves' in New Zealand Seas," *Jakarta Post*, May 1, 2012; Michael Field, "Sanford to Pay Crew Directly," *Nelson Mail*, July 31, 2012; Danya Levy, "Korean Fishing Firm Gags Crew with 'Peace' Contract," *Sunday Star-Times*, Oct. 7, 2012; "Fishermen Left to Die as Ship Sank," *Press*（Christchurch), March 9, 2013; Duncan Graham, "Exposing High Seas Slavery," *Jakarta Post*, April 8, 2013; Michael Field, "Fishermen Claim $17M in Wages," *Sunday Star-Times*, March 23, 2014; "Blitz on Fishing Ships off South Island Coast," *New Zealand Herald*, Sept. 17, 2014; Kim Young-jin, "Sunken Trawler Shifts Focus to Sajo," *Korea Times*, updated Jan. 6, 2015; Sarah Lazarus, "Slavery at Sea: Human Trafficking in the Fishing Industry Exposed," *South China Morning Post*, June 13, 2015; Stacey Kirk, "Reflagging Law to Help Fishing Boat Slaves," *Dominion Post*, May 2, 2016; Olivia Carville, "Exposed: The Dark Underbelly of Human Trafficking in New Zealand," *New Zealand Herald*, Sept. 22, 2016; Ko Dong-hwan, "In the Hurt of the Sea: Gloom of Migrant Seafarers on Korean Vessels in the Spotlight," *Korea Times*, updated Oct. 31, 2016; Choi Song Min, "Over 300 North Korean Fishermen Feared Dead from Fisheries Campaign," *Daily NK*, Dec. 30, 2016.

(5) サジョ・オヤン産業はコチュジャンからかまぼこやカニかまぼこ、酢漬けの魚、ツナ缶や刺

し身用マグロに至るまで、さまざまな製品を輸出している。同社が所有する漁船の種類も多岐にわたる。マグロ延縄漁船と巻き網漁船は主に太平洋とインド洋と大西洋、そして赤道付近の南インド洋で本マグロやメバチマグロ、キハダマグロ、ビンナガマグロ、そしてカジキを獲っている。タラを獲るトロール漁船と延縄漁船は北太平洋のオホーツク海とベーリング海と千島列島近海で操業している。それら以外にもギンザケやスケトウダラ、イカ、ミナミダラといったさまざまな水産物を世界中の海で獲っている。

(6) サザンストーム・フィッシングの本当の役割については、やはり公的情報法を使ってニュージーランド政府に請求した文書から得た情報に基づいて書いた。その文書を以下に示す。New Zealand Department of Labour, *Findings of the PricewaterhouseCoopers Investigation of the* Oyang 75 *Crewmen Wages Dispute*（Wellington: New Zealand Department of Labour, 2012）; Oceanlaw New Zealand, *Southern Storm Fishing*（*2007*）*LTD Response to Preliminary Audit Findings: Summary of Key Points, Chronology of Events, and Index*（Nelson: Oceanlaw New Zealand, 2011）; Oceanlaw New Zealand, *F.V.* Oyang 75 *and Southern Storm Fishing*（*2007*）*LTD: Four Affidavits and a Notarial Certificate*（Nelson: Oceanlaw New Zealand, 2011）; Oceanlaw New Zealand, *F.V.* Oyang 75 *and Southern Storm Fishing*（*2007*）*LTD: Six Affidavits*（Nelson: Oceanlaw New Zealand, 2011）; Oceanlaw New Zealand, *F.V.* Oyang 75 *and Southern Storm Fishing*（*2007*）*LTD: Eight Affidavits and a Comparative Analysis of Vessel Catch Against Hours Recorded as Worked by Crew*（Nelson: Oceanlaw New Zealand, 2011）.

(7) グレン・インウッドについての詳細は、以下の文献を参考にした。Glenn Inwood, I read Matthew Brocket, "Government Slammed over Consultants," *Press*（Christchurch）, Aug. 18, 2000; "Press Secretary Quits over Whaling Forum," *Evening Post*, Sept. 29, 2000; "Resignation Not Related to Conference Ban, Says Press Sec," New Zealand Press Association, Sept. 29, 2000; Glenn Inwood, "Whale Refuge Not Needed," *Press*（Christchurch）, July 20, 2001; Ainsley Thomson, "Sealord's Whaling Link 'Could Harm NZ Stand,' " *New Zealand Herald*, Jan. 16, 2006; Glenn Inwood, " 'It Tastes Like Chicken. Doesn't Everything?,' " *Press*（Christchurch）, June 24, 2006; Ben Cubby, "A Maori Voice for a Japanese Cause," *Sydney Morning Herald*, Jan. 19, 2008; Siobhain Ryan, "Australia Accused over Anti-whaling 'Crimes,' " *Australian*, Dec. 30, 2008; Sarah Collerton, "PR Guru 'Paid for Whalers' Spy Flights,' " Australian Broadcasting Corporation, updated Jan. 6, 2010; Andrew Darby, "Whaler Spy Planes Track Protest Ships," *Sydney Morning Herald*, Jan. 6, 2010; Kristen Gelineau, "Conservationists File Piracy Claim Against Japanese Whalers After Antarctic Clash," Associated Press, Jan. 9, 2010; Peter Millar, "Ady Gil Drowned by Japanese Whalers," *Sunday Times*, Jan. 10, 2010; Kristen Gelineau, "Australian, New Zealand Scientists Readying for Key Antarctic Whaling Research Expedition," Associated Press, Jan. 27, 2010; John Drinnan, "Larger-than-Life Trio to Shake Up Nation," *New Zealand Herald*, July 23, 2010; Ray Lilley, "Sea Shepherd, Whaling Protester in NZ Public Spat," Associated Press, Oct. 7, 2010; Field, " 'Model' Fishers Face Grim Charges"; "Lobby Group Claims Untrue," *Timaru Herald*, Jan. 13, 2012; Rick Wallace and Pia Akerman, "Government Protest Precious, Say Whalers," *Australian*, Feb. 2, 2013; Glenn Inwood, "Do Sea Shepherd's Actions Make Them 'Pirates'?," interview by Leigh Sales, *7.30 Report*, Australian Broadcasting Corporation, Feb. 27, 2013, transcript; "Warlord Saw Wealth in Whales," *Timaru Times*, Jan. 11, 2014; "Fish-Dumping Trawler Likely to Be Seized," *Timaru Herald*, March 7, 2014.

(8) ニュージーランド海域における漁船乗組員の虐待・酷使問題を調査するにあたり、以下の研究を参考にした。Glenn Simmons et al., "Reconstruction of Marine Fisheries Catches for New Zealand（1950–2010）," Sea Around Us, Global Fisheries Cluster, Institute for the Oceans and Fisheries, University of British Columbia, 2016; Christina Stringer et al., *Not in New Zealand's Waters, Surely? Linking Labour Issues to GPNs*（Auckland: New Zealand Asia Institute Working Paper Series, 11–01, 15, 2011）; Christina Stringer and Glenn Simmons, "Samudra Report—Forced into Slavery and Editors Comment," International Collective in Support of Fishworkers, July 2013; Christina Stringer and Glenn Simmons, "New Zealand's Fisheries Manage-

ment System: Forced Labour an Ignored or Overlooked Dimension?," Department of Management and International Business, University of Auckland, Private Bag 92019, Auckland, May 12, 2014; Christina Stringer, D. Hugh Whittaker, and Glenn Simmons, "New Zealand's Turbulent Waters: The Use of Forced Labour in the Fishing Industry" *Global Networks: A Journal of Transnational Affairs* 16, no. 1 (2016); Barry Torking ton, "New Zealand's Quota Management System—Incoherent and Conflicted," *Marine Policy* 63 (Jan. 2016); Margo White, "The Dark Side of Our Fishing Industry," *Ingenio: Magazine of the University of Auckland* (Spring 2014); Christina Stringer, "Worker Exploitation in New Zealand: A Troubling Landscape," Human Trafficking Research Coalition, University of Auckland, Dec. 2016; Christina Stringer et al., "Labour Standards and Regulation in Global Value Chains: The Case of the New Zealand Fishing Industry," *Environment and Planning A: Economy and Space* 48, no. 10 (2016).

(9) "Trafficking in Persons Report 2012," U.S. Department of State, June 2012.

(10) 2011年の外国チャーター船（FCV）についての内閣府調査を読めば、このニュージーランドの対応が最も理解できる、この対応の理論的根拠の肝心な部分を抜粋する。「FCVはニュージーランドの国内経済圏で活動しているが、ニュージーランドの海上保安の観点から見れば法的に例外的な存在である」「法律に鑑みれば、ニュージーランドでは、FCVとは船舶の種類を示すものではない。実際には、ひと口にFCVと言ってもさまざまな種類の船舶がある。つまり法的に言えばFCVとは多種多様な船舶の集合体であり、建造国と船籍、そしてその船舶の運航についての用船契約の内容に応じて区分されるものである」ニュージーランドの港を拠点にして操業するFCVに何らかの事故が発生した場合、その救助と事故調査はニュージーランドが負担することになる。〈オヤン70〉沈没事故ではニュージーランドの救助調整センター（RCC）が救助の指揮を執り、ニュージーランド交通事故調査委員会（TAIC）が調査にあたり、「本年後半にはニュージーランド検死官裁判所の審理の対象となるだろう」「ニュージーランドで2年間操業する船舶は、安全運航管理（SSM）規則に従わなければならない。ただしこれには例外があり、ニュージーランド船籍の船舶、ニュージーランド海域で最近操業を開始したFCV、操業開始より2年が経過したFCVのいずれであるかによって適用される法的基準が異なる」ニュージーランド海事局は、ニュージーランド海域で操業するすべての船舶に対して同じ法律に従うよう勧告した。

(11) 価格に基づいた企業判断が世界規模の影響をもたらす過程については、マクドナルドのフィレオフィッシュの誕生秘話がその一例を示してくれる。1960年代初頭、オハイオ州シンシナティのマクドナルのフランチャイズ経営者だったルー・グルーンは、金曜日になるとカトリック教徒の客足が大幅に減ることに気づいた。その理由は、カトリック教会では金曜日は魚を食べる日とされていて、店には魚のメニューがなかったからだ。そこでグルーンはオヒョウを使ったフィッシュサンドを考案したが、当時で30セント程度の価格になった。マクドナルド本社の重役は、このフィッシュサンドを全国展開するには25セントで売る必要があると言った。グルーンは材料をより安価なタイセイヨウダラに切り替え、のちにさらに安価なスケトウダラなどを見つけた。詳細についてはPaul Clark, "No Fish Story: Sandwich Saved His McDonald's," *USA Today*, Feb. 20, 2007を参照のこと。

(12)〈オリョン501〉沈没事故に関する文書の多くは、事故で亡くなった6人の乗組員の遺族たちの代理人を務めたダヴィド・スーリヤ弁護士からの提供を受けたものだ。それ以外にも参照したさまざまな記事や政府文書を以下に挙げる。Dylan Amirio, "20 Indonesian Sailors Still Missing in Bering Sea," *Jakarta Post*, Dec. 6, 2014; "Another Accident at Sea," *Korea Herald*, Dec. 10, 2014; Becky Bohrer, "S. Korea to Take Over Search After Fishing Disaster," Associated Press, Dec. 10, 2014; Becky Bohrer, "S. Korean Vessel Heads to Bering Sea Where 27 Died," Associated Press, Dec. 11, 2014; Park Boram, "Survivors of Sunken S. Korean Trawler, Bodies Arrive in Busan," Yonhap News Agency, Dec. 26, 2014; "Captain, Crew of

Sunken Trawler Found Under Qualified," KBS World News, Dec. 8, 2014; "Death Toll from Sunken S. Korean Ship Rises to 25," Yonhap News Agency, Dec. 5, 2014; "DOLE to Repatriate Remains of 5 Seafarers," *Manila Bulletin*, Jan. 21, 2015; "Dozens Missing as S. Korea Fishing Boat Sinks in Bering Sea," Agence France-Presse, Dec. 1, 2014; Michaela Del Callar, "Two More Filipinos Confirmed Dead in Bering Sea Mishap," Philippines News Agency, Dec. 5, 2014; "Eight More Bodies Found near Sunken S. Korea Trawler," Agence France-Presse, Dec. 4, 2015; "Four More Bodies Recovered from Sunken S. Korean Ship in Bering Sea, Seven Indonesians Died," *Bali Times*, Dec. 9, 2014; "Gov't Launches Investigation into Oryong Trawler Sinking," KBS World News, Dec. 3, 2014; "Gov't to Step Up Safety Management of Deep-Sea Fishing Vessels," KBS World News, Jan. 20, 2015; "Identities of Three S. Korean Victims of Trawler Sinking Confirmed," KBS World News, Dec. 3, 2014; JoongAng Ilbo, "Ensuring Safety at Sea," Joins.com, Dec. 4, 2014; "Indonesia Trying to Save Nationals Aboard Capsized S. Korean Fishing Boat," Xinhua News Agency, Dec. 2, 2014; Lee Ji-hye, "Oryong Sinking Remains Open Sore," *Korea Times*, Feb. 10, 2015; Sarah Kim, "Korea to Deploy Rescue Ships in Oryong Mission," Joins.com, Dec. 5, 2014; Yoon Min-sik, "After Sewol Tragedy, Doubts Remain on Safety Overhaul," *Korea Herald*, April 16, 2015; "PM Orders Swift Rescue, Search Efforts for Oryong 501," KBS World News, Dec. 2, 2014; "Notorious Fishing Vessel Spotted in Uruguayan Port," *Nelson Mail*, Dec. 20, 2014; "OWWA Vigilant on Status of 7 Missing OFWs from Sunken Korean Vessel," Philippines News Agency, Dec. 9, 2014; "President Aquino Offers Condolences to South Korea on Sinking of Fishing Vessel," Philippines News Agency, Dec. 12, 2014; Kim Rahn, "Fishermen Worked in Bad Weather," *Korea Times*, Dec. 2, 2014; "Rescue Unlikely for 52 Missing Crew of Trawler," Joins. com, Dec. 3, 2014; "Rescue of 3 Filipinos from Sunken SoKor Vessel Confirmed," *Manila Bulletin*, Dec. 3, 2014; "Russia Finds Empty Lifeboats from Sunken S. Korea Fishing Boat," Agence France-Presse, Dec. 2, 2014; "Sailors' Families Blast Trawler Operator," *Korea Herald*, Dec. 2, 2014; "Russia Transfers Three More Bodies, Two Trawler Wreck Survivors to S. Korea," Interfax: Russia & CIS General Newswire, Dec. 8, 2014; "Russian Fleet Hands Over Bodies of 14 Fishermen from Sunken South Korean Trawler," ITAR-TASS World Service,De c. 6, 2014; Choe Sang-Hun, "Dozens Missing After South Korean Trawler Sinks in Bering Sea," *New York Times*, Dec. 1, 2014; Bagus B. T. Saragih, "3 out of 35 RI Seamen Rescued from Sunken Ship in Bering Sea," *Jakarta Post*, Dec. 3, 2014; Natalia Santi, "Minister Urges Korean Company to Compensate Victims of Oryong 501," *Tempo*, Dec. 11, 2014; "Search of Survivors from Sunken South Korean Trawler Hampered by Heavy Storm," Sputnik News Service, Dec. 6, 2014; Yoo Seungki, "Death Toll Rises to Seven in Sunken S. Korean Fishing Ship," Xinhua News Agency, Dec. 3, 2014; "Six More Bodies of S. Korea Trawler Crew Found in Bering Sea," Agence France-Presse, Dec. 2, 2014; "Skipper of Sunken Trawler Refused to Evacuate," KBS World News, Dec. 3, 2014; "S. Korea Set to End Search for Missing Crew of Sunken Trawler," Yonhap News Agency, Dec. 29, 2014; "S. Korean Consular Officials Arrive in Chukotka Regarding Ship Sinking," Interfax: Russia & CIS General Newswire, Dec. 5, 2014; "S. Korea to Toughen Penalty for Ship Safety Violations," Yonhap News Agency, April 13, 2015; Park Sojung, "S. Korea Sends Rescuers to Join Search for Missing Sailors," Yonhap News Agency, Dec. 5, 2014; "S. Korean Patrol Wraps Up Search Operation of Oryong 501," KBS World News, Jan. 6, 2015; Park Sojung, "Rescue Efforts for Missing Crewmen to Resume Tuesday," Yonhap News Agency, Dec. 8, 2014; Park Sojung, "Bodies of 6 S. Koreans from Fishing Tragedy in Russia Arrive Home," Yonhap En glish News, Jan. 11, 2015; Kim Soo-yeon, "Survivors, Bodies from Sunken Trawler Set to Be Moved to S. Korea," Yonhap News Agency, Dec. 9, 2014; Kim Soo-yeon, "S. Korea May End Search for Missing Fishermen off Russia," Yonhap News Agency, Dec. 19, 2014; Kim Soo-yeon, "South Korea Set to End Search for Missing Crew of Sunken Trawler," Yonhap News Agency, Dec. 29, 2014; "Survivors of Sunken Oryong Trawler Come Home," KBS World News, Dec. 26, 2014; "Third Day of Storms Hamper Rescue Efforts for Sunken South Korean Trawler," Sputnik News Service, Dec. 8, 2014; Kim Tong-Hyung, "11 More Bodies Recovered near Sunken SKorean Ship," Associated Press, Dec. 3, 2014; "Three of 13 Filipino Seafarers in Korean

Trawler Sinking Come Home," ForeignAffairs.co.nz, Jan. 8, 2015; "Trawler Wreck Worst Maritime Accident in Recent Years in Far East," Interfax: Russian & CIS General Newswire, April 2, 2015; "Two Seaborne Aircraft to Join Search for Oryong-501 Crew—Navy Commander," Interfax: Russia & CIS General Newswire, Dec. 10, 2014; "US Rescue Teams Join Search for Missing S. Korea Boat Crew," Agence France-Presse, Dec. 2, 2014; "U.S. Rescuers Leave South Korean Trawler Wreck Site After Unsuccessful Search," Sputnik News Service, Dec. 10, 2014; Pia Lee-Brago, "Pinoy in Korea Ship Sinking Identified," *Philippine Star*, Dec. 5, 2014; "Death Toll of Indonesians in Sunken S. Korean Fishing Ship Rises to 12," Xinhua News Agency, Dec. 5, 2014; Park Yuna, "Survivors, Dead from Sunken Ship Arrive in Busan," Joins.com, Dec. 27, 2014.

(13)〈オリョン501〉の元乗組員たちの話は、2015年から2018年のあいだの何度かのインドネシア訪問時にわたしが直接取材したものをもとにして、そこに彼らの法廷での証言や政府文書の記述を加えつつ構成した。

(14) 本章の取材にあたってはハーディング弁護士からひとかたならぬ助力を賜った。彼女は、乗組員たちへの聞き取り調査の写しと専門家の供述書を何百ページも提供してくれた。そうした供述書には以下のものが含まれる——クリスティーナ・ストリンガーとグレン・シモンズの宣誓供述書、押収物件に対する救済請求書、マイケル・フィールドの宣誓供述書、クレイグ・タックの宣誓供述書、押収した漁船の売却益で未払いの賃金の返還を求める26人の乗組員の仲裁付託書の覚書と、その26人の名簿。さらに彼女はサジョ・オヤン産業の漁船団の元乗組員たちを紹介してくれて、そのおかげでジャカルタでの彼らへの聞き取り調査が可能になった。わたしは元乗組員たちの宣誓証言も精読した。"Report of the Ministerial Inquiry into the Use and Operation of Foreign Charter Vessels," Ministerial Inquiry into Foreign Charter Vessels, New Zealand, Feb. 2012も大いに役立った。

(15) キム・ジョンチョル弁護士には2016年から2018年にかけて数回メールと電話で取材した。

(16) アルゼンチンではマルビナス諸島と呼ばれるフォークランド諸島の領有権を、アルゼンチンは放棄していない。フォークランド紛争のあとに勃発した「イカ戦争」は、この海域でイカの乱獲と主権侵害が行われているという主張に煽られるかたちで徐々に激化していった。アルゼンチンとイギリス領フォークランド諸島は、双方のEEZを回遊するマツイカの漁で20年近くにわたって協力関係を築いていた。しかしアルゼンチンは2005年に関係を解除した。監視の眼が緩いフォークランド諸島近海の「シティ・オブ・ライツ」は名うての違法操業船を引き寄せ、その多くはニュージーランド海域から排除された違反常習者の漁船団だった。同海域内もしくはその近辺で違法操業する漁船に対し、アルゼンチン政府は再三主権を行使して排除を試みた。その試みはすぐに暴力的対立に発展した。2016年3月、アルゼンチン沿岸警備隊の巡視船が「シティ・オブ・ライツ」で違法操業をしていた中国漁船を発見した。アルゼンチンはこの海域を自国のEEZ内にあると主張していた。漁船側が停船命令を無視すると、巡視船は威嚇射撃をした。すると中国漁船は灯りをすべて消して巡視船に突っ込もうとした。結局、漁船は沈められ、船長と3人の乗組員は巡視船に救助された。そのふた月前にはヘリコプターによる航空支援を受けたアルゼンチン海軍の艦船が、アルゼンチンのEEZの侵入した〈華立8〉という違法操業船を追跡した。〈華立8〉は逃げおおせたが、のちにインドネシアで違法操業中に拿捕された。

(17) 地政学的に微妙な位置にあるフォークランド諸島(もしくはマルビナス諸島)の近海はまったくの無法状態となっている。この海域のイカ漁船をめぐる懸念については、グリーンピース・インターナショナルの乱獲キャンペーン担当ミルコ・シュバルツマン氏と幅広く協力して取材にあたった。さらに以下の記事や文献も参照した。"Ship Hit and Sunk off Falklands," Associated Press, May 29, 1986; "Argentina Angered by Falklands Move," Associated Press, Oct. 31, 1986; "Fisheries-Argentina: Fishy Business in the South Atlantic," Inter Press Service, May 19, 1995; "Foreign Fishing Threat-

ens Argentine Squid Industry," Reuters, Feb. 16, 2001; Oliver Balch, "Argentina 'Arrests' British Squid Trawler," *Sunday Telegraph*, Feb. 26, 2006; Larry Rohter, "25 Years After War, Wealth Transforms Falklands," *New York Times*, April 1, 2007; "Falklands War Turned Distant Outpost into Flourishing Community," *Irish Times*, March 26, 2012; Chuin-Wei Yap and Sameer Mohindru, "China's Hunger for Fish Upsets Seas," *Wall Street Journal*, Dec. 27, 2012; Michael Warren and Paul Byrne, "Falkland Islanders and Argentines Agree: Unlicensed Fleet Is Scooping Up Too Much Squid," Associated Press, March 24, 2013; Ellie Zolfagharifard, "Something Fishy Is Going on in the South Atlantic: Nasa Claims Mysterious Lights Seen from Space Are in Fact Fishermen Boats," *Daily Mail*, Oct. 25, 2013; Dylan Amirio, "Foreign Ministry Criticizes 'Slow' Taiwanese Response," *Jakarta Post*, March 13, 2015; John Ficenec, "Questor Share Tip: Falkland Islands Reports Another Record Squid Catch," *Telegraph Online*, June 8, 2015; Sara Malm, "Argentinian Forces Shoot and Sink Chinese Boat Illegally Fishing in the South Atlantic After It Attempted to Ram Coast Guard Vessel," *Daily Mail*, March 16, 2016; Alice Yan, "Chinese Fishermen Held by Argentina Head Home," *South China Morning Post*, April 10, 2016; John McDermott, "On Business: South Carolina Firm Is Now a Heavy Hitter in the Falkland Islands," *Post and Courier*, June 4, 2017.

(18) 斡旋業者は世界を股にかけ、人権侵害を内部告発した漁船の乗組員たちに圧力をかけている。その点については、国際運輸労連（ITF）のスタッフで、かつては自身も斡旋業者のブラックリストに載せられていたシュウェ・アウン氏の協力もあって理解することができた。アウン氏への取材は2016年に電話とメールを通じて行った。

## 5 〈アデレイド〉の航海

(1) マーガレット・アトウッド『侍女の物語』斎藤英治訳、ハヤカワ文庫、2001年。

(2) ウィメン・オン・ウェーブスについての情報の多くは、2016年8月から2018年にかけてのレベッカ・ホンペルツへの電話とメール、そして直接会っての取材に基づいている。メキシコでホンペルツと合流する前に、わたしは彼女についての記事や文献を可能な限り読んでおいた。以下にその内訳を記す。Katarzyna Lyson, "Abortion at Sea," *Mother Jones*, June 20, 2000; Leslie Berger, "Doctor Plans Off-Shore Clinic for Abortions," *New York Times*, Nov. 21, 2000; Valerie Hanley, "Irish Civil Servant Is Abortion Ship Chief," *News of the World*, June 17, 2001; Sara Corbett, "The Pro-Choice Extremist," *New York Times Magazine*, Aug. 21, 2001; John Kelly, "Artful Dodger; Abortion Boat Allowed to Sail After Group Claimed Clinic Was a 'Work of Art,' " *Daily Mirror*, June 9, 2002; Sean O'Hara, "Abortion Ship Back," *Daily Mirror*, July 8, 2002; Julie Ferry, "The Abortion Ship's Doctor," *Guardian*, Nov. 14, 2007; Graham Keely Valencia, "Protestors Threaten to Blockade Port as Abortion Ship Sails In to Challenge Law," *Times*, Oct. 17, 2008; Rebecca Gomperts, "100 Women: Rebecca Gomperts and the Abortion Ship," *100 Women*, BBC, Oct. 23, 2013, video; Emily Bazelon, "The Dawn of the Post-clinic Abortion," *New York Times Magazine*, Aug. 28, 2014; Helen Rumbelow, "Rebecca Gomperts: 'If Men Could Get Pregnant There Wouldn't Be Abortion Laws,' " *Times*, Oct. 22, 2014; Rebecca Gomperts, "Interview: Dr. Rebecca Gomperts, Who Brought Women Abortion by the Sea," interview by Jia Tolentino, *Jezebel*, Dec. 31, 2014; Katie McDonough, " 'The Politica Landscape Is Not Ready': Meet the Woman Leading a D.I.Y. Abortion Revolution," *Salon*, Jan. 6, 2015; Nadia Khomami, " 'Abortion Drone' to Fly Pills Across Border into Poland," *Guardian*, June 24, 2015; Ryan Parry, "Shame Ship Sails," *Daily Mirror*, June 12, 2001; Mayuri Phadnis, "Champions of Choice," *Pune Mirror*, June 28, 2015; Michael E. Miller, "With Abortion Banned in Zika Countries, Women Beg for Abortion Pills Online," *Washington Post*, Feb. 17, 2016; Noor Spanier, "We Spoke to the Women Performing Abortions on International Waters," *Vice*, March 30, 2016; Maya Oppenheimer, "Rebecca Gomperts: Meet the Woman Travelling the World Delivering Abortion Drugs by Drone," *Independent*, May 31, 2016.

(3) メキシコシティ市はメキシコで最初に人工妊娠中絶を処罰の対象から外した自治体だ。人工

妊娠中絶の規制については31州それぞれで程度が異なる。レイプによる妊娠の場合は全州で許されるが、多くの州ではそれ以外の妊娠の場合はほぼ認められていない。女性の健康の保護を目的とする団体GIREによれば、妊婦の生命が危機的状況にある場合に中絶処置を認める州は2017年の時点で13しかないという。2008年以降、16の州が州憲法を修正し、受胎した時点で生じる人間の命を守らなければならないとした。イスタパ・シワタネホがあるゲレーロ州では、2014年に人工妊娠中絶を合法化する法案が提出されたが、結局否決された。2018年の時点で、ゲレーロ州ではいまだに人工妊娠中絶は妊婦の生命が危機的状況にある場合以外は認められていない。メキシコにおける人工妊娠中絶の是非をめぐる議論については、ガットマッハー研究所とメキシコシティ市のカトリック教会に取材してより広い知見を得た。記事や文献も広く読んだが、その一部を以下に挙げる。James C. McKinley Jr., "Mexico City Legalizes Abortion Early in Term," *New York Times*, April 25, 2007; "Breaking a Taboo—Abortion Rights in Mexico," *Economist*, April 28, 2007; Hector Tobar, "In Mexico, Abortion Is Out from Shadows," *Los Angeles Times*, Nov. 3, 2007; Elisabeth Malkin and Nacha Cattan, "Mexico City Struggles with Law on Abortion," *New York Times*, Aug. 25, 2008; Olga R. Rodriguez, "Mexican Supreme Court Upholds Legal Abortion," Associated Press, Aug. 29, 2008; Diego Cevallos, "Mexico: Rise in Illegal Abortions Buoys Call for Legislation," Inter Press Service, Oct. 8, 2008; Diego Cevallos, "Mexico: Avalanche of Anti-abortion Laws," Inter Press Service, May 22, 2009; Emilio Godoy, "Mexico: States Tighten Already Restrictive Abortion Laws," Inter Press Service, Aug. 17, 2009; Ken Ellingwood, "Abortion Foes Sway Mexico States," *Los Angeles Times*, Dec. 27, 2009; Lauren Courcy Villagran, "Mexico's Brewing Battle over Abortion," *GlobalPost*, Jan. 27, 2010; Daniela Pastrana, "Mexico: Extending the Reach of Safe Abortion," Inter Press Service, June 10, 2010; Tracy Wilkinson and Cecilia Sanchez, "7 Mexican Women Freed in So-Called Infanticide Cases," *Los Angeles Times*, Sept. 9, 2010; Caroline Stauffer, "Mexico Abortion Sentences Reveal Social Collision," Reuters, Sept. 20, 2010; Elisabeth Malkin, "Many States in Mexico Crack Down on Abortion," *New York Times*, Sept. 23, 2010; José Luis Sierra, "Mexico Leans to the Right on Abortion," *La Prensa San Diego*, Oct. 7, 2011; Mary Cuddehe, "Mexico's Anti-abortion Backlash," *Nation*, Jan. 23, 2012; Deborah Bonello, "Pope Visits Mexico Town Where Ending Pregnancy Means Prison," *GlobalPost*, March 23, 2012; Thanh Tan, "Looking to Mexico for an Alternative to Abortion Clinics," *New York Times*, Aug. 12, 2012; Davida Becker and Claudio Díaz Olavarrieta, "Abortion Law Around the World—Decriminalization of Abortion in Mexico City: The Effects on Women's Reproductive Rights," *American Journal of Public Health*, published online Feb. 14, 2013; Erik Eckholm, "In Mexican Pill, a Texas Option for an Abortion," *New York Times*, July 14, 2013; "Mexican Woman Fights Jail Sentence for Having Abortion," Agencia EFE, July 19, 2013; Kathryn Joyce, "Mexican Abortion Wars: American-Style," *Nation*, Sept. 16, 2013; "Unintended Pregnancy and Induced Abortionin Mexico," Guttmacher Institute Fact Sheet, Nov. 2013; Emily Bazelon, "Dawn of the Post-clinic Abortion."; Allyn Gaestel and Allison Shelley, "Mexican Women Pay High Price for Country's Rigid Abortion Laws," *Guardian*, Oct. 1, 2014; Jennifer Paine, Regina Tamés Noriega, and Alma Luz Beltrán y Puga, "Using Litigation to Defend Women Prosecuted for Abortion in Mexico: Challenging State Laws and the Implications of Recent Court Judgments," *Reproductive Health Matters* 22, no. 44 (Nov. 2014): 61–69; Tracy Wilkinson, "Mexico Abortion Foes Hold U.S.-Style Protests Outside Clinic," *Los Angeles Times*, March 15, 2015; "Mexico High Court Rejects Legalizing Abortion," Agence France-Presse, June 29, 2016; Maria Verza, "Mexico Court Lets Re-education for Abortions Stand," Associated Press, Sept. 7, 2016; Sarah Faithful, "Mexico's Choice: Abortion Laws and Their Effects Throughout Latin America," Council on Hemispheric Affairs, Sept. 28, 2016; "Abortion Ship Sailed Outside Mexican Territorial Waters for Second Time," *Waves on Women*, April 22, 2017.

(4) ミソプロストールには妊娠中絶薬としての効果はないという報告もなされている。ミフェプリストンとミソプロストールを組み合わせた中絶法はWHOで推奨されているが、日本では

ミソプロストールは保険適応外、ミフェプリストンは出血リスクが高いことなどもあり無承認医薬品とされ、購入も販売も譲渡も薬事法で禁止されている。〔訳者注〕

(5) 贅を極めたホテルが立ち並び、マリーナには超大型ヨットが所狭しと停泊し、ありとあらゆるマリンスポーツが愉しめるイスタパ・シワタネホは、絵に描いたようなリゾート都市だ。しかし 2016 年末、アメリカ国務省はギャングとドラックがらみの銃撃事件が続発していたゲレーロ州への不要不急の旅行を全連邦職員に対して禁止を命じた。空路を使ったイスタパ・シワタネホへの旅行は許可しているが、この市では政府組織とは別個の「自警団」が活動しているとし、観光地以外には立ち入らないよう注意を促している。

## 6 鉄格子のない監獄

(1) ホメロス『オデュッセイア（上下）』松平千秋訳、岩波文庫、1994 年。

(2) 陸《おか》のルールはしばしば海の現実と衝突する。たとえば、船で生じた廃油は港の処理場での廃棄が義務づけられているが、処理場を備えていない港は多い。とくに発展途上国ではそれが顕著だ。密航者を海に放り出すことは禁じられているが、陸《おか》に送り届けたら届けたで今度は船長が勾留されたり罰金を科せられたりする。

(3) フランスのポアチエ大学の密航者問題の専門家パロマ・マケ氏によれば、密航者への対処義務を海運業界に肩代わりさせ、船主と船長、そして乗組員たちに圧力をかける動きは各国政府で広く見られるという。

(4) 密航者の惨状や彼らに対する虐待はたいていの場合は偶発的な出来事と見なされるので、学術研究もしくは追跡報道はあまりなされていない。密航に走らせる要因とそのパターンを探るべく、わたしはさまざまな記事や文献を読み漁った。その一部を以下に挙げる。Mark Bixler and staff, "Human Contraband: The Asian Connection," *Atlanta Journal-Constitution*, Aug. 31, 1999; V. Dion Haynes and Liz Sly, "Smugglers Risk Lives of 'Cargo' for Profit: Lure of U.S. Tempts Numerous Chinese to Endure Boxed Stowage," *Chicago Tribune*, Feb. 14, 2000; Cleo J. Kung, "Supporting the Snakeheads: Human Smuggling from China and the 1996 Amendment to the U.S. Statutory Definition of 'Refugee,' " *Journal of Criminal Law and Criminology*, June 22, 2000; Nicole Tsong, "High Prices for Broken Dreams—a World Away from Home, Smuggled Chinese Stowaways Deal with Imprisonment, Fear, and, for Most, Crushed Hopes," *Yakima Herald-Republic*, July 8, 2001; "Two-Hour Sailing into a Life of Emptiness," *Irish Times*, Dec. 7, 2002; Yang-Hong Chen, "Stowaways and Illegal Migrants by Sea to Taiwan," Jan. 2003; Yang-Hong Chen, Shu-Ling Chen, and Chien-Hsing Wu, "The Impact of Stowaways and Illegal Migrants by Sea—a Case Study in Taiwan," International Association of Maritime Universities, Oct. 2005; Paul Schukovsky, Brad Wong, and Kristen Millares Bolt, "22 Stowaways Nabbed at Port of Seattle: Chinese Found in Good Health After 2-Week Trip in Container," *Seattle Post-Intelligencer*, April 6, 2006; James Thayer, "The War on Snakeheads: The Mexican Border Isn't the Only Front in the Struggle with Illegal Immigration," *Daily Standard*, April 19, 2006; Semir T. Maksen, "Transportation of Stowaways, Drugs, and Contraband by Sea from the Maghreb Region: Legal and Policy Aspects," World Maritime Universities Dissertations, 2007; Sheldon Zhang, *Smuggling and Trafficking in Human Beings: All Roads Lead to America*（Westport, Conn.: Praeger, 2007）; Alison Auld, "Stowaways Arrested in N.S. Say They Came to Canada Looking for Better Life," *Canadian Press*, March 26, 2008; Michael McNicholas, *Maritime Security: An Introduction*（Burlington, Mass.: Elsevier, 2008）; Melissa Curley and Siulun Wong, *Security and Migration in Asia: The Dynamics of Securitisation*（New York: Routledge, 2008）; William Walters, "Bordering the Sea: Shipping Industries and the Policing of Stowaways," Carleton University, 2008; Florencia Ortiz de Rozas, "Stowaways: The Legal Problem," University of Oslo, Jan. 9, 2009; "Increase in Stowaway Incidents," London P&I Club, July 2009; "P&I Club: Take Care That Stowaways Can't Hide in Rudder Stock Recess," *Professional Mariner*, Oct. 9, 2012; Li Hong, "A Chinese Stowaway with No Legal Status

in US," *Sino-US*, June 14, 2013; "Stowaways," *Loss Prevention Bulletin*, West of England P&I Club, 2013; Steven Jones, "Maritime Security Handbook: Stowaways by Sea," Nautical Institute, Jan. 1, 2014; "South Africa—Stowaways in Durban," West of England P&I Club, March, 17, 2014; "Gard Guidance on Stowaways," Gard; "Stowaways and Snakeheads," China Central Television. 密航者の推定人数については、2000年から2018年までの同じ年次報告書を用いて算出した。*Gard Guidance on Stowaways*（Arendal: Gard, 2000–2018）; *Reports on Stowaway Incidents: Annual Statistics for the Year 2010*（London: International Maritime Organization, 2010）; Janet Porter, "Box Cells," Jan. 10, 2011; Janet Porter, "Thinking Outside the Box," Nov. 8, 2010; Janet Porter, "ACL Converts Containers into Prisons," Aug. 20, 2010; Janet Porter, "ACL Installs Onboard Cells for Stowaways," Feb. 4, 2010; Janet Porter, "ACL Installs Cabins on Ships to Hold Stowaways," Feb. 3, 2010; "BIMCO Increases Charterers' Liability in Stowaway Claims," Jan. 15, 2010; Jerry Frank, "Stowaways on the Increase Again, Warns London Club," July 14, 2009; Jerry Frank, "Stowaway Numbers See Steady Rise," July 13, 2009; "P&I Club Says Stowaway Claims Cost $20M a Year," June 9, 2009; "UNHCR: Urgent European Action Needed to Stop Rising Refugee and Migrant Deaths at Sea," United Nations High Commissioner for Refugees, July 24, 2014; Severin Carrell, "Stowaways Found Dead on Cargo Ship in Ayr," *Guardian*, May 27, 2008; Andres Cala, "Three Dominican Stowaways, Charging They Were Beaten and Abandoned at Sea, Say Two Others Dead," Associated Press, April 17, 2003; *Stowaways: Repatriation Corridors from Asia and the Far East*（Singapore: Seasia P&I Services, 2005）.

(5) オウが襲われた一件については説明が難しい。ソロモンもオウも、そしてわたしもマンドルワが直接関わっていたとは思っていなかった。しかし事件後にマンドルワのグループの何人かの若者たちが彼の関与をにおわせる内容をSNSに投稿し、わたしたちは驚いた。のちに『ニューヨーク・タイムズ』に書いた記事でこの追い剝ぎ事件について触れたところ、南アフリカの研究者から、密航経験者たちは絶対に関わっていないと力説するメールをもらった。その研究者は、ケープタウン港にたむろする密航経験者たちには独自の倫理感があると説明し、自分たちが受け入れたカメラマンを襲うようなことをするはずがないと述べていた。わたしには何とも言いかねることだった。ケープタウンに戻って取材を続けたソロモンによれば、バラック村は警察による厳しい取り締まりを受けたという。

(6) 2010年、海運大手のアトランティック・コンテナ・ライン（ACL）社は同社所有の5隻の老朽船のコンテナを洋上監房に造り替えた。船内で見つかった密航者は、しかるべき当局に引き渡されるまでこの錠のかかったコンテナ内の独房に入れられた。そんなACL社は、ハンブルクでこっそりと乗り込んだ2人のモロッコ人と1人のガンビア人の密航者たちをこの独房にぶち込んだ。ベルギーの港に入港すると、同社はベルギーの出入国管理局に3人を引き渡そうとしたが、受け取りを拒否された。ドイツの出入国管理局も、3人がハンブルクで乗り込んだ証拠がないとして拒否した。ACL社は3人を〈アトランティック・コンベヤー〉という別の船に移し替え、スウェーデンで下ろそうとした。スウェーデンに到着すると、3人は手製のナイフで脅して立てこもった。緊迫したにらみ合いが続いたが、スウェーデン外務省が介入してようやく解決した。多くのヨーロッパ諸国は、戦後経済期から1970年代まで移民を積極的に受け入れる政策を取っていた。しかしわたしが話を聞いた専門家のほぼ全員が、入国管理が厳しくなった1980年代中頃から密航者が海に放り出されるという話を耳にするようになったと述べた。

(7) この秘密作戦で拘束されたアブ・ハタラが輸送揚陸艦〈ニューヨーク〉に移送されたという事実には象徴的な意味合いがある。〈ニューヨーク〉の船首部分の「軸棒」には、9・11同時多発テロ事件で倒壊したワールドトレードセンターの残骸から回収した7トンの鉄材が使われていて、艦のモットーも「決して忘れるな」なのだ。同艦がアメリカ領海付近まで戻ってくると、アブ・ハタラは搭載機のオスプレイに乗せられて本土に移送され、刑事訴追を受けるべく

拘束された。

(8) 2009年、オバマ大統領は拷問の使用制限をめざし、ジュネーヴ諸条約に準拠した陸軍教範に沿った尋問を命じる大統領命令を出した。陸軍教範は、さまざまな「信頼関係を築く」テクニックを駆使した尋問を認めている。直接尋問はもちろんのこと、「良い警官と悪い警官」戦術も許されている。容疑者を騙して情報をさらに引き出したり、自分の手柄を自慢するように仕向けたり、感情に訴えたり、このまま裁判になれば厳しい判決が出ると脅したりすることも許されている。睡眠遮断も一定時間なら大丈夫だが、拷問をするという脅しは許されない。

(9) ここで注目すべきなのは、ジュネーヴ諸条約では「戦争捕虜は陸上の特定の場所にある施設で勾留され、第三者による監視が受けられるようにしなければならない」とされている点だ。もう一つ注目すべきなのは、アメリカ連邦裁判所が「公共の安全に関わる場合には、ミランダ警告なしで得られた供述でも例外的に証拠として採用できる」という裁定を下している点だ。こうした例外は、理論的にはアメリカ政府に口実として使われる可能性がある。ただし、9・11以降に「公共の安全に差し迫った危険のある例外的事例」とされたテロ事件の大半が、数日もしくは数週間ではなく数時間で終結している。

(10) 対テロ戦争で公海を尋問場所として使用するアメリカ政府の戦略は法的・倫理的問題をはらんでいるが、実際的見地から見れば効果的な手段だ。アメリカが海を勾留場所として使うことは、事前に通告しなければ意味のないミランダ警告の存在意義を削ぐことにほかならない。この問題をめぐる法的な懸念点を理解すべく、わたしはこの手の問題を専門とするテキサス大学ロースクールのスティーヴン・ヴラディック教授にさまざまな質問を投げかけた。「テロ容疑者がちゃんと異議を申し立てることになっても、そのときはもう手遅れなんです」ヴラディック教授はそう言った。つまり自白を強要されたあとで黙秘権があることを告げられるということだ。「通常、軍の勾留施設に囚われている人間は人身保護令状を申請することが可能です。ところがアブ・ハタラのようなテロ容疑者の場合、申請を出せるようになった時点ですでに刑事手続きに入っている可能性が高く、人身保護の請求は無意味だとして却下されるでしょう」教授はそう言った。テロ容疑者の処遇をめぐる問題の大部分は「クロス・ラフィング」にある。クロス・ラフィングとはテロ容疑者を刑事司法で対処したかと思えば今度は軍事司法で裁き、両方の法制度を都合よく使い分けることだ。

(11) 領海公海問わず、海でのテロ容疑者尋問についてのより広い知見を得るべく、アメリカ自由人権協会（ACLU）のハイナ・シャムジー弁護士をはじめとした専門家たちに話を聞いた。さらに以下に挙げる文献も読んだ。Ruth Sinai, "Trial Set for Lebanese Man Suspected of Hijacking," Associated Press, Feb. 23, 1989; Andreas F. Lowenfeld, "U.S. Law Enforcement Abroad: The Constitution and International Law, Continued," *American Journal of International Law* 84, no. 2 (1990): 444–93; Steven Lee Myers and James Dao, "A Nation Challenged: Expected Captives; Marines Set Up Pens for Wave of Prisoners," *New York Times*, Dec. 15, 2001; Neil A. Lewis and Katharine Q. Seelye, "A Nation Challenged: The American Prisoner; U.S. Expatriate Is Seen Facing Capital Charge," *New York Times*, Dec. 22, 2001; Steve Vogel, "U.S. Takes Hooded, Shackled Detainees to Cuba," *Washington Post*, Jan. 11, 2002; John Mintz, "At Camp X-Ray, a Thawing Life in the Animosity and Fear; Detainees Get More Comfortable, Talkative in Interrogation," *Washington Post*, Feb. 3, 2002; Jane Mayer, "Outsourcing Torture: The Secret History of America's 'Extraordinary Rendition' Program," *New Yorker*, Feb. 14, 2005; Sangitha McKenzie Millar, "Extraordinary Rendition, Extraordinary Mistake," *Foreign Policy in Focus*, Aug. 29, 2008; Matt Apuzzo, "Somali Man Brought to US to Face Terror Trial," Associated Press, July 5, 2011; Brad Norington, "Interrogation at Sea Gets Obama off Hook," *Australian*, July 7, 2011; Schuyler Kropf, "Graham: Ships Not Jails for Terrorists Says Suspects Should Be Held at Gitmo Bay," *Post and Courier*, Oct. 6, 2013; Charlie Savage and Benjamin Weiser, "How the U.S. Is Interrogating a Qaeda Suspect," *New York Times*, Oct. 8, 2013; Stephen Vladeck and Abu Anas al-Libi, "Legal Questions

over Special Ops Raids," interview by Robin Young, *Here and Now*, NPR, Oct. 8, 2013; "Is U.S. Using Warships as the New 'Floating Black Sites' for Indefinite Detention? Terror Suspect Just Captured in Libya Is Being Interrogated at Sea Instead of Sent to Gitmo," *Daily Mail*, Oct. 9, 2013; Ernest Londono and Karen DeYoung, "Suspect in Bombings Brought to U.S.," *Washington Post*, Oct. 15, 2013; James C. Douglas, "The Capture and Interrogation of § 1651 Pirates: The Consequences of United States v. Dire," *North Carolina Law Review Addendum* 91, no. 119 (2013); David D. Kirkpatrick, "Brazen Figure May Hold Key to Mysteries," *New York Times*, June 17, 2014; Carol Rosenberg, "Interrogating Benghazi Suspect at Sea Isn't a New Tactic," *Miami Herald*, June 18, 2014; Michael S. Schmidt et al., "Trial Secondary as U.S. Questions a Libyan Suspect," *New York Times*, June 20, 2014; Michael S. Schmidt and Eric Schmitt, "Questions Raised over Trial for Ahmed Abu Khattala in Benghazi Case," *New York Times*, June 26, 2014; Marisa Porges, "America's Floating Prisons," *Atlantic*, June 27, 2014; Giada Zampano, "Syrian Chemical Weapons Moved to U.S. Ship for Destruction at Sea Operation Is One of Last Phases to Dismantle Syria's Chemical Arsenal," *Wall Street Journal*, July 2, 2014; "Transfer of Syrian Chemicals to Cape Ray Is Complete," U.S. Department of Defense, July 3, 2014; "U.S. Ship Begins Neutralizing Syrian Chemical Weapons," Reuters, July 7, 2014; "US Begins to Destroy Syria's Chemical Weapons," *Al Jazeera*, July 7, 2014; "US to Affirm that UN Torture Ban Applies Overseas," Associated Press, Nov. 12, 2014; Spencer S. Hsu, "Benghazi Terror Suspect Challenges U.S. Interrogation Policy, Prosecution," *Washington Post*, Aug. 4, 2015; Meghan Claire Hammond, "Without Unnecessary Delay: Using Army Regulation 190–8 to Curtail Extended Detention at Sea," *Northwestern University Law Review* 110, no. 5 (2016): 1303–32.

(12) 公海上で尋問を受けたテロ容疑者はほかにも大勢いる。たとえばオーストラリア人の「敵戦闘員」だったデイヴィッド・ヒックスは、グアンタナモ刑務所の開設当日に「被勾留者番号002」として収容された。ヒックスは2001年12月にアフガニスタンの北部同盟に捕らえられたのちに「米軍に引き渡されて海軍の〈ペティルー〉に監禁された」弁護士もオーストリアの領事も接見できなかった。元タリバンの報道官で駐パキスタン大使だったアブドゥル・サラム・ザエフは強襲揚陸艦〈バターン〉に勾留され、アラビア海で尋問を受けた。公海上での尋問の歴史を少しさかのぼってみよう。CIAの情報担当官だったマイケル・ショイアーは、1995年に他に類を見ない「国家間秘密移送（レンデンション）」プログラムを作り上げた。最初にエジプトに移送されたテロ容疑者は、エジプトのアンワル・サーダート大統領の暗殺に関与したタラート・フアド・カセムだった。カセムは1995年末にクロアチアで拉致され、アドリア海上でCIAのエージェントによる尋問を受け、その後エジプトに引き渡された。人権団体によれば、カセムは拷問の末に裁判も受けることもなく処刑されたという。

(13) わたしはさまざまな記事を読んで、船員置き去り問題がどれほど重大なものなのかを学んだ。その記事を以下に挙げる。Jerry Hames, "Stranded Seafarers: Chaplains Face New Challenge," *Episcopal Life*, n.d.; Rick Lyman, "Abandoned, Cargo Ship and Seamen Wait in Gulf," *New York Times*, Dec. 5, 1998; Robert D. McFadden, "Crew of Ukrainian Freighter Stranded in New York Harbor," *New York Times*, Aug. 3, 1999; Albert Salia, "ITF Rescues Sailors Abandoned in Bulgaria," *Modern Ghana*, May 7, 2001; Solomon Moore, "Ship's Woes Leave 13 Sailors Stranded," *Los Angeles Times*, Dec. 11, 2004; Catalina Gaya, "Trapped in the Port of Barcelona," Consell Nacional de la Cultura, Dec. 2010; Rose George, "Sea No Evil: The Life of a Modern Sailor," *Telegraph*, Jan. 25, 2011; "Vietnam Embassy Team Visits Stranded Sailors at Chennai Port," *Times of India*, Feb. 20, 2011; "Sailors Stranded in Portland Port Could Soon Head Home," *Dorset Echo*, May 9, 2012; Arun Janardhanan, "Sailors Starve on Board Another Stranded Ship," *Times of India*, Nov. 3, 2012; "Georgian Sailors Abandoned by Ship's Owner," *Democracy & Freedom Watch*, Nov. 19, 2012; Dan Arsenault, "Stranded Sailors Heading Home Give Thanks for Help," *Chronicle Herald*, Jan. 17, 2013; S. Anil, "21 Indian Sailors Stranded at Egyptian Port for Five Months," *New Indian Express*, June 28, 2013; Ted Mann, "Computer Problems Leave Goods Stranded at New York Port," *Wall Street Journal*, Aug. 4, 2013; Anand Vardhan Tiwary,

"Abandoned Seafarer Cases Rising, Less than Past Recessions: ITF," *Seatrade Maritime News*, Sept. 5, 2013; Joshua Rhett Miller, "Abandoned Ship: Sailors Left Adrift by Transport Firms' Legal Battles," Fox News, Oct. 6, 2013; Anita Powell, "Abandoned Indonesian Sailors Face South African Deportation," Voice of America, Dec. 2, 2013; Isaac Arnsdorf, "Stranded Sailors Signal More Danger than Somali Pirates," *Bloomberg*, Jan. 14, 2014; "Stranded Crew Given Vital Aid," Sailors' Society, March 21, 2014; "ILO, Maritime Sector to Address Abandonment of Seafarers and Shipowners' Liability," International Labor Organization, April 4, 2014; Isaac Arnsdorf, "Ship Owners Have to Provide Insurance, Bond for Stranded Merchant Sailors: New UN Rule," *Bloomberg*, April 11, 2014; JOC Staff, "ILO Backs Protection for Abandoned Seafarers," *Journal of Commerce*, April 11, 2014; "Abandoned Filipino Sailors from MV B Ladybug Finally Home," *World Maritime News*, April 29, 2014; "16 Indian Seamen Stranded on Ship in Dubai for Almost a Year," *Asian News International*, June 24, 2014; Noorhan Barakat, "Stranded Dubai Ship Crew 'to Return Home Soon,' " *Gulf News*, June 24, 2014; Faisal Masudi, "Marine Officials Work to Help Indian Sailors Stranded off Dubai," *Gulf News*, July 7, 2014; "Abandonment of Seafarers," Seafarers' Rights International Project, Sept. 29, 2014.

(14) 2015年の1月から8月にかけて、わたしはフロリン・ラドゥカンとジョルジェ・クリストフに話を聞いた。もっぱら電話を介してだったが、同時に調査員を雇って2人の家を訪ねてもらい、関係書類を収集した。同時期に、この事案を担当したミッション・トゥー・シーフェアラー（MTS）のベン・ベイリー氏にも電話とメールで取材した。

(15)〈ドナ・リベルタ〉のケースファイルを確認することができたのも、世界中の何カ所かの港の検査官と連絡がとれたのも、それもこれも国際運輸労連（ITF）の協力の賜物だ。わたしはギリシアに飛び、〈ドナ・リベルタ〉に関わりのある企業の代表者から話を聞こうとした。海運業は競争が激しいわりには利益の薄いビジネスだ。とくに〈ドナ・リベルタ〉のような小規模な冷凍貨物船は大企業との競合で締め上げられている。わたしは〈ドナ・リベルタ〉の運航会社にその圧力について聞きたいと思っていた。同時に、この船で行われているとされる何千リットルもの廃油の不法投棄や何百万ドルもの未払い賃金、そして乗組員や密航者に対する虐待などの犯罪行為についての説明も聞きたかった。2015年の初め、わたしはプロペラ機に乗ってトルコ沿岸まであと7キロというところにあるヒオス島を訪れた。ヒオス島からは世界規模の海運王を驚くほど多く輩出している。わたしはこの島で、〈ドナ・リベルタ〉に関わりのある運航会社の元経営者で行方をくらませているジョージ・カリマシアスを、賃金未払いの問題で彼のことを追っている業界関係者たちの力を借りて探した。アテネでは通訳兼ガイドとして雇った二人の現地記者を連れて、〈ドナ・リベルタ〉に関与している数多くの企業の一つのフェアポート・シッピング社を訪ねた。噂では、カリマシアスは同社の上階のアパートメントに潜伏しているということだった。わたしたちは通りを渡り、フェアポート・シッピング社のオフォスの向かい側の家のインターフォンを押した。「カリマシアスさんを探しているのですが」わたしがそう言うと、「ああ、あの人なら通りの反対側にある、あの人の会社の上に住んでるよ」という答えが返ってきた。振り返って二階建てのフェアポート・シッピング社の二階の部屋に眼をやると、男がこっちを見ていた。その男はすぐに部屋の奥に引っ込んだ。それから1週間ほどのち、フェアポート・シッピング社の弁護士が同社の業務についてもカリマシアス氏についても答えるつもりはないという内容のメールをよこしてきた。

(16) 船員たちが置き去りにされたという話に何度も何度も行き当たるたびに、わたしは紀元前6世紀スキタイの哲学者アナカルシスのこの言葉を思い出した。「人間には三種類ある。生ける者と死せる者、そして海にいる者だ」

(17) 中国経済の低迷や貨物の海上輸送量の減少などにより、海運業界は2017年に危機的状況に追い込まれた。この世界的な海運不況が船員置き去りに拍車をかけた。好況期に貨物船をどんどん建造した結果、海運業界は供給過多に陥った。ドバイの業界関係者の話では、中国からヨ

ーロッパへのコンテナ1個当たりの輸送料は、2014年の2500ドルが2016年には25ドルにまで暴落したという。企業収支を均衡させ損失を出さないためには、最低でも1個当たり360ドルに設定しなければならない。不況のあおりをいちばん食ったのが、工業用原材料を輸送するばら積み（ドライバルク）貨物船だ。一般的な貨物船は、製造スケジュールに合わせて何カ月も先に旅程を組むのが普通だ。しかしドライバルク貨物船の船主たちは商魂たくましく、必要とされればどこにでも貨物を積み、港から港へと間髪をいれず移動させている。しかし海上輸送のトレンドの主流がコンテナ輸送に移っていくにつれて、ドライバルク貨物船の稼働時間はどんどん減り、この薄気味悪い監獄に囚われる乗組員の数はどんどん増えていった。

(18)〈ベルギカ〉の乗組員たちの体験談については以下の文献を参照した。Frederick A. Cook, *Through the First Antarctic Night, 1898–1899*（New York: Doubleday, Page, 1909）; Marilyn J. Landis, *Antarctica: Exploring the Extreme*（Chicago: Chicago Review Press, 2001）; Beau Riffenburgh, ed., *Encyclopedia of the Antarctic*, vol. 1（New York: Routledge, 2007）; Bruce Henderson, *Truth North: Peary, Cook, and the Race to the Pole*（New York: W. W. Norton, 2005）.

(19) 一般社会から隔絶されている船員たちの自殺率は陸《おか》に生きる人びとよりも高い。全世界の船乗りの自殺率は過去50年平均で5.9パーセントで、これは2012年のイギリスまたはオーストラリアの自殺率のざっと3倍から4倍にあたる数字だ。実際にはもっと高いと思われる。海上での不可解な失踪や溺死事故も、自殺を試みた結果なのかもしれない。それに、ニュージーランドの旗を掲げてアルゼンチン海域で操業する韓国の水産企業が所有する漁船のインドネシア人乗組員の行方を追うことは困難だ。この問題も以前から十分な研究がなされておらず、あったとしても東アジアの水産業の状況を必ずしも反映していない欧米の漁船団に焦点が当てられているものばかりだ。しかしその研究で示されている数字は悲惨なものだ。イギリスでは、1980年代の職業別自殺率の上位トップテンの職業で、21世紀になってもランクインしている職業は第2位の商船の乗組員だけだ。自殺に走らない船員にしても、実際には支えてくれる人間がほとんどいなくて崖っぷちにあるのかもしれない。600人の船員を対象にしたITFのアンケート調査では、50パーセントが鬱を「ときどき」もしくは「しょっちゅう」感じていると答えた。サジョ・オヤン産業の漁船で指を切断したサントソの例を見ればわかるように、眼に見える傷の治療もままならない船で眼に見えない傷の手当てができるはずもない。船乗りとは、自殺の手段が手近なところにごろごろしている危険な仕事なのだ。船員の自殺については、以下の記事や文献を読んで見識を深めた。Stephen Roberts et al., “Suicides Among Seafarers in UK Merchant Shipping, 1919–2005,” *Occupational Medicine* 60（2009）: 54–61; Marcus Oldenburg, Xavier Baur, and Clara Schlaich, “Occupational Risks and Challenges of Seafaring,” *Journal of Occupational Health* 52（2010）: 249–56; Robert Iverson, “The Mental Health of Seafarers,” *International Maritime Health* 63（2012）: 78–89; Stephen Roberts, Bogdan Jaremin, and Keith Lloyd, “High-Risk Occupations for Suicide,” *Psychological Medicine* 43（2013）: 1233; Altaf Chowdhury et al., “HIV/AIDS, Health, and Wellbeing Study Among International Transport Workers’ Federation（ITF）Seafarer Affiliates,” *International Maritime Health* 67（2016）: 42–50; Robert Iverson and Ian McGilvray, “Using Trios of Seafarers to Help Identify Depressed Shipmates at Sea,” *Lloyd’s List Australia*, May 19, 2016.

## 7 乗っ取り屋《レイダース》たち

(1) ハンター・S・トンプソン『ラスベガスをやっつけろ！——アメリカン・ドリームを探すワイルドな旅の記録』室矢憲治訳、筑摩書房、1989年。

(2) ソマリア沿岸で行われているような純然たる海賊行為と、国家もしくは企業がからんでいる、半ば公然と行われている海賊行為と、窃盗行為と、レポマンの回収作業のあいだの違いは曖昧模糊としている。そこに強い興味を覚えたわたしは、以下の文献を読んで見識を広げた。

Kissy Agyeman-Togobo, "Pirate Paradise—Piracy Increases in the Gulf of Guinea," *Jane's Intelligence Review* 23, no. 10（2011）; Paul Berrill, "Plan Is Hatched to Tackle Nigerian Ports Corruption," *TradeWinds*, July 4, 2014; Keith Bradsher, "Insurance Premiums Rise as Threats to Ships Grow," *New York Times*, Aug. 25, 2005; Marcus Hand, "Organised Crime, Hijackings, and Stolen Vessels—the Murky World of Phantom Ships," *Lloyd's List*, Oct. 13, 2005; Marcus Hand, "Belize Defends Registering Stolen Ship," *Lloyd's List*, Dec. 22, 2005; Terry Macalister, "Southern Drift of Piracy off West Africa Is a Big Worry on All Fronts," *TradeWinds*, Feb. 14, 2014.

(3)〈ソフィア〉についての詳細は *Lloyd's List:* "Vessel Report for Sofia," *Lloyd's List Intelligence*, Dec. 13, 2016 から引用した。

(4) "TCA Fund Closes 10 Million USD Loan to NewLead Holdings," Business Wire, March 11, 2015.

(5) 本書が出版された時点で、ゾロタスの裁判は結審していない。

(6) ゾロタスが賄賂を贈ったのは、友人でマフィン・インベストメントグループの会長だったアンドレアス・フェノプロスがキプロス第2位のライキ銀行の経営権を獲得したことに、キプロス中央銀行が異議を突きつけたからだ。キプロスでは、フェノプロスは「キプロス・ショック」を引き起こした張本人とされている。フェノプロスがゾロタスを利用したのか、それともその逆だったのかは闇の中だが、結局2人とも訴追された。ところがゾロタスがキプロスに引き渡される直前に、フェノプロスは心臓発作で死去した。ゾロタスの法的問題については以下の記事を参照した。"Focus Trial Defendants Ask for More Time," *Cyprus Mail Online*, April 4, 2017; Mary Harris, "Greek Judges Extradite Businessman Michael Zolotas to Cyprus," *Greek Reporter*, Nov. 8, 2016; Elias Hazou, "Zolotas and Fole Both in Custody," *Cyprus Mail Online*, Oct. 20, 2016; George Psyllides, "Former CBC Governor, Four Others Referred to Criminal Court on Corruption Charges," *Cyprus Mail Online*, March 22, 2017; "Zolotas Free on Bail," *Cyprus Mail Online*, Dec. 23, 2016.

(7) マックス・ハードバーガーとの対面に備えて、わたしは以下の記事や文献を事前に読んでおいた。Mark Kurlansky, "Smugglers Sell Haiti down the（Miami）River," *Chicago Tribune*, April 19, 1989; Serge F. Kovaleski, "Cartels 'Buying' Haiti; Corruption Is Widespread; Drug-Related Corruption Epidemic," *Washington Post*, Feb. 16, 1998; Nancy San Martin, "Neglected City Feels Sting of Poverty," *Miami Herald*, Sept. 17, 2002; Richard Newman, "Hackensack Lender Accused in Ship Repossession Intrigue," *Record*（Bergen County, N.J.）, May 9, 2004; "Repo Man Snags Cargo Ship from Haiti," United Press International, March 1, 2007; Dan Weikel, "He's His Own Port Authority," *Los Angeles Times*, March 1, 2007; Carol J. Williams and Chris Kraul, "Traffickers Exploit Haiti's Weakness," *Los Angeles Times*, Dec. 23, 2007; Peggy Curran, "How Haiti Lost Its Way: A Tale of Racism, Religion, and Revenge," *Montreal Gazette*, Jan. 30, 2010; Owen Bowcott, "Poverty Opens Haiti to Cocaine Trade," *Guardian*, July 7, 2000; Bob Rust Stamford, "Haiti Port Offers Hope," *TradeWinds*, Jan. 22, 2010; William Lee Adams, "High-Seas Repo Man Max Hardberger," *Time*, July 2, 2010; Graeme Green, "Piracy: Raider of the Lost Arks," *Metro*（U.K.）, July 7, 2010; Sarah Netter, "Extreme Repo: Meet the Men Who Take Off with Planes, Ships, and... Cattle?," ABC News, Sept. 22, 2010; John Crace, "Max Hardberger: Repo Man of the Seas," *Guardian*, Nov. 14, 2010; " 'Repo Man of the Seas' Shivers Pirates' Timbers," interview by Guy Raz, *All Things Considered*, National Public Radio, Nov. 21, 2010; Marco Giannangeli, "I Am the Man the Killer Pirates Fear," *Sunday Express*, Nov. 28, 2010; Aidan Radnedge, "I'm Max and I Steal Ships from Pirates," *Metro*（U.K.）, April 19, 2011; Richard Grant, "Vigilante of the High Seas," *Daily Telegraph*, July 23, 2011; Michael Hansen, "More on the Jones Act Controversy," *Hawaii Reporter*, Aug. 13, 2013; Jenny Staletovich, "The Last Voyage of El Faro," *Miami Herald*, Oct. 11, 2015.

(8)〈マヤ・エクスプレス〉回収の詳細は、2017年から2018年にかけてのマックス・ハードバーガーへの取材と彼が提供してくれた公判資料に基づいている。公判資料には以下のものが含まれている。*Application for Temporary Restraining Order: Blue Ocean Lines Dominicana, S.A. v. Kennedy Funding, Inc., Joseph Wolfer, and Jeffrey Wolfer*, U.S. District Court of New Jersey, April 26, 2004; *Verified Com-*

*plaint: Blue Ocean Lines Dominicana, S.A. v. Kennedy Funding, Inc., Joseph Wolfer, and Jeffrey Wolfer*, U.S. District Court of New Jersey, April 26, 2004; *Opposition to Motion for Preliminary Injunction: Blue Ocean Lines Dominicana, S.A. v. Kennedy Funding, Inc., Joseph Wolfer, and Jeffrey Wolfer*, U.S. District Court of New Jersey, May 10, 2004; *Order to Deny Preliminary Injunction: Blue Ocean Lines Dominicana, S.A. v. Kennedy Funding, Inc., Joseph Wolfer, and Jeffrey Wolfer*, U.S. District Court of New Jersey, May 14, 2004; *Judgement of the "Maya Express": Kennedy Funding, Inc. v. Skylight Maritime Limited*, Supreme Court of the Commonwealth of the Bahamas, Aug. 31, 2004.

(9) 世界中の港湾当局にはびこっている腐敗については以下の文献や記事を参照した。"Bribe Poll Reflects Deeper Problems," *TradeWinds*, March 29, 2013; Adam Corbett, "Bribes Blight Reputation of Port-State Inspections," *TradeWinds*, March 29, 2013; David Hughes, "Fighting Port State Control Corruption," *Shipping Times*, Feb. 11, 2004; "Survey Seafarers Seek Fairer Treatment at Sea," *Lloyd's List*, May 26, 2009; "Port State Control: Different Interpretations and Applications," *Financial Express* (Bangladesh), Jan. 15, 2012; Jonathan Bray, "Stuck in the Bottleneck: Corruption in African Ports," Control Risks; Hannah Lilley, "Corruption in European Ports," Control Risks; Tomaz Favaro and Niels Lindholm, "Stuck in the Bottleneck: Corruption in Latin American Ports," Control Risks.

(10) 2017 年 5 月、わたしはジャワ島東部のカプ村を訪れて「海の解体屋」のことを調べ、近海に沈むアメリカ海軍の重巡洋艦〈ヒューストン〉を確認してみた。1942 年 2 月に日本海軍に撃沈された〈ヒューストン〉には、640 人以上の水兵たちが眠っているとされている。その〈ヒューストン〉を徐々に剝ぎ取っていく「海の解体屋」たちに対してアメリカ海軍は強い苛立ちを見せ、インドネシア政府に対して何度もやめるよう要請してきた。この問題については以下の文献を参考にした。Sam LaGrone, "New Survey: USS Houston Wreck 'Largely Intact,' HMAS Perth Status Inconclusive," *USNI News*, Feb. 13, 2017; Michael Ruane, "A Broken Trumpet from a Sunken Warship Holds Its Secrets from WWII," *Washington Post*, Feb. 2, 2016; "WW II Cruiser USS Houston (CA 30) Final Report Completed," Naval History and Heritage Command, Public Affairs, Nov. 14, 2014. The issue of scrappers picking away at these sunken "war tombs" is so sensitive to the U.S. Navy that they declined to give me the coordinates of the ship unless I first signed a waiver promising not to remove anything from it, which I did. Fabio and I were greatly helped in this reporting trip by an Indonesian dive instructor named Budi Cayhono. いわゆる「海の戦没者墓地」を解体する行為に過敏になっている海軍当局は、〈ヒューストン〉から何も取ってこないことを宣誓する書類に署名しない限り、沈没位置は教えないと言ってきた。

(11)「海の解体屋」とトレジャーハンターはまさしく表裏一体の存在だが、両者が稼ぎ出す金額は異なる。国連の推測では、300 万隻以上の船舶が世界中の海の底で眠っているという。海でのトレジャーハンティングといえば、何十年ものあいだ浅い海でスキューバダイビングで潜って探すものと相場が決まっていた。ところが 1980 年代の中頃になると遠隔操作探査機(ROV) が登場し、状況は一変した。照明とビデオカメラとロボットアームを装備した ROV は、深度 1000 メートル以上の深海に沈んでいるものを引き揚げることができる。ジャーナリストで小説家のジョン・コラピントは、2008 年に『ニューヨーカー』誌に寄稿した「深海の秘密 (Secrets of the Deep)」で、この海の無法者たちについて触れている。「沈没船や海底に眠るお宝の引き揚げでは、昔から『拾ったものは自分のもの』の原則が適用されてきた。しかし、こうした海でのトレジャーハンティングが技術の発達によって昔ほどには冒険的ではなくなった現在、世界各国はこの伝統を規制する動きに出ている。2001 年、ユネスコ(国際連合教育科学文化機関) の総会は『水中文化遺産保護条約』を採択し、100 年以上海底にあったものの売買を禁じた。この条約はまだ発効していないが〔訳者注:2009 年 1 月に発効された〕公海上で沈没した船舶およびその所有権に対する国家の『主権免除』を認める法律はすでに存

在する。近年、さまざまな国が裁判でこの法律を行使するようになった」海底での窃盗行為については、以下の文献を参考にした。Dale Fuchs, "The Battle for the 'Mercedes' Millions," *Independent*, Feb. 8, 2011; "Finders Keepers?," *Canberra Times*, Feb. 10, 2011; Abigail Tucker, "Did Archaeologists Uncover Blackbeard's Treasure?," *Smithsonian*, March 2011; Kate Taylor, "Treasures Pose Ethics Issues for Smithsonian," *New York Times*, April 25, 2011; Matthew Sturdevant, "$10 Million Policy Leads to Glittering Lawsuit; Buckets of Emeralds, a Hartford Insurer, a Fraud Battle," *Hartford Courant*, June 12, 2011; Philip Sherwell, "The Wrecks That Promise to Unlock Mystery of Drake's Final Resting Place," *Sunday Tele-*Dale Fuchs, "The Battle for the 'Mercedes' Millions," *Independent*, Feb. 8, 2011; "Finders Keepers?," *Canberra Times*, Feb. 10, 2011; Abigail Tucker, "Did Archaeologists Uncover Blackbeard's Treasure?," *Smithsonian*, March 2011; Kate Taylor, "Treasures Pose Ethics Issues for Smithsonian," *New York Times*, April 25, 2011; Matthew Sturdevant, "$10 Million Policy Leads to Glittering Lawsuit; Buckets of Emeralds, a Hartford Insurer, a Fraud Battle," *Hartford Courant*, June 12, 2011; Philip Sherwell, "The Wrecks That Promise to Unlock Mystery of Drake's Final Resting Place," *Sunday Tele-ald*, April 27, 2014; Eric Russell, "Former Crew Member Claims Gorham Treasure Hunter Staged Retrieval of Fake Gold Bar," *Portland Press Herald*, April 27, 2014; Kathy Lynn Gray, "Going for the Gold: The Odyssey Explorer Has Returned to the Deep Atlantic in Search of Shipwrecked Treasure," *Columbus Dispatch*, April 28, 2014; "A Quarter-Century and a Legal Nightmare Later, Gold Bars Finally Hauled from Treasure-Heavy Shipwreck," *Postmedia Breaking News*, May 5, 2014; William J. Broad, "X Still Marks Sunken Spot; Gold Awaits," *New York Times*, May 5, 2014; Doug Fraser, "Treasure Hunter Clifford Says He's Found Columbus' Famed Ship," *Cape Cod Times*, May 14, 2014; Savannah Guthrie, "Family of Treasure Hunters Hits Jackpot," NBC News, July 31, 2014; "Treasure Hunter Tommy Thompson Who Discovered the 'Ship of 'Gold' in 1988 and Made Millions Remains on the Lam Two Years After He Vanished amid Lawsuits from Insurers, Investors, and His Own Crew," *Mail Online*, Sept. 13, 2014; Bill Meagher, "Investors in Treasure Hunter Take Seeking Alpha Battle to SEC," *Deal Pipeline*, Oct. 10, 2014; Doug Fraser, "U.N. Group Sinks Barry Clifford's Santa Maria Treasure Claim," *Cape Cod Times*, Oct. 24, 2014; Charlie Rose and Erin Moriarty, "This Is Such an Odd Story Because Thompson Is Said to Be a Brilliant Engineer but He's Been the Subject of an International Manhunt Ever Since He Vanished in 2012," *CBS This Morning*, Jan. 29, 2015; Amanda Lee Myers, "Feds Chase Treasure Hunter Turned Fugitive," Associated Press Online, Jan. 29, 2015; David Usborne, "End of the Adventure for a Pair of Golden Fugitives; It Reads Like a Movie Plot, but the Tale of Tommy Thompson Is All Too Real," *Independent*, Jan. 30, 2015; Jo Marchant, "Exploring the *Titanic* of the Ancient World," *Smithsonian*, Feb. 1, 2015; Joe Shute, "ToryLord Defends the Treasure Hunt for HMS Victory," *Telegraph*, Feb. 16, 2015; Gavin Madeley, "The Pirate Prince and the Secrets of Treasure Island," *Scottish Daily Mail*, May 23, 2015; Brent Ashcroft, "Shipwreck Discovery May Lead to Great Lakes Treasure," *Lansing State Journal*, May 31, 2015; Sam Tonkin, "Archaeologists Discover 18th Century Wreck of Slave Ship That Sank off the South African Coast in Disaster That Killed More than 200," *Mail Online*, June 2, 2015; Milmo Cahal, "Lost at Sea: A L1.9Bn Atlantic Treasure Mystery," *Independent*, June 20, 2015; Robert Kurson, "The Last Lost Treasure," *Popular Mechanics*, July 1, 2015; John Wilkens, " 'Pirate Hunters' Author Sails into Sea of Mystery," *San Diego Union-Tribune*, July 12, 2015; Simon Tomlinson, "You Can't Kidd a Kidder! 'Silver Ingot' from Legendary Pirate Captain Kidd's Treasure Horde Discovered off Madagascar Is a FAKE, Say UN Experts, Who Reveal It Is 95% Lead," *Mail Online*, July 15, 2015; Abby Phillip, "Inside the Turbulent World of Barry Clifford, a Pirate-Ship Hunter Under Attack," *Morning Mix*（blog）, *Washington Post*, July 16, 2015; Charlie Rose and Clarissa Ward, "First on CBS THIS MORNING, We Have Breaking News of an Incredible Treasure Find," *CBS This Morning*, Aug. 19, 2015; William Bartlett, "Diver Gets Hands on Gold," *Florida Today*, Aug. 20, 2015; Ken Raymond, "Book Review: 'Pirate Hunters: Treasure, Obsession, and the Search for a Legendary Pirate Ship' by Robert Kurson," *Daily Oklahoman*, Aug. 23, 2015; Andrew Casler, "Shipwreck Hunters Seek Cayuga Lake's Treasure," *Elmira*

(*N.Y.*) *Star-Gazette*, Aug. 29, 2015; Tony Doris, "Lawsuit Says Treasure Hunters Scammed Man out of $190,000; Treasure Hunter Denies Allegations of Fraud; Palm Beach Gardens Man Alleges Elaborate Venture Was Big Fraud," *Palm Beach Post*, Nov. 23, 2015; Jim Wyss, "Colombian Deep: The Fight over Billions in Sunken Treasure," *Miami Herald*, Dec. 25, 2015; Jenny Staletovich, "Searching for the Lost Wrecks of the Dry Tortugas," *Miami Herald*, Jan. 2, 2016; "How the 'Holy Grail' of Treasure Ships Was Finally Found," thespec.com, Jan. 4, 2016; Jenny Staletovich, "Park Service Surveys Dry Tortugas for Wrecks," *Sun-Sentinel*, Jan. 9, 2016; Jenny Staletovich, "Salvage of Shipwrecks Pits Hunters Against Historians," *Charleston Gazette-Mail*, Jan. 19, 2016; Jenny Staletovich, "Searching for the Lost Shipwrecks: The Government Will Survey the Waters of the Dry Tortugas," *Los Angeles Times*, Feb. 14, 2016; Ed Farrell, "The Voyage Begins: Locals Hoping to Find Treasure Chest of Gold at 'the Ship,'" *Sharon* (*Pa.*) *Herald*, May 26, 2016; Michael Bawaya, "Booty Patrol," *New Scientist*, June 11, 2016; Stephanie Linning, "US Salvage Firm Risk Battle at Sea over L12 Billion Treasure on Spanish Galleon Sunk by the Royal Navy More than 300 Years Ago," *Mail Online*, June 19, 2016.

(12) このテーマについては以下の記事を参照した。Chris Parry, "Phantom Ships" (Thompson Reuters Accelus, 2012); Jayant Abhyankar, "Phantom Ships," in *Shipping at Risk: The Rising Tide of International Organised Crime*, ed. Eric Ellen (Essex, U.K.: International Maritime Bureau of the International Chamber of Commerce's Commercial Crime Services, 1997), 58–74.

(13) 一定のタイプの資産の取引が確定したことを海事法ではどのように定義するのかについては、2016年と2017年にMahoney & Keane, LLPのエドワード・キーン弁護士と、Holland & Knightのジョヴィ・テネヴ弁護士といった専門家にメールと電話で取材した。

(14) 船舶盗難には危険がつきものだが、その分、実入りがいい。世界の一部の地域では、盗難船舶のブラックマーケットが活況を呈している。国際海事局（IMB）の調査では、フィリピンでは30万ドルを支払えば盗難船舶を3日間以内に調達できるという。1997年の報告書では、こうした船舶盗難には保険金詐欺を目的とした船主と窃盗犯の共謀関係が広く見られるとされている。詳しくはAbhyankar, "Phantom Ships." を参照のこと。

(15) 本章の取材では、ダルビー氏からはひとかたならぬ助力を賜った。2016年から2017年にかけて、わたしはダルビー氏から数件の海での債権回収案件について電話を通じて話を聞かせてもらった。氏の過去の活動については以下の文献を参照した。Geoff Garfield, "Row Flares After Escort Deal Sours," *TradeWinds*, Dec. 2, 2011; Jack Hitt, "Bandits in the Global Shipping Lanes," *New York Times*, Aug. 20, 2000; Helen O'Neill, "Modern Pirates Terrorize the Seas," Associated Press, Nov. 6, 1999; Mark Rowe, "New Age of the Pirate-Chasers," *Independent*, Nov. 21, 1999; "When a Circus of Trouble Finds the 'Troubleshooter,'" *TradeWinds*, Sept. 22, 2000.

(16) 海のレポマンたちには2016年から2018年にかけて取材した。本章に登場したダグラス・リンゼー氏とチャーリー・ミーチャム氏、そしてジョン・ダルビー氏ら以外に、以下の方々に取材に応じていただいた——ファルコン・インターナショナルのJ・パトリック・アルテス氏、シー・カーゴのジョン・ライトバウン氏、バハマス・セイリング・アドベンチャーズのスティーヴ・セーレム氏、プロテクション・ヴェッセルズ・インターナショナルのドム・ミー氏。それ以外の何人かも匿名を条件に取材に応じていただいた。アメリカ沿岸での盗難船舶の捜査を担当するアメリカ沿岸警備隊捜査局（CGIS）のマイケル・バーコウ局長の協力も得られた。

## 8 斡旋業者

(1) メルヴィル『白鯨（上）』八木敏雄訳、岩波文庫、2004年。

(2) わたしがアンドラーデの死亡事件に興味を抱いたのは、広く伝わっている二つの誤解を払拭することができるかもしれないと思ったからでもあった。一つ目の誤解は、漁船での労働者に

対する虐待と酷使は南シナ海とタイの漁船だけで起こっているというものだ。もう一方の誤解は、そうした悪行は悪徳船長が行っているというものだ。たしかにここ数年の洋上での強制労働に対する国際社会の関心は、主にタイ近海に向けられている。ところが海事業界における人身売買と強制労働は、実際には広範囲に蔓延している。この二つの違法行為で中心的な役割を担っている斡旋業者については、研究や調査があまり進んでいない。

(3) 船員と漁船の乗組員の総数については以下の文献から引用した。International Labour Conference, *Conditions of Work in the Fishing Sector: A Comprehensive Standard*（*a Convention Supplemented by a Recommendation*）*on Work in the Fishing Sector*（Geneva: International Labour Office, 2003）; Seafarers, "Global Supply and Demand for Seafarers," Safety4Sea, May 24, 2016; *The State of World Fisheries and Aquaculture: Contributing to Food Security and Nutrition for All*（Rome: Food and Agriculture Organization of the United Nations, 2016）.

(4) アンドラーデの死亡事故についてのさらなる情報と、紙一重の関係にある人材斡旋業に関する一般的な情報については、以下の文献を参照のこと。Sebastian Mathew, "Another Filipino Story: The Experience of Seven Filipino Workers on Board Taiwanese Long Liners Is a Tale of Breach of Contract," International Collective in Support of Fishworkers, *SAMUDRA Report*, no. 26（Aug. 2000）: 36–40; Joshua Chiang, "No Country for Fishermen," *Online Citizen*, Jan. 9, 2012.

(5) シンガポールの出稼ぎ労働者保護団体トランジエント・ワーカーズ・カウント・ツー（TWC2）のシェリー・ティオ氏とハミッシュ・アダムス氏の活動がなければ、わたしはアンドラーデの死亡事故について調べようとは思わなかっただろう。両氏はさまざまな公判資料を提供してくれた。以下にそれらを記す。Eril Andrade y Morales Case Records: "Complaint," "Affidavit of Julius M. Andrade," "Certification of Police Blotter Signed by PSINSP AILEEN A RONDARIO," May 15, 2013, "Response Letter to PO3 Willian N Aguirre from Ms. Vivian Ruiz-Solano, Manager of Aklan Public Employment Service Office（PESO）Dated April 29, 2011," "Request Letter Signed by PSINSP AILEEN A RONDARIO Dated April 17, 2011 Addressed to PSUPT GEORBY MANUEL re Conduct of Post Mortem Examination to the Cadaver of Eril M. Andrade," "Medico Legal Report No. M–005–2011（AK）Conducted to the Cadaver of Eril M. Andrade," "Letter of PO3 Willian N Aguirre Dated April 20, 2013 Addressed to the Provincial Chief, CIDU, Aklan re Retrieval of Inbox Messages on the Cellular Phone of Eril M. Andrade," "Consular Mortuary Certificate Signed by Jed Martin A. Llona, Vice Consul of the Philippines Dated April 16, 2011," "Report of Death of Philippine Citizen Signed by Jed Martin A. Liana, Vice Consul of the Philippines Dated April 16, 2011," "Cause of Death of Eril M. Andrade Issued by Dr. Wee Keng Poh of Health Science Authority Dated April 12, 2011," "Permit to Land a Body No. 0861 Dated April 6, 2011," "Permission to Export a Coffin Containing a Corpse No. 0000007865 Signed by Kamarul M. Yahya, Port Health Officer Dated April 13, 2011," "Certificate of Sealing Coffin No. 0166 Dated April 13, 2011," "Embalming Certificate No. 0719 Dated April 13, 2011," "Seaman Report（Vessel Hung Yu No. 212）," "Fortuna No. 5 with Name of Eril Andrade and Other Persons," "Passport of Eril M. Andrade," "Acknowledgement Receipt Signed by P03 Willian N Aguirre Dated 181435 April 2011," "Tourism Infrastructure and Enterprise Zone Authority（TIEZA）in the Name of Eril Andrade." Other documents came from the Kalibo prosecutor's office and included Reden S. Romarate, "Affidavit," Republic of the Philippines, May 20, 2011, 1–3; Jeoffrey L. Ruzgal, "Police Blotter of the Aklan Police Provincial Office, No. 0594," Provincial Investigation and Detective Management Branch, Camp Pastor Maitelino, Kalibo, Aklan, Philippines, Feb. 8, 2012, 1–2; Tyrone J. Jardinico, "Affidavit," Republic of the Philippines, Feb. 20, 2012, 1–2; Tyrone J. Jardinico, "Certification of Extract of Police Blotter," Aklan Police Provincial Office, Philippine National Police, Feb. 20, 2012, 1–2.

(6) フィリピン取材は主に 2015 年の 9 月に行った。

(7) 2012 年 9 月、出稼ぎ漁業従事者の現状を調査するカンボジア政府の作業グループは、同国

と台湾の合弁企業ジャイアントオーシャン・インターナショナル・フィッシャリー社が大量のカンボジア人を漁船の乗組員として国外で従事させているという報告書を出した。現在過去を問わず常時1000人近くが南アフリカのケープタウンで働かされ、そのうちの数百人が行方不明だという。「カンボジアへの帰国を果たした者たちは、国連機関とカンボジアのNGOから人身売買の犠牲者に認定された」作業グループは「現代の奴隷制ともいうべき忌まわしい行為だ」と断じた。2012年8月、ジャイアントオーシャン社の毒牙にかかった被害者たちは重要な証拠文書をもたらした。その文書によって同社と「シンガポールの悪名高い斡旋業者ステップアップ・マリーン」の結びつきが初めて判明した。報告書によれば、2010年から2012年にかけてのジャイアントオーシャン社による9件の人身売買事例にステップアップ・マリーンが関与していたという。同月時点で、作業グループはジャイアントオーシャン社による人身売買被害者の身元を171名特定した。Andy Shen, *Report on the Situation of Cambodian Fishermen Trafficked Overseas by Giant Ocean International Fishery Co., Ltd.*, Cambodian Working Group for Migrant Fishers, Sept. 2012を参照のこと。

(8) *Mario Hornales v. National Labor Relations Commission, Jose Cayanan, and JEAC International Management Contractor Services*, G.R. No. 118943, Sept. 10, 2001.

(9) 自分たちが手配した漁船乗組員たちを過酷な環境下に放置するという行為を、ステップアップ・マリーンはかなり以前から行っていた。2009年、タンザニアで8人のフィリピン人乗組員が違法操業の容疑で逮捕され、10カ月勾留された。船長は逃亡した。この8人を手配したステップアップ・マリーンは彼らに弁護士をつけることも保釈金を支払うことも拒んだ。こんな例もある。2009年4月にアメリカ船籍の貨物船〈マースク・アラバマ〉を襲ったソマリアの海賊たちは――『キャプテン・フィリップス』のタイトルで映画化された有名な事件だ――襲撃の数日前に台湾船籍の総トン数700トンのマグロ延縄漁船〈隠發161〉をジャックし、作戦の拠点としていた。〈隠發161〉はソマリア近海で違法操業をしていたとされている。その30人の乗組員のなかの17人のフィリピン人たちの大半はステップアップ・マリーンが手配したという。乗組員たちは10カ月ものあいだ人質となり、その間に2人が栄養失調と病気で命を落とした。

(10) ステップアップ・マリーンの毒牙にかかった男たちを探し出すことはそれほど難しいことではなかったが、騙されたことに恥じ入っている彼らから話を聞くことのほうは結構大変だった。そんな男たちの一人はこんなことを言っていた。「誇りを胸に村を出たのに、恥を抱えて戻ってきた」とくに性的虐待、まだ返済できていない身内からの借金、そして洋上で受けた暴行について訊くときは神経を使った。そのために人目につかない場所で話を聞くように心がけた。彼らから話を聞く際には、本章の取材に同行したカメラマンのハナ・レイエスに手伝ってもらった。フィリピン生まれでタガログ語が堪能なレイエスのおかげで和やかで打ち解けた雰囲気を作ることができ、取材も順調に進んだ。とある僻村に出かけたときのことだ。わたしとレイエスは森を踏み分けて進み、人身売買の犠牲になった若者の家を見つけた。若者のおじは最初は渋っていたが、結局彼への取材を許してくれた。1週間にわたる聞き取り取材で、わたしとレイエスは10人ほどの男たちから漁船に売られた話を聞き出した。

(11) セリア・ロベロの件については、カリボ市の検事局とシェリー・ティオ氏の協力を得た。いちばん役立ったのは以下の記事だ。Jed Martin A. Llona, "MIS–2700–2011," email, Dec. 8, 2011; *People of the Philippines v. Celia Robelo y Flores, Roselyn Robelo y Malihan*, Republic of the Philippines, Regional Trial Court Sixth Judicial Region, Criminal Case Nos. 10273, Sept. 13, 2013.

(12) 本書が出版された時点で、ロベロはまだ服役していた。彼女にかけられたいくつかの罪状についての訴追は取り下げられたが、終身刑を伴う人身売買については取り下げられなかった。

(13) ペラルタ検事は、セリア・ロベロが訴追された罪状の人身売買と非合法な求人募集活動について、有罪になった場合の量刑は終身刑だと語った。彼女の公判には5人が証人として出廷し、そのなかには2人の原告とその家族がいた。彼女以外にも数人が同じ罪状で摘発されたが、警察が所在を突き止めることができなかったので訴追されなかった。検事の話では、アンドラーデの遺族はロベロが服役することを望んでいなかったという。たぶん彼らは、ロベロは本心から男たちに仕事を見つけてやろうとしていたと考えていたのだろう。

# 写真・図版クレジット

19 頁　Simon Ager/Sea Shepherd
21 頁　Sea Shepherd
23 頁　Simon Ager/Sea Shepherd
30 頁　Sea Shepherd
47 頁　Simon Ager/Sea Shepherd
51 頁　Simon Ager/Sea Shepherd
59 頁　Simon Ager/Sea Shepherd
67 頁　Simon Ager/Sea Shepherd
69 頁　Simon Ager/Sea Shepherd
75 頁　Simon Ager/Sea Shepherd
81 頁　Division of Marine Law Enforcement of Palau
89 頁　Benjamin Lowy, *The New York Times*
93 頁　Division of Marine Law Enforcement of Palau
106 頁　Benjamin Lowy, *The New York Times*
114 頁　Sealand
117 頁　*The Sun*
121 頁　Ian Urbina, *The Outlaw Ocean*
126 頁　Sealand
132 頁　Sea land
139 頁　Sealand
143 頁　Ministry for Primary Industries, New Zealand
147 頁　Coronial Services of New Zealand
149 頁　Ministry for Primary Industries, New Zealand
154 頁　Stuff Limited
173 頁　Simon Ager/Sea Shepherd
174 頁　（上）Simon Ager/Sea Shepherd／（下）Benjamin Lowy, *The New York Times*
175 頁　（上）Fabio Nascimento, *The Outlaw Ocean*／（下）Ministry for Primary Industries, New Zealand
176 頁　（上）Hannah Reyes, *The New York Times*／（下）Ed Ou, *The New York Times*
180 頁　Fabio Nascimento, *The Outlaw Ocean*
191 頁　Fabio Nascimento, *The Outlaw Ocean*
200 頁　Drawing: David George Mndolwa, *The Outlaw Ocean*
207 頁　Ed Ou, *The New York Times*
217 頁　Mission to Seafarers
219 頁　Ben Solomon, *The New York Times*
235 頁　Ian Urbina, *The Outlaw Ocean*
239 頁　William Widmer, *The New York Times*
242 頁　Josue Azor, *The New York Times*
267 頁　Max Hardberger, *The Outlaw Ocean*
273 頁　Hannah Reyes, *The New York Times*
281 頁　Hannah Reyes, *The New York Times*
293 頁　Hannah Reyes, *The New York Times*